MEGAN MIRANDA

E.L.A.S ® ESPECIALISTAS LITERÁRIAS NA ANATOMIA DO SUSPENSE

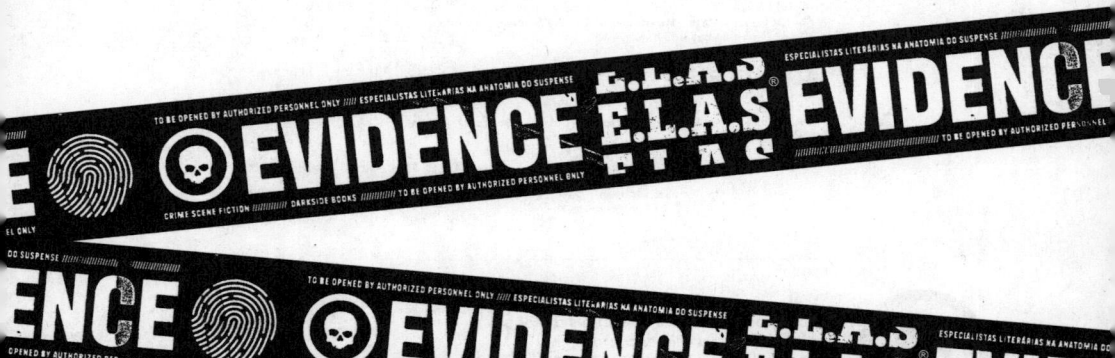

ESPECIALISTAS LITERÁRIAS NA ANATOMIA DO SUSPENSE

CRIME SCENE® FICTION

THE ONLY SURVIVORS
Copyright © 2023 by Megan Miranda, LLC
All Rights Reserved.

Published by arrangement with the
original publisher, Marysue Rucci Books,
an Imprint of Simon & Schuster, Inc.

Portuguese Language Translation copyright
© 2024 by DARKSIDE ENTRETENIMENTO LTDA

Tradução para a língua portuguesa
© Verena Cavalcante, 2024

Diretor Editorial
Christiano Menezes

Diretor Comercial
Chico de Assis

Diretor de Novos Negócios
Marcel Souto Maior

Diretora de Estratégia Editorial
Raquel Moritz

Gerente de Marca
Arthur Moraes

Gerente Editorial
Bruno Dorigatti

Editor
Paulo Raviere

Capa e Projeto Gráfico
Retina 78

Coordenador de Diagramação
Sergio Chaves

Designer Assistente
Jefferson Cortinove

Preparação
Lucio Medeiros

Revisão
Marta Sá
Natália Agra

Finalização
Roberto Geronimo

Marketing Estratégico
Ag. Mandíbula

Impressão e Acabamento
Braspor

DADOS INTERNACIONAIS DE CATALOGAÇÃO NA PUBLICAÇÃO (CIP)
Jéssica de Oliveira Molinari CRB-8/9852

Miranda, Megan
 Sobreviventes / Megan Miranda; tradução de Verena Cavalcante. —
Rio de Janeiro : DarkSide Books, 2024.
352 p.

 ISBN: 978-65-5598-463-7
 Título original: The Only Survivors

 1. Ficção norte-americana 2. Suspense I. Título II. Cavalcante, Verena

24-4678   CDD 813

Índice para catálogo sistemático:
1. Ficção norte-americana

[2024]
Todos os direitos desta edição reservados à
DarkSide® Entretenimento LTDA.
Rua General Roca, 935/504 — Tijuca
20521-071 — Rio de Janeiro — RJ — Brasil
www.darksidebooks.com

MEGAN MIRANDA

SO BRE VI VEN TES

TRADUÇÃO   VERENA CAVALCANTE

E.L.A.S

DARKSIDE

Para Luis

PRÓLOGO

Fiz o possível para evitar nosso encontro.

Preparei uma lista. Elaborei um plano. Convenci-me de que aquelas pessoas não eram realmente minhas amigas e que dez anos já havia sido mais que o suficiente.

A viagem anual não fazia bem a ninguém. A *promessa*. Éramos muito jovens quando decidimos nos reunir todos os anos, sempre naquela mesma data, como forma de nos manter seguros. Foi um impulso equivocado, um exagero. Uma tentativa desesperada de retomar o controle, embora, na época, já devêssemos ter entendido o recado.

Comecei meu processo de desvinculação seis meses antes, na esperança de me tornar invisível, inacessível. Eram três passos simples, do começo ao fim.

Mudei o número de telefone ao trocar de operadora, transferindo a maior parte dos meus contatos e deletando todos aqueles que gostaria de deixar para trás. Um novo começo.

Mais tarde, em janeiro, quando recebi o e-mail coletivo de Amaya, eu o marquei como spam e o deletei imediatamente. Sem abri-lo, sem lê-lo, para que pudesse alegar ignorância. Contudo, a frase em negrito na linha do assunto já estava gravada na minha mente: *7 de maio — Não falte!*

Em vez disso, eu planejava passar o fim de semana na casa de Russ, o terceiro e último passo da minha tentativa de fuga. Eu precisava seguir em frente. Já tinha 28 anos de idade, um emprego estável e um relacionamento — quase sério — com um rapaz que preparava café da manhã aos domingos e tinha lençóis de cama mais ou menos decentes.

Contudo, naquela manhã de domingo, meu celular tocou enquanto eu terminava de comer minha omelete, com Russ parado diante do balcão, de costas viradas para mim, servindo-se de mais um pouco de café. Um lampejo brilhou na tela do meu celular, virado para cima sobre a mesa. Um número da Carolina do Norte que não fazia parte da minha lista de contatos, uma mensagem escrita em letras garrafais: *VOCÊ FICOU SABENDO?*

Meu garfo pairou sobre o prato.

"Quem é?", Russ perguntou ao se sentar diante de mim, com as mãos envolvendo a caneca. É provável que tenha percebido algo na minha expressão facial, na palidez do meu rosto, na tensão dos meus ombros.

Só podia ser Amaya. Era quem sempre entrava em contato para dar os detalhes do nosso encontro todos os anos. Ela se importava profundamente conosco, com o nosso grupo. Se importava com tudo, na verdade.

"Só uma mensagem de spam", respondi, soltando meu garfo e pressionando meus joelhos com as mãos debaixo da mesa para mantê-los imóveis. Lutei contra o desejo de virar o celular para baixo.

Talvez fosse isso mesmo. Talvez fosse só um engano; talvez Amaya não tivesse me rastreado só para me fazer lembrar que hoje seria nossa data de chegada. Quase como se soubesse que, naquele exato momento, eu me sentava à mesa da cozinha do meu namorado, a centenas de quilômetros de distância, sem a menor intenção de pegar a estrada.

No entanto, só por via das dúvidas, quando Russ não estivesse olhando, eu deletaria a mensagem. Bloquearia o número. Como se nada tivesse acontecido.

Levamos nossos pratos até o balcão, e esperei até que ele se virasse de costas e ligasse a torneira antes de pegar meu celular.

Àquela altura, eu já havia recebido uma segunda mensagem. O link de uma notícia. Não uma notícia — um obituário.

Ian Tayler, 28 anos

Afundei na cadeira mais próxima. Li a nota sobre sua morte inesperada, as palavras flutuavam diante de meus olhos.

Amado filho, irmão, tio e amigo. Em vez de enviar flores, pediam-se doações ao Centro de Reabilitação de Ridgefield.

Haviam escolhido uma foto antiga. Nela, seu rosto parecia redondo e juvenil, e os cabelos loiros eram longos o suficiente para balançar com a brisa; exibia uma pele bronzeada, olhos castanhos e um sorriso que, tenho certeza, não se via há mais de uma década. Estava muito diferente da última vez em que nos reunimos, um ano atrás, em nosso ponto de encontro em Outer Banks.

Na época, seu rosto era macilento, o cabelo, cortado curto. Parecia tomado por uma inquietação incontrolável. *Até ano que vem*, disse, enganchando um braço em volta do meu pescoço em um meio abraço desajeitado.

Já não nos aproximávamos tanto, pois, sempre que isso acontecia, tudo que eu conseguia enxergar era a mesma cena que se passava, naquele momento, diante de meus olhos: um vislumbre de seus olhos castanhos, grandes e arregalados, a boca aberta em um grito congelado enquanto ele encarava o rio.

Pressionei meu punho contra os dentes, emiti um único suspiro, e torci para que o som tivesse sido abafado pelo ruído da água corrente.

Então sofri uma segunda onda de choque: o obituário datava de três meses atrás; não fazia ideia disso.

Fora de contato. Inacessível.

Será que eu não deveria ter sentido alguma coisa? Aquele laço, o vínculo que nos conectava além do tempo e do espaço? *Ian, eu sinto muito...*

Saí da cozinha. Deixei Russ de pé diante da pia. Elaborei um novo plano: parar em casa e ajeitar a mala com roupas mais apropriadas; enviar um e-mail para o trabalho alegando uma emergência familiar; começar a viagem.

Acreditar que seria possível simplesmente desaparecer foi um grande erro. Achar que eu poderia esquecer tudo — as memórias, o pacto. Pensar que podia deixar aquilo, deixá-los, definitivamente, para trás.

Estou a caminho, respondi, minhas mãos ainda tremendo.

Não deveria ter tentado lutar contra aquilo. Havia uma importância na nossa semana ritualística, no passado, neles. Nós, os únicos sobreviventes. No começo, éramos nove.

Seus nomes martelavam na minha cabeça, nossas vidas atadas de forma perpétua. Amaya, Clara, Grace. Oliver, Joshua, Ian. Hollis e Brody. Eu. Na verdade, era um milagre que estivéssemos vivos.

De fato, eles representavam uma faceta da minha vida que — mais do que tudo — eu desejava esquecer. Um exorcismo do passado que eu me sentia incapaz de concluir. No entanto, assim como Amaya, eu também me importava profundamente com eles. Pois todos nós havíamos feito a mesma promessa: agora e sempre, nós passaríamos aquela semana juntos. Manteríamos nossas fronteiras unidas e nossos segredos mais unidos ainda. Ano após ano, aquele único momento nos traria de volta uns aos outros.

Embora agora fôssemos apenas sete.

DOMINGO

CAPÍTULO 1

Nossa casa, assim como todo o resto, havia sido um golpe de sorte e nada mais que isso.

Sorte que a propriedade tivesse sobrevivido a dois furacões na última década, empoleirada sobre um conjunto de estacas sobreposto às dunas de areia, protegida apenas por persianas de alumínio à prova de tempestade e um tapume de cedro que, ao longo dos anos e com as intempéries, havia adquirido um tom de cinza desbotado.

Sorte que havia espaço para todos nós dentro de seus cinco quartos, com sacadas que se interconectavam ao redor da casa avarandada, e precários degraus de madeira ligando os três andares.

Sorte que a casa de férias à beira-mar pertencesse à família de Oliver e que, naquele primeiro ano, após o funeral de Clara, quando estávamos todos apavorados e desesperados e decidimos fazer um pacto, Oliver tenha dito: *Conheço um lugar.*

A casa ficava longe do tumulto da cidade, no fim de uma rua sem saída. Era perto o suficiente para que conseguíssemos avistar as casas vizinhas alinhadas na faixa de areia — especialmente no escuro, com as luzes das janelas acesas feito faróis na noite —, mas ainda isolada o bastante para que nos sentíssemos também isolados. De qualquer forma, trazia alguma paz de espírito.

Era o refúgio perfeito para nós, os sortudos; aqueles que sobreviveram ao acidente, ao rio revolto e, por fim, à tempestade impiedosa.

Oliver a chamava de Remanso, um nome que soava como uma promessa. Um local de segurança e recolhimento, isolado do resto do mundo e cercado, de todos os lados, por uma profundeza infinita. Hospedamo-nos na casa pela primeira vez por comodidade, mas continuamos voltando porque, ano após ano, aquilo parecia eliminar a necessidade de tomar decisões, o peso dos planos. Além disso, por se localizar a centenas de quilômetros de distância do local do acidente, a casa parecia nos proteger das correntezas do passado.

Dirigi por cinco horas rumo à costa, depois atravessei uma série de pontes até as ilhas-barreiras do Sul, passando todo esse tempo em um estado de temor constante, tentando me distrair ouvindo a uma variedade de *podcasts* nos quais não conseguia me concentrar, antes de finalmente me entregar ao silêncio.

O desvio apareceu quase de surpresa; um aglomerado de caixas de correio descoordenadas antes de uma placa desbotada de rua, torta em virtude da força do vento e queimada de sol no meio.

A casa ficava no fim de uma rua não asfaltada, o estacionamento, à frente de um semicírculo de pedras e ervas daninhas, coberto por uma fina camada de areia que já se fazia sentir sob as rodas dos carros há quase vinte quilômetros. Durante a viagem, a terra parecia se estreitar aos poucos entre o braço de mar e o oceano, e as estradas se aproximavam cada vez mais das dunas; a areia rodopiava sobre o asfalto em espirais tempestuosas. De longe, formava uma espécie de névoa, suspensa como neblina na atmosfera, invadindo a terra a partir do mar. Sem manutenção, pensei, tudo aquilo seria levado; qualquer sinal de humanidade seria extinguido, em uma estável ofensiva da natureza.

A geografia sempre mudava por ali. Nos pântanos, a água se acumulava na grama à beira da estrada. Depois de uma tempestade, era possível que as ilhas se tornassem penínsulas, ou vice-versa. E as dunas estavam sempre em movimento, crescendo — como se tudo à vista estivesse à espera de ser consumido.

No entanto, de alguma maneira, a casa permanecia.

Havia quatro carros em fileira à frente da casa; o último deles, o sedã cor de ferrugem de Amaya, tinha uma coleção de adesivos revestindo o para-brisa traseiro. Já era fim de tarde — imaginei que eu fosse a última a chegar. Afinal, nem todo mundo morava a um curto raio de distância.

Parei na vaga ao lado de um Honda escuro e bastante familiar, sentindo-me abalada de imediato pela cadeirinha visível no banco de trás, pensando no quanto as coisas podiam mudar no período de um ano.

Quando desci do carro, o ar tinha sabor de sal, como algo saído dos meus pesadelos. Às vezes, sozinha, no escuro da noite, eu acordava de um sonho, ainda sentindo o gosto do rio, da água tempestuosa, do solo arenoso no fundo da garganta. Outras vezes, simplesmente acordava sentindo o aroma salgado do ar, como se não soubesse quando ocorrera o pesadelo — no passado ou naquele instante.

Respirei devagar, olhando para a casa. A varanda elevada, as inúmeras cumeeiras, as janelas refletindo o sol e o céu. Embora a estrutura fosse ultrapassada, e eu soubesse disso, tratava-se de uma casa evidentemente bela, sobretudo na forma discreta como se destacava da paisagem, feito madeira flutuante deixada à deriva na praia, posicionada com cuidado para recepcionar as forças da natureza em vez de lutar contra elas.

Um lance de amplos degraus de madeira levava à porta de entrada, onde havíamos tirado aquela única foto em nosso primeiro ano ali — nós oito espremidos uns contra os outros, sentados ombro a ombro, joelhos pressionados contra a pessoa sentada à nossa frente, como se para provar: *ainda estamos aqui*.

Endireitei a postura, tentando me preparar. Se eu fizesse uma lista de coisas que me deixavam com os nervos à flor da pele, aquela definitivamente estaria no topo do ranking. Não em primeiro lugar, como dirigir por estradas sombrias e cheias de curvas ou me perder na floresta. No entanto, chegar tarde ao encontro do grupo nesta casa, sem dúvida nenhuma, estaria no topo da lista.

Não eram pessoas ruins, mas sua companhia me fazia mal.

Uma sombra atravessou a janela da sala de estar, e eu os imaginei todos juntos, espalhados pelo sofá cinza de canto, esperando por mim.

Na sequência, antes que eu pudesse evitar a imagem, tive uma visão: eu os vi correndo, afunilando-se pela porta de entrada, uma onda massiva se erguendo por trás da casa, o céu escurecendo, as sombras se expandido. O caos, o pânico, enquanto eu me perguntava quem deveria salvar primeiro...

Era um hábito que eu não conseguia abandonar, uma pergunta que sempre rondava minha mente. Em um cômodo cheio de pessoas, em um ônibus repleto de estranhos: *Quem você salvaria primeiro?* Um experimento mental se desenrolando em tempo real. Um interlúdio de horror invadindo a monotonia do meu cotidiano.

Peguei minha bagagem, bati o porta-malas do carro.

O primeiro dia era sempre o mais difícil.

A porta rangeu quando a empurrei, as dobradiças estavam enferrujadas por causa do ar e do clima salino. Bastou um passo porta adentro para que minha memória se aguçasse: paredes caiadas cobertas de painéis de madeira e um piso amplo, plano e aberto que me permitia enxergar a casa do começo ao fim — da porta de entrada à porta de saída. Primeiro, a sala de estar, depois, a longa mesa da sala de jantar e a cozinha mais além — cujas áreas eram divididas apenas pelos móveis — e, por fim, as janelas dos fundos e a porta de correr que levava ao terraço. Porém, quando fechei a porta atrás de mim — fazendo barulho suficiente para atrair a atenção, a fim de garantir que soubessem que eu havia chegado —, Brody foi o único que vi.

"Olha ela aí", comentou, parado ao lado da geladeira, como se falasse com alguém que estivesse no mesmo cômodo conosco. Ele torceu a tampa da garrafa de cerveja, abrindo-a enquanto andava até o meio do caminho; covinhas marcavam seu sorriso. Usava o mesmo corte de cabelo desgrenhado de sempre, uma juba castanha que ele vivia afastando do rosto. Por um tempo, foi o atleta do grupo, parte do casalzinho da classe, composto por Brody e Hollis, e ainda tinha a autoconfiança de alguém acostumado à popularidade da época do colégio.

"Presente", respondi, como uma aluna respondendo à chamada, e ele riu. Pelo tom de seu cumprimento, parecia me esperar. Diferente de Brody, me acostumei a passar despercebida, então adquiri o hábito de me esforçar para que minha presença fosse notada.

Coloquei minhas malas ao lado do sofá e o abracei. Todos os anos, nossos cumprimentos eram tão familiares quanto conflituosos. Brody se vestia de forma casual, como sempre — usando shorts de ginástica, uma camiseta e um par de chinelos de tiras largas. Contudo, havia uma cadeirinha acoplada no banco traseiro de seu carro; ele agora era *pai*. Uma identidade totalmente nova que havia mudado de um momento para o outro.

"A viagem foi boa?" Brody sempre parecia à vontade, independentemente da situação, não importava com quem estivesse falando. Puxou conversa comigo como se não tivesse se passado algum tempo desde a última vez em que nos vimos.

"Foi, sim, mas desculpa o atraso."

Ele deu um longo gole na bebida, balançou a cabeça e afastou uma onda rebelde de cabelo dos olhos. "Você nem foi a última." Então acenou na direção dos fundos da cozinha. "Depois que terminar de arrumar suas coisas, vai pra lá; estamos todos lá fora."

"Já já encontro vocês", respondi, sentindo-me grata por ter um tempo para me orientar.

Razões para salvar Brody: ele acabara de se tornar pai; algumas pessoas sentiriam falta dele.

Ele exibia seu sorriso acolhedor, parado diante da porta dos fundos. Eu havia vestido as primeiras roupas que encontrei na gaveta, calça jeans e uma camiseta, e várias mechas do meu cabelo loiro-escuro haviam escapado do rabo de cavalo que amarrei de qualquer jeito. Eu me sentia constrangida, vulnerável. "Você tá bonita, Cass", ele disse, como se fosse capaz de sentir minha insegurança. Ao sair, ele deixou a porta de correr aberta, não sei se por descuido ou como um convite.

No silêncio que se seguiu, pude ouvir o ruído das ondas, o berro de uma gaivota. Nos fundos da casa havia uma passarela de madeira que atravessava as dunas, algumas áreas salpicadas de plantas marinhas e algas misturadas à areia, e então... uma infinidade de água e brisa marítima.

Grace, que sempre dizia acreditar no poder curativo do oceano, na época, era alguém convicta da capacidade da mente de curar a si mesma, e também acreditava na habilidade que a natureza tem de fazer o mesmo. Àquela altura, trabalhava como psicóloga especialista em traumas, o que, a meu ver, era motivo suficiente para decidir salvá-la, mesmo que ela nos visse apenas como objetos de uma pesquisa em desenvolvimento. Grace provavelmente se convencera de que o inimigo não havia sido a *água*, mas, sim, a falta de iluminação na estrada sinuosa e íngreme. Um cervo, pego de surpresa pelo brilho ofuscante dos faróis; uma série de decisões ruins tomadas perante a chegada de uma tempestade.

No entanto, de minha parte, posso afirmar que eu não enxergava nada de curativo naquele lugar.

Talvez fossem as pontes que precisávamos atravessar para chegar ali; pontes que pareciam me separar do restante da minha vida, separando-nos do mundo. Era a estrada de mão única, a forma como a luz dos faróis tremeluzia sobre o asfalto, como água. O mar visível de ambos os lados, e essa sensação de que algo fechava o cerco.

Talvez eu me sentisse assim em qualquer lugar, independentemente de qual fosse o local, desde que estivéssemos juntos. Talvez tudo que tocássemos juntos acabasse se transformando em pó.

Meu quarto — onde eu dormia desde aquele primeiro ano — era um dos três localizados no segundo andar. No fim do corredor, via-se a porta aberta, dando as boas-vindas. Dentro do quarto havia duas camas de casal com colchas verde-água combinando, móveis de madeira escura e um espelho antigo que parecia meio deslocado. A bagagem de Amaya estava aos pés da cama que sempre lhe pertencera, mais próxima da entrada.

Quase não a vi. Primeiro, senti a brisa; as portas de vidro da sacada estavam entreabertas, e vislumbrei uma silhueta através das cortinas diáfanas — uma pessoa fitando as dunas, o oceano.

"Oi", falei baixinho, antes de abrir as portas por completo, mas a assustei mesmo assim. Seu cabelo castanho cacheado estava amarrado no alto da cabeça em um rabo de cavalo que era sua marca registrada, e parecia mais curto que no ano anterior. Havia olheiras sob seus olhos cor de avelã, quando ela se virou para me encarar, como se tivesse dirigido durante a noite toda ou sido assombrada por lembranças durante a viagem, assim como eu fui.

"Oh", ela exclamou, como se sentisse surpresa ao me ver. Amaya me pareceu menor do que eu me lembrava, quase submergindo em seu conjunto de moletom imenso, com as mãos escondidas dentro das mangas. O clima em Outer Banks no início de maio costumava ser imprevisível. Poderia fazer 15 graus e ter uma brisa fria vinda do mar, ou poderia fazer quase 30 graus, com um sol escaldante e o ar denso de umidade.

"Não quis te assustar", declarei, colocando minha bagagem ao lado da cama mais próxima à janela, no quarto que sempre dividimos. Éramos criaturas de hábitos regulares, todos nós. O conforto da rotina nos acompanhava desde os anos de colégio, atribuindo posições e prevendo lugares. Os quartos, parecidos com dormitórios, eram organizados de forma idêntica: todos tinham duas camas e móveis similares entre si. Só as cores variavam. Por isso, chamávamos nossos quartos pensando nelas: Grace e Hollis estavam no quarto amarelo; Brody e Joshua, no quarto azul-marinho. O quarto principal no primeiro andar, por sua vez, sempre havia pertencido a Oliver.

Amaya se encostou no corrimão de madeira, brincando com o conjunto de anéis prateados que sempre usava. Suas unhas estavam lascadas e pintadas em um tom tempestuoso de azul. "Você chegou", ela disse, como se quisesse me dizer que me esperava. Não nos abraçamos. Nunca nos abraçávamos, não até o último instante, quando o abraço servia de alívio. Um ato de libertação. "Estava começando a me preocupar."

Ela sempre parecera ter um sexto sentido, como se soubesse que eu me sentara à mesa da cozinha de Russ, naquela manhã, sem nenhuma intenção de sair dali; sabia tanto que me enviou aquela mensagem — sabia o que fazer para me convencer a vir.

Perguntei-me no que estivera pensando enquanto inventava algumas desculpas para Russ, *Mil desculpas, recebi uma mensagem do meu chefe. Preciso fazer uma viagem a trabalho de última hora*, e dispensava sua oferta de me levar até o aeroporto, as mentiras escorregavam facilmente pela minha língua.

"Eu não fazia ideia...", eu disse e, como ela continuou me encarando, acrescentei: "Sobre Ian!". A perda ainda era muito recente, impossível de processar. Percebi que queria procurá-lo, desesperada, como sempre, para justificar seus erros — checar seu quarto, ou prestar atenção no som de seus passos no andar de cima; ouvir sua risada vinda de algum lugar nos fundos da casa.

Amaya franziu o nariz ao olhar para os lados. "Tive que ouvir todos os detalhes pela boca de Josh."

Assim como eu, e também a maioria dos sobreviventes, ela havia se mudado para longe da cidade nos anos seguintes ao acidente. Embora, é claro, sua atual escolha de moradia fosse meio perturbadora.

Joshua era o único de nós que ainda vivia e trabalhava na cidade onde havíamos crescido, o único que teria ouvido falar do que aconteceu com Ian diretamente, graças à fábrica local de rumores.

"Achei que Ian tinha melhorado", continuei, com os olhos ardendo, pois o fato de discutirmos aquilo subitamente tornava tudo muito real. Mas a verdade é que não havia como eu saber a respeito da condição dele.

Amaya piscou lentamente para mim. "Tá todo mundo aqui?", perguntou, interrompendo a conversa, me poupando do desconforto.

"Brody disse que eles estão lá fora", falei, e ela acenou com a cabeça. "Vamos", acrescentei. "Não me obrigue a ir lá fora sozinha."

"Já vou descer. Só preciso de um minutinho", ela respondeu, virando-se de novo para olhar a paisagem da varanda.

Parecia ainda menor parada ali, emoldurada pelas dunas, com o oceano se estendendo à distância, o vento soprando nos seus cabelos. Um calafrio me percorreu — não consegui deixar de imaginar Clara mirando de um precipício diferente, também precisando de um minuto.

Mas, em seguida, Amaya olhou na minha direção por sobre o ombro, esboçando um sorriso fraco. "É bom te ver, Cassidy."

"Também acho bom te ver", respondi.

Muito tempo atrás, ela havia nos conduzido à segurança. Tentei encontrar a sombra daquela pessoa na mulher agora parada diante de mim.

Razão para salvar Amaya: não tenho certeza se ela seria capaz de salvar a si mesma.

Ao sairmos pela porta dos fundos do Remanso, sempre experimentávamos uma mudança de perspectiva. As dunas bloqueavam a visão da praia caso as observasse do piso inferior, mas ainda era possível ter um vislumbre do horizonte. Era fácil imaginar que estávamos sozinhos ali, com a areia, o mar e o céu. Mas os degraus na lateral da casa levavam a um terraço fechado com uma banheira de hidromassagem, um trecho de pedras soltas circundando algumas cadeiras Adirondack e uma lareira externa no centro; era um núcleo secreto de atividade.

Eu os observei ali de cima, sentados juntos em um semicírculo, com a cadência de suas vozes chegando até mim, embora fossem impossíveis de serem decifradas.

Enquanto eu descia os degraus, só Joshua pareceu me notar. Senti seus olhos me acompanhando do outro lado da lareira.

"Cassidy Bent", Joshua disse, como de costume. Nada de *"Que bom te ver!"* ou *"Como foi a viagem?"* ou *"Senta com a gente!"*. Só o meu nome; só isso, como um eco que atravessava o tempo.

Ele nunca parecia feliz em me encontrar, por razões que nunca fui capaz de compreender. Não parecia ter relação com nossas interações pré-acidente (inexistentes) ou pós-acidente (mínimas). Depois de um tempo, apenas parei de tentar descobrir. Era uma pessoa mordaz; olhar incisivo, comentários sarcásticos. Uma cicatriz pálida cortava a curva de sua maçã do rosto. Usava bermuda cáqui, uma camiseta polo listrada e o cabelo penteado para trás com gel. Havia três latinhas de cerveja amassadas debaixo de sua cadeira; ele sorriu quando notou que eu as analisava.

Razões para salvar Joshua: nenhuma me veio à mente.

Brody gesticulou indicando que me juntasse ao grupo, ao mesmo tempo que a mulher ao lado dele se virou na cadeira, com o longo cabelo negro cascateando sobre o ombro com o movimento.

"E aí, Cassidy...", Grace disse, com seu sorriso se alargando, contrastando completamente com o cumprimento de Joshua. Ela possuía a rara habilidade de fazer as pessoas se sentirem à vontade, inclusive a mim. Usava um vestido longo por baixo de uma jaqueta jeans, e havia uma suavidade em seus traços faciais e na maneira de se mover que parecia intencional, adequada ao seu nome. Tudo em Grace parecia feito para nos atrair para perto dela, para nos envolver. "Encontrou Amaya lá dentro?", ela perguntou, afastando o cabelo dos ombros.

"Está a caminho", respondi, sentando-me na cadeira do outro lado dela. Senti o olhar de Joshua sobre mim e me tornei hiperconsciente de cada movimento: como cruzar uma perna, onde colocar os braços. Minha calça jeans não era apropriada para a praia, e meu cabelo tinha um tamanho esquisito, nem longo e nem curto, na altura dos ombros — me ocupei em desamarrá-lo, correndo os dedos por ele.

No silêncio que se seguiu, pensei ter percebido uma troca de olhares entre os três. Isso me fez pensar que havia interrompido algo. Contudo, o que quer que estivessem discutindo antes, não fizeram nenhum esforço para retomar a conversa.

Brody jogou a cabeça para trás, colocou as mãos em concha em volta da boca e chamou: "Amaya, desce aqui!".

Grace lhe dirigiu um olhar grave e silencioso. Depois, acrescentou: "Deixa ela em paz!". Ela sempre falava adotando um ar de sabedoria, ou autoridade, que, para mim, era o costume de todo terapeuta, agindo como se tivesse mais capacidade de compreensão e entendimento que o resto de nós.

Então ela se aproximou de mim, apoiando as mãos com manicure recente no meu braço. "Nossa... Amei o seu colar", ela disse. Grace operava na base de elogios e frases otimistas, o que era capaz de desarmar qualquer pessoa com facilidade, de imediato. Uma habilidade que, provavelmente, utilizava muito no trabalho, com os pacientes.

Em seguida, ela esticou a mão até meu pescoço, e meus braços ficaram arrepiados quando a senti tocar o colar com a palma da mão, aproximando-se mais e deslizando os vários círculos entrelaçados do pingente entre os dedos, fazendo-os soar como música.

"Valeu", respondi, esperando que ela soltasse o colar. De todas as coisas em que Grace acreditava, respeitar o espaço alheio definitivamente não parecia ser uma delas. Eu havia ganhado o colar de presente de aniversário no mês anterior. Russ disse ter pensado em mim no exato momento em que o viu. No centro dos círculos entrelaçados havia uma letra C, embora só pudesse ser notada se você a procurasse, de modo que parecia quase um segredo, ou uma surpresa.

Àquela altura, servia de conexão com a vida real. Deslizei o pingente pelo colar, sentindo-me de repente transportada de volta ao apartamento no momento em que Russ me entregou aquela caixa, com o semblante, a princípio, parecendo tímido e inseguro, antes que sua expressão facial espelhasse a alegria estampada no meu rosto. *Eu amei*, disse a ele, assim que o ajudei a colocá-lo em volta do meu pescoço — e era verdade. Era um lembrete da pessoa que eu me tornava quando me mantinha distante deste grupo de pessoas. A pessoa que eu voltaria a ser dali a seis dias.

Alguns segundos depois, passos ecoaram, vindos do deque acima de nós, passadas muito mais altas e determinadas que as de Amaya. Então uma voz clara e nítida se fez ouvir acima do parapeito: "Tô vendo que todo mundo já tá se sentindo em casa!".

"Ora, ora, o Rei finalmente chegou", Joshua disse, dando um meio sorriso.

Oliver King, que sempre parecia pronto para dar ordens, desceu a escada a passos largos, parecendo recém-saído de uma reunião ou de um almoço de negócios, vestindo calças sociais, tênis modernos e um blazer que provavelmente havia sido feito sob medida para seu porte esguio. Ele era coreano-americano e, na época do ensino médio, morava na mesma rua que eu, uma proximidade que nos fazia sentir mais próximos do que realmente éramos.

"Que bom que alguém foi capaz de achar o caminho de entrada desta vez!", Oliver brincou.

Nos anos anteriores, matávamos tempo do lado de fora ou na praia, até que Oliver chegasse com o código que destrancava a casa, que, aparentemente, ou mudava a cada ano, ou ninguém se lembrava, ou pessoa alguma tinha se preocupado em perguntar antes.

Razões para salvar Oliver: essa casa, pra começar.

"A porta estava aberta quando cheguei", Brody disse, dando de ombros.

Josh entregou a Oliver uma lata de cerveja através da lareira, e, por um instante, a bebida pareceu deslocada nas mãos dele. Mas ele abriu a lata, franziu a testa antes de dar um gole e, depois, limpou a boca com o dorso da mão, de um jeito que não imaginei que fosse capaz de expor diante de outras pessoas.

Da última vez em que ouvi falar dele, Oliver morava em Nova York, administrando um prestigioso fundo de investimentos. Talvez estivesse acostumado com o fato de ter pessoas o esperando. Mesmo assim, sempre encontrava tempo para essa ocasião. Todos nós encontrávamos.

É por isso que eu acreditava que, apesar de todas as nossas diferenças, por mais desconectadas que nossas vidas fossem dez anos atrás, nós nos importávamos muito mais uns com os outros do que gostávamos de admitir pessoalmente.

Não deixamos de nos encontrar um ano sequer, nem mesmo durante a pandemia, em 2020, quando a maioria dos restaurantes estava fechada e nos aconselharam a ficar em casa. Nem mesmo no ano anterior, quando a namorada de Brody estava com nove meses de gestação e lhe implorou para que não viesse. A garota acabou entrando em trabalho de parto no último dia, e, quando Brody foi embora — em um raro momento de euforia, beijando cada um de nós na bochecha —, senti algo mudar; pensei que talvez aquele fosse o fim. Que os novos começos e a promessa do futuro nos libertavam de tudo aquilo. Mas agora Brody estava de volta, com a cadeirinha atrelada ao banco, como se nada tivesse mudado. A única pessoa que faltava era...

"Tem alguém na praia", Amaya disse, do alto da escada. Suas mãos se apoiavam sobre o parapeito de madeira, embora ela não fosse capaz de enxergar claramente dali.

"É uma praia", Josh retrucou, sem nem olhar na direção dela. "As pessoas costumam frequentá-la."

"Hollis está lá", Grace respondeu, ignorando Josh e gesticulando para que Amaya descesse. "Ela ficou tipo três segundos dentro da casa, desfazendo as malas. Só o tempo suficiente para botar uma roupa de ginástica."

"Estamos todos aqui, então?", Oliver perguntou, absorvendo lentamente nossa presença, um por um. Perguntei-me se havia feito uma contagem mental, de modo semelhante a que fiz — de quem salvar. Perguntei-me em que posição eu estaria na lista.

Amaya empoleirou-se no braço da última cadeira vaga, observando o círculo. Cada um de nós fazia um balanço dos membros do grupo.

"Todos presentes e devidamente representados", Brody disse, cruzando os pés sobre a beirada da lareira.

Eu me encolhi na cadeira. Ninguém havia mencionado Ian, e aquilo foi como um soco no estômago. Como era fácil ser esquecido... presente em um momento, e então *puf*, desaparecido, de forma brutal e eficiente. Mas, afinal de contas, não era assim mesmo que a gente funcionava? Eu nem era capaz de me lembrar da última vez que alguém havia mencionado Clara — nem mesmo a Grace, apesar de as duas terem sido melhores amigas. Nós não falávamos sobre os mortos, como se isso fosse mais uma camada que desconhecia sobre nosso pacto. Apenas mais uma ferramenta necessária para garantir nossa sobrevivência.

Grace conferiu uma mensagem no celular enquanto Josh balançava um dos joelhos; o silêncio foi se alongando.

Por fim, Oliver pigarreou. "Alguém chegou a comprar comida?"

Josh emitiu uma risada brusca, como um latido. "Não, Vossa Majestade, nós não preparamos a casa para a vossa chegada." Ele revirou os olhos. "Falando nisso, eu peguei o quarto do último andar."

Grace e Amaya viraram a cabeça na direção dele ao mesmo tempo.

"Nem fodendo que você fez isso", Amaya disse, com mais força na voz do que eu já havia ouvido em muitos anos.

Josh e Amaya se encararam em silêncio, e me lembrei que eles estavam conectados de outras maneiras, não só por meio daquela viagem anual — mas também por intermédio da família de Amaya e em virtude do cargo de Josh no escritório de advocacia.

"Sendo sincera...", Grace interrompeu, tentando amenizar o que quer que viesse a seguir. "Eu esperava que a gente pudesse usar aquele quarto para trabalhar. Ainda tenho alguns pacientes para atender esta semana, por isso marquei alguns atendimentos remotos..."

"*Aquele quarto*?" Ouvi minha voz repetindo, interrompendo-a. Pela primeira vez, todo mundo olhou para mim. "Você quer dizer *o quarto do Ian*. Vamos dar nome aos bois."

O nome dele reverberou pela varanda como uma onda de choque. Houve um longo período de silêncio até que Josh ergueu um dos ombros, sacudindo-o com um ar condescendente.

"Certo", Josh disse. "Eu peguei *o quarto do Ian* porque percebi que ele não precisaria mais dele."

"Você tá *brincando*, né?", Amaya disse. Eu não sabia se ela se referia ao fato de Josh ter tomado posse do quarto ou de ser tão insensível a respeito disso. "Você não pode simplesmente pegar tudo o que quiser."

"O que a gente devia fazer então, Amaya?", Josh retrucou. "Tirar na sorte?"

Brody soltou um gemido baixo de frustração.

O primeiro dia era sempre assim. Como se ninguém realmente quisesse estar ali, por isso acabávamos nos atacando com frases incisivas e atitudes passivo-agressivas. *Culpa do sobrevivente*, Grace diria. Entretanto, para cada rosto presente, outro faltava, e essa era uma realidade que precisávamos enfrentar vez ou outra. No fim das contas, acabávamos nos acostumando à situação, e uns aos outros, e depois Grace nos convenceria: *Tá vendo? A gente precisava fazer isso. A gente precisava um do outro.*

"Chega!", Grace disse, erguendo as mãos para nos acalmar. "Vamos discutir isso. E, Josh, *por favor*."

"O quê?", Josh respondeu, agora se voltando contra Grace. "Somos uma espécie em extinção. Se não pudermos fazer piada sobre isso, quem é que vai fazer?"

"Josh, fala sério", Oliver disse, finalmente interferindo.

"Ah, é mesmo", Josh respondeu, erguendo o canto da boca. "Sua casa, suas regras, tinha esquecido."

Como as coisas mudavam depressa. Como *nós* éramos capazes de mudar todas as coisas.

Grace estava com os olhos fechados, como se meditasse, ou repetisse um mantra consigo mesma. "Você não vai dizer *nada*, Brody?" Como se até mesmo a máscara dela tivesse caído e ela ficasse desesperada para saber que tinha todo mundo ao seu lado.

Oliver chamou minha atenção no meio do grupo, e me perguntei, de novo, se ele também estava ponderando as opções, assim como eu.

Rápido, quem você salva? *Amaya. Grace. Brody. Oliver.*

Levantei-me da cadeira. Virei as costas. Saí pelo portão dos fundos, caminhando em direção às dunas.

É uma pergunta traiçoeira, na verdade. A resposta sempre foi: você mesmo.

CAPÍTULO 2

Quando estava perto deles, não conseguia me lembrar de respirar.

Eu costumava ser boa em acessá-los, individualmente, de forma precisa e cuidadosa. Mas, em grupo, me sentia desorientada. Havia histórias demais, tantas coisas que não compreendia — sobre eles, sobre as pessoas que tinham sido no passado. Fôramos colegas de classe e vizinhos; casais e amigos; estranhos. No entanto, tudo havia se transformado. Relacionamentos ruíram. Novas alianças foram forjadas.

E havia lembranças demais ligadas ao Remanso. Oito anos de segredo trancafiados em cada um daqueles quartos.

Hollis estava certa em sair. Tomar um ar. No passado, a casa parecia maior.

A praia era relativamente privativa. Como não era próxima o suficiente de nenhuma área frequentada por turistas, só recebia visitas daqueles que eram donos ou que haviam alugado alguma das propriedades próximas àquela estrada de terra. Mais ou menos uma dúzia de casas, todas com um cais nos fundos, estendendo-se até o mar. Prestei atenção no eco dos meus passos sobre as pranchas de madeira que cobriam a longa passagem que subia através das dunas, levando-me até o lance de degraus que terminava diretamente na areia.

Hollis estava parada em frente aos degraus, pouco antes da maré crescente, vestindo leggings pretas e um top da mesma cor. Ela permaneceu tão imóvel que me causou estranheza. Eu me acostumara a vê-la sempre, *sempre* em movimento. Bem diferente daquela imagem sombria, encarando o oceano como se estivesse prestes a pular dentro dele.

Hollis sempre foi estonteante, mas agora, inerte e emoldurada pelo mar, com o cabelo loiro platinado envolto na auréola de luz do sol, emanava uma aura de algo quase irreal, vindo de outro mundo.

Quase a chamei. Mas então percebi que ela estava se equilibrando em um pé só, portanto, deduzi que devia estar no meio de um exercício de yoga — praticando, mesmo naquela imobilidade. Havia um celular preso ao seu braço. Ela provavelmente usava fones de ouvido.

Não me surpreendi que tivesse decidido "abafar" nossa existência. Hollis tinha uma tendência a desaparecer profundamente dentro de si mesma, focando-se nos quilômetros que pretendia correr, nas metas que almejava atingir. Era uma personal trainer — seguia não apenas uma carreira como também um estilo de vida.

Razões para salvar Hollis: eu acreditava que, se fosse necessário, ela me ajudaria a salvar o restante do grupo.

Enrolei as barras da minha calça jeans e tirei os sapatos, deixei-os na base dos degraus, antes de me voltar para a direita e descer até a extensão da praia. Para longe dela.

O vento soprava do mar, causando um brusco contraste entre a areia escaldante sob meus pés descalços.

Da primeira vez que saímos para dar uma volta por aqui, naquele primeiro ano, Grace olhou na direção do oceano e disse, com seu jeitinho otimista: *É impossível se sentir aprisionado aqui.*

Como eu gostaria de enxergar o mundo através dos olhos dela... me sentir firmemente enraizada no presente, concentrada apenas na beleza idílica do lugar onde estávamos. No entanto, para mim, qualquer lugar parecia uma armadilha.

As pontes, como uma série de zonas de passagem se fechando às nossas costas; as pessoas com quem estávamos naufragadas. Era quase como se o rugido das ondas fosse capaz de afogar a memória dos gritos. Como se o fluxo e o refluxo das marés não nos fizessem pensar na chuva, na água que subia e no medo que nos congelava até os ossos.

Como se não fôssemos capazes de nos relembrar do passado, da estrada sinuosa e nauseante, do desvio antes do mergulho; do crepitar de momentos que dividiam o antes e o depois.

A noite também era escura demais ali.

Um erro. A escola continuou batendo naquela tecla. Foi um erro o fato de as vans terem saído da rodovia. Um erro que nos tivessem proibido de levar os celulares para a viagem. Um erro que os motoristas não houvessem comunicado a administração sobre o trânsito ou a mudança de planos.

Outro erro foi o fato de termos passado separados o aniversário de um ano da tragédia. Embora eu tenha me mantido distante, Clara decidiu participar da homenagem feita pela escola: um momento prolongado de silêncio no pátio, seguido de doze badaladas tenebrosas emitidas pelo sino da capela — e aquela foi a última vez que ela foi vista por alguém.

Mais tarde, Clara nos enviou uma mensagem no meio da noite: *Eu vou voltar.*

E ela realmente fez isso. Dirigiu pela mesma rota em direção às montanhas do Tennessee, pegou o mesmo desvio para Stone River Gorge, deixou o carro abandonado no acostamento da estrada, uma garrafa de vodca pela metade no banco do passageiro. Dali, presumivelmente, ela caminhou até o precipício — atraída pelo rugido do rio, pela força do rio — e pulou. Só vimos sua mensagem no dia seguinte, quando já era tarde demais.

Àquela altura, eu sentia que já havia cumprido minha cota de funerais. Não conseguia suportar a ideia de participar de mais um, era incapaz de enfrentar a realidade de ter perdido mais um colega de classe — especialmente depois de tudo que tínhamos passado. Entretanto, Amaya pediu que a encontrássemos no estacionamento atrás da escola na noite seguinte ao funeral, e todos nós concordamos. Era quase como se precisássemos provar uns aos outros que o restante de nós ainda estava ali.

Ao nos encontrarmos naquela noite, nós oito gravitando em direção uns aos outros sob o brilho tênue das lâmpadas dos postes, senti, de súbito, que o verdadeiro erro não foi a sequência de fatos que levaram ao acidente, mas sim que tivéssemos sobrevivido. Sem Clara, era mais fácil acreditar que nunca deveríamos ter escapado do rio — que, de alguma forma, ele ainda nos perseguia.

Amaya teve a ideia: *Não devíamos ficar sozinhos de novo.*

Concordar com o pacto foi a coisa mais fácil de todas.

Antes, eu também pensava que aquela era uma forma de nos salvar. Que todos precisávamos ser vigilantes, estar em alerta máximo — caso contrário, a morte viria atrás de todos nós dessa vez.

Contudo, ultimamente, passei a achar que a coisa que acreditávamos estar nos salvando do passado talvez, na verdade, nos aprisionasse nele.

Achei que Ian talvez estivesse *bem* até ter recebido aquele e-mail de Amaya, relembrando-o de tudo.

Acreditei que deveria haver uma saída daquela situação.

Experimentei uma sensação de choque quando uma onda de água fria se arrastou até mim, envolvendo meus tornozelos, e dei um salto. Afastei-me do alcance da maré que se aproximava, meus rastros foram apagados pela água.

Havia poucas pessoas espalhadas pela praia: uma menininha e, presumivelmente, sua mãe, construindo um castelo de areia; um homem caminhando na minha direção, vindo do lado oposto, com uma vara de pescar apoiada no ombro.

Ouvi a onda seguinte se aproximando e me desviei dela. À minha frente, um emaranhado de algas se deteve na espuma do mar, e, na margem, algo preto se projetou da areia. Parecia ser uma carteira ou...

Outra onda se arrastou sobre o monte de areia, desalojando o objeto, mas, conforme a água recuava, pude vê-lo com clareza. Mergulhei na rebentação fria, pescando-o antes que fosse arrastado pelas ondas de novo; era um celular.

A tela estava rachada, as bordas, cobertas de areia úmida e gelada, e a água salgada manchava a tela. Sem capinha, provavelmente quebrado. O fato de ter sobrevivido ao repuxo da maré e voltado à terra firme era um pequeno milagre.

Andei em círculos, procurando um possível dono.

"Com licença", chamei a mulher e a criança que construíam o castelo de areia. A mulher olhou para cima, com uma mão segurando o topo do chapéu de palha e a outra segurando uma pequena pá de plástico. A menininha, vestida com um maiô roxo de mangas longas, não parou de cavar. "Por acaso, você perdeu um celular?", perguntei.

A mulher comprimiu os lábios, depois enfiou a mão em uma sacola de praia listrada e puxou de lá um celular dentro de uma capinha cintilante. "Não", respondeu, em meio à luz do sol refletindo o glitter.

A única outra pessoa à vista era o homem caminhando na minha direção a partir do cais — talvez estivesse à procura do aparelho.

Andei a passos largos na direção dele de forma decidida, percebendo que a parte inferior de sua bermuda cáqui estava molhada, imaginando que havia sido surpreendido por uma onda e, assim, perdera o celular. Tão logo me aproximei o suficiente para ser ouvida, perguntei: "Tá procurando isso aqui?", e estendi o celular em sua direção.

"O quê?", ele respondeu, ou foi o que me pareceu. O som se transporta de forma esquisita na região. Algumas vozes são carregadas pelo vento; outras são levadas por ele e desaparecem.

"Você perdeu isso?", tentei outra vez.

A velocidade de seus passos diminuiu, e ele moveu a vara de pescar de um lado do corpo para o outro. Era mais jovem do que imaginei que fosse a distância — usava roupas largas, e seu cabelo estava emaranhado pelo vento, espetado em vários lugares diferentes —, ele devia ter uns trinta anos, no máximo. Seus olhos brilhantes se destacavam, reluzindo, em contraste com o bronzeado.

"Não", ele respondeu. "Não sou tão burro a ponto de trazer o celular para a praia."

Olhei para cima e para baixo ao longo da faixa de areia, buscando outra possibilidade. "Será que tem um 'Achados e Perdidos' por aqui?", perguntei, desejando passar a responsabilidade adiante. O homem parecia ser um morador da região.

Ele riu, passando a mão livre pelos cabelos e ajeitando as mechas espetadas — que se alinharam de imediato, tão logo as soltou. "Com certeza, não."

"Não conheço ninguém por aqui", acrescentei. "Estou só de passagem."

Pela expressão divertida em seu rosto, imaginei que aquilo estivesse mais do que claro. "Olha", ele disse, dando um suspiro, "há uma grande chance de que esse celular nem tenha vindo de alguém desta praia." Ele fez um gesto em direção ao Atlântico, que se estendia diante de nós. "A gente encontra muitos destroços por aqui. Uma vez, chegaram partes de um naufrágio que havia ocorrido nas Bahamas, você acredita?"

Parecia-me muito pouco provável que aquele celular tivesse sido carregado pela rebentação e atravessado todo o oceano, mas o homem se afastou, erguendo as mãos e se isentando da responsabilidade. "Bem, se cuida", ele disse. Então se virou na direção do lance mais próximo de degraus de madeira, mas, em vez de pegar o caminho que levava às casas, ele atravessou um vão entre as dunas, como se conhecesse um atalho.

Examinei as casas alinhadas ao longo da praia; o celular provavelmente pertencia a alguém hospedado em uma delas. Decidi voltar pelo caminho que levava à nossa casa. Pensando melhor, pelo menos aquilo me distrairia mais tarde, dando-me uma desculpa para escapar da casa de novo. Bateria de porta em porta, procurando o dono do celular. Se o aparelho não tivesse passado muito tempo na água, talvez eu conseguisse reiniciá-lo e rastrear o dono com a informação que encontrasse ali.

Quando me aproximei dos degraus que levavam à casa, Hollis já havia desaparecido. Andei pelo caminho de madeira na direção da casa, passando pela placa gravada no portão que dizia *Remanso*.

Senti algo desacelerar ao entrar no pátio fechado, tentando identificar a sensação que se apoderara de mim — a de que algo estava *errado*. Ouvi atentamente... as ondas, as gaivotas.

Era o silêncio. Sete de nós estavam hospedados naquela casa, e, no entanto, não havia o mínimo sinal de vida.

Galguei os degraus que levavam ao terraço, atravessei a porta corrediça dos fundos e entrei na cozinha. Comparado ao sol radiante de maio, o interior da casa estava escuro, e, conforme meus olhos se ajustaram à penumbra, consegui avistar algumas garrafas e latinhas descartadas nas bancadas. O térreo parecia deserto; apesar disso, pude ouvir o ranger de passos vindos do piso de cima.

"Olá!?", chamei.

Ninguém respondeu. Andei na direção das escadas próximas à porta de entrada, de onde poderia olhar através das janelas da sala de estar. Havia um jipe preto novo enfiado atrás do meu carro — imaginei que talvez fosse o carro que Oliver alugara —, mas tinha um espaço vazio do outro lado do estacionamento, exatamente onde o carro cor de ferrugem de Amaya estava parado. Então escutei: o tamborilar de pés descendo as escadas. Recuei no momento em que Hollis surgiu, ajeitando o cabelo loiro sobre um ombro. "Finalmente", ela disse. "Achei que tivessem me abandonado."

Nenhuma de nós mencionou o fato de não nos vermos há mais de um ano. Honestamente, eu achava que, de várias maneiras, ela era a mais parecida comigo: estava lá contrariando o próprio bom senso; só que, mesmo assim, estava lá. O cabelo dela emoldurava seu rosto como se fosse uma cortina, franjas caindo até os olhos, tão retas que eu a imaginava aparando-as todas as manhãs, uma visão de eficiência. O único acessório que sempre a vi usar era um piercing de nariz com uma pedrinha de brilhante. Em seguida, seus olhos azuis zanzaram pelo cômodo, como se nem mesmo eles fossem capazes de ficar parados.

Foi quando notei o bilhete sobre a mesa de centro. Um dos cardápios de delivery rabiscados com caneta preta: ESTAMOS NO MARÉ ALTA.

Peguei o papel e o estendi para Hollis. "Mistério resolvido." O Maré Alta era um restaurante próximo ao braço de mar da ilha, o mais próximo da região, que frequentávamos há anos. Por sorte, ficava a uma curta distância de caminhada.

"Ai, graças a Deus... Eu tô morrendo de fome, na verdade", Hollis disse. Ela havia trocado de roupa; em vez do conjunto de yoga, usava uma blusa colorida, shorts e sandálias, que exibiam suas longas pernas torneadas em virtude de anos de treinamento para maratonas. Hollis sempre parecia ter saído diretamente de sua conta do Instagram, onde postava sobre saúde e bem-estar. "Você vem?", perguntou.

"Me dá só um minutinho pra trocar de roupa, que te acompanho."

Levei para o andar de cima o celular que havia encontrado e entrei no quarto verde-água, que dava para a varanda. O vento soprava, as cortinas transparentes ondulavam atrás de mim. Do lado de fora, a sombra do crepúsculo se alongava; então deixei o celular sobre a murada de madeira, onde o sol continuaria a bater enquanto se deslocava pelo céu. Havia areia e cascalho na fenda que atravessava a tela do celular, mas eu já tinha visto coisas em pior estado sobreviverem.

Voltei ao quarto e tirei minha calça jeans, que estava dura e úmida na barra, e a troquei por um vestido casual que tinha ido parar na minha mala por milagre. O restaurante não exigia um padrão de vestimenta; mas eu não tivera muito tempo para fazer as malas, por isso minha bagagem era composta basicamente de roupas de ginástica e camisetas.

Dei uma olhada rápida no espelho antigo; depois, procurei a escova de cabelos antes de me lembrar que havia esquecido de levá-la para a viagem. Procurei nas superfícies dos móveis algo de Amaya que eu pudesse usar — achei que ela não fosse se importar —, mas não havia nenhum sinal de que tivesse começado a desfazer as malas. Dei uma volta completa, observando cada detalhe do quarto. Não vi nenhum pertence de Amaya. Nem mesmo a mala que antes estivera ao lado da cama dela.

Talvez ela tivesse levado a bagagem para o quarto do andar de cima, em uma tentativa de convencer Joshua a trocar de quarto. No entanto, a última interação entre eles tinha sido desconcertante. Ela parecia tão tensa, tão enérgica. Fui para o hall e, em seguida, subi pela escadaria estreita em frente ao quarto até o andar seguinte.

Pude ouvir um barulho vindo do quarto antes de chegar ao patamar.

Não havia uma porta que levasse àquele quarto, apenas a escadaria, que dava direto em um loft com teto inclinado e uma cama baixa de casal sob um conjunto de janelas de sótão.

Só conseguia enxergar aquele lugar como sendo o espaço de Ian. Era impossível estar ali sem visualizar sua figura esguia, encurvada, sentada aos pés da cama. A forma como seu rosto sempre mudava assim que eu alcançava o último degrau, como se já pressentisse minha aproximação.

O quarto estava vazio, mas havia uma porta-balcão que levava ao deque superior, um mero quadrado que servia de mirante e se conectava aos níveis inferiores da casa por meio de uma série de degraus íngremes que, imagino, foram acrescentados após a construção inicial da casa. Acredito que nunca tenham passado por algum tipo de inspeção.

A porta-balcão rangia quando o vento soprava, a brisa intensa do oceano assobiava entre as fendas. Não estava totalmente fechada. Atravessei o quarto depressa, empurrei-a até o fim e depois passei a tranca.

Sem o ferrolho, as portas exteriores que davam para o mar costumavam se abrir em consequência do apodrecimento dos batentes, causado pelas intempéries.

Os pertences de Joshua já estavam espalhados pelo lugar: as malas abertas em cima da cama amarrotada; os tênis jogados de qualquer jeito no meio do piso; roupa de banho arremessada sobre uma cadeira de madeira; laptop apoiado na escrivaninha de carvalho repleta de papéis jogados sobre a superfície.

Não havia sinais de Amaya ali. No meu caminho de volta para baixo, chequei o quarto amarelo e o azul-marinho, mas não notei nenhuma indicação de que ela pudesse ter se mudado para lá. Também não havia sinais de sua bagagem no térreo, onde Hollis me esperava diante de uma janela, olhando para fora.

"Você viu Amaya?", perguntei.

"Não vi *ninguém*. Acho que eles devem ter saído todos juntos. Você está bem?"

Assenti, seguindo-a pela porta de entrada, mas não consegui me livrar da sensação de que havia algo de muito errado.

Era porque Ian devia estar ali; sua ausência havia desequilibrado tudo. Nada parecia correto naquele lugar; na verdade, raramente alguma coisa parecia correta.

CAPÍTULO 3

Era mais fácil chegar ao Maré Alta atravessando uma série de passagens entre as casas. Aquela região era repleta de casas de veraneio de três andares ladeadas de antigos bangalôs, que acabaram sendo convertidos em trailers, cercadas de mato alto, com áreas cobertas de areia que dividiam as propriedades. Precisávamos apenas atravessar uma estrada asfaltada chamada pelos moradores locais de rodovia, que, no entanto, não era nem um pouco parecida com qualquer rodovia que eu tenha visto fora dali. Não havia nem mesmo luz, tampouco uma faixa de pedestres — apenas alguns espaços entre o trânsito quando era possível correr e atravessar, por conta própria.

O restaurante ficava na beira da enseada, projetando-se sobre a água. A correnteza era mais calma naquela região, um fustigar suave contra a parte inferior do cais, mesclado a uma névoa lúgubre que, muitas vezes, pairava sobre o mar durante o anoitecer ou ao amanhecer. Passamos muitas noites ali nos últimos anos, por isso reconheci a recepcionista de sempre.

Ela deve ter nos reconhecido também. Conforme entramos, seu rosto se transformou de imediato; rugas profundas marcavam sua pele bronzeada ao mesmo tempo que seu sorriso se alargava. "Eu sabia que estavam faltando alguns rostinhos", ela disse, com uma voz rouca. Então olhou por sobre nossos ombros, como se esperasse mais alguém.

Não consegui me lembrar do nome dela, mas Hollis o puxou da memória bem rápido. "Oi, Joanie", cumprimentou.

Joanie apanhou dois cardápios plastificados e nos guiou em direção a uma mesa no canto, na junção entre duas paredes de vidro; o mar e o céu se ampliavam infinitamente em todas as direções.

Havia duas jarras de cerveja no meio da mesa, junto a uma variedade de aperitivos fritos; todo mundo comia e bebia como se ainda estivéssemos na faculdade. Sentei-me no espaço vazio ao lado de Grace, de frente para uma parede de janelas, vendo o reluzir de um pôr do sol alaranjado se refletindo na baía.

Do outro lado da mesa, Oliver puxou a cadeira ao lado. "Oi, Hollis", disse, enquanto ela se sentava, "senti sua falta lá em casa!"

Respondendo ao Oliver, Hollis empilhou uma porção de camarão com coco no prato diante dela, enquanto eu observava os outros rostos em volta da mesa.

"Cadê a Amaya?", perguntei.

Josh parou de mastigar por um segundo, então engoliu. "Ela disse que não estava com fome."

"Ela sumiu", respondi, encarando-o com um olhar atento.

Josh deu de ombros antes de encher a mão de nachos. "Deve estar esfriando a cabeça, então."

"Não, não é isso, a mala dela também sumiu. O carro sumiu."

Toda a mesa se pôs em silêncio por um instante antes de Brody pegar uma das jarras de cerveja e encher seu copo de novo. "Tenho certeza que Amaya vai voltar", ele disse. Então se inclinou e encheu meu copo também.

"Isso deve ser um recorde", Josh disse, revirando os olhos. "Quanto tempo ela aguentou desta vez? Três horas?"

Não fui a única a olhar feio para ele nesse momento, embora Josh não parecesse ter notado.

Franzindo a testa, coloquei meu celular sobre a mesa. Talvez eu devesse encontrar o número que me enviara a mensagem sobre o Ian no dia anterior e responder.

"Vou mandar uma mensagem pra ela", Grace disse, como se compreendesse a importância de tranquilizar a todos nós.

Amaya já havia desaparecido antes. Algo bastante irônico, levando em consideração que ela era justamente a pessoa que garantia que todos nós estivéssemos ali. No entanto, ela própria tinha mais dificuldade em se manter ali que o restante de nós. Costumava sair para uma caminhada e voltar muito depois dizendo que havia perdido a noção do tempo. Ou pegava o carro para fazer compras e, em seguida, passava a noite no camping na beira da estrada e então voltava no dia seguinte com o café da manhã. Era como se sentisse que qualquer lugar podia se tornar uma armadilha e precisasse provar para si mesma que era capaz de escapar.

Grace comprimiu os lábios, então tirou os olhos do celular. "Ela tá bem. Disse que só precisa de um pouco de espaço."

"Ela vai voltar ainda esta noite?", perguntei.

Mas Grace guardou o celular, deu de ombros; depois, repousou a mão sobre o meu braço. "Vamos dar um tempinho a ela. Você sabe como pode ser difícil." Grace e Amaya haviam estreitado laços ao longo dos anos, diferentemente dos outros membros do grupo. Pensando no jeito como Grace falava de Amaya, às vezes eu me perguntava se Amaya também não havia se tornado uma de suas pacientes.

"E aí, quais são as apostas? Quanto tempo vocês acham que leva pra ela voltar?", Josh perguntou, como se tudo aquilo fosse uma piada.

Logo depois, meu celular se acendeu ao receber uma mensagem, mas era o nome de Russ em exibição na tela: *Chegou bem?*

Respondi à mensagem: *Sim, ainda estou me acomodando. Nos falamos logo mais.*

"Está saindo com alguém, acertei?", Brody perguntou, espiando sobre meu ombro para ver o que eu digitava.

Sorri para ele e coloquei o celular de novo na bolsa. Não queria dividir essa parte da minha vida com eles. Talvez meu passado estivesse irremediavelmente conectado ao deles, mas meu futuro não precisaria estar.

"É sério?", ele me provocou; uma covinha se formou em seu rosto enquanto ele se inclinava, apoiando o cotovelo na mesa e o queixo na mão, me encarando.

"Não muito", respondi, balançando a cabeça, admitindo essa verdade para mim mesma no exato momento em que a proferia. Já havia contado a Russ minha primeira grande mentira — que precisara cobrir o lugar de uma colega de trabalho em uma viagem de negócios de última hora —, e seria apenas uma questão de tempo até que eu contasse a segunda, e a terceira, enterrando-me em histórias que eu precisaria saber de cor; um fardo que não queria ter de carregar.

Isso era autossabotagem, eu sabia, mas já havia me colocado naquela situação com a primeira mentira.

Era vergonhoso. Tudo tinha sido fácil com Russ... até agora. Ele não costumava fazer perguntas que exigissem mentiras elaboradas ou um álibi. Era quatro anos mais velho que eu, e direcionava todo o seu foco para o futuro. Nos conhecemos no nosso bar favorito, nossos olhares se atraíram imediatamente, no momento em que ele entrou; gostávamos das mesmas coisas — desde os aperitivos no cardápio até as músicas tocando nas caixas de som — e tínhamos o mesmo senso de humor. *Você acredita em destino?* Foi a pergunta que ele me fez no fim daquela primeira noite — e eu acreditava, e ainda acredito. Nos últimos meses, aliás, passei a acreditar que, em uma sala repleta de gente, eu seria a pessoa que Russ escolheria salvar. Esta é minha interpretação equivocada do conceito de amor.

No entanto, ele depositava um excesso de confiança em mim, e agora eu sabia disso. Seria mera questão de tempo.

"Ah, fazer o quê?" Grace disse, apontando para o meu copo cheio. "Bebe um pouco, linda."

Imaginei que ninguém estivesse surpreso de fato. Todo ano era basicamente a mesma coisa.

Na última década, eu havia passado por uma série de relacionamentos fracassados, nos quais ou eu estava apegada demais ou indiferente demais. Foi um processo ativo de luta em busca do meio-termo — minha esperança de levar uma vida comum, uma existência comum —, e achava que tinha finalmente alcançado isso com Russ. Mas agora eu começava a pensar que não existia meio-termo, que éramos todos uma série de extremos, um equilibrando o outro.

Não conseguia parar de reanalisar tudo, enxergando-me de uma vista aérea. Àquela altura, eu já conhecia a dura realidade sobre mim mesma. Imaginava que aquele fosse o principal problema com todos nós.

"E você, Brody? Já marcou a data?", perguntei, em uma tentativa de tirar os holofotes de cima de mim.

Brody ergueu um dos ombros em um gesto exagerado. "Não deu certo", respondeu, puxando o celular do bolso. "Mas fico com esse carinha um fim de semana sim e outro não." Ele virou a tela na nossa direção e nos inclinamos para perto a fim de ver. Era uma foto do filho de Brody, que completaria um ano de vida no fim da semana, embora na foto o bebê ainda fosse muito novinho e estivesse enrolado em uma manta branca e aconchegado nos braços de Brody.

"Adorável", eu disse, e ele realmente era. Tanto Brody quanto o bebê, que era provavelmente o que ele desejava que disséssemos. Até Hollis lhe sorriu docemente.

Chegava a ser reconfortante, de certa forma, que ninguém ali fosse melhor que eu em manter relacionamentos duradouros.

Bebi a cerveja de uma talagada, depois me servi de outro copo. Percebi que estava me livrando daquela resistência inicial, daquela mesma ladainha — aquele lugar, aquelas pessoas. A segunda rodada logo se tornou uma terceira, embora eu acreditasse que os outros estivessem mais algumas rodadas à frente. Não havia motivo para contar as bebidas. Esse era o jeito certo de enfrentar o primeiro dia.

Em algum momento, Oliver entregou o cartão de crédito para Joanie, e ninguém fez objeção alguma, nem se ofereceu para pagar a conta. Não tinha por que fingirmos naquele lugar.

Com uma sensação familiar de conforto, eu já sabia o que viria a seguir. Metade de nós se recolheria de imediato aos quartos, se entregando ao sono. A outra metade se sentaria lá fora ao redor da fogueira, apavorada com o silêncio e a quietude. Eu torcia para que Amaya já estivesse lá, mais calma, ligando as luzes externas, esperando nosso retorno.

Caminhamos de volta para casa imersos em uma nuvem de álcool e gargalhadas que beiravam a histeria. Em um deslize muito pouco típico, Hollis tropeçou no meio-fio e Oliver a agarrou pela cintura, e então seguimos adiante. Notei que me apoiava em Grace enquanto andávamos, sentindo a proximidade de Brody enquanto ele fazia movimentos circulares em volta do grupo, para ter certeza de que todos ouviam sua história sobre uma briga de bar que havia começado ou terminado — eu não sabia dizer com certeza. Acontecia com todos nós; o processo de nos despirmos de nossas reservas. Mais uma vez, estávamos nos abrindo uns para os outros.

Subimos os degraus da varanda tropeçando no escuro. Nem nos demos ao trabalho de trancar a porta. Era uma localidade composta apenas de casas de veraneio isoladas que estavam ali desde sempre, e de moradores de bangalôs, ali fazia ainda mais tempo.

O interior da casa parecia vivo e pulsante, como se esperasse por nós. Chutamos nossos sapatos e preenchemos o andar térreo de gargalhadas, alguns desejos de boa-noite e Brody perguntando quem queria *tomar mais umas perto da fogueira.*

"Vou nessa", eu disse, sentindo a cama me chamar. Fui a primeira a subir as escadas, ansiosa para dormir. Eu estava louca para que o dia terminasse, assim poderia começar o próximo e seguir daquele modo, em contagem regressiva.

Foi só quando entrei no quarto — sozinha — que percebi que Amaya ainda não havia retornado. No entanto, àquela altura, minha preocupação estava amortecida pelo álcool. Além disso, aquela não seria a primeira vez que ela teria passado uma noite fora. Tirei meu colar e coloquei o pijama.

O ar parecia úmido demais, por isso abri as portas-balcão e deixei a brisa noturna entrar. Lembrei-me do celular encharcado que havia colocado lá fora, então saí para a varanda a fim de retirá-lo do canto, e o avistei como se ele fosse uma mancha escura apoiada na murada. Frio ao toque, mas ao menos parecia seco.

Escutei a risada de Brody ecoando do terraço enquanto me fechava de novo no quarto. Levei o telefone danificado até o carregador, ao lado da cômoda, e o liguei. Nada aconteceu, mas pensei que se talvez eu o deixasse carregando durante a noite, isso o traria de volta à vida.

Então me encolhi na cama perto da janela com meu próprio celular, lendo as mensagens que havia recebido. Tinha uma mensagem da minha mãe, perguntando se eu poderia ir ao aniversário do meu pai no mês que vem — sua maneira sutil de saber como eu andava. E uma mensagem da minha chefe, Jillian. Respondi, apressada, que tinha saído da cidade para uma emergência familiar, mas continuaria trabalhando de modo remoto, mesmo que precisasse fazê-lo nas horas de folga. Ainda que nos encorajasse a ficar offline quando não estivéssemos no horário de trabalho, ela raramente fazia isso. Jillian respondeu quase imediatamente: *Leve o tempo que precisar e se cuide.*

Ela era uma ótima chefe, bem flexível — desde que eu cumprisse com meus prazos, o que eu sempre fazia. Trabalhava em meio período para sua empresa, nos eventos corporativos, o que geralmente me permitia trabalhar de casa, menos quando esses eventos aconteciam. O trabalho explorava meus pontos fortes. Minha função era confirmar e reconfirmar os detalhes, depois agir como se não fosse grande coisa quando o cliente solicitava uma mudança de local após o depósito ter sido feito, ou exigia uma adição de última hora ao cardápio, ou pedia para editar algum detalhe em um programa impresso. Era um trabalho de bastante estresse, mas poucos riscos. Depois, quando o evento finalmente acontecia, meu trabalho era desaparecer nos bastidores, tornar-me imperceptível. Eu garantia que todos estivessem onde deveriam estar, checava cada item da lista, então saía de fininho do lugar. Limpando as minhas digitais, apagando meus rastros. Como se eu nunca houvesse passado por lá.

Eu ajustava as horas de acordo com minhas necessidades e trabalhava como freelancer para empresas menores e negócios locais. Quase como Russ, que ensinava matemática por meio período na faculdade, mas dava aulas particulares pelo dobro do preço. Nosso desejo de trabalhar de forma autônoma, e toda a correria envolvida nisso, era só mais uma das tantas coisas que tínhamos em comum.

Procurei o nome de Russ, depois desisti de ligar para ele. Ele estava longe demais naquele momento. Este sempre fora o maior perigo daquele lugar. A forma como aqueles aniversários devoravam tudo, como se nada mais pudesse existir além de nós e da casa.

Escutei um barulho vindo da varanda, então desci da cama e saí para a escuridão da noite. "Amaya?", sussurrei, pensando que talvez quisesse evitar Josh quando ele voltasse. Mas o deque estava vazio.

Outro rangido, desta vez vindo de cima. Ou Josh havia saído do quarto ou alguém tinha decidido visitá-lo.

Voltei para dentro, tranquei as portas-balcão atrás de mim e, logo depois, me perguntei se deveria deixá-las abertas, aguardando a chegada de Amaya. Conseguia imaginá-la sentada na praia, esperando que todos nós caíssemos no sono antes de subir os degraus de volta e entrar de fininho.

Ela me dissera uma vez — no escuro daquele mesmo quarto — que, às vezes, mesmo sem motivo, ela se sentia presa. Como se até mesmo a decisão de se locomover fosse difícil demais. Sentia-se congelada pela responsabilidade da escolha que envolvia cada momento de sua vida. Acho que provavelmente se arrependeu de ter me contado aquilo.

Mas, naquele momento, eu não conseguia deixar de pensar que Amaya poderia estar presa em algum lugar lá fora, incapaz de se convencer a voltar. Talvez estacionada na área pública de acesso à praia. Ou do lado de fora do *lobby* do hotel mais próximo. Sem saber o que fazer ou para onde ir.

Voltei a olhar minhas mensagens, descendo até chegar à mensagem que havia recebido mais cedo naquele dia. Ao número desconhecido que eu supunha pertencer a Amaya, o que me perguntara se eu sabia da morte de Ian, e que depois me enviou o obituário. A mensagem que me levara até ali.

Li a conversa aberta, minha última mensagem — a resposta "*Estou a caminho!*" — marcada como entregue.

Então enviei uma nova mensagem: *Cadê você?*

Um zumbido veio do outro lado do quarto, e dei um pulo na cama. Soava como a vibração de um telefone.

Talvez o celular danificado que eu havia colocado para carregar estivesse voltando milagrosamente à vida, afinal.

Mesmo assim, continuei imóvel, segurando a respiração.

Olhei de novo para o número desconhecido e apertei o botão de chamada.

Saltei quando o celular vibrou outra vez sobre a cômoda. Eu o senti vibrando em cada centímetro da minha pele, cobrindo-a de suor frio, preenchendo-a de calafrios. Havia presumido que aquele número de telefone fosse de Amaya, mas aquele não podia ser seu celular — eu a vi na casa pouco antes de achá-lo jogado na praia.

Isso significava que outra pessoa havia me mandado aquela mensagem pela manhã. Que outra pessoa queria que eu estivesse ali.

O zumbido continuou, implacável. Um motor zunindo ao fazer a curva numa estrada. Um estrondo de trovão a distância. Um presságio.

Então, como antes, aquele barulho soou como um aviso reverberando profundamente em meus ossos.

ANTES

SÉTIMA HORA

AMAYA

O trovão ressoou bem acima de suas cabeças, fazendo com que todos se encolhessem. Eles conseguiram enxergar o grupo, tremendo de leve, sob as luzes dos relâmpagos, antes de mergulharem de novo nas sombras. Alguns deles estavam amontoados juntos, outros, aglomerados na extensão da ampla beirada da rocha.

No entanto, não era com os trovões que Amaya se preocupava. Era com o som do rio, que parecia se tornar cada vez mais alto, cada vez mais próximo. Era com a velocidade da água subindo e se chocando contra o rochedo, algo que se tornava visível sempre que o céu se iluminava.

Não era mais o mesmo rio do qual tinham escapado. Suas fronteiras haviam se expandido, a água estava invadindo tudo que encontrava no caminho.

Amaya sabia o que fazer. Àquela altura, ela sabia o que *tinha* de fazer. Era uma caraterística que lhe havia sido incutida desde a mais tenra idade, uma crença que se estendia para além de si mesma. Uma responsabilidade.

Os membros da família Andrews eram perfeccionistas, eram líderes, pessoas que botavam a mão na massa e superavam todas as expectativas. Amaya era bilíngue desde que começara a falar — a mãe, uma artista que havia fugido de Cuba na adolescência; o pai, membro de uma família que há gerações trabalhava com Direito na Carolina do Norte —, e ela já aprendia uma terceira língua. Era uma ameaça tripla: estudante-atleta-artista. Estudaria na Duke University, exatamente como o pai e o avô haviam feito antes dela. Coisas grandiosas estavam por vir.

Mas Amaya também compreendia, mais que todos os colegas de classe, que o risco não podia ser calculado como em uma aula de matemática nem reconciliado com a História. Isso, geralmente, estava ligado a algum elemento de perda. Ela havia testemunhado essa dicotomia na expressão de sua mãe, enquanto ela contava histórias de seu passado; um triunfo misturado com arrependimento.

Os Andrews faziam o próprio destino, como o pai gostava de dizer — no entanto, quem incorporava de verdade aquele lema era sua mãe, e ela era uma García. Naquele momento, Amaya conseguia visualizá-la entrando em um barco no escuro, com o rosto virado na direção do mar aberto, rumo ao desconhecido.

Ela sabia como agir.

Na condição de líder do Clube de Voluntariado, foi Amaya quem teve a ideia da viagem. Foi a organizadora, unindo-se a um projeto do Habitat para a Humanidade sobre uma série de tornados que haviam devastado três cidades inteiras no Tennessee. Aquela confusão toda era sua responsabilidade.

As vans tinham desaparecido, ambas levadas pelo rio que afluía. Levadas com...

Não pense nisso. Não pense.

A mãe de Amaya costumava dizer que a filha era boa em compartimentar, e Amaya nunca percebera que aquilo era um elogio até aquele instante...

O metal retorcido, o vidro estilhaçado, a correnteza da água — em uma caixa.

Os dois professores e os colegas de classe que já não podiam ser salvos — em outra caixa.

Os que ainda estavam desaparecidos — *não fale o nome deles, não pense neles* — em uma terceira caixa.

Amaya encarava as trevas, a água subindo, as rochas íngremes que os envolviam, as pessoas espalhadas sobre as pedras, as sombras da noite. E era como se, de repente, somente ela conseguisse ver. Algo vindo na direção deles, progressivamente, em meio ao som da correnteza do rio.

Ninguém procurava por eles. Haviam deixado a rodovia quilômetros antes do acidente, tomando um atalho perigoso. Na melhor das hipóteses, ninguém notaria a ausência deles até a manhã do dia seguinte. Caso continuassem ali parados, esperando, Amaya tinha certeza absoluta de uma única coisa...

Estavam encurralados. Se não saíssem dali, morreriam.

Já era tarde demais para alguns deles.

Não olhe para eles. Os que haviam sido retirados pela traseira da van e deixados juntos, apoiados contra a parede do penhasco.

Não havia nada que ela pudesse fazer por eles agora.

"Escuta, gente, nós precisamos...", começou a falar, mas ninguém prestava atenção nem ouvia o que ela dizia.

Só aquela garota — Cassidy —, com quem nunca havia conversado antes. Podia ver o branco dos olhos dela brilhando em sua direção, à espera. Como se soubesse exatamente o que Amaya estava prestes a dizer.

A promessa da maioridade, a liberdade de tomar as próprias decisões — ninguém nunca havia mencionado o peso daquilo.

"A gente precisa sair daqui", Amaya disse. Suave, de início. A fim de que a única pessoa que pudesse escutá-la fosse aquela que olhava para ela. Não importava que não fossem amigas, que uma não soubesse nada sobre a outra, exceto o nome. Aquela noite havia destruído todo o restante. Em questão de horas, relação nenhuma importaria. O passado de cada pessoa não importava. Só aquilo, só o agora.

E então Cassidy a encarava com olhos arregalados.

Amaya a olhou de volta, como se estivesse fazendo uma pergunta, ou pedindo permissão, uma confirmação de que sua decisão era acertada.

Cassidy assentiu.

"A gente tem que se mexer!", Amaya gritou, então, com as mãos em concha ao redor da boca, mais segura de si.

"Como?", Brody perguntou, enquanto os outros formavam um círculo. Eles já haviam traçado o perímetro. As paredes escorregadias do penhasco molhadas de chuva de um lado, a água revolta do outro. E o rio era veloz demais, arriscado demais. Sabiam disso agora.

"Para cima", Amaya disse. "Temos que subir." Havia saliências e sulcos, pelo menos até onde ela conseguia sentir. Não saberiam o que havia além se não tentassem. E eles precisavam tentar.

"Não dá", Clara disse, soando suplicante. "Não podemos deixar..." Ela olhou para trás, mas Amaya sabia melhor que ninguém... Ela já havia olhado para eles uma última vez, e isso era mais que suficiente.

Em vez disso, Amaya olhou para Cassidy, esperançosa. Aguardando.

Cassidy pigarreou. "Precisamos tentar."

Ian estava parado ao lado de Cassidy, como estivera desde que haviam chegado às rochas, mas Amaya achava que eles não se conheciam antes daquela noite. Era como se estivessem ligados a ela por uma força invisível ou pelo que quer que houvesse ocorrido na outra van.

Ian estava ferido; mantinha o braço apoiado contra o corpo. "Tá bom", disse, ou Amaya pensou que tivesse dito; suas palavras foram engolidas pelo estrondo de outro trovão.

Amaya sabia que existia poder nos números, e agora havia três pessoas ao seu lado. Quatro, se contassem Brody, que não havia respondido, mas isso não era um problema, de modo algum, pois ela sabia que, se não concordasse com o proposto, poderia dar início a uma discussão. E, se Brody concordasse, Hollis o acompanharia. Cinco.

Oliver, antes em pé atrás dela, apareceu de repente do seu lado. "Então vamos", falou, como se aquele tivesse sido o plano desde o começo. Joshua, parado o mais longe possível do grupo, não disse nada, mas Amaya percebeu que ele também viria. Fazia muito tempo que ela o conhecia, tempo suficiente para saber que Joshua não tomava decisões; ele mal seguia o caminho traçado diante de si, a menos que fosse guiado por alguém.

Grace estava parada atrás de Clara, com os braços ao redor de seus ombros, conversando com a amiga. "Grace", Amaya a chamou, desviando sua atenção de Clara. "A gente tá indo", ela disse, decidida.

O corpo inteiro de Clara estremecia. "Não! Precisamos esperar", suplicou.

"Não podemos esperar", Amaya retrucou. Já haviam esperado demais.

"Temos que esperar com eles." Clara apontou para os que estavam atrás dela.

"Clara", Amaya disse, de olhos fechados, "vamos mandar alguém para buscá-los depois. É o único jeito."

"É o único jeito", Grace repetiu.

Mas Clara se afastou de Grace, desaparecendo em meio às sombras dentre os rochedos. Amaya se viu incapaz de olhar para ela, ali, falando com os mortos. Grace não se moveu. Ela olhou para Clara por cima do ombro e, depois, olhou de novo para Amaya.

"Grace", Amaya falou, "pega ela." Grace e Clara eram inseparáveis desde o ensino fundamental. Elas só ficariam ali ou sairiam dali juntas.

Grace ouviu, mergulhando na escuridão. Ao retornar, arrastava Clara com ela, e Brody correu para ajudar.

"Por favor", Clara implorou, com os braços em volta de Grace, como se apenas ela pudesse compreender.

Mas Grace a puxou para mais perto. "Não olhe pra trás", ela disse, tomando a decisão no lugar dela. E então a empurrou para a frente.

"Temos que sair daqui *agora*!", Amaya berrou. Suas palavras ecoaram pelo grupo, como um comando, uma força.

Ela acolheu a chuva e o trovão, focando somente aquele ruído. Ignorou as discussões, o pranto. Apoiou o pé na primeira saliência de rocha e impulsionou o corpo para cima. Oliver fez o mesmo ao lado dela e avançou bem rápido. Não era tão íngreme quanto havia imaginado. Assim que chegassem à plataforma seguinte, haveria espaço suficiente para se deitarem, para ajudarem os outros, para os auxiliarem ao longo do caminho.

Então Amaya ouviu a água subindo, disparando na direção deles, numa onda repentina. Como se uma barragem fosse rompida.

"Vai!", ela gritou, puxando Clara consigo. "Vai, vai, vai!"

A etapa seguinte seria por um caminho rochoso, e eles continuaram avançando como se estivessem em uma corda bamba no escuro, com uma mão apoiada no braço à frente deles, outra apoiada na parede de pedra. Amaya ouvia o rio se aproximando cada vez mais. *Olhe para a frente. Continue andando.*

Só escorregou uma vez, durante uma corrida frenética, mas Cassidy, que estava atrás dela, segurou-a pelos ombros antes que caísse. "Continue", ela a incentivou, tão logo Amaya voltou a se firmar nos pés.

Com Oliver à frente e Cassidy atrás, Amaya não podia se preocupar com os outros, apenas torcer para que fossem tão sortudos quanto ela.

Chegaram ao fim de uma trilha enfrentando mais uma parede rochosa inclinada, escorregadia da chuva, e trabalharam em conjunto e lentamente, como um time. Joshua e Brody se ocuparam em levantar os colegas, antes de subirem.

Continuaram escalando. Na escuridão, aquela era a única coisa da qual Amaya tinha certeza. Estavam indo para cima, aumentando a distância entre eles e a água que subia.

Em algum lugar escondido no penhasco, eles caíram em uma nova trilha. Um caminho. Um emaranhado de raízes que se enroscavam em suas mãos e joelhos.

E, em seguida, encontraram árvores. As mãos agarravam ramos e troncos, puxando-os para alçarem os próprios corpos encosta acima. Um desespero frenético. Enfim, um pouco de esperança. Amaya começou a correr, acompanhada de perto pelos outros. Galhos acertavam seu rosto, seus braços. Até que, de súbito, os galhos sumiram e Amaya sentiu o asfalto sob os pés. E ali eles pararam, esperando juntos, debaixo da chuva torrencial, com os relâmpagos a cortar o céu, trovões bradando acima de suas cabeças.

Até que, por fim, uma luz surgiu depois de uma curva. Eles começaram a gritar, agitando os braços no ar. Um caminhão, freios guinchando, parando totalmente.

"Socorro! Ajude a gente!", Amaya berrou, sentindo o grito rasgando sua garganta.

Ela correu em direção ao caminhão na mesma hora em que a porta da boleia se abriu e um homem pulou para fora, apressando-se ao encontro deles com um celular na mão.

Amaya tremia de frio, de adrenalina, de algo inominável, abrindo lentamente caminho...

"Olha", ela começou a falar, virando-se para os outros. *Olha*, ela queria dizer a eles. *Olha até onde eu os levei. Olha o que nós fizemos.*

Sobrevivemos.

Ela esperou que o alívio a inundasse, uma euforia. Ninguém a olhava nos olhos.

"Nós conseguimos", Oliver disse, com o corpo encurvado. Então Grace começou a chorar, emitindo soluços altos e ofegantes. Brody segurava Hollis debaixo de um braço e estendeu o outro para acolher Grace. Cassidy manteve a mão na camiseta completamente encharcada de Ian, como se temesse que o rapaz fosse desaparecer.

Enquanto o homem ligava para a emergência, contou-os sob a luz dos faróis. "Sete, oito, nove jovens..."

"A gente precisa voltar", Clara soluçou. "Tem...", mas Joshua a puxou para perto, abraçando-a tão apertado que abafou seu pranto com o ombro.

"Shh...", Joshua sussurrou, perto da orelha dela.

Todos haviam escutado a violência do rio. O ruído da queda da água inundando o desfiladeiro, lambendo seus calcanhares. Sabiam que era impossível alguém ter sobrevivido.

Amaya pareceu ver tudo em uma sequência de imagens: as pessoas que haviam deixado para trás — feridas, amontoadas na base do penhasco. O olhar perturbador em seus olhos. Era tarde demais para os que haviam ficado lá, ela sabia. Soube desde o início.

Então ela parou de separá-los em categorias, em caixas. Eles não voltariam — jamais. Todos os que haviam sido deixados para trás estavam mortos.

Amaya imaginou sua mãe em um barco. Sua bravura. E se esforçou para encontrar em si mesma o mesmo sentimento — resistência, força. As escolhas inevitáveis exigidas em momentos desesperadores. Em vez disso, Amaya viu seus rostos, as páginas brilhantes do anuário escolar. Ainda conseguia sentir o cheiro do xampu de Morgan, no encosto do banco ao lado do seu, onde havia encostado a cabeça; sentir o primeiro beijo de Ben, no primeiro ano do colegial, e a forma como seu coração disparou; escutar Trinity gritando atrás deles enquanto se afastavam: *Não abandonem a gente, nem pensem em deixar a gente pra trás.*

E Clara, gritando sobre o ombro: *A gente já vai voltar!* A mais generosa de todos eles, mesmo quando mentia.

Até que os gritos se transformaram em outra coisa e depois se resumiram ao nada absoluto.

Parada na estrada, debaixo da chuva, sob os faróis do caminhão, Amaya não sentiu nenhum alívio. Apenas uma escuridão esmagadora.

SEGUNDA-FEIRA

CAPÍTULO 4

Eu sonhava com aquilo de novo. A escuridão. As vozes nos chamando.

Aqueles ecos assustadores nos puxando de volta, o antes e o agora. Imaginava-os se agarrando a Clara, impossíveis de serem silenciados. O pesadelo que Ian tentara abafar durante a última década.

A memória sempre me voltava nos momentos entre sonho e vigília, em um meio sonho, uma sequência de eventos que ocorriam sempre da mesma maneira: invariáveis, inescapáveis — uma armadilha da qual eu jamais conseguiria me libertar.

A história oficial, que fora contada e tida como verdadeira, escrita nos jornais e depois esquecida por todo mundo, exceto as pessoas afetadas por ela, mencionava um único incidente. Um terrível acidente que deixara um pequeno grupo de sobreviventes. O horror do qual, sete horas depois, havíamos sido capazes de escapar em segurança.

O relatório oficial tinha uma delimitação precisa, um antes e depois. De vítimas a sobreviventes em segundos. Sorte e destino. Alegamos não saber o que tinha acontecido aos outros — se haviam afundado, se ficaram presos dentro das vans, ou se teriam conseguido se libertar e depois sucumbido à violência dos elementos da natureza.

Foi essa a história que contamos ao motorista de caminhão que nos encontrou, à polícia e à equipe de salvamento que nos resgatou. E, depois, repetimos a mesma história às nossas famílias, aos funcionários da escola e aos advogados. Não falamos com as famílias das vítimas — deixamos essa tarefa para o escritório de advocacia do pai de Amaya. Também não falamos com a imprensa.

Era uma tragédia, claro, mas não uma *história* — estava longe de chegar às manchetes. Não explorava nem as camadas de horror nem as camadas de sobrevivência. Muito menos as camadas de decisões que amarraram os nove juntos, e que, nos anos seguintes, continuariam a manter atados aqueles que permanecessem.

Por isso era tão fácil mantermos o pacto. Guardávamos os segredos uns dos outros e nos mantínhamos a salvo.

Já éramos parte daquilo, quer chamássemos de pacto ou não. E talvez fosse pelo conforto de estarmos juntos todos os anos naquela mesma época. Estando ali, olhávamos uns para os outros e sabíamos que estávamos rodeados de pessoas que tomaram a mesma decisão. Pessoas que haviam racionalizado e compreendido que não havia outra opção. Se tivéssemos continuado lá, teríamos perecido junto a eles. Era essa culpa coletiva que nos mantinha unidos.

Porém, quem poderia nos culpar, de fato, por termos feito o necessário para sobreviver?

Nós. Somente nós.

O som de uma porta batendo me despertou completamente. Sempre demoro um pouco para me reorientar de volta à casa, ao quarto com cobertores verde-água e móveis de madeira escura. Demoro a processar o grito abafado de uma gaivota, o ruído do quebrar das ondas. Um segundo antes, minha mente voltou ao normal e sussurrou: *Você está de volta. Você está aqui, no Remanso. Com eles.*

A sensibilidade voltou lentamente aos meus membros. O celular permanecia em minha mão, descansando sobre o meu peito... provavelmente a forma como sucumbi ao sono durante as poucas horas que antecediam o nascer do dia.

Uma luz alaranjada agora se infiltrava através das cortinas transparentes, lançando seu brilho pelo piso de madeira. Tirei o celular do peito, encarando meu reflexo escuro refletido na tela rachada, então apertei o botão de ligar só para garantir.

Desligado, de novo. Não me surpreendi — o aparelho desligava sempre que eu o desconectava do carregador por muito tempo. Quando o reconectei, voltou a funcionar logo depois. Não houve solicitação de senha, porém a tela inicial travava toda vez que eu tentava abrir um aplicativo ou acessar a lista de chamadas, exibindo uma tela verde e depois se reiniciando no meio do processo.

Era impossível saber por quanto tempo havia ficado jogado na areia à mercê das ondas.

Contudo, aquele celular, que encontrei abandonado e quebrado à beira do mar, tinha sido utilizado para me enviar mensagens. Para me levar até ali. Apesar disso, eu não sabia a quem ele pertencia.

Um rangido ecoou de algum lugar no deque, e me sentei depressa, sentindo uma leve dor de cabeça crescendo atrás dos meus olhos. Em seguida escutei um ruído de passos rápidos, e saí correndo da cama, deixando o celular para trás. Imaginei alguém fugindo, precisando de ajuda.

Abri as portas para o deque, a mão ainda segurando as cortinas que cobriam o vidro, meus dedos sentindo um rasgo no tecido. No entanto, o único movimento que detectei foi o de uma pessoa a distância, os pés chutando cascalho solto no caminho em direção à praia. Hollis, vestida com seu conjunto de ginástica, correndo em passos longos e confiantes, cruzando o caminho de madeira que atravessava as dunas.

Apertei os olhos para protegê-los da luz do sol, que estava nascendo; o reflexo radiante no oceano os fazia lacrimejar.

Outro passo soou vindo da plataforma diretamente acima de mim, e estiquei o pescoço para o lado, olhando para cima. Joshua estava inclinado para a frente, com os braços repousados sobre a murada, observando Hollis. Ou talvez estivesse apenas assistindo ao nascer do dia.

Aparentemente, ele não havia notado a minha presença.

Um celular tocou — soando desconhecido e alto demais —, e meu coração saltitou em resposta. No entanto, vinha do andar de cima. "Aqui é Josh", ele respondeu imediatamente. Uma pausa. "Não, não estou no escritório esta semana..." E então a voz dele foi interrompida quando a porta foi fechada acima da minha cabeça. Para mim, a chamada parecia ter chegado ao fim. Imaginei que aquela fosse a maneira como os advogados falavam, de jeito brusco e eficiente, como se cada palavra tivesse um preço.

Segui a deixa, voltando ao meu próprio quarto e trancando as portas atrás de mim. Incerta, encarei o celular sobre a cômoda.

Só conseguia imaginar um número limitado de pessoas que pudessem ter me enviado aquela mensagem no dia anterior. Era mais provável que Amaya fosse a pessoa a perceber que eu havia mudado de número e conseguisse me localizar, porque sua família era influente e tinha muitas conexões na cidade. No entanto, seguindo essa lógica, Josh também poderia ter feito o mesmo. Aliás, imagino que se comunicasse com a família de Amaya com muito mais frequência que ela própria.

Tentar descobrir a quem aquele telefone pertencia seria um processo de eliminação. Eu tinha visto Grace, Hollis e Brody com seus celulares na noite anterior. E Josh também não parecia ter perdido o dele.

No andar de baixo, Grace se acomodava na longa mesa de jantar, com o laptop aberto diante dela. Usava fones de ouvido sem fio e corria os dedos pelas pontas do cabelo escuro enquanto assentia para alguém do outro lado da videochamada.

Tentei me desviar de seu campo de visão no caminho para a cozinha, mas ela ergueu um único dedo, como se quisesse me avisar.

"Mas é claro", ela disse para a tela do computador. "Sim, nós estamos agendados para a quarta-feira de manhã. Até lá, então." Ela sustentou o sorriso conforme se desconectava da videochamada. Então fechou o laptop, recostando-se na cadeira.

"Bom dia, linda!", me cumprimentou, usando aquela mesma voz, profissional e doce, concebida para extrair algo de você. Era óbvio que já estava acordada há algum tempo, maquiada e de cabelos arrumados, usando brincos de pérola para combinar com a blusa verde-esmeralda.

"Trabalhando?", perguntei.

"Esse é o melhor fundo de todos." Ela indicou a parede caiada atrás de si, apontando para um relógio simples com numerais romanos, a única peça de decoração à vista. "É o único cômodo que não dá a entender que estou de férias. Hollis ainda estava dormindo quando dei início à minha primeira consulta."

Foquei o olhar no relógio às costas dela — passava um pouco das nove da manhã; era muito mais tarde do que eu costumava acordar quando estava em casa. "Ela acabou de sair para dar uma corrida", eu disse.

Grace deu de ombros, pegando o celular ao seu lado, que tinha um decalque de estrela estampado na capinha. "Bom, de qualquer forma, vou fazer uma pausa agora", ela respondeu, erguendo os pés descalços e os apoiando no assento da cadeira ao lado.

Naquele primeiro verão interminável após o acidente, meus pais me levaram a uma consulta com uma profissional como Grace. Sendo justa, não sei dizer se a pessoa que me arranjaram era realmente uma terapeuta ou só uma *coach* qualquer com quem minha mãe estava envolvida. Quando ela cumprimentou minha mãe, a chamou pelo primeiro nome na sala de espera. Então fez com que eu passasse por uma série de exercícios, como forma de me ajudar a *processar*, conforme alegara, pedindo para que eu imaginasse que o acidente tivesse ocorrido com outra pessoa naquela noite. Alguém que não fosse eu. Como se o ocorrido fosse a história de outra pessoa sendo observada de longe, para que eu conseguisse enxergá-la com a bondade e a empatia que se oferece a um estranho.

Não funcionou. Em grande parte, porque eu só conseguia imaginá-la fazendo exatamente o que Grace havia feito agora. Fechando a porta do consultório ao fim da sessão, assim como Grace havia abaixado a tampa do laptop. Fechando a porta dos eventos pelos quais tentava me guiar, e me trancando ali dentro com eles de novo — completamente só.

"Tá todo mundo dormindo?", perguntei, mantendo minha voz baixa. O quarto de Oliver ficava próximo da cozinha.

Os olhos dela seguiram meu olhar fixo. "Oliver e Brody foram fazer compras um tempinho atrás. Madrugadores."

"Ah", respondi. Eu não sabia como tinha conseguido dormir mais tempo do que o restante do grupo. Costumava ter o sono leve; quando estava em casa, despertava completamente com qualquer barulhinho que viesse do apartamento vizinho. Mas Brody tinha um bebê agora, e Oliver trabalhava num cargo de alta pressão.

Pigarreei. "Amaya ainda não voltou, sabe...", eu disse.

"Ela me mandou uma mensagem hoje de manhã", Grace me informou, empurrando o celular pela superfície da mesa, como se uma evidência fosse necessária. Virei-o na minha direção e li a última mensagem enviada por Amaya: *No acampamento*.

Observei o horário da mensagem. Já fazia duas horas que a enviara, e não havia nenhuma indicação de que estivesse pensando em voltar nem do motivo pelo qual se mantivera distante.

Grace arrastou o telefone de volta sobre a mesa. "Você tá preocupada com o quê, Cass?", perguntou meio cautelosa, inclinando a cabeça. Uma estratégia que já devia ter usado com centenas de pacientes.

Ela realmente precisava da resposta? Primeiro, Clara. Agora, Ian. A morte dele havia tornado aquela semana essencial de novo. "Há uma razão para estarmos reunidos nesta semana", respondi, também cautelosa.

"*Amaya*", ela começou a falar, muito mais alto que o necessário, antes de abaixar o tom da voz de novo. "Ela ainda mora lá." Isso era o mais próximo que podia chegar de verbalizar aquilo que todos nós temíamos.

A lógica de Grace era válida. Por motivos que eu não conseguia compreender, Amaya ainda vivia e trabalhava no Leste do Tennessee, a mesma região da qual tentávamos desesperadamente esquecer. Ela havia se instalado em Stone River Gorge e, depois, trabalhado para estabelecer uma ramificação do centro de recursos de emergência, avaliando necessidades e coordenando os voluntários. Cheguei a ver o logotipo na traseira do seu carro: *Construir-Salvar-Crescer*. Todos os anos, um novo adesivo aparecia no para-brisas — outra causa a ser apoiada, outro recurso natural que precisava ser salvo.

É provável que tenha passado pelo local do nosso acidente mais de uma vez. Deve ter ouvido o som do rio como pano de fundo todas as vezes que dirigia para o trabalho. Entendi o que Grace dizia. Amaya enfrentava aquilo de cabeça erguida todos os dias. Se havia alguém com quem *não* devíamos nos preocupar, era com ela.

"Você sabia", Grace continuou, aproximando-se, como se estivesse prestes a me contar um segredo, "que ela até foi à inauguração do memorial na biblioteca?" Ela arregalou os olhos. "Você consegue imaginar o fato de ela ter achado isso uma boa ideia?"

Não, eu não conseguia. Mesmo depois de termos escapado do rio, enfrentamos inúmeras armadilhas, uma série de eventos que exigiam de nós a revisitação do trauma.

Primeiro, os funerais. Depois, o memorial de um ano de morte, com o soar de doze sinos para cada uma das doze vidas perdidas, e a morte subsequente de Clara mais tarde, naquela noite. Como se tudo isso não bastasse, nossa escola decidiu que deveria construir uma biblioteca em homenagem aos falecidos. Havia sido, por fim, inaugurada naquele ano, e todos nós fomos convidados a comparecer.

Senti um calafrio ao relembrar aquele e-mail, convidando-nos, em letras douradas brilhantes, para a cerimônia de corte de fita da Biblioteca Memorial em Homenagem à Turma de 2013 da Long Branch Academy.

Deletei o e-mail e, na sequência, dei início ao meu processo de me desvencilhar do grupo.

Era sempre difícil demais. Reviver nossos papéis, revisitar nossos erros, perguntarmo-nos o que poderíamos ter feito diferente, quem poderíamos ter salvado dessa vez.

"Olha", Grace continuou, "tudo isso tá sendo estressante demais pra ela." Então moveu as mãos como que para indicar: *isso, nós* — como se aquela semana não fosse uma fonte de estresse para cada um ali. "E também *ouvi*", ela pausou ao dizer a última palavra, "que as coisas não estão

tão bem entre ela e a família. Uma situação que Josh provavelmente conhece muito bem. Então será que o fato de Amaya não querer ficar no mesmo ambiente que ele é assim tão surpreendente?"

"Não dá pra ter certeza..."

Ela me interrompeu. "Você sabe como é. Ela não é confiável, Cassidy." Grace falou a palavra como se fosse um diagnóstico. "Mas isso já era esperado."

"Você pode me passar o número dela?", perguntei. Eu me sentiria melhor se conseguisse falar diretamente com Amaya. Não queria depender de Grace para ter informações.

Outra inclinação da cabeça. "Você não tem?"

Como dizer: *Eu deletei. Deletei os números de todos vocês.*

"Comprei um celular novo. Perdi um monte de contatos quando fiz a transferência de dados. Aqui, deixa eu te passar meu número novo." Recitei os números a Grace, enquanto ela os digitava no telefone. Ela me olhou intrigada, como se conseguisse enxergar através de mim, e então me enviou uma mensagem de texto com o contato de Amaya.

"Se ela não quer estar perto da gente, não vai responder, você sabe disso, né?", Grace murmurou. "Se ela precisa de espaço para processar tudo, então, a gente devia lhe dar esse espaço, Cassidy."

Assenti, ouvindo só com metade da atenção enquanto salvava o número no meu celular. Pelo menos agora eu tinha o contato de Grace e Amaya mais uma vez.

Então, a porta da frente se abriu e Oliver irrompeu através dela, carregando duas bandejas cheias de copos de café. Ele entrou no cômodo falando alto, mas não parecia estar se dirigindo a nenhuma de nós. "É verdade, aquele imbecil sempre age como se alguém o tivesse colocado no comando."

Brody o seguiu, carregando uma sacola de papel cheia de compras de uma loja local.

Oliver depositou as bandejas no balcão e começou a tirar os copos, um por um, lendo os nomes em voz alta. Entregou um a Grace e um a mim.

Dei um gole e percebi que meu café estava exatamente como eu gostava. Avelã, chantilly e açúcar.

Obrigada, sussurrei quando ele passou, capturando seu olhar por um instante antes que escapasse e desse uma risadinha do que alguém havia dito.

Essa era a habilidade de Oliver: sempre ser capaz de se lembrar dos mínimos detalhes. Ele fazia questão de garantir que a casa estivesse reservada para nós sempre na mesma época todos os anos, e não parecia esperar muito do restante de nós; ele era capaz de negociar valores ao mesmo tempo que se lembrava de como cada um de nós gostava de tomar o próprio café.

Oliver deixou o restante dos copos em uma fila ao longo do balcão com os nomes virados para fora. Apenas o de Hollis não se encaixava; um *smoothie* gelado de amora em um copo de plástico, gotinhas de condensação umedecendo o copo. Oliver fez um balanço da sala. Depois, notando a ausência dela, mudou de ideia e guardou o copo na geladeira. "Isso, isso", Oliver disse, "diga a eles que não."

"Dormiu bem?", Brody perguntou, depositando o saco de compras no balcão.

Por Deus, essas pessoas realmente me conheciam melhor que ninguém. Talvez não soubessem com exatidão o que eu fazia no trabalho, ou como era minha rotina diária, mas sabiam como eu tomava o café, o estado mais provável dos meus envolvimentos românticos, as coisas que me mantinham acordada ou que assombravam o meu sono.

Assenti. "Tem mais compras pra pegar no carro?", perguntei, enquanto Brody esvaziava o conteúdo do primeiro saco e guardava tudo na geladeira.

"Tem", ele respondeu. "Valeu."

Lá fora, o porta-malas de Brody estava aberto e havia mais três sacos de papel dentro dele. Apoiei um no quadril antes de pegar o outro. Atrás deles, enfiado no fundo do porta-malas, o uniforme de paramédico de Brody estava visível, como se ele tivesse ido para lá direto de um plantão. Também havia um kit de primeiros socorros, junto de uma caixa de ferramentas preta, o que me fez pensar que provavelmente Brody era o único de nós que estava, de fato, preparado para uma emergência. O único de nós que havia treinado e se preparado do jeito certo, o único capaz de manter alguém vivo.

Pois, por mais que eu imaginasse um desastre ocorrendo, por mais que imaginasse quem eu salvaria, embora sempre tentasse me planejar para o pior, com quase toda a certeza Brody era o único de nós que poderia nos salvar.

"Valeu, Cass", ele repetiu, passando por mim enquanto eu carregava os pacotes. "Acho que fomos os únicos que realmente conseguimos tirar folga esta semana. Até Hollis parece estar trabalhando remotamente lá atrás, como instrutora de exercícios." Ele revirou os olhos, me seguindo até os degraus da entrada.

"Desculpe dizer isso, mas eu também vou precisar trabalhar um pouquinho esta semana." Empurrei a porta, abrindo-a com o quadril.

"Ainda tá curtindo essa vida de planejar eventos?"

"Estou", respondi, com honestidade. O mundo das artes sempre havia me atraído, desde criança, e eu amava poder criar — mas agora precisava ser mais racional, trabalhar com algo sólido, com fatos. Eu gostava de ver as tarefas serem cumpridas do início ao fim, de transformar tudo que era abstrato em concreto.

Brody largou as chaves sobre o balcão da cozinha; depois, colocou o último saco de compras ao lado do meu.

"Bom", ele disse, "infelizmente o meu trabalho não pode ser feito de forma remota. Pelo menos é o Oliver que está pagando tudo isso." Ele riu. Oliver passou atrás dele e não deu indício algum de que tivesse ouvido. "Acontece que ter filhos é muito caro", Brody acrescentou, sorrindo.

Em nosso primeiro ano ali, todos nós conseguimos tirar uns dias de folga. Tratamos a situação como uma espécie de retiro, ou mesmo como uma semana de férias. Mas até mesmo aquilo havia mudado com o tempo.

Depois de esvaziarmos os sacos de compras, Joshua desceu os degraus usando uma camiseta cinza e a roupa de banho que eu tinha visto estendida sobre a cadeira do quarto. Seu cabelo escuro não estava penteado como de costume, mas, sim, preso para trás pelos óculos escuros sobre sua cabeça.

"Você entrou no meu quarto?", ele perguntou antes de chegar ao último degrau.

"Nem", Brody respondeu, e Oliver apontou para os fones de ouvido em sua orelha, ignorando a pergunta.

"Você não", ele disse a Brody. "Nós saímos juntos pro jantar. Eu quis dizer *você*." Soube na hora, mesmo sem olhar para cima, só pelo tom de voz, que ele falava de mim. Era o desdém, o tom acusatório.

Hollis também havia ficado para trás, mas ele não a estava acusando. Não, só a mim.

Coloquei o suco de laranja que havia acabado de tirar do saco sobre o balcão e então me virei para olhar para ele.

"Precisei trancar as portas-balcão, o que você esqueceu de fazer. O ruído fazia parecer que tinha alguém andando lá em cima." Eu dava detalhes demais e me justificava demais. Mas não havia feito nada de errado. Não fazia ideia de como ele podia ter descoberto que alguém estivera ali; o quarto estava uma bagunça. E, se a porta tivesse se aberto com o vento, os papéis poderiam ter caído da escrivaninha.

"Você não tocou em nada...", ele disse. Não era uma pergunta, mas sim uma afirmação.

Revirei os olhos. "Não toquei em nada além da porta, Josh."

Ele passou por mim, pegou o copo de café com seu nome e o inalou profundamente antes de tomar o primeiro gole. Talvez isso ajudasse com o mau humor. Alguns de nós eram mais dependentes de cafeína na manhã que outros.

Hollis entrou pela porta dos fundos logo em seguida, depois de terminar os exercícios, e, sem hesitar um instante sequer, Oliver abriu a geladeira e lhe entregou o *smoothie*. Ela sorriu agradecida, com a franja meio úmida, grudando no suor que molhava seu rosto.

Percebi então que Oliver não havia se preocupado em trazer nada para Amaya, caso ela decidisse voltar.

Enquanto isso, no meu quarto, havia um celular que alguém usara para me enviar uma mensagem, e ninguém ali parecia estar sem o próprio telefone.

"Ei", falei alto, porque se Josh podia causar atrito às nove da manhã, então eu também tinha esse direito. "Alguém me enviou alguma mensagem ontem de manhã? Antes de eu chegar aqui?"

Eles olharam para mim, depois uns para os outros, confusos. Todo mundo sacudiu a cabeça, negando.

"O que tá acontecendo, Cass?", Brody perguntou, aproximando-se.

Como explicar tudo aquilo? Como dizer em voz alta?

"Alguém me enviou um link com o obituário de Ian", respondi.

O silêncio tomou o ambiente. O único som que se escutava era do tique-taque do relógio ressoando sobre a mesa da sala de jantar.

"Quem?", Brody perguntou.

"Não sei, por isso estou perguntando", respondi.

"Deixa eu ver", Oliver disse, esticando a mão, logo depois de ter encerrado sua chamada de telefone.

Abri a mensagem no meu celular e voltei até o topo, para que ele pudesse ver o número do telefone e a primeira mensagem: *VOCÊ FICOU SABENDO?*

Oliver franziu a testa, olhando mais de perto. Todo mundo continuou em silêncio, como se esperassem mais informações.

"Não foi nenhum de vocês?", perguntei. Senti as batidas do meu coração se acelerando.

"O número é da Carolina do Norte", Oliver disse.

"Eu sei", respondi. Não parecia que ele estivesse falando comigo, mas eu já havia reconhecido o código de área e sabia que era da região em que havíamos morado antes. Peguei o celular de volta antes que Oliver pudesse ler mais.

"Não dá corda", Josh disse, sentando-se em um banco junto ao balcão e voltando sua atenção para o copo de café.

Supus que talvez fosse alguém que ainda vivesse na cidade. Alguém que conhecesse Ian e a mim. Mas fazia muito tempo que eu havia me mudado, e o obituário datava de três meses antes. Não consegui me livrar da sensação de que todo mundo ali sabia de algo que eu desconhecia.

O pacto deveria ser uma absolvição, uma promessa de que fazíamos parte daquilo e que protegeríamos uns aos outros. Ele deveria significar: *Nós não*. Só que, àquela altura, até onde eu sabia, parecia haver um pacto mais recente. Uma promessa diferente.

Eu já sabia que todos nós éramos mentirosos. Só não tinha certeza se acreditava na resposta que haviam me dado.

Será que eu acreditava em suas reações? Será que realmente confiava em algum deles? Não a ponto de contar que havia algo mais. Não o suficiente para dizer: *Estou com o celular*. Não o bastante para dizer, como Josh faria, acusatório e direto: *Eu sei. Eu sei que foi um de vocês.*

CAPÍTULO 5

A regra tácita sobre a semana do aniversário do acidente era se manter ocupado. Havia toda uma variedade de equipamentos, em diferentes estados de uso, armazenados num pequeno galpão localizado embaixo do deque principal, com um cadeado enferrujado pendurado na tranca. Lá dentro, havia pranchas de remo, caiaques e um único colete salva-vidas; raquetes e *frisbees*, e uma bola de vôlei meio murcha junto de uma rede embaraçada; cadeiras de praia dobradas e muito gastas e varas de pesca que não haviam sido tocadas em nenhuma das vezes em que estive ali; além de duas bicicletas com pneus que já tinham visto dias melhores.

O calor daquela manhã não estava normal, por isso Oliver decidiu que era dia de praia. Estávamos aproveitando o momento — não sabíamos o que o restante da semana poderia nos trazer. Até mesmo o clima era meio imprevisível.

Eu carregava três cadeiras de praia penduradas nos ombros enquanto caminhávamos em fila única rumo à praia. Oliver e Hollis carregavam um dos caiaques sobre as cabeças, enquanto Josh e Brody cuidavam do segundo. Grace faria outro atendimento virtual depois do café da manhã, mas não a esperamos. Conhecíamos bem as regras: mantenha-se em movimento. Continue andando.

Arrumamos as cadeiras pouco acima de onde a areia estava úmida e pesada da maré baixa. Eles colocaram os caiaques em cada lado da área onde ficamos, como se demarcassem nosso território, embora não houvesse ninguém por perto. Ao longo da praia, era possível ver pequenos grupos de pessoas e um casal caminhando de mãos dadas, duas silhuetas a distância.

"Cadê todo mundo?", perguntei. Eu esperava mais de uma manhã como aquela; imaginei que as pessoas estivessem esperando por um bom dia na praia, ansiosas para correr até a areia e torrar no sol, ressequidas depois do inverno.

Oliver cerrou os olhos em direção ao horizonte, como se procurasse algo em alto-mar. "A previsão do tempo estava meio instável esta semana", ele disse. Como se isso fosse motivo suficiente para manter as pessoas em casa.

O sol ainda não havia alcançado seu auge quando Josh se livrou da camiseta e correu em direção às ondas. Ele nem piscou antes de mergulhar na crista de uma onda. Mantive meus olhos fixos no mar, seguindo-o enquanto o observava emergir do outro lado da rebentação, sacudindo os cabelos. Ele se virou de costas imediatamente, permitindo que a correnteza o forçasse de volta para a praia. Quando se juntou a nós, sua pele estava toda arrepiada e seus cabelos escuros pingavam, escorrendo pela lateral da face, fazendo a cicatriz na maçã do rosto ficar bastante pronunciada.

"Parece que você cometeu um erro", Brody falou, reclinando-se na cadeira listrada o mais distante possível da linha da água.

Josh forçou um sorriso. "É melhor para acordar do que aquele cafezinho meia-boca."

"Vou ter que acreditar no que você diz", Brody respondeu. Assim como eu, ele não entrava na água. Nunca.

Josh agarrou a extremidade de um dos caiaques mais próximos. "Mais alguém a fim de remar?", perguntou.

"Talvez mais tarde", Hollis respondeu.

Josh deu de ombros; então voltou para o mar. Fiquei observando enquanto ele remava direto para a rebentação, vendo-se forçado a retornar duas vezes antes de conseguir passar pelas ondas.

O lado da enseada era melhor para as atividades aquáticas — tinha uma correnteza mais calma e proteção contra o vento. Na praia, a correnteza era mais forte e o vento batia na areia, picando nossos tornozelos. Não havia barreira de recifes. Ali, estávamos sujeitos à força irrefreável do Atlântico.

Contudo, por causa da casa, a praia era o local mais conveniente. O oceano era o desafio.

"Beleza! Quem topa?", Brody perguntou, puxando um *frisbee* da areia para compensar o fato de que nunca tocaria na água.

Oliver se levantou primeiro, depois Hollis uniu-se aos dois. Ela evitava qualquer situação que a deixasse sozinha com Brody, mesmo se estivessem separados por uma faixa de areia. Era previsível, embora doloroso, pois era algo unilateral. Brody a tratava do mesmo modo como tratava o restante de nós — com carinho, abertura e uma vulnerabilidade que o aproximava das pessoas. "Boa, Holl", exclamou, enquanto ela se esforçava para pegar a bola.

A tela do telefone de Brody se acendeu no porta-copos da cadeira, emitindo um zumbido que me remeteu à noite anterior. Estiquei um único dedo, levando-o até o apoio de braço da cadeira, e o encostei na borda do porta-copos para poder ver o texto que iluminava a tela. *Você vai estar lá no domingo?* O nome de uma mulher, Vanessa, que reconheci do ano anterior. *Vanessa está em trabalho de parto.*

Provavelmente seria a festa de aniversário do filho dele. O primeiro aniversário.

Depois, enquanto eu ainda olhava, ouvi um novo zumbido. Desta vez, o número não tinha informações de contato. *Não consegui encontrar nada.*

"Eu já desconfiava", Grace falou, de algum lugar às minhas costas. Vinha em minha direção, segurando a parte de baixo de sua longa saída de praia para impedir que tocasse na areia. "Nem um bilhete?", perguntou, com um sorrisinho.

As batidas do meu coração desaceleraram quando percebi que ela só estava irritada por ter sido deixada para trás, sem sequer avisar onde estaríamos. Talvez *irritada* fosse o termo errado. Ela sorria, como sempre, e vestia uma roupa de banho por baixo da saída de praia; então provavelmente nos avistara da varanda. Era difícil passarmos despercebidos como grupo.

Grace se sentou ao meu lado, puxando a saída de praia acima dos joelhos e enterrando os pés na areia, que estava muito mais fria sob a superfície. Hollis desistiu do jogo de frisbee e se uniu a nós, meio sem fôlego e brilhando de suor. "Certo", disse, descansando as mãos nas coxas cobertas de areia. "Agora estou pronta para me refrescar."

Ela pegou o segundo caiaque e começou a arrastá-lo em direção às ondas. "Me desejem sorte", pediu, enquanto a água se crispava ao redor de seus tornozelos. Ela se virou, então inclinou o caiaque rumo ao horizonte e partiu.

"Nunca consegui entender como fazem parecer tão fácil", Grace disse, observando Hollis navegar com seu caiaque em meio a rebentação logo na primeira tentativa, a imagem perfeita do equilíbrio. "Só tentei uma vez, e capotei logo na primeira onda. Mal consigo manter o equilíbrio lá na baía." Ela suspirou; em seguida puxou uma revista que já se desgastava nas bordas.

Eu não conseguia parar de observar todo mundo. Hollis e Joshua, deslizando facilmente sobre a superfície, subindo e descendo no ritmo das ondas. Brody e Oliver na areia, desafiando um ao outro com arremessos cada vez mais distantes. Grace tirou os olhos da revista enquanto virava a página. Senti o olhar fixo na lateral do meu rosto. "Tudo bem com eles", comentou, como se pudesse interpretar todos os meus medos. "Caiaques flutuam. E eles estão juntos."

Como se aquele fosse o truque. Como se só precisássemos de um sistema de duplas.

Talvez Grace tivesse encontrado aquilo que estive buscando esse tempo todo. A habilidade de reconhecer o perigo e, então, deixá-lo de lado, focando algo diferente. Era um traço de personalidade que eu almejava ter.

"Como você consegue ser tão calma o tempo todo?", perguntei.

Ela riu. "Bom, o pior já passou, certo?"

Sacudi a cabeça, confusa em pensar que talvez ela atribuísse sua paz de espírito àquela noite horrenda. Não conseguia entender como. Lembro que ela nos contou ter encontrado Deus lá, o que me parecia improvável. Foi durante nossa terceira ou quarta reunião anual, em uma daquelas noites em que continuávamos abrindo uma garrafa após a outra, aproximando-nos perigosamente do passado — e, mesmo naquela época, me parecia que Grace tentava se convencer de alguma coisa.

Ainda assim, eu a invejava. Invejava sua habilidade de acreditar, mesmo que fosse apenas nas mentiras que contava a si mesma.

"Você pensa nela, Grace?", perguntei. Eu sabia que estava quebrando uma de nossas regras não ditas, trazendo o passado à tona, mas ela havia aberto a porta primeiro. E essa era Grace — ela explorava o passado diariamente, era sua profissão. Podia fingir que eu era uma paciente, ou ignorar a pergunta, deixando minha voz ser levada para longe, pelo vento, ou enterrada sob a rebentação das ondas.

Ela fez uma pausa, com a mão descansando na borda da revista, como se estivesse prestes a virar uma página. "Como assim?", ela perguntou.

"Clara", respondi, me perguntando se ela conseguia sentir aquele fio invisível nos puxando. "E agora Ian."

"Não é a mesma coisa", ela respondeu de modo brusco. Então balançou a cabeça. "É claro que penso nela. O tempo todo. Estamos falando da minha melhor amiga. Não há amizade que se compare às amizades cultivadas naquela idade, sabia? Existem estudos que tratam disso."

Ignorei o comentário. Se os relacionamentos mais próximos da minha vida eram aqueles — com as pessoas ali comigo, naquele exato momento —, então o que aquilo significava? E nem era um grupo com o qual eu havia escolhido conviver na idade adulta, depois da faculdade; pessoas que achavam minha presteza encantadora, minha propensão a fazer listas uma mania divertida — mas, na verdade, era o resultado de um trauma que nem mesmo era mencionado.

"Você sabia que Ian andava tão mal assim?", pressionei-a. "Alguém chegou a falar com ele?"

Ela esticou a mão para mim, com os dedos gelados, mas a pele quente do sol. "Não faça isso, Cassidy. Não é culpa de ninguém. Um dos meus pacientes está passando por algo parecido, uma situação ruim na qual ele não esteve presente para impedir. Por isso, vou te dizer a mesma coisa que eu disse a ele."

Eu tinha quase certeza que deveria existir uma espécie de confidencialidade entre ela e seus pacientes, mas isso era outra regra tácita. As regras normais não se aplicavam ali: não naquela semana, e tampouco para nós.

"É natural tentar se colocar no centro da narrativa", ela continuou. "Mas essa não é a sua história. Gostamos de acreditar que poderíamos ter mudado as coisas caso estivéssemos presentes." Ela se virou para me encarar, seus olhos buscaram os meus. "Só que não poderíamos, Cass. Nós não estávamos lá."

"OK", respondi, interrompendo-a. Entendi o que ela queria me dizer. Não estávamos lá para ajudar Clara. Mas *estivemos* ali com Ian. Talvez não na hora em que morreu, mas testemunhamos seu declínio, ano após ano. Nós o deixamos à deriva. Não dissemos para ele parar ou buscar ajuda, sequer perguntamos se havia algo que poderíamos fazer. Apenas nos sentamos e assistimos ao seu declínio. Em determinado ponto, Ian precisou de algo mais que apenas nossa presença.

"Meu Deus do céu, olha só para ela", Grace disse, mudando o foco para a água, enquanto Hollis pegava carona em uma onda de volta à terra firme. "Sério, Hollis, como você consegue ser tão boa nisso?", Grace perguntou, enquanto Hollis pulava para fora do caiaque.

A verdade era que Hollis era ótima em absolutamente tudo. Seu perfil no Instagram apresentava e mapeava os altos e baixos de seu treinamento, repleto de dicas pessoais. Contudo, ela jamais postou alguma foto dos nossos encontros anuais. No ano passado, por exemplo, havia uma série de citações inspiradoras e fotos programadas que não tinham nada a ver com a praia e não davam nenhuma indicação de que estivesse em uma viagem. *Nunca se subestime*, declarava a primeira delas, enquanto Hollis segurava uma barra sobre a cabeça, exibindo uma expressão de esforço e triunfo. *Você é a única pessoa capaz de mudar a própria vida*, afirmava outra, servindo de legenda para uma foto de Hollis se alongando antes do início de uma corrida.

Não saberia afirmar com segurança se ela acreditava de fato em seus mantras, mas a julgar pela quantidade de interações em seus posts, as outras pessoas definitivamente acreditavam.

Hollis diminuiu a velocidade ao se aproximar, com o sorriso oscilando ao olhar por cima de nossas cabeças. Grace percebeu a presença de uma quarta pessoa antes de mim, com seu corpo se contorcendo tão logo a sombra se estendeu sobre nós.

Eu me virei, apertando os olhos, e, mesmo quando ele sorriu, levei um tempo para reconhecê-lo. "Ei, garota-que-eu-conheci-ontem", o sujeito disse. Era o cara com quem eu havia conversado na praia no dia anterior, com a vara de pescar encostada ao ombro. Hoje, não havia material de pesca; apenas um detector de metais na mão e uma bolsa de lona pendurada nas costas.

"Olá de novo", respondi, sentindo que Grace olhava de um para o outro.

Ele parecia muito mais simpático do que me lembrava de nossa primeira interação, quando havia agido meio que na linha do *calmaí, esse celular não é meu, você que se vire.*

"Meu nome é Will", se apresentou. "Moro do outro lado da rua." Ele esticou a mão apontando na direção das dunas. Imaginei que se referisse a um dos bangalôs mais antigos.

"Cassidy", falei. "E essas são Grace e Hollis."

Grace ergueu a mão, mas não disse nada. Hollis forçou um sorriso. Josh, que estava atrás dela, abandonou o caiaque no meio do caminho para se juntar a nós.

Nosso visitante também havia atraído o interesse de Brody e Oliver, que vinham caminhando devagar em nossa direção. Havia outra regra, determinada já no primeiro ano da nossa reunião, quando Brody decidiu trazer alguém para a casa depois de uma noitada no Maré Alta. Nada de gente de fora.

"Já vi vocês por aqui antes", Will disse. Mas eu não me lembrava de tê-lo visto em algum momento antes do dia anterior. Só que, em relação a isso, também tendíamos a focar muito mais uns nos outros. "Reunião anual?", ele perguntou.

Ninguém respondeu. Por fim, pigarreei. "Amigos de longa data."

Josh entrou na roda, apontando para o detector de metal na mão de Will. "Você não pode usar um negócio desses aqui."

O sorriso de Will se ampliou — seguro, bem à vontade. "Também não é permitido tocar nas dunas, ou deixar uma fogueira acesa sem supervisão durante a noite toda. E mesmo assim..." Ele fez um gesto indicando todos nós.

Assim, ficou claro que de fato ele morava por perto.

"Obrigado pelo feedback", Oliver respondeu, com as mãos apoiadas nos quadris.

Will pareceu entender a deixa e me deu um último aceno antes de se desvencilhar de nós e continuar seguindo pela areia na direção oposta ao cais.

"Amigo novo, Cass?", Brody perguntou, se jogando na cadeira ao meu lado.

"Nos conhecemos ontem na praia enquanto eu fazia uma caminhada."
Josh observava Will se afastar, mas Brody ainda focava em mim.

"Acho que ouvi seu telefone vibrar, Brody", eu disse, ansiosa para desviar sua atenção.

Brody esticou a mão em direção ao porta-copos, deu uma olhada nas mensagens e botou o celular de volta sem respondê-las. Seu rosto não revelava nada. Era uma reação enervante, distinta demais de seu comportamento típico — sempre tão aberto, tudo às claras, na superfície —, mas, ao mesmo tempo, parecia impossível que pudesse estar guardando segredos.

Por fim, quando Will estava quase alcançando a outra beirada da praia, onde um grande afloramento rochoso dividia as dunas da propriedade, Josh se virou para encarar o grupo. Sua boca se esticou em um sorriso largo. "Vamos apostar corrida, Hollis", disse, em seguida correu em direção às ondas sem esperá-la.

Hollis o xingou e correu atrás dele, chutando areia sobre o restante de nós enquanto gargalhava.

Em pouco tempo, chegou ao lado dele, pisando alto por entre as ondas e mergulhando em meio à espuma.

Grace gemeu ao meu lado. "Odeio quando fazem isso", lamentou.

Eles não costumavam correr para nenhum ponto específico. Aquilo só durava até que algum deles desistisse. Até que alguém notasse que tinham se distanciado demais e as ondas bloqueassem a passagem. Ou até que corressem o risco de serem pegos pela correnteza.

Ambos eram mais imprudentes que o restante de nós, como se acreditassem que nada fosse capaz de lhes fazer mal. Só que esse jogo de gato e rato que fingiam jogar um com o outro, na verdade era um jogo com o mar.

Hollis sempre ganhava, mas, desta vez, Josh continuou seguindo, braçada a braçada, mantendo-se ao lado dela.

Quando estavam bem distantes, em determinado momento, perdi a noção de quem era quem. Não sabia se acenavam com os braços para pedir ajuda ou para comemorar triunfantes. Se lutavam ou brincavam.

Tentei me concentrar na crença de Grace: *eles estão bem*. No entanto, senti que Brody também estava tenso, esforçando-se para se pôr em pé, com os olhos fixos no horizonte.

Segui seu exemplo e caminhei até a linha d'água, sentindo o frio do oceano correr sobre meus dedos e meus tornozelos, arrepiando as minhas pernas.

Brody parou atrás de mim, com os pés fora do alcance da maré. "Você tá vendo eles?", perguntou.

Naquele exato momento, avistei uma única cabeça acima do nível da água. "Um", falei, apontando para a forma visível entre as ondas. E então... "Ali estão os dois." Eles estavam lado a lado e pareciam se mover em dupla, aproximando-se da praia. Levaram o dobro de tempo para chegar, como se estivessem lutando contra alguma correnteza que ameaçasse arrastá-los de volta para dentro.

Não havia nada de gracioso no retorno de Hollis à costa. Ela estava agarrada ao pescoço de Josh, com uma perna erguida acima do chão, uma careta no rosto enquanto a força de uma onda os arremessava para a frente, ambos tropeçando nos últimos metros antes de chegarem à areia.

"O que aconteceu?", perguntei, avançando na direção das ondas, sentindo um calafrio gelado subir pelas minhas canelas, pelos joelhos. Percebi a correnteza da água me arrastando e dei um passo para trás instintivamente.

"Tem alguma coisa lá dentro", Josh disse, espiando sobre o ombro. Ele tossiu uma vez e depois correu a mão sobre o rosto.

"Senti uma coisa", Hollis disse, claramente apoiando o peso do corpo na perna direita. "Agarrando meu tornozelo." Ela continuou mancando para fora da água, sacudindo o pé quanto mais se aproximava.

"Algas?", perguntei, notando os fios que rolavam sobre a areia à beira do mar, pouco antes de as ondas deslizarem de volta ao oceano. Alguns pedaços de algas estavam enrolados em volta das pernas de Hollis.

Ela olhou para baixo, franzindo o rosto para a água que envolvia seus tornozelos. "Não, eu... pensei que fosse afundar."

Havia pânico em sua voz, um tom completamente distinto da pessoa que eu achava que ela era. Hollis cruzou os braços sobre a barriga à mostra, com os ombros curvados para a frente. Todo o seu corpo tremia. Ela se inclinou para remover o último pedaço de alga marinha grudado nela.

"Você tá sangrando", disse Brody.

Hollis ergueu o pé, e eu pude ver um rastro rosado escorrendo pela lateral de seu calcanhar. "Ah", ela respondeu, ausente.

"Talvez algo a tenha ferroado", Oliver disse, agora também ao nosso lado, segurando uma toalha nas mãos.

"É mais provável que tenha sido mordida", Grace respondeu, guiando Hollis para a cadeira mais próxima. "Vem cá, senta aqui."

Grace e Oliver a ajudaram a se sentar na cadeira que Brody estivera usando, enquanto Brody se agachou na areia diante dela.

Quando se moveu para examinar a perna de Hollis, Brody hesitou um pouco; algo que só seria possível de perceber se alguém estivesse prestando atenção. As mãos dele pairaram sobre a pele dela, levemente trêmulas, antes de se firmarem, fazerem contato, examinarem a ferida. Perguntei-me se já haviam se tocado alguma vez naqueles últimos dez anos desde o acidente. A perna pálida de Hollis estava toda arrepiada, vermelha e inchada em algumas partes. As unhas dos pés, sem esmalte, exibiam um tom azulado por baixo.

Josh continuou encarando o mar. "Tem alguma coisa lá dentro", repetiu.

Imaginei garras e dentes. Tentáculos saindo das profundezas. Algo voltando para nos pegar.

"Escuta", Brody disse, falando com Hollis, com os olhos ainda fixos na perna dela. "A ferida não é grande, mas é meio profunda."

Grace se agachava ao lado dele, limpando a areia do calcanhar de Hollis para manter a área limpa.

"Senti uma coisa", repetiu Hollis, inclinando a cabeça para olhar mais de perto.

"Tem um kit de primeiros socorros na casa", Oliver disse. "Está em um dos armários do térreo." Ele olhou para mim — era uma ordem. Todos os outros estavam ocupados de um jeito ou de outro.

"Volto já", respondi, virando as costas e atravessando a faixa de areia.

Passei pelos degraus de madeira e ignorei a ducha externa, deixando pegadas de areia na cozinha.

Abri as portas dos armários da cozinha. Havia um miniextintor de incêndio debaixo da pia, junto aos produtos de limpeza que nunca usamos. Em outros armários, encontrei utensílios de cozinha, panelas e tigelas. Depois, na despensa, vi pacotes de macarrão, farinha e açúcar, provavelmente vencidos. No chão, havia mata-moscas e inseticida, um aspirador de pó e uma vassoura.

Procurei pelo resto da cozinha, abrindo os armários de cima, enquanto me movia pelo espaço. Não encontrei o kit.

Mas eu sabia onde tinha visto um — no porta-malas do carro de Brody, na hora em que o ajudei a pegar as compras. Ele havia deixado as chaves sobre o balcão enquanto guardava a comida.

Peguei as chaves, fui caminhando a passos largos até a frente da casa, passei pelo portão e andei até o local onde seu carro estava estacionado, bem ao lado do meu.

Apertei o botão que abria o porta-malas e levantei a porta até em cima. A luz dentro do veículo se acendeu e expôs o espaço quase totalmente vazio. Afastei o uniforme que eu tinha visto antes, revelando uma corda enrolada que passara despercebida. Ao lado dela, a caixa de ferramentas e o kit de primeiros socorros. Peguei-o, pronta para correr de volta à praia, mas algo dentro dele chacoalhou; o peso se deslocou de um lado para o outro de um jeito estranho.

Franzi o cenho, coloquei-o de volta no carro e o abri para verificar se havia tudo de que eu precisaria lá dentro.

No interior da maleta branca, a primeira coisa que vi foi uma lanterna pequena e potente — foi isso que devo ter sentido chacoalhar lá dentro. Então um conjunto de baterias sobressalentes e um recipiente cheio de fósforos à prova d'água. Por fim, debaixo desses itens, vi um pacote de sinalizadores de emergência.

Meu estômago afundou, senti o ar preso na garganta. Essas eram as coisas que teriam nos ajudado no dia do acidente. Tudo o que mais havíamos necessitado, dez anos atrás. Em vez de conter ataduras e analgésicos, o kit de Brody continha itens que nos ajudariam caso estivéssemos presos ou perdidos.

Duvido que, sempre que se deparava com uma multidão, Brody se perguntasse que pessoa ele salvaria primeiro. No entanto, lá no fundo, éramos parecidos.

Deixei o kit onde o havia encontrado e fechei o porta-malas. Abandonei-o com seus segredos — era o mínimo que eu podia fazer. Cada um de nós tinha o próprio jeito de lidar com o que havia acontecido.

Voltei à casa e fui ao lavabo do térreo — mas não encontrei o kit. Havia só mais um banheiro ali embaixo, anexado ao quarto de Oliver.

A porta estava fechada, e as cortinas do quarto tinham sido firmemente puxadas, bloqueando toda a luz que vinha de fora, embora aquelas janelas tivessem a vista mais incrível de todas — o ar livre e o céu azul sobre as dunas. Não acendi a luz; fui direto para o banheiro.

Ali, tão logo bati a mão no interruptor, as luzes zumbiram emanando uma fluorescência artificial. Os produtos de higiene pessoal de Oliver estavam alinhados perfeitamente sobre a superfície do azulejo. Lâmina e espuma de barbear e escova de dentes. Tudo seguindo a mesma linha e o mesmo ângulo. Até essa parte da vida dele era eficiente e ordenada. Somente as roupas emboladas no canto do banheiro revelavam que alguém havia chegado tarde na noite anterior, meio bêbado e morto de sono.

Já tinha perdido tempo demais — por isso abri a porta de baixo do armário do banheiro e ali estava, é claro, no seu lugar oficial, encostado na parede do armário, um grande kit de primeiros socorros.

Agarrei o kit e corri.

No momento em que deixei a casa, com o kit enfiado debaixo do braço, eles já subiam de volta pelo caminho de madeira, sem pressa.

"Desculpem. Demorei pra encontrar o kit", falei, do terraço.

"Ainda bem que ela não tinha uma hemorragia", Josh respondeu.

Ninguém sorriu.

"Estou *bem*", Hollis exclamou.

Encontrei-os na base dos degraus, no terraço.

"Sério, tá tudo bem", Hollis repetiu, com os olhos fixos nos meus. "Só quero dar uma limpada na ferida."

Grace entrou no recanto que ficava na base do terraço e abriu a torneira da ducha externa; os canos estremeceram enquanto, um por um, o grupo enxaguou as pernas e os braços.

Abri o kit de primeiros socorros, peguei o antisséptico e o entreguei a Brody.

Ele mirou a garrafinha em suas mãos e olhou para Hollis. "Isso provavelmente vai doer", disse.

Ainda que Brody tenha dito *"Sei lá, talvez precise tomar pontos, é difícil ter certeza..."*, Hollis decidiu que não queria ir até a emergência. Ir à emergência envolvia dirigir além da ponte, revisitar o ocorrido, narrá-lo para terceiros.

Acomodamos Hollis no sofá da sala de estar, de atadura e com a perna para cima. A situação não parecia tão ruim depois de voltarmos para dentro da casa.

"E se foi algo venenoso?", Grace perguntou, me olhando tão profundamente nos olhos que quase consegui sentir seu medo se espalhando.

"Deve ter sido alguma concha presa nas algas ou algo do tipo", Hollis respondeu, em voz baixa. Mas ela pigarreou, olhando por cima do ombro para Josh, que olhava para fora, pelas janelas dos fundos, com os olhos fora de foco.

Uma concha. Uma concha e uma alga. Talvez um caranguejo, a ponta de uma das pinças, cortante como uma lâmina de barbear. O anzol de uma linha de pesca, vinda do cais. Pensei no que Will havia dito no dia anterior, sobre todas as coisas que revolviam no mar.

Até o rio desaguava ali. Imaginei as janelas de vidro das nossas vans, o metal dobrado e retorcido. Por fim, tudo chegava até o oceano.

CAPÍTULO 6

O relógio continuava marcando as horas.

Banhos, almoço, cada um deles se afastando para trabalhar... ou só para assistir à Netflix em seus respectivos laptops. Estávamos sozinhos, com apenas nossos pensamentos. Eu me perguntava o que Amaya estaria fazendo lá fora, no acampamento. Meditando, ouvindo o mar; passeando pela costa, coletando conchas; ou se estaria pronta para voltar para nós.

O desânimo se instaurou durante a tarde, como se algo houvesse conseguido entrar na casa de maneira sorrateira. Talvez porque Hollis, em geral tão serena, estivesse claramente abalada. Ou pela forma como as mãos de Brody haviam se retraído antes de tocar a perna dela, algo sombrio ameaçando transbordar do passado. Ou mesmo porque Josh não conseguia parar de encarar o mar, como se tentasse compreender algo inexplicável.

Eu não conseguia esquecer a imagem de Hollis e Josh pendurados um no outro ao emergirem da água. Me perguntava se todos nós estávamos vendo a mesma coisa, forçando-nos a ignorá-la.

Ainda bem que ela não tinha uma hemorragia...

Como se todo o nosso esforço para esquecer só servisse para nos fazer lembrar. Quanto mais lutávamos contra isso, mais forte nos puxava, como a força da correnteza.

Mais uma vez, eu sentia a direção do rio, aquele leve impulso rumo ao passado. Quase podia enxergar seus fantasmas, meras sombras das pessoas que eu viria a conhecer naquela noite.

Quando nos reagrupamos, Oliver falava ao celular, com o cardápio nas mãos, pedindo pizzas e asinhas de frango para entrega. A decisão de jantarmos em casa naquela noite não foi discutida. A culpa havia sido do tornozelo de Hollis.

"Não tá muito ruim", ela continuava dizendo, parada na mesma posição no sofá da sala de estar, com a perna erguida e uma bolsa de gelo vazando água sobre a mesa de MDF ao lado do pé.

Percebi certo tremor em sua voz. Talvez ela também sentisse algo nos puxando — algo cutucando nossas fronteiras. Algo vindo atrás de todos nós.

Deixei o grupo logo após o jantar, alegando que precisava trabalhar um pouco, e ninguém questionou.

No andar de cima, enviei uma mensagem ao número que Grace me dera, que seria de Amaya. Algo curto, mas taxativo: *Dê notícias, por favor*.

E depois: *Aqui é Cassidy*.

Uma preocupação incômoda havia se instalado, e eu sentia que devia tomar conta de todos. Eu sabia que Amaya tinha enviado uma mensagem para Grace, porém, precisava saber dela pessoalmente. Era quase como se eu estivesse contando cabeças na superfície do mar.

Fiquei olhando para a tela, desejando que ela respondesse logo. Contudo, as mensagens ainda não haviam sido entregues. Conhecendo Amaya, eu sabia que, se realmente quisesse ficar sozinha, ela provavelmente desligaria o celular. Outra opção era que tivesse ficado sem bateria — lá no acampamento as instalações eram rústicas, e duvido que houvesse se preparado para uma estadia mais longa.

Enquanto esperava, percebi que eu de fato *precisava* atualizar meu trabalho, fazer algum progresso com relação ao projeto que havia prometido a Jillian.

Algumas vozes ainda soavam, vindas do andar de baixo, mas eu já havia vestido o pijama e me acomodado na cama.

Assim que abri o e-mail, notei uma sombra debaixo da porta. Ao que parecia, alguém andava pelo corredor, indo de um lado para o outro.

Coloquei o laptop lentamente ao meu lado na cama, me preparando para me levantar, quando alguém deu uma batidinha fraca na porta.

"Sim?", perguntei, ainda sentada de pernas cruzadas e encostada na cabeceira da cama.

A porta se abriu devagar e Brody enfiou primeiro a cabeça, observando o espaço. Só eu ali, sem mais ninguém no resto do quarto. Se esperava algo diferente, ele não disse.

Então deslizou para dentro do quarto, fechou a porta atrás de si e se recostou nela. "E aí...", disse.

"E aí", repeti.

"O que você tá fazendo?", me perguntou, olhando para o laptop.

"Trabalhando, mas posso deixar para depois."

"Tinha esperanças de que você ainda estivesse acordada. Não gosto muito de ficar sozinho." Ele sorriu, meio charmoso, meio autodepreciativo.

Enquanto ele estava parado ali, uma onda de gargalhadas ecoou de algum lugar no andar de baixo.

"Som de casa cheia", eu disse.

Ele revirou os olhos e se aproximou, até parar diante dos pés da minha cama. Prendi a respiração, ainda me perguntando o que ele fazia ali. "De *full house*", ele disse por fim. "Alguém achou um baralho na cozinha." Brody comprimiu tanto a boca que ela se tornou quase uma linha, sua expressão estava sombria. Balançou a cabeça. "Sabe de uma coisa? Às vezes, sonho que apareço aqui e não encontro ninguém. Que vocês estão todos por aí, felizes, vivendo as próprias vidas."

Meus ombros se relaxaram, e me vi assentindo em concordância com ele. Era um alívio saber que eu não era a única. Talvez a única coisa que bastava para nos sentirmos compreendidos fosse admitir aquilo em voz alta. Talvez só precisássemos libertar uns aos outros. "Quase não vim desta vez", confessei.

Ele ergueu uma sobrancelha. "Então por que veio?"

Fechei os olhos, vendo a foto de Ian no obituário — aquela versão de tanto tempo atrás. "Ian", respondi. "Acabei de saber."

Brody me encarou por um instante mais demorado, depois se sentou na minha cama, ocupando confortavelmente o espaço no quarto.

"É tudo horrível pra caralho. Coitada da família dele." Ele respirou fundo, recuperando-se. "A casa parece meio caída agora, né?", perguntou.

"Sim", respondi, me inclinando para a frente.

Os olhos dele passearam pelo quarto. "Achei que fosse só porque sempre dividi o quarto com Josh. E agora estou finalmente livre."

"Bom, pelo menos você sabe onde Josh está", eu disse; meus olhos se voltaram para a cama intocada de Amaya.

O olhar dele seguiu o meu e então Brody franziu o cenho. "Ela tá no acampamento, certo?"

Dei de ombros. "Acho que sim. Enviei uma mensagem, só para saber como ela está. Só quero saber se está bem." Fiz uma pausa. "Você acha que eu tô errada?"

Ele passou a língua pelo sulco dos dentes, como se refletisse a respeito da pergunta. "Bom, você sabe como a Amaya é..." Ele desconversou.

Grace havia insinuado a mesma coisa, que aquele comportamento não era atípico de Amaya. Mas, de fato, eu não havia entendido. Amaya havia se tornado apenas uma sombra da pessoa que eu conhecera.

"Na verdade, não", eu disse. Já que estávamos admitindo coisas, por que não ser sincera?

Ele riu. "Acho que nem eu. Talvez nenhum de nós realmente saiba." Então ele encarou as cortinas transparentes, vislumbrando o céu noturno através delas. "Aposto que foi ela."

Mas eu não sabia do que ele estava falando. Por algum motivo, ali dentro, eu sempre me sentia um passo atrás. "Aposta que foi ela *o quê*?"

Os olhos dele se arregalaram. "Você sabe, o..." Ele mexeu os braços em volta do corpo, como se tentasse encontrar as palavras certas. Então abaixou o tom de voz. "A reportagem. Ou podcast. Seja lá o que for aquilo."

Fechei os olhos, sacudindo a cabeça. "Eu não... Do que você tá falando?"

A expressão dele mudou, quase como se ele quisesse pegar de volta as palavras e botar a máscara de novo. "Você não foi contatada?", ele perguntou, mantendo a voz baixa, como se alguém pudesse estar ouvindo do outro lado da porta.

"Não", respondi, com a voz firme. "Contatada por quem?" Eu tentava desesperadamente acompanhar aquilo tudo, descobrir que história era aquela de reportagem e quem era o responsável.

"Pelo departamento legal! Pelo pessoal da checagem de fatos! Não sei! Como não respondi, acabei não perguntando os detalhes específicos." Ele inclinou a cabeça, nossos olhos se encontraram. "Você realmente não sabia de nada disso? Quer dizer, você também estava naquela corrente de e-mails. Josh disse que podíamos ligar para ele se precisássemos de alguma orientação."

Aquela corrente de e-mails. O que eu podia responder? *Não, não recebi nenhum deles. Enviei todos para a lixeira. Eu estava fingindo que vocês não existiam.* "Não recebi", respondi. "Meu e-mail filtra demais o que chega..." Desviei os olhos, receosa de que ele pudesse ler a mentira em mim.

Mas agora eu via os últimos dias sob uma perspectiva completamente diferente. A impressão de que havia algo debaixo do pano, a tensão, a sensação de que os outros conversavam e, sempre que eu chegava, a conversa se silenciava. O fato era que todos estavam pisando em ovos, e era por isso que Oliver queria tanto olhar meu telefone. *Não dá corda*, Josh havia dito.

"Bom", Brody disse, aproximando-se, de forma que o quarto pareceu menor, mais aconchegante. "Tem alguém soltando a língua, Cass."

"Sobre o quê?", perguntei, mantendo a voz tão baixa quanto a dele, temendo a resposta.

"Não faço a mínima ideia. Só que, seja lá o que for, é mais do que suficiente para fazer com que alguém se interesse por aquele horrível acidente de uma década atrás." Ele moveu o maxilar para a frente e para trás até que ouvi um estalo. "De qualquer forma, Josh acha que é Amaya. O acordo judicial está chegando ao fim."

Imaginei que estivesse se referindo não só a Amaya como também a si mesmo. Eu ainda tinha um pouco do dinheiro sobrando, mas não precisara usá-lo para pagar a faculdade.

Depois de termos dado nossas declarações, depois de os corpos terem sido recuperados, e após os funerais, uma investigação independente foi aberta. Era menos sobre o que havia acontecido no rio e mais sobre o que havia causado o acidente. Dez alunos e dois professores tinham perecido durante uma viagem escolar; alguém precisava ser responsabilizado. Quando sofremos o acidente, ninguém sabia onde estávamos. Não havia maneira de pedir ajuda. A investigação foi rápida, e a indignação, violenta. A empresa da família de Amaya nos representou como um grupo.

"Mas todos nós recebemos a mesma quantia", argumentei. Se aquilo servia de motivação para ela, servia para todos nós. Um valor inverossímil fora pago anualmente às famílias das vítimas, e um valor impressionante havia sido oferecido aos vivos. Sete dígitos inteiros para compensar o incômodo. Aos 18 anos de idade, parecia uma grande quantia. Contudo, o dinheiro havia sido dividido por nove, e fora entregue ao grupo de uma só vez. Talvez Oliver tivesse investido sua parte e apenas observado enquanto o dinheiro se multiplicava, mas o restante de nós precisou utilizá-lo para pagar a faculdade, para viver. Aproximei-me um pouco mais, apoiando as mãos na cama, no espaço entre nós. "Todo mundo acha isso?", perguntei. Agora entendia porque ninguém parecia surpreso com a partida de Amaya.

Brody ergueu as mãos, em um gesto que dizia *"Não sei de nada!"*. "Bom, ninguém quer dizer isso com todas as letras. Mas ela compareceu à inauguração da biblioteca em janeiro. Josh a viu. E a imprensa provavelmente estava lá para fazer a cobertura, né?"

Minha mente divagou. Talvez tivessem brigado, e Josh a acusado: *Eu sei que foi você*. E, independentemente de ele estar certo ou não a respeito daquilo, Amaya decidira partir.

Talvez ela *fosse* a responsável.

"Não sei", respondi, com a mente em frenesi. Eu me perguntava o que valeria a pena saber, dez anos depois. O que valeria a pena revelar. Tentava decifrar o valor de mercado dos nossos segredos.

O que estamos fazendo aqui? Pensei, de súbito.

"Você sempre foi a mais generosa de todas", Brody disse, me transportando de volta ao presente. "A forma como sempre nos viu. Como sempre me viu."

Ele sorriu suavemente. Os dedos tamborilando na superfície da colcha. Ele seguiu meu olhar, depois sorriu de forma sugestiva.

Não que eu nunca tivesse pensado na possibilidade antes. Brody tinha o fator triplo de atração: charme, beleza e talento; qualidades que haviam se manifestado no ensino médio e nunca tinham se extinguido. E havia algo de muito especial envolvendo a possibilidade de estar com alguém que antes estivera fora de alcance. Uma pessoa que nunca havia me notado durante os quatro anos que estudamos juntos, mas agora se sentava aos pés da minha cama, com intenções óbvias.

Senti vontade de mantê-lo ali comigo, naquele limbo, antes que pudesse haver qualquer consequência negativa.

Então meu telefone tocou, assustando nós dois, rompendo a bolha privativa do quarto. Vi o nome *Russ Johnson* estampado na tela e senti uma onda de alívio. "Preciso atender", eu disse.

Ele assentiu, forçando um sorriso, antes de se levantar de novo.

Desculpe, articulei em silêncio. Ainda que fosse para o melhor. Se eu acreditava mesmo em destino, precisava me jogar.

Esperei Brody sair do quarto e fechar a porta, antes de atender. "E aí", cumprimentei.

"E aí? Só queria saber como você tá." A voz de Russ era acolhedora e familiar, então minha mão foi até o pescoço, procurando a corrente que me atava à realidade, tentando segurar firme aquela outra versão da minha vida. Mas eu havia deixado o colar sobre a cômoda, do outro lado do quarto.

"Imaginei que fosse mais fácil encontrá-la à noite", ele disse.

"Tá tudo bem em casa?"

"Tudo joia", ele respondeu. "Plantas regadas. Cartas recebidas."

Russ era seguro e confiável. Senti uma pontada no peito, uma saudade de casa, uma tristeza antecipada. Havia deixado a chave do apartamento com ele, pedindo que aparecesse durante a semana. Era mais uma das coisas que logo teria que desfazer, desenredar. Pegar a chave de volta, trocar a fechadura.

Ouvi o som da televisão ao fundo; conseguia vê-lo sentado no sofá de couro, com os pés apoiados na otomana. "O que você tá fazendo?", perguntei, já sentindo falta da promessa de uma existência comum, mesmo que só de fachada.

"Assistindo ao jogo. Quer ver comigo?"

"Bem que eu queria", respondi. "Ainda preciso responder uns e-mails." Encostei-me à cabeceira da cama, puxando o laptop de volta para o colo.

Era um teste. Eu esperava que ele perguntasse algo mais. Algo mais profundo.

"Boa noite, então, Cassidy. Falo com você amanhã?"

"Sim", respondi, desligando, meio decepcionada.

Atirei o celular ao lado, sobre a cama; depois, abri mais uma vez minha caixa de entrada e vi que havia recebido um novo e-mail de Jillian, que, como sempre, devia estar trabalhando durante a noite.

Mas eu não conseguia me desvencilhar do que Brody havia contado. O fato de que existira uma corrente de e-mails e eu havia perdido a mensagem. Talvez eu também tivesse deixado passar o contato da pessoa que os convocou — dos jornalistas, ou mesmo da equipe jurídica. Talvez pudesse encontrar respostas para aquilo tudo.

Abri minha pasta de spam e então conferi meses de e-mails antigos, vindos de todo tipo de lugar que eu fazia questão de ignorar: varejistas, campanhas políticas, tentativas de golpe eletrônico. Continuei procurando, mas não encontrei nada de relevante.

Então vi o mais recente dos e-mails com a opção "responder a todos". Era de Josh. *Vocês não têm que falar com eles. Não acho que consigam seguir adiante sem a nossa ajuda.*

Eles tentavam impedir tudo aquilo, o que quer que fosse. E levando em consideração que nada havia acontecido, parecia que tinham conseguido.

Voltei à pasta de spams, buscando nas mensagens mais antigas, para ver se encontrava algo mais. Então parei.

Um e-mail de Ian Tayler.

Abri, pensando que talvez fizesse parte da série de e-mails coletivos — mas eu era a única destinatária.

Prendi a respiração e me aproximei da tela para ler.

Não consigo falar contigo, Cassidy. Eles também foram atrás de você? Por favor. Você é a única em quem eu confio. Me liga.

Um som estrangulado escapou da minha garganta. O e-mail datava de 1º de fevereiro. Chequei novamente os detalhes de seu obituário: 6 de fevereiro. Meu Deus, Ian havia tentado falar comigo poucos dias antes de sua morte. Meu estômago revirou. Meu coração afundou. Eu estava inacessível. Havia marcado os e-mails do grupo como spam, como lixo eletrônico. Para ter certeza de que jamais os leria.

E ele tinha tentado falar comigo, só comigo.

No fim do e-mail, Ian deixara seu número de telefone. Tinha um código de área local, exatamente como o meu costumava ter.

Um solavanco de reconhecimento. De descrença.

Procurei desesperadamente o meu celular e abri a mensagem desconhecida que havia mostrado a Oliver mais cedo.

O número é da Carolina do Norte, ele mencionou.

E mais que isso... era o número *dele*, o mesmo número, ali no meu e-mail.

Aquele celular. O celular que encontrei na praia. O número que havia me mandado uma mensagem, atraindo-me para aquele lugar.

Aquele celular pertencia a Ian.

ANTES

SEXTA HORA

BRODY

Brody conhecia a sensação de se afogar. Era uma de suas memórias mais antigas, de um dia de verão na piscina do vizinho: o fim da parte rasa da piscina escorregando lentamente sob seus pés. A descida brusca e os pés desesperados por apoio, os braços tentando alcançar alguma coisa — qualquer coisa.

Fizera um texto sobre isso na matéria optativa de escrita criativa durante o primeiro ano, acreditando que colocar tudo no papel o ajudaria a processar o ocorrido, a superá-lo. Ficou surpreso ao saber que teria de compartilhar a história com os colegas de classe. E essa ocasião só serviu para que nunca mais olhasse para eles de novo, de tão envergonhado que ficou pelo que havia revelado.

Nem mesmo Hollis sabia disso. E agora ela o encarava com olhos arregalados sob o facho da lanterna de Oliver, tremendo na chuva. Toda a existência dele agora se resumia a ela, à chuva e ao rio.

Brody se lembrou de todo o pânico e do desespero, dos pulmões se rebelando contra toda a lógica de suas funções mais primitivas.

Recordou-se do modo como o sentimento persistira, mesmo depois de estar a salvo. De como permanecera quando seus pais o obrigaram a ir à piscina coberta do centro comunitário para que aprendesse a nadar. Para *superar* o problema. Contudo, as únicas coisas que essa atitude causou foram a potencialização e o aguçamento da memória. Um trauma em cima de outro trauma.

Então, sim, tecnicamente, Brody sabia nadar, mas ele *não* faria isso. Nenhum deles o faria. E foi por isso que ele votou, enfaticamente, para *não* nadarem.

O voto, entretanto, foi vencido.

"Olha", Brody disse, embora tivessem apenas uma lanterna. E Oliver só a apontava, sempre que necessário, para um rosto ou outro, fazendo-os brilharem como fantasmas, por isso ninguém conseguiria olhar, de todo modo. Brody ainda não sabia o nome de todo mundo — mas ele conhecia seus rostos. Haviam convivido por quatro anos, e agora desejava ter prestado mais atenção, para que eles o *ouvissem*, que era só o que ele pedia naquele momento. "Aquelas cordas são para manter as malas no lugar, não..." Ele gesticulou na direção do rio. Era loucura. Era ridículo. As cordas elásticas com mosquetão haviam sido retiradas da segunda van, junto das malas que recuperaram com a intenção de encontrar qualquer coisa que pudesse ser útil.

A ideia era irracional e desesperada. Ninguém agiria como adulto ali, porra?

"Tem gente desaparecida", Hollis berrou.

Oliver virou a lanterna na direção dela de novo, para que todos pudessem ver seu rosto com clareza. Brody nunca havia visto aquela expressão no rosto dela antes, apesar de terem namorado por praticamente todo aquele ano. Aquilo fez com que Brody sentisse que não a conhecia mais. A garota por quem ele, de forma improvável, havia se atraído de forma quase magnética. A aluna nova, com as pontas dos cabelos tingidos de cor-de-rosa e o delineador preto que faziam com que seus olhos azuis parecessem gelo. Mais silenciosa do que esperavam. Ela havia mudado.

Outras pessoas podiam estar lá fora; Hollis os relembrava, duramente. Podiam estar esperando ajuda. Ou podiam estar *a salvo*. Talvez houvesse um lugar melhor do que aquele em que estavam, talvez estivessem esperando por eles, e então tudo aquilo chegaria ao fim. Só era preciso um pouco de fé para se aventurarem além da curva do rio. Uma curva da qual não conseguiam ver o fim. Um salto de fé, literalmente.

"Certo, então quem vai se oferecer para nadar até lá?", Brody perguntou.

Formavam um grupo de voluntários, mas ninguém tinha coragem de se voluntariar. Logo, o voto não valia, e precisariam voltar a esperar, que era a única coisa que de fato fazia sentido no fim das contas.

"A gente tira na sorte."

Brody deu uma gargalhada, virando-se na direção da voz. Oliver. Oliver King havia decidido que eles deveriam *tirar na sorte*.

"Que sorte, Oliver? Que porra é essa que a gente tá fazendo?", ele perguntou. Mas o menino alto e magrelo ao lado de Oliver concordou, gesticulando a cabeça. Brody pensou que talvez os dois fossem amigos; tinha uma vaga lembrança de tê-los visto sentados juntos no refeitório.

"Cartas", Amaya disse, tranquila e decidida, no exato momento em que o facho da lanterna se virou em sua direção. "Eu trouxe um baralho. A gente pode decidir nas cartas. Aquele que tirar o número mais baixo tem que ir." Brody conhecia Amaya — a primeira da classe, sempre no comando. Não eram amigos, mas ele a *conhecia*, da mesma forma que, imaginava, aquelas outras pessoas o conheciam. Mesmo assim, só deram ouvidos a ela.

Ela se embrenhou no escuro, foi até a pilha de mochilas e voltou rapidamente, segurando um baralho vermelho com bordas moles por causa da umidade.

Tudo parecia estar se aproximando: a tempestade, a água e algo mais — uma coisa que Brody não conseguia nomear, uma frieza se instalando em seus ossos, levando tudo ao limite.

Amaya, sem fôlego, com as mãos tremendo — *todos* tremiam, até mesmo o facho da lanterna de Oliver —, mostrou-lhes o baralho, como se estivesse se preparando para um truque de mágica. Ela contou cada uma das cartas em silêncio, todas do mesmo naipe, ele notou — do dois ao valete de copas —, e Brody sacudiu a cabeça. "E quanto a eles?", ele gesticulou na direção de três pessoas encolhidas contra as rochas. Aquelas três pessoas não tinham sido contabilizadas no jogo.

"Eles não podem ajudar", Amaya disse. Uma garota chamada Trinity, de sua turma de História, havia quebrado a perna gravemente. Ben tinha um pedaço de tecido amarrado com muita força ao redor da cintura, de onde sangrava em um ritmo alarmante. Outra garota que Brody não conhecia estava deitada imóvel, semiconsciente, sofrendo com lesões indeterminadas.

"Engraçado que votaram mesmo assim", Brody resmungou.

Pensando assim, ele sentia que não deveria escolher uma carta, considerando que havia votado "não". Amaya embaralhou as cartas no escuro; depois, segurou-as em forma de leque, com as faces viradas para baixo, e ofereceu-as ao grupo.

Tudo parecia se mover rápido demais — a chuva, o rio; não havia tempo para respirar e havia menos tempo ainda para pensar direito em tudo aquilo.

Oliver direcionou a luz da lanterna direto para o centro. Todos esticaram as mãos para as cartas, até que só sobraram três — esperando por Hollis, Brody e Amaya.

Brody tentou atrair o olhar de Hollis. "Acho que a gente não deve fazer isso", ele falou.

"Então não faça", ela retrucou, como se Brody tivesse escolha. Depois, ele percebeu que Hollis talvez quisesse dizer: *Não me arrisque. Voluntarie-se no meu lugar. Salve-me.*

Ele puxou uma carta.

Hollis puxou a dela em seguida, e, por fim, Amaya segurava uma única carta na mão.

Brody virou sua carta; não se interessava pela carta de mais ninguém.

O dois de copas o encarou de volta. Ele o amassou com o punho.

Então repetiu, fraseando as palavras de um modo diferente, para não deixar dúvidas: "Não quero fazer isso!". E depois, para o caso de não terem compreendido, arrematou: "Por favor!".

Estava praticamente implorando agora. Às pessoas que, acreditava, admiravam-no. Que sempre havia imaginado gostarem dele. A uma delas que, aliás, podia ter jurado naquela mesma manhã, o amava.

Brody não conseguia entender como aquilo estava acontecendo com ele. Todos na escola — até mesmo na cidade — o achavam o *máximo*. A ponto de votarem nele para ser o rei do baile, gritarem seu nome nas partidas de futebol, convidá-lo para os visitar em suas próprias casas. Todo mundo exceto os pais de Hollis, motivo pelo qual, aliás, ele havia decidido participar daquela viagem. Só por causa de Hollis, para que pudessem passar um tempo sozinhos.

Mas o olhar que ela lhe dirigira no ponto de parada pouco antes do acidente... era quase como se tivesse vislumbrado aquilo que seus pais receavam. Como se houvesse finalmente entendido o motivo. De forma que a ele sobrou apenas a insegurança de se perguntar o que poderia ser.

"Você consegue", Oliver disse, e Brody sentiu uma gargalhada ameaçando explodir. Oliver King, vindo com papo motivacional pra cima *dele*? Então Oliver colocou a lanterna na palma da mão de Brody como se lhe passasse uma tocha ou um bastão. "Só precisamos descobrir o que tem logo depois da curva. Saber se há alguém lá. Se existe uma saída." Ele fez uma pausa. "Não é tão longe assim."

Brody balançou a cabeça, mas as palavras estavam presas em sua garganta, em seu peito. Sentiu-se prestes a vomitar. Não, não podia ser tão longe assim, considerando o comprimento das cordas que dois de seus colegas de classe amarravam ao tronco de uma árvore protuberante na beirada do penhasco.

"Tá tudo certo por aqui", a garota disse — ele a conhecia de uma de suas turmas. Cathy... Cassie. Não, Cassidy.

Brody virou as costas.

Esticou as mãos quando duas pessoas se aproximaram dele segurando as cordas elásticas — eram sombras; não podia vê-las claramente. "Parem." Por fim, as palavras saíram. "Não vou fazer isso, porra!", ele disse, encostando nelas, empurrando uma delas para longe.

Alguém agarrou seu braço e ele o puxou de volta. "Não vou entrar na água, caralho!" Brody estava gritando agora e não se importava mais com o que achavam dele. Não faria aquilo. Não entraria no rio por vontade própria.

Era seu instinto mais básico de autopreservação. Porém havia uma coisa ainda mais básica em jogo, algo na maneira como nenhum deles abriu a boca. Ele sentiu alguma coisa se agitando e começou a recuar da beirada do penhasco.

Ele apontou a lanterna para cada um, como se fosse uma arma. Era a única coisa que tinha em mãos.

"Brody..."

Ele se virou na direção da voz, e Hollis ergueu um braço para cobrir os olhos e bloquear a luz da lanterna.

"Nem pense nisso, porra", ele sussurrou.

Brody soube, naquele exato momento, que não poderia impedi-los mesmo se quisesse. "Hollis", ele acrescentou, com a voz trêmula. Sua única esperança.

Então, de repente, as mãos de todo mundo do grupo estavam sobre ele, e um instinto de sobrevivência tomou conta de Brody. Ele lutou contra todos. Gritou, para que ouvissem: "Eu não sei nadar!".

Suas mãos vacilaram, finalmente, em um breve gesto de humanidade. Ele imaginou que talvez estivessem ponderando suas palavras. Já o teriam visto na piscina? No lago? Será que alguém poderia dizer com certeza que Brody Ensworth era nada mais que um covarde? Um mentiroso egoísta?

"Eu vou." Uma voz surgiu de trás dele, enquanto tudo ainda estava em curso.

Brody se virou na direção da voz e iluminou aquela figura alta e esguia — o amigo de Oliver. Não sabia seu nome, mas tinha quase certeza de que começava com *J*. Mesmo assim, ele não queria dizer o nome errado. "Obrigado", agradeceu em voz baixa.

Mas o rapaz nem se importou em respondê-lo. "Ele vai ser imprestável lá fora, independentemente de saber nadar ou não."

Brody deu um passo para trás, em silêncio. Ficou só observando. Observou enquanto os outros amarravam as cordas em volta da cintura do outro rapaz. Observou quando puxaram as cordas, testando para ver se conseguiriam segurar o peso.

Era uma ideia terrível, mas a última coisa que ele queria era chamar a atenção para si novamente. Queria se camuflar no fundo da cena. Desaparecer.

"Luz?", o rapaz pediu, e Brody precisou caminhar até o círculo escuro e colocar a lanterna na mão dele.

"Tá certo, então. Volto logo", o rapaz disse, dando uma risadinha nervosa.

Então deu um único passo para fora do rochedo e entrou no rio.

A água o envolveu rápido demais.

Brody conseguia localizá-lo graças à lanterna, com o facho de luz dançando na chuva. *Me veja. Me encontre. Me salve.*

As cordas se esticaram até o limite, emitindo um tinido alto, os ganchos se chocando.

O grupo observou, em silêncio, encarando a escuridão, o local onde a luz pareceu brilhar por uma última vez antes de desaparecer.

"Pra onde ele foi?", Clara perguntou, aproximando-se da beirada. Alguém a puxou de volta. "Grace, cadê ele, porra? Você tá vendo ele?"

A única coisa visível era a escuridão. A chuva, as paredes do penhasco, o rio.

Oliver agarrou a corda para checar se ainda estava presa à árvore. "Não", ele disse. Uma única palavra, que atraiu imediatamente a atenção do grupo. Ele andou até a beirada do penhasco a passos largos, então começou a gritar um nome. "Jason!"

Então era *esse* o nome dele. Jason.

Brody olhou para o chão, onde Oliver havia largado a corda, finalmente entendendo o que o havia feito gritar para a escuridão, um uivo penetrante e perturbador.

As cordas haviam perdido toda a tensão. Nada — nem ninguém — preso à outra extremidade. Brody começou a puxar, arrastando-as de volta, como se pudesse estar enganado. Talvez fosse só um truque da adrenalina, do escuro, do rio. Mas os ganchos do outro lado logo se rasparam contra as rochas, ainda conectados em círculo, um vazio onde o corpo deveria estar — onde *Jason* deveria estar — como se tivesse escorregado de suas amarras. Como se a força do rio o houvesse puxado para baixo, através das cordas. Ele se fora.

O corpo de Brody ficou dormente; ele não conseguia respirar. Sentia-se incapaz de puxar o ar para dizer qualquer coisa enquanto seus colegas de classe berravam em direção às trevas — como se assim Jason conseguisse se orientar por suas vozes e encontrasse o caminho de volta.

Então Brody sentiu algo invadindo seus pulmões, como se ainda estivesse lá fora. Como se nunca tivesse escapado daquela van. Como se permanecesse lá dentro depois do impacto; abandonado ali, até que o rio começasse a subir e ele fosse levado pelas águas, encerrado em uma tumba de metal.

Ele esticou a mão para se apoiar enquanto afundava em meio às rochas escorregadias.

Brody já havia lido a respeito de afogamento em seco. É um truque vagaroso da água, um ataque sorrateiro que alcança a vítima algumas horas depois, quando ela imagina que está a salvo. Talvez a morte já houvesse feito sua escolha e Brody apenas andava por aí com o tempo contado. Talvez tivesse tomado um veneno de ação lenta.

"Poderia ter sido eu", disse, com sinceridade na voz, as palavras presas na garganta. Era uma acusação dirigida ao grupo. Quase ninguém ouviu.

Poderia ter sido ele. Perdido no fim de uma corda oscilante. Aquelas mesmas pessoas chamando seu nome enquanto o rio cobria sua cabeça, os pés desesperados por apoio, e a correnteza o puxava para baixo.

Quando responderam, Brody não sabia se estavam falando com ele. *Ele sabe nadar. Ele deve estar a salvo em algum lugar depois da curva.*

As mentiras que essa gente contava... umas para as outras, para si mesmas.

Quase o haviam forçado a fazer aquilo. E ele havia deixado aquele garoto que nem conhecia (do qual não sabia nem o nome) ir em seu lugar, porque era um covarde.

Mas estava vivo.

Hollis se sentou ao lado dele, espelhando seus gestos com o próprio corpo. Passou um braço em volta dele, e Brody percebeu que ela estava chorando, um pranto indefeso e violento. Como se, há poucos minutos, não estivesse totalmente pronta para forçá-lo a entrar no rio. Como se não o tivesse obrigado àquilo, como todos os outros. O peso de seu braço — o toque dela — causou um novo arrepio nele. Sentiu seu corpo enrijecer, os ombros se contraindo, algo sombrio e furioso lutando para alcançar a superfície.

Aquelas pessoas, ele compreendeu — quando era para valer, longe da plateia, da influência social — não se importavam nem um pouco com ele.

Aquelas pessoas não eram suas amigas. Se conseguissem sobreviver, ele jamais se esqueceria disso.

TERÇA-FEIRA

CAPÍTULO 7

A casa entregava todo mundo. Bastava um passo para que as tábuas do piso rangessem. Se alguém abrisse uma porta, as dobradiças gemiam. Ao girar a torneira, os canos grunhiam antes que a força da água ressoasse pelas paredes. O Remanso não era um lugar para ser compartilhado com estranhos. Havia sido construído para amigos, para familiares. Não era um local para guardar segredos.

Quando abri a porta do meu quarto, pouco antes do nascer do dia, consegui ouvir Josh se revirando na cama. Dentro de um dos dois banheiros compartilhados do corredor, o biquíni preto de Hollis pendurado na barra do chuveiro, e a *nécessaire* de Grace completamente aberta sobre a pia, com um frasco laranja de medicamento perfeitamente visível lá dentro.

Lavei o rosto e desci os degraus, hiperconsciente de cada estalo do piso e de cada uma das outras cinco pessoas espalhadas pela casa, presumivelmente ainda adormecidas.

Aguardei na sala de estar, sentada no sofá cinza de canto, atenta aos ruídos da casa. Precisava conseguir acessar o celular de Ian, mas nenhuma loja da região estaria aberta nas próximas horas. Naquele intervalo de tempo, eu aproveitaria a oportunidade de falar em particular com quem pudesse. Qualquer um que tivesse mais respostas a dar que Brody.

A intensidade do vento aumentou, chacoalhando a moldura das janelas. Um tremor que quase conseguia sentir no corpo a cada rajada mais forte. Como se alguém sacudisse as portas, tentando entrar.

Senti-me enjoada. Como se houvesse engolido água demais, aspirado parte dela para os pulmões.

Como se tivesse esticado a mão para salvar Ian do rio — com as pontas dos meus dedos roçando em sua mão estendida — e o deixado escapar.

Ian também era uma pessoa em quem eu confiava. Havíamos nos aproximado nos meses seguintes após o acidente, ao longo da subsequente temporada de serviços memoriais.

Foram doze.

A cidade de Long Brook, um subúrbio nos arredores de Greensboro, só tinha uma funerária, de modo que os funerais tiveram de ser espaçados. Havia muitas mortes a serem preparadas e homenageadas de uma só vez.

No início, todos compareciam, o que incluía os sobreviventes, espalhados pelo ambiente na companhia dos próprios amigos e familiares. Marcamos presença para homenagear os dois professores — o sr. Kates e a sra. Winslow — que dirigiam as vans. Porém, aos poucos, de funeral em funeral, nossos números foram diminuindo, como havia ocorrido na noite do acidente.

Eu me perguntava se os outros também sentiam o mesmo que eu: culpa. Ou se nosso desconforto existia somente em razão do peso dos olhos dos outros sobre nós. Será que os outros sobreviventes também se perguntavam se os familiares dos mortos olhavam para eles ali, *tão vivos*, e desejavam que o contrário tivesse ocorrido?

Independentemente do motivo, quando chegou o dia do funeral de Ben, só Ian e eu comparecemos.

Meus pais imploraram para que eu não fosse. Diziam que eu estava me torturando, que eu mal conhecia aquelas pessoas.

Mas aquilo não era verdade — todos eram meus conhecidos. Havíamos frequentado as mesmas aulas por quatro anos, eu já tinha ouvido seus nomes sendo chamados nos corredores, escutado suas conversas no dia em que subimos na van, naquele início de viagem.

No entanto, uma parte de mim entendia o que meus pais me diziam. Eles estavam acostumados com meus irmãos mais velhos, que transformavam a casa em um centro de atividades repleto de colegas de equipe e grandes grupos de amigos. Sempre mantive um círculo menor. Meu grupo era composto de ajudantes de palco com quem eu trabalhava nos bastidores das produções teatrais da escola, nas quais nos vestíamos de preto, falávamos aos sussurros e fazíamos piadas dos rumores que ouvíamos sobre as turmas mais extrovertidas, como se ninguém fosse capaz de notar nossa presença ali. Eu ocupava um círculo social bastante distinto do círculo dos meus irmãos, mas me sentia igualmente satisfeita. Talvez até mais feliz. Me sentia livre para perseguir minhas paixões, desaparecer na minha arte, na minha escrita, sem sofrer com a pressão de outros compromissos.

Meus amigos mais próximos, Colby e Ella, eram gêmeos, e tinham se mudado para longe no verão anterior. Meu último ano de escola havia se tornado imprevisivelmente solitário e interminável a partir dali. Uma série de movimentos repetitivos compunha minha rotina diária; eu almoçava a maioria dos dias na biblioteca, enquanto a bibliotecária não notava minha presença ou gentilmente me evitava, deixando-me ler, ou desenhar, sempre em silêncio. Só queria que o ano terminasse para que eu pudesse seguir adiante e viver o próximo passo da minha vida e tudo o que ele prometia oferecer.

Aquela viagem deveria ser um delineamento entre a pessoa que eu havia sido e a pessoa que viria a ser. Só que doze de nós não sobreviveram, e nunca teriam essa chance. Por isso continuei participando de seus serviços fúnebres, comprometida em gravar seus nomes e seus rostos na memória.

Não sei por que Ian continuou frequentando os funerais — se era pela mesma culpa que eu sentia ou por que não queria me deixar ali sozinha. Essa pessoa com quem eu nunca havia falado durante todo o ensino médio, sempre sentada na ponta da outra fileira. De repente ali, ao meu lado, sua mão quente buscando a minha, dedos apertados nos meus, como se o restante do mundo estivesse dormente.

Depois disso, passávamos dias inteiros juntos. Com a chegada do verão, eu só voltava da casa dele quando já era hora de dormir, e meus pais foram ficando cada vez mais preocupados.

Juntos, matamos a formatura, passamos a cerimônia sentados no carro dele, escutando música bem alto, e depois dirigimos pela cidade até anoitecer. Nenhum dos dois queria sair do confinamento da nossa bolha.

Posso dizer que confiava nele mais do que em qualquer outra pessoa — pois, como Grace afirmaria, nada se comparava aos relacionamentos cultivados durante aquele período da vida.

O suficiente para confidenciar a Ian coisas que eu não contaria nem mesmo ao meu terapeuta.

O suficiente para acreditar que o que eu sentia era amor verdadeiro, em vez de mera dependência. Mas, se aquele fosse o caso, seria tão ruim assim? Precisar um do outro, pertencer ao outro, tão completamente? Ele era um escape e uma caixa vedada. Foi meu primeiro relacionamento sério, dono de um tipo de intimidade que venho buscando desde então.

Não sei se eu teria ingressado na faculdade se não fosse a briga que tivemos, pouco antes. Depois, a distância destruiu o que restava.

Não o vi mais até a primavera seguinte, quando o grupo se reuniu no estacionamento atrás da escola, na noite depois do funeral de Clara. Tentei me lembrar de como era estar com ele: a sensação de sua mão na minha; a maneira como se inclinava sobre mim antes do amanhecer, em meu quarto imerso em penumbra, como se tivesse medo de voltar para casa.

Contudo, àquela altura, minhas memórias estavam todas embaralhadas: o toque frio de seu braço, a frieza do rio... Seu sorriso hesitante e sua boca arreganhada em um grito congelado.

Naquele momento, em retrospecto, eu enxergava tudo com mais clareza, aproveitando-me do benefício do tempo e da distância, de uma maneira que não seria capaz no passado: eu era um vício para Ian, algo que ele usava para preencher um vazio, para apagar sua memória do rio. E, na minha ausência, ele passou a utilizar outras coisas.

Quando ainda estávamos juntos, havia apenas os cigarros escondidos na casa da árvore, ou uma ou outra garrafa surrupiada do armário de bebidas dos pais. Se ele estivesse usando algo mais naquela época, acho que eu teria notado.

Tinha certeza disso. Afinal, nos anos que se seguiram, *todos* nós notamos.

Entretanto, dez anos depois, se parasse para pensar, não havia ninguém no grupo que eu confiasse mais do que em Ian. Se acreditasse em destino — e eu acreditava e *ainda* acredito —, então como poderia ignorar o que estava acontecendo — a mensagem, o celular —, a forma como Ian estendia a mão, esticando o braço na minha direção, exatamente como no rio? Tentando me ajudar, me alertar?

Não acreditava mais que o destino existisse apenas no vazio. Acreditava que era possível se preparar para ele, planejar-se para seus desdobramentos. Acreditava que o destino era um acúmulo de decisões, e nem todas elas pertenciam a nós.

Dessa forma, enquanto esperava o restante da casa acordar, pesquisei e fiz uma lista de lojas que consertavam eletrônicos nas proximidades.

A mensagem que chegara, com o obituário de Ian, tinha vindo de seu celular. E eu não fazia ideia de como ele havia parado na praia, levado pelas ondas.

Se o seu número estivesse entre meus contatos, eu saberia desde o início que a mensagem tinha sido enviada do telefone dele. O que me fez considerar a questão: será que a mensagem havia sido enviada para me desestabilizar, para confundir minha cabeça? Confundir a *todos* nós?

Porém, o que mais me inquietava era saber que alguém estivera em posse do celular de Ian depois de sua morte.

Três meses haviam se passado. Três meses de espera — para quê?

Será que era exagero pensar que a pessoa que estivera em posse de seu celular, de alguma forma, também estivera presente no momento de sua morte?

O vento soprou de novo, sacudindo as janelas. Algo debaixo da casa havia se soltado e batia contra os pilares de sustentação. Alguém se acomodou em uma cama do andar de cima, as molas do colchão gemeram.

Apertei os olhos, imaginando Ian sozinho em algum lugar, enviando-me aquele e-mail. Digitando meu nome com seus dedos manchados de nicotina, com as unhas roídas até as cutículas. Tentando me alcançar...

E finalmente, finalmente, enxerguei-o como sempre quis: sozinho, a boca sobre a minha, sua respiração sendo a única coisa que existia no mundo. Pude sentir o cheiro de cigarros misturado ao aroma de couro de sua jaqueta favorita. Senti a aspereza de seu polegar percorrendo a pele delicada do meu pescoço.

Você é a única em quem confio.

Por favor.

Alguém falava — em voz baixa e com um tom urgente. O sol já começava a nascer, laranja e cor-de-rosa, filtrando-se através das janelas dos fundos da casa. Levantei-me do sofá, onde cochilava, e segui o som em direção às janelas, acreditando que vinha do deque dos fundos.

Mas a conversa vinha do quarto de Oliver. Parei diante da entrada e me aproximei no mesmo instante em que a porta se escancarou de forma abrupta.

Oliver desviou de mim ao notar minha presença. "Ligo depois", ele respondeu para o vazio e, então, removeu os fones auriculares. "Posso te ajudar?", perguntou, com as sobrancelhas escuras erguidas, embora sua expressão não revelasse nada.

"Achei que tivesse ouvido alguém lá fora", respondi, gesticulando em direção às janelas envidraçadas; a bandeira vermelha, visível ao longo do caminho de madeira, balançava vigorosamente para a frente e para trás. Nosso próprio sistema de alarme — ventos fortes, ondas perigosas.

Oliver abriu um sorriso. "Pior que também achei ter ouvido alguém." Ele ergueu uma sobrancelha para mim — dessa vez, de um jeito brincalhão, amigável.

"Meio cedo para trabalhar, não acha?", perguntei. Ele recendia a sabonete e xampu fresco e já usava calças cáqui e camisa polo.

"Não quando seus clientes estão oito horas à frente, infelizmente."
Então ele me mediu dos pés à cabeça — reparando que eu já estava completamente vestida para começar o dia, exatamente como ele. "Vai para algum lugar?", perguntou.

Assenti. "Estava pensando em dar uma volta de manhã, antes de começar o trabalho." A loja de consertos mais próxima abria às dez da manhã e se localizava na cidade vizinha — longe demais para ir andando num período razoável de tempo, mas o carro alugado de Oliver bloqueava o meu. "Pensei em dirigir por aí", arrematei.

Ele inclinou a cabeça. "Podemos sair para passear um dia desses da semana." Isso parecia uma espécie de resposta, embora eu não estivesse pedindo permissão. Então ele passou por mim, entrou na cozinha e começou a preparar o café da manhã.

Se Amaya já havia se sentido paralisada em meio à tomada de alguma decisão, Oliver era o oposto disso. Construiu uma carreira graças à sua disposição de assumir riscos, tomando uma série de decisões em frações de segundo. Decidia rapidamente, sem pensar, de um jeito tão inconsequente quanto jogar cara ou coroa — e tampouco via problema em decidir pelos outros também.

Ainda assim, eu sabia que entrar numa discussão não seria a melhor saída. Queria conversar com ele sobre Ian, sobre a possibilidade de ele também ter recebido uma mensagem — embora tivesse visto minha mensagem na noite anterior sem dizer nada. Eu precisava agir com bastante cuidado.

"Oliver, o que os jornalistas lhe perguntaram?"

As mãos dele pausaram diante do armário aberto e ele se virou lentamente, absorvendo minha pergunta. "Não dei corda. Como Josh aconselhou."

Eu esperava algo diferente? Fazia uma década. Uma década enterrando o passado. Nenhuma das pessoas ali ousaria desenterrá-lo voluntariamente.

"E foi só isso? Eles o deixaram em paz?"

Oliver deu de ombros. "Pelo jeito, Josh estava certo", ele respondeu, como se tivesse certeza de que nada poderia seguir adiante sem que um de nós confirmasse os detalhes. Logo depois, ele perguntou: "Você recebeu alguma outra mensagem?"

"Não. E você?"

Ele piscou. "A gente não recebeu nenhuma mensagem, Cassidy", me respondeu. Então esperou que as palavras pesassem, com o olhar se desviando lentamente para o lado, antes de prosseguir com o que estava fazendo.

Mas algo chamou minha atenção. A forma como Oliver disse *a gente* — como se houvesse um grupo menor dentro do grupo. Um círculo mais íntimo, do qual eu não fazia parte.

Então, de repente, me lembrei do e-mail de Ian: *Eles também foram atrás de você?*

Oliver olhou pelas janelas, pressionando a mão contra a porta de correr, enquanto ela chacoalhava de novo com a força do vento. "Nossa", ele disse. "Acho que vamos ter que ir pra enseada hoje."

Ir para a enseada significava alugar remos e *jet skis* e praticar *kitesurf*. Envolvia veleiros e barcos de pesca. A enseada ficava ao lado Oeste da ilha, localizada próxima ao pôr do sol, e não onde o sol nascia. Ela se localizava onde a água doce do continente se encontrava com o oceano. A água era mais densa e rasa ali, menos intimidadora do que o oceano, embora a distância até a margem oposta — onde a terra se estendia no horizonte — ainda parecesse intransponível.

Hollis foi a primeira a descer as escadas. A madeira rangia a cada passo incerto, mudando a atmosfera do cômodo.

"Como você tá se sentindo hoje?", Oliver perguntou.

"Melhor. Só preciso trocar este curativo."

Permaneci na cozinha, determinada a dar espaço aos dois, enquanto os observava. Notava suas interações, atenta a qualquer detalhe que pudesse ter deixado passar antes.

Hollis apoiou a perna no sofá, aproximando-se para dar uma boa olhada na ferida. Oliver permaneceu do outro lado, sorrindo para ela. "Talvez seja melhor pular a corrida na praia hoje, mas com certeza nós vamos levá-la para dar uma volta de *jet ski*."

Hollis sorriu de volta, sua expressão era impassível. "Não perco essa por nada", respondeu.

O som de outra pessoa descendo as escadas interrompeu a conversa. Oliver voltou para a cozinha enquanto Hollis pegou o celular e abriu os aplicativos de redes sociais.

Grace apareceu, vindo da escadaria, com o laptop debaixo do braço. "Tudo bem se eu ficar com a sala de jantar para trabalhar durante a manhã? Considerando que Josh já reivindicou o escritório para uso próprio?"

Oliver continuou em movimento, tirando coisas dos armários, preparando o café da manhã. "Eu reservei o espaço que fica atrás do Coral's. Quem quiser trabalhar de lá, pode ficar à vontade."

Coral's era uma lanchonete que servia sanduíche às pessoas através de uma janela, do lado oposto a uma entrada de cascalho compartilhada com o restaurante Maré Alta. Era muito frequentada por causa da proximidade com as cabanas de temporada, que se alinhavam em uma fileira ao lado, e porque o cais se localizava logo atrás. Tinha mesas de piquenique coloridas, com pintura lascada, cuja regra tácita era "quem se sentar primeiro come primeiro". Também tinha uma área retangular para locação, um ambiente privativo. Bastava descer um degrau escondido entre vigas de madeira para acessar um pátio com redes amarradas entre as árvores e mesas compridas. Além disso, vinha com a chave do banheiro, que era o item de verdadeiro valor do lugar.

Grace colocou o laptop na mesa, observando o relógio. "Não posso atender as pessoas ao ar livre, Oliver. É antiético."

Ele revirou os olhos. "Bem, reservei o espaço para o dia inteiro. Encontre a gente lá quando puder."

"Também tenho algumas videochamadas para fazer esta manhã. Mais tarde, encontro vocês lá com a Grace", acrescentei, aproveitando a deixa. Já tinha planos para o meu dia.

Ian havia me enviado um e-mail cinco dias antes de morrer: *Eles também foram atrás de você?* E, três meses depois, seu celular tinha sido usado por alguém para me enviar seu obituário. Mais ninguém havia recebido aquela mensagem. De novo, ela era destinada somente a mim.

A chave estava nas minhas mãos.

Eu descobriria um jeito de acessar aquele telefone.

CAPÍTULO 8

Grace e eu prometemos encontrar o restante do grupo durante a tarde. Observei enquanto eles percorriam a estrada juntos, vestindo chapéus, com mochilas nas costas e toalhas sobre os ombros. Hollis caminhava um pouco mais devagar, seguindo os três homens.

Grace estava instalada na sala de jantar, e eu não podia sair antes das dez, que era quando a loja abriria, por isso me dirigi às escadas, gesticulando para indicar que trabalharia no andar de cima.

Grace balançou os dedos para mim sem quebrar o contato visual com a tela do laptop.

Ao chegar no primeiro andar, escutei um ruído familiar vindo do andar seguinte — uma dobradiça, uma porta, sujeita à fúria do vento. Josh provavelmente havia se esquecido de trancar a porta-balcão de novo. Continuei parada na base dos degraus, olhando para cima.

Alguns anos atrás, à noite, eu conseguia ouvir Ian falando durante o sono. Um pesadelo bastante familiar.

Algumas vezes, bem ocasionalmente, eu escalava os degraus que levavam ao segundo andar e o encontrava sentado na beirada da cama, como se esperasse por mim. Era diferente do primeiro verão, quando havíamos sido um conforto um para o outro. Naquelas noites passadas no Remanso, era apenas uma fuga — das memórias, de nós mesmos.

Quase cheguei a subir nesse momento, mas me lembrei do quanto Josh havia ficado desconfiado ao me acusar de ter entrado em seu quarto da última vez. Imaginei que tivesse instalado um laptop de alta tecnologia, com sensor de movimento, só para poder me pegar no flagra. Por isso, deixei pra lá — que a porta se escancarasse, que a água salgada e a areia invadissem o quarto. Ele que lidasse com aquela bagunça. Afinal, ele havia reivindicado aquele espaço para si.

Do meu quarto, com a porta entreaberta, eu podia ouvir a voz de Grace ecoando da escada.

"Vamos começar do início...", dizia. E, em seguida: "Lembre-se, a pior coisa que você fez na vida não define quem você é!". Congelei, enrijeci a coluna, me perguntando se ela diria para o restante de nós o que dizia para si mesma todos os dias.

Fechei a porta, cheguei minha sacola de lona mais uma vez, depois a passei pelas costas e cruzei silenciosamente as portas envidraçadas que davam para o deque. O carro alugado de Oliver ainda bloqueava o meu; com certeza, eu seria capaz de manobrar ao redor dele, aproximando-me dos degraus de entrada, atropelando algumas pedras e plantas marinhas, mas não queria chamar atenção, pois não queria que ninguém percebesse que eu havia saído.

Desci os degraus de madeira do deque nas pontas dos pés, até chegar ao térreo, do lado de fora do quarto de Oliver, que ainda estava com as cortinas totalmente puxadas. Precisava alcançar o galpão, e, para isso, teria de passar diante das janelas sem cortina do fundo da casa. Conforme o ângulo, Grace teria uma visão bastante clara de mim, mas eu lidaria com aquilo depois, e só se ela perguntasse. *Saí pra dar uma volta. Tomar um ar lá na praia.*

Escolhi a menor das bicicletas, para que não precisasse me preocupar em ajustar o assento, depois contornei a casa, mantendo-me próxima às vigas sob o deque. Ao perceber que, enfim, estava fora do campo de visão de Grace, subi na bicicleta e pedalei pela estrada de acesso não pavimentada, na direção da rodovia.

Sempre amei estar ao ar livre — esse foi um dos motivos, aliás, que me atraiu para aquela viagem de voluntariado —, e já fazia um tempo que Russ me levava para pedalar pelas trilhas arborizadas nos finais de semana. Porém o quadro da bicicleta parecia torto para um lado; o guidão não estava bem alinhado com a roda.

Por sorte, a rodovia não andava muito movimentada àquela hora — não havia nenhum acostamento naquele trecho que dividia as duas cidades — e os poucos carros que passavam se mantinham o mais distante possível de mim.

Havia uma linha reta até a próxima cidade, com pântanos de um dos lados da estrada, longas trilhas de acesso à praia do outro lado e nada mais. O terreno só se ampliava perto da placa que indicava a entrada da cidade. Havia uma fileira de lojas em um centro comercial, restaurantes no topo das lojas e um mercado de peixes um pouco antes de uma placa que levava a outro cais.

Encontrei a loja que procurava numa esquina mais distante — *Consertamos todos os tipos de aparelhos eletrônicos* —, atrás de uma janela escura, com a porta de entrada um pouco escondida em uma rua lateral. Apoiei a bicicleta contra a parede azul da loja antes de passar pela porta.

Um conjunto de sinos tilintou na entrada. Eu esperava por um sinal eletrônico, afinal, era uma loja especializada. Contudo, lá dentro, eu podia me ver transmitida em diversos monitores de televisão espalhados por todos os lados, com imagens de múltiplas câmeras instaladas para observar o salão.

"Só um segundo", disse uma voz vinda dos fundos.

Uma mulher apareceu, vestindo uma regata e um macacão, com uma bandana prendendo o cabelo loiro e curto para trás, e óculos de armação vermelha apoiados no topo da cabeça. "Como posso ajudá-la?", ela perguntou, com as mãos pressionadas sobre o balcão, inclinando-se para a frente.

Coloquei minha bolsa de lona no balcão, depois pesquei o celular de Ian lá de dentro.

Ela fez uma careta de imediato. "Levou para dar um mergulho, hein?", disse.

"Não de propósito", balbuciei, para causar mais impacto.

"Não, imagino que não." A mulher pegou o celular, pressionou um botão e depois franziu a testa.

"Tá funcionando", eu disse. "Bom, quer dizer, não está quebrado. Ainda toca. E, às vezes, consigo ligá-lo, mas trava sempre que tento mexer nele."

Ela coçou a cabeça por baixo da bandana. "Posso substituir a tela, mas não posso lhe dar certeza de nada antes de desmontar o aparelho."

Concordei, encorajando-a.

"Não vou mentir", ela continuou, "talvez não valha a pena o quanto você vai gastar. Talvez seja melhor comprar um novo de uma vez."

"Por favor", respondi. "Realmente preciso do que está neste celular. Então... faça o que você puder."

Depois de olhar para o relógio acima da minha cabeça, ela perguntou: "Você quer esperar ou voltar depois pra buscar o aparelho?".

Olhei na direção das janelas, que também eram escuras do lado de dentro. Não sabia quanto tempo poderia ficar fora sem que alguém percebesse minha ausência. "Vou esperar", respondi.

Ela apontou para duas cadeiras brancas de plástico alinhadas diante de uma parede nua. "Fique à vontade", disse. Então me entregou o controle remoto. "Mas, por favor, só não coloca naqueles programas sobre reformas de casas, certo?"

O estado das cadeiras e do controle remoto não me inspiraram confiança na aptidão tecnológica dos funcionários, mesmo assim, liguei a tevê, que ganhou vida em um canal de notícias locais que no momento informava as condições climáticas para pesca, apresentava relatórios sobre as marés e dava atualizações meteorológicas (a cada quinze minutos).

"Baixa pressão atmosférica na costa hoje", o homem do tempo dizia. "Alta incidência de *vento* para a tarde, com certeza. Alerta máximo de correnteza."

Mudei de canal bem rápido e fiquei navegando entre as opções disponíveis — desenhos infantis, reprises de sitcons — antes de, por fim, parar em um daqueles programas de reforma. Espiei na direção do balcão, mas a mulher estava nos fundos da loja, então mantive o volume bem baixo, me acomodei melhor naquele assento desconfortável e relaxei pela primeira vez em dias.

Em algum momento durante o segundo — ou terceiro? — episódio de trinta minutos, a porta se abriu. Dei um pulo, alerta, checando o horário, quando um entregador entrou carregado de caixas.

O sino soou sobre a porta, porém ninguém saiu para recebê-lo.

"Ela tá trabalhando ou ocupada?", o homem perguntou ao atravessar o salão.

"Aham."

"Libby!", chamou, depositando uma pilha de caixas sobre o balcão. Depois, ao ouvir o som de uma cadeira arranhando o piso de concreto, fez um gesto na direção da tevê. "Ela odeia essa merda, sabia?", acrescentou, com um sorriso.

Desliguei o aparelho no mesmo instante em que Libby saiu dos fundos da loja, com fones de ouvido pendurados em volta do pescoço. A música que ela ouvia estava alta e se espalhava pelo ambiente.

Libby assinou o recebimento dos pacotes, em seguida passou os cinco minutos seguintes fofocando, como se eu não estivesse ali sentada, esperando. Pesquei algumas informações relativas ao barco de alguém; sobre uma pessoa ter sido multada; sobre o término de um relacionamento.

Quando o homem finalmente foi embora, Libby colocou meu celular — o celular de Ian — sobre o balcão. "Tenho boas e más notícias", disse.

Levantei-me, sentindo meu pulso se acelerar enquanto atravessava a loja.

"Agora a tela está funcionando sem travar todo o sistema", ela disse.

"Muito obrigada", respondi, mas a mão dela continuava apoiada sobre o celular.

"Tudo aqui está protegido por uma senha de acesso", ela continuou. Seu rosto estava impassível, seus grandes olhos castanhos me analisavam. Como se compreendesse que aquele telefone não me pertencia.

"Tudo bem", respondi, com os dedos tremendo ao puxar o cartão de crédito. "Quanto eu te devo?"

Ela piscou lentamente, sem se mexer. "Além disso, o aparelho não está carregando direito. Realmente sugiro que você compre um novo celular." Me testando. Me alertando.

"Entendi", respondi, concordando. "Será que consigo transferir os dados deste celular para um aparelho novo?"

"Não fazemos esse tipo de serviço aqui", ela respondeu, sem rodeios, e, pela sua expressão, percebi que eu tinha ido longe demais.

Por um instante, achei que Libby não me devolveria o celular. Tive medo de que o confiscasse, que o entregasse aos achados e perdidos da região, à delegacia de polícia ou ao corpo de bombeiros. Não sabia se ela achava que eu tinha roubado o celular, ou que o levara comigo depois de uma briga, ou que eu mesma havia atirado ele no mar. De qualquer forma, parecia desconfiar de mim, ou do que quer que tivesse visto no aparelho.

Por fim, a mulher se dirigiu à caixa registradora para que eu efetuasse o pagamento. O custo do serviço foi de fato muito mais alto do que eu havia imaginado a princípio, talvez até mais alto do que valia, como se ela tentasse me forçar a desistir.

Mas eu sorri e a entreguei meu cartão de crédito antes de devolver o celular de Ian rapidamente para a minha bolsa.

"Tenha um bom dia", ela disse, enquanto me entregava o recibo. Ao sair pela porta, a senti parada no mesmo lugar, me observando.

Meus batimentos permaneciam acelerados quando saí da loja, então, quando subi na bicicleta e comecei a pedalar, a princípio, pensei que talvez eu não estivesse concentrada o suficiente. A bicicleta deu uma guinada abrupta, e tive de botar o pé no chão para evitar a queda. Desci da bicicleta, analisando-a: a roda da frente estava entortada para dentro, o pneu, totalmente murcho.

"Merda", disse para mim mesma. O pneu não estava apenas vazio — havia um desgaste na borracha, uma rachadura no meio da costura. Parecia pior do que um pneu furado, algum outro problema que havia piorado durante meu trajeto até a cidade.

Pensei em abandonar a bicicleta — não devia valer muito, e eu duvidava que Oliver fosse notar — e chamar um Uber. Só que esse tipo de serviço de transporte não era comum nem confiável naquela região. Eu tinha poucas opções.

"E aí, vizinha de férias!?" Eu me virei ao ouvir a voz e vi aquele homem — Will — sentado na carroceria de uma caminhonete.

Bom, pelo menos eu não era mais a *garota-que-conheci-ontem*.

"O que você tá fazendo aqui?", perguntei.

Ele pulou da caminhonete e fez um gesto na direção da placa atrás de nós, indicando o mercado de peixes. Havia um *cooler* na carroceria, junto ao seu equipamento de pesca. Naquele dia, ele vestia jeans e um boné cobrindo o rosto, e o cabelo escuro escapava pela parte de baixo do boné.

"Saiu pra dar uma volta?", me perguntou.

"Pois é", respondi. "Mas tive um problema com o pneu."

Ele soltou um assobio entre os dentes, contornando a bicicleta. "Tô surpreso que você tenha chegado até aqui." Sorriu, segurando o quadro da roda com uma mão. "Para a sua sorte, estou indo justamente na mesma direção que você."

"Muito obrigada", falei, colocando a bicicleta na traseira de sua caminhonete, ignorando todos os conselhos que já havia escutado na vida sobre caminhonetes e estranhos. Isso era tão perigoso quanto pedir carona na estrada. Mas estávamos em plena luz do dia, eu sabia seu nome e conhecia a vizinhança onde ele morava. Essa pressuposição de segurança era o suposto benefício de se viver em cidades pequenas.

Subi no banco do passageiro ao mesmo tempo em que ele girava a chave na ignição. "Fiquei bem surpreso de ver você por aqui", ele disse, me lançando um olhar incisivo. "Sozinha, quero dizer."

Franzi a testa, reconsiderando minha decisão.

Will soltou uma gargalhada nervosa. "Desculpe, só quis dizer que, sei lá, vocês só saem em grupo."

A afirmação só piorou as coisas. Parecia que ele sabia mais sobre nós do que eu havia imaginado a princípio. Que nos vigiava.

"Você presta atenção em todo mundo que se hospeda nas proximidades?", perguntei.

Estávamos atravessando a pista que dividia as cidades, e agora a esterilidade da paisagem me parecia estranha, sinistra. Na direção do mar, uma massa de nuvens cinzentas pairava a distância.

"Tento não prestar", ele respondeu. "Apesar de ser meio impossível." Ele sorriu, então continuou. "Você já saiu à noite e viu a casa pelo lado de fora? O lugar todo se ilumina, parece estar em exibição. Acredite em mim, quando vocês chegam, *todo mundo* percebe."

"Nunca imaginei que estivéssemos dando um espetáculo", murmurei. Não éramos de dar festas — não havia nada festivo em nossos encontros —, mas talvez nos destacássemos de alguma forma. Talvez os outros moradores da região também sentissem isso, uma energia diferente, uma solenidade.

"Não diria que é um espetáculo. Só que é difícil não notar quando vocês aparecem." Ele me olhou de forma incisiva mais uma vez. "Nós a chamamos de Casa Fantasma."

Balancei a cabeça. "É *O Remanso*", corrigi.

"Pode chamar do que quiser. Por aqui, chamamos de Casa Fantasma."

"Ela nem tem uma aparência tão assustadora assim", retruquei. Talvez os degraus frágeis, o revestimento externo desgastado pelas intempéries, ou a forma como se destacava diante de um céu acinzentado — inquietante e assustadora — fossem a razão da escolha do nome. No entanto, sob a luz do sol, era bela, natural, uma parte da paisagem que se encaixava perfeitamente aos arredores.

"Sim, mas passa o ano todo vazia", ele respondeu, deixando-me chocada. "Um desperdício, não acha? Não ser usada durante o verão?"

Senti que perdia o rumo —; o Remanso era uma locação de primeira qualidade para banhistas no verão. Imaginava que a demanda fosse gigantesca durante a alta temporada.

"Não sabia... Achei que estivesse disponível para ser alugada", eu disse.

"Deveria ser assim. Entretanto as únicas pessoas que se hospedam lá, ano após ano, são vocês."

Como se a casa estivesse sempre à nossa espera.

Quando chegamos à cidade, meu olhar se desviou para a esquerda, na direção da baía. Eu sabia que eles estavam em algum lugar por ali, podia senti-los, quase uma força de atração, como se estivéssemos utilizando dispositivos de localização. "Nunca percebi", declarei baixinho.

Will virou a caminhonete para a direção da praia, os pneus se chocavam contra a estrada de terra. "É estranho pra caralho que ninguém nunca se hospede ali, só durante uma semana do ano. Então é claro que me lembro de vocês. Todo mundo se lembra. Vocês são os únicos que ficam na Casa Fantasma. Dá para nos culpar por sermos um pouquinho curiosos?"

Enquanto ele manobrava contornando um buraco profundo, os pneus triturando pedras e areia, percebi o quanto eu estava abalada. Eu podia ver a casa de onde estávamos — erguendo-se contra o céu acinzentado, plantas nativas oscilando ao redor. A gravidade dela.

"Posso ir andando da sua casa até lá", eu disse, ao perceber que ele pensava em me levar até a entrada da casa, onde Grace teria uma visão clara pelas janelas.

Will parou a caminhonete, mas manteve o motor ligado, com as sobrancelhas erguidas, como se aguardasse até que eu percebesse o quanto o que eu havia dito era esquisito pra caralho.

Pigarreei. "Você tem razão", acrescentei, "digo... quanto ao fato de só andarmos em grupo. Eles não sabem que eu saí. É que eu precisava de um pouco de espaço para mim." Na mesma hora, pude imaginar toda a fofoca que aquela fala inspiraria, considerando que os moradores da região já falavam sobre nós. *Tem algo errado acontecendo. Algo estranho pra caralho...*

"Fique à vontade", ele respondeu, dando ré na caminhonete. Então recuou cerca de dez metros e estacionou em uma vaga diante de uma casa de campo em formato de caixa, suspensa por pilares.

Deus, ele realmente morava perto. De minha posição, do lado de fora da caminhonete, tinha uma visão bem clara daquele trecho pantanoso que dava direto em nossa casa de praia. Will podia ver cada carro, cada varanda. Imaginei a casa todinha acesa durante a noite, tal como ele dissera. Consegui enxergar a situação, a forma como deveríamos parecer fantasmas, andando de um lado para outro diante das janelas.

"Se precisar de espaço de novo", ele disse, enquanto me ajudava a descer a bicicleta da carroceria, "não precisa ir tão longe." Ele fez um gesto em direção ao espaço que havia criado na parte de baixo da casa: um bar rústico, feito à mão, com bancos de madeira com pernas de metal torcido, uma escada espiralada de metal que subia até o deque. "Sempre deixo as portas abertas por aqui."

"Valeu", respondi, partindo em seguida, empurrando a bicicleta pela estrada de terra, na direção do mar.

Devolvi a bicicleta ao galpão e subi os degraus que levavam ao deque. E então parei. Podia ver Grace através das portas de vidro, em pé na base da escadaria e olhando para cima, como se tivesse acabado de chamar meu nome e aguardasse uma resposta.

Bati no vidro e a observei pulando de susto e balançando a cabeça em seguida, meio confusa, dando um sorriso. Ela destrancou as portas para me deixar entrar. "Desculpe", disse ao abri-las. "Eu as tranquei depois que todo mundo saiu." Sorriu timidamente e checou o relógio de pulso. "Vamos, eles já devem estar comendo sem a gente uma hora dessas."

Ela enganchou um braço no meu, e pensei, não pela primeira vez, que em outras circunstâncias eu definitivamente teria passado a juventude orbitando ao redor de Grace. Gostava de acreditar que seríamos amigas de verdade na vida real, não fosse o fato de que estarmos juntas servisse apenas como um lembrete de algo grave que havia acontecido. No entanto, eu sempre havia apreciado sua companhia, mesmo ali. Ainda que fosse apenas pela cadência suave de sua voz, pelas palavras que viajavam, atravessando as paredes da casa, durante cada uma de suas sessões. Grace era um peso que me aterrava, me mantinha estável.

Deixei que ela me guiasse pela casa e através da porta da frente, enquanto refazia os passos que tinha acabado de dar. Passamos pela casa de Will, e fiquei muito surpresa ao me dar conta de que nunca a havia notado antes. Estávamos sempre tão focados em nosso grupo que mal registrávamos o que acontecia lá fora. A maioria das casas ao longo da costa tinha uma placa com um nome, como a nossa. A de Will era diferente das outras justamente por não ter placa nenhuma. Em vez disso, havia uma âncora enferrujada ao lado de sua caixa de correio, com uma corrente enrolada no poste.

O cabelo de Grace chicoteava seu rosto. Eu sentia restos de areia no ar, girando em torno de meus tornozelos.

Ela se virou para trás e franziu a testa olhando para o céu, de um cinza lúgubre, lá para longe, em alto-mar. "Isso não me parece bom", comentou.

Pude ver algo dentro dela começar a mudar, a forma como o passado ressurgia. Passei um braço em volta dela e a puxei para a frente. Ambas sabíamos que sempre deveríamos encarar uma tempestade de frente.

CAPÍTULO 9

A enseada contrastava totalmente com a praia. Ali a água parecia mais baixa, como se a maré tivesse deixado de existir, e não havia movimento na superfície, apenas uma leve correnteza que ondulava com o vento. O céu estava limpo, sem sinais de qualquer agitação no caminho.

A primeira coisa que vimos foi o equipamento do grupo — saídas de praia e sacolas — apoiado em cima de uma longa mesa na área privativa atrás do Coral's.

Só notei Brody depois de adentrarmos o espaço em meio às árvores. Ele estava deitado em uma rede de corda náutica, com um braço repousado sobre os olhos, e o celular virado para baixo, apoiado no peito.

Todas as coisas estavam sobre a mesa de piquenique. Se alguém decidisse roubá-los, a presença adormecida de Brody definitivamente não seria um impedimento.

"Buuu!", exclamou Grace, aproximando-se e gargalhando enquanto os braços de Brody se agitavam e suas pernas se fincavam no chão de cada lado da rede.

"Merda", ele xingou, empurrando o cabelo para trás. Depois deu um sorrisinho, como se estivesse tentando fingir que tinha achado divertido.

Grace puxou o cabelo para o lado e se sentou na mesa de piquenique mais próxima. "E aí, o que você andava aprontando?"

"Só estou vigiando as coisas deles", ele respondeu, com os olhos avermelhados percorrendo a superfície da mesa como se registrasse todos os acontecimentos com atraso.

Grace riu, inclinando a cabeça para trás. "Bom trabalho", ironizou.

"Lá vem eles", avisei.

O restante do grupo, vindo do cais, se aproximava, caminhando em direção à fileira de quiosques de aluguel de equipamentos, uma composição de cabelos varridos pelo vento, conversas animadas e bochechas coradas. Hollis ainda tinha o pé enrolado em um curativo, mas caminhava normalmente, com chinelos esportivos, entre Josh e Oliver.

Vi o vendedor mais próximo os observando, a cabeça se virando para acompanhar sua passagem. Outro homem sentado na beirada do cais com uma vara de pescar também se virou para vê-los passarem.

Em qualquer outro momento, eu teria pensado que era por causa de Hollis, que costumava atrair atenção naturalmente. No entanto, agora eu enxergava as coisas pela perspectiva de Will: as pessoas sabiam quem éramos, e tinham curiosidade. O jeito como Will havia se aproximado de nós na praia, dizendo que se lembrava da gente. A forma como Joanie sempre sabia em que mesa iríamos nos sentar, e quantos de nós éramos. *São eles*, imaginava-os sussurrando uns para os outros.

Nós éramos os fantasmas que habitavam a Casa Fantasma.

Oliver anotou nossos pedidos antes de se dirigir ao balcão do quiosque de sanduíches.

"Alguém pode ver se Joanie topa nos trazer algumas jarras de cerveja?", ele perguntou.

"Eu vou", me ofereci, colocando a bolsa de lona no ombro. Não porque não confiasse neles, mas não queria perder o celular de Ian de vista — nem na loja, nem ali.

Dei a volta no estacionamento e entrei no Maré Alta pela frente. O restaurante estava relativamente vazio, já que era o horário entre o almoço e o jantar. Joanie e o bartender estavam encostados atrás do balcão, conversando, mas se afastaram quando passei pela bancada da recepção.

"Olá", ela disse. Nesse momento, eu não conseguia deixar de me perguntar o que exatamente ela havia pensado ao nos ver. Aquela era uma cidadezinha minúscula, e estávamos bem no início da temporada. Por quase uma década, havíamos frequentado o restaurante durante a mesma semana — e agora havíamos perdido dois dos nossos amigos.

"Oi, Joanie. Queria saber se vocês poderiam levar umas jarras de cerveja pra gente lá atrás!"

"Claro!", ela respondeu. "Mark vai atender você."

Mark parecia ter quase a mesma idade de Joanie, e usava um cavanhaque grisalho e cabelo bico de viúva. Contudo, apesar de me lembrar de Joanie, eu nunca havia notado a presença dele ali antes.

Subi na banqueta encostada à parede perto do caixa e fiz nosso pedido.

Joanie desconectou o celular do carregador atrás do balcão e mandou mensagem para alguém. Imaginei que estivesse digitando: *A trupe da Casa Fantasma tá aqui de novo.*

"Ei, Joanie, tudo bem se eu pegar aquele carregador emprestado rapidinho?"

"Sem problema", ela respondeu, mal levantando os olhos. Ela passou o cabo com o carregador para mim por cima do tampo do balcão.

Peguei o celular de Ian na minha bolsa, o conectei e fiquei esperando.

Deixei-o sobre o balcão, depois me virei na direção da televisão, esperando que o celular se ligasse em algum momento. A televisão estava no mudo, mas com o *closed caption* ligado, e as palavras surgiam na tela em letras de forma. Era o mesmo canal local que passava na loja de eletrônicos, e a previsão do tempo era transmitida outra vez.

Baixa pressão atmosférica avançando esta noite. Alerta de maré alta em curso.

"Quer abrir uma conta?", perguntou Mark. Ele não usava a mesma camisa azul-marinho que o restante da equipe, e parecia bem provável que fosse só um amigo de Joanie, em vez de um funcionário do restaurante.

"Não, não, é só isso mesmo", respondi, lhe entregando meu cartão. Outra pessoa poderia ir buscar a próxima rodada, se quisessem mais.

De repente, o celular de Ian se acendeu, voltando à vida, e eu o peguei do balcão no exato momento em que a tela inicial apareceu, como num passe de mágica. Não havia mais nenhuma rachadura no meio da tela, tampouco aquela tela verde da morte. Agradeci Libby em silêncio.

Tentei acessar o aplicativo de e-mails primeiro, mas, como Libby alertara, o aparelho pedia uma senha de acesso, ainda que o login do e-mail estivesse preenchido automaticamente. Me encolhi de vergonha — era muito óbvio que eu não era IanTayler9295.

Ao abrir os aplicativos de redes sociais, aconteceu a mesma coisa — tudo exigia identificação facial e, em seguida, pedia uma senha de acesso. Até mesmo seu calendário era conectado ao e-mail. Ao menos o celular não havia reiniciado, mas, mesmo assim, eu já começava a achar que teria sido mais produtivo tê-lo deixado na areia, para que fosse levado pelo mar.

Então cliquei no aplicativo de fotos, e ele se abriu. Uma grade de imagens rolou pela tela, e prendi a respiração, preparando-me para vê-lo mais uma vez.

Mas Ian não estava em nenhuma foto.

Aproximei o celular do rosto e cliquei na primeira imagem. Era a foto de uma casa. Tapume desgastado de cedro cinza, degraus instáveis conectando cada varanda, andar por andar. A estrutura se erguendo por detrás das dunas e das plantas marinhas. O Remanso.

A foto seguinte fora tirada mais de perto: uma porta aberta, uma perna estendida — alguém saindo para o terraço. Então, no andar de cima, uma mulher na varanda. Focalizei, tentando enxergá-la com mais clareza. Ainda que estivesse fora de foco, pelo moletom cinza e pelo cabelo escuro, eu sabia... era Amaya.

Podia ouvir meus batimentos cardíacos ecoando dentro do meu crânio.

Tem alguém na praia, Amaya dissera, parada no deque dos fundos. Imaginamos que se referia a Hollis, mas e se não fosse o caso?

E se ela tivesse visto alguém nos observando, com o celular apontado em nossa direção?

Ela viu alguém observando e fugiu. E, de repente, me perguntei do que ela sabia exatamente.

"Precisa de ajuda?", Brody perguntou, surgindo ao meu lado no bar. Desliguei o telefone imediatamente e o joguei dentro da bolsa. Brody sorriu para mim. "Achei que um par extra de mãos faria diferença", brincou.

As duas jarras de cerveja já estavam sobre o balcão, gotas de condensação escorriam pela superfície do vidro. Havia uma pilha de copos plásticos ao lado delas e a conta, que puxei na minha direção. "Obrigada", respondi. "Eu só estava pagando."

Ele pegou as jarras e se afastou.

Sorri para Brody com firmeza. "Estou logo atrás de você", ele disse.

Desapareci em meu quarto assim que voltamos naquela noite. Fiquei rodeando o celular enquanto ele carregava.

A única informação que consegui acessar foi a lista de contatos. Reconheci os nomes de suas irmãs e de seus pais. Porém a maior parte das pessoas ali era desconhecida. Uma década de novos amigos, novas experiências — colegas de trabalho, companheiros, talvez alguém com quem tivesse algo a mais. Parei diante de meu nome — tinha meu número antigo, mas meu e-mail atual. Mais embaixo, havia o que parecia ser o nome de um grupo. Cliquei nele e uma lista bastante familiar apareceu: éramos nós. Todos os que estavam na casa. Os sobreviventes. A quem ele chamava, simplesmente, de *Os Oito*.

Enquanto deletei todos eles, Ian nos manteve juntos — preparados, caso precisasse falar conosco.

E então, quando o momento finalmente chegou, eu não estava disponível para ele.

Não havia outras fotos salvas no celular de Ian — só uma série de fotografias recentes da casa, todas tiradas num período de trinta minutos. Olhei tudo ao menos duas vezes. Algumas fotos eram de perto, e outras, de longe. Não saberia dizer se o fotógrafo havia se aproximado ou apenas focalizado a casa da praia. Era possível enxergar a silhueta de alguém na maioria das vezes, mas nem sempre aparecia com nitidez quem era no quadro da foto.

O que *estava* claro, no entanto, era que nós fomos observados.

* * *

Fiquei acordada até tarde naquela noite, com medo de deixar alguma coisa passar. Grace foi a única a se deitar cedo, enquanto o restante de nós se manteve sentado ao redor da lareira externa.

"Amo todos vocês", ela disse, mas eu achava que, como a maioria das coisas, era algo que ela acabava de sentir, aleatoriamente. "Mas alguns de nós têm que trabalhar amanhã de manhã."

"Oliver acorda mais cedo que todo mundo", eu disse, mantendo meus olhos fixos nos dele, acesos pelo fogo diante de nós, cujas chamas se agitavam com o vento.

"Bem, nem todo mundo pode ser rei", Josh disse, dando um sorriso cínico.

"Boa noite, Grace", Hollis respondeu, encolhendo-se na cadeira e escondendo o queixo dentro do moletom com capuz que usava.

Grace passou por Brody, que saía pela porta deslizante de vidro, e ele deu um passo para o lado, para que ela pudesse passar.

"Olha o que encontrei", Brody disse. A luz da cozinha iluminava sua silhueta. Meus olhos levaram um tempo para se ajustarem à iluminação. Ele tinha espetos de metal em uma mão e *marshmallows* na outra. "Que nem na época dos escoteiros?", propôs, sorrindo.

"Espero que tenham ensinado mais técnicas de sobrevivência do que só como preparar s'mores", Hollis disse, aceitando um espeto de sua mão esticada. O comentário dela mudou o tom da reunião, o sorriso de Brody oscilou, o silêncio se instaurou no grupo. Me perguntei se aquilo havia sido intencional — com Hollis, às vezes, era difícil saber. Era difícil imaginar o que ela pensava; ela mantinha todos nós a uma distância segura.

Assamos nossos *marshmallows* sobre as chamas, como um grupo de amigos criando vínculo ao redor da fogueira, encontrando-se tarde da noite para saborear uma guloseima.

O vento atravessou o portão aos assobios enquanto o chocolate dos s'mores escorria das bordas do biscoito, queimando minha mão. A porta do galpão continuava se abrindo sozinha, batendo contra a treliça interna, até que Oliver a fechou com firmeza, trancando-a com o cadeado.

Demorou uma hora até que alguém falasse, como se estivéssemos só esperando a vez um do outro.

"Vocês acham que a gente devia apagar o fogo com um pouco de água?", perguntei, apontando para a fogueira, lembrando-me do comentário de Will a respeito de fogueiras sem supervisão, da insinuação de que ele sabia que a deixávamos acesa — que havia notado, que todo mundo notava.

Oliver parou no degrau de baixo sem responder. Fui até a ducha externa e enchi um balde enferrujado de água, os canos gemeram. Em seguida, atirei a água sobre a fogueira, ouvi o fogo chiando, vi a fumaça sendo levada pela brisa. De repente, estávamos todos banhados em escuridão.

Compreendi, então, o motivo de sempre deixarmos a fogueira acesa. Ninguém queria extinguir a fonte de luz. Alcancei a pessoa mais próxima de mim — Hollis — e me direcionei para os degraus guiando-me pelo brilho da lâmpada da cozinha.

Desejamos boa-noite, ouvi passos rangendo nas escadas, as dobradiças guinchando, portas sendo trancadas.

Eu podia ver as luzes se apagando, uma por uma, pela janela da varanda, até que a minha fosse a única acesa. Por fim, apaguei-a e, depois parei diante da janela, puxei as cortinas transparentes de lado e olhei na direção do oceano.

Silenciosa, dei um passo para fora, tentando não sentir medo. Eu me apeguei às palavras de Grace — ela tinha um ótimo jeito de botar as coisas em perspectiva: *Bem, o pior já passou, certo?* Sim, já havíamos passado pelo pior. E tínhamos sobrevivido.

A lua e as estrelas estavam escondidas atrás das nuvens, e as ondas se quebravam de forma violenta, o que deixava meus nervos à flor da pele. Pensei em Amaya parada ali dois dias atrás, encarando o oceano, a praia.

Relembrando o ocorrido, me perguntei o que ela teria visto.

E então, bem na hora em que observava, notei uma luz fraca oscilando pela praia.

Dei um passo para o lado, para seguir o movimento, mas ele rapidamente sumiu de vista, à esquerda da praia. Na direção oposta ao cais.

"Merda", sussurrei, descendo os degraus externos até o primeiro andar, depois chegando ao terraço, onde a fogueira ainda fumegava. Corri pelo caminho até chegar à praia. Parei, atenta ao rugido da água, à força do vento, ao estrondo de algo em alto-mar... E então vi uma luz, à esquerda.

Naquela direção, havia apenas uma área rochosa da praia — um local que não era seguro durante o dia, veja lá à noite. Caminhei na direção dele, pensando que estava no encalço de alguma coisa, até perceber que a luz se aproximava, vindo em minha direção.

Congelei, fui pega no pulo. Então o facho de luz varreu a areia e pousou em mim. Estendi a mão diante do rosto para proteger os olhos ao mesmo tempo que uma voz familiar disse "Cassidy?".

Deixei o braço despencar e soltei um suspiro. "Oliver? O que é que você tá fazendo aqui fora?"

"Posso fazer a mesma pergunta a você", ele respondeu.

"Eu vi uma luz na praia."

"Também vi alguma coisa." Ele olhou sobre o ombro, na direção da escuridão. "Pensei ter visto alguém aqui fora. Saí para dar uma olhada..."

Olhei ao redor da praia, mas não consegui enxergar nada além do alcance da lanterna. Pude ouvir o som das ondas se quebrando — mais próximas agora, como se invadissem a praia.

Oliver iluminou a praia com a lanterna. "Sabe, do outro lado dessas rochas fica o acampamento. E, depois dele, tem outra estrada."

Balancei a cabeça. Eu achava que as rochas eram o fim da praia. Não imaginava que havia outra praia, logo ali.

"Amaya?", perguntei.

"Não sei. Quem quer que fosse, saiu daqui com pressa."

Um calafrio atravessou meu corpo e passei os braços em volta da barriga.

"O que você viu?", ele perguntou, em voz baixa, como se alguém estivesse por perto, nos ouvindo.

"Acho que só vi você", respondi. Não gostei do fato de estarmos expostos ali fora. Não conseguíamos ver nada além daquele círculo de luz. "Somos as únicas coisas visíveis neste momento."

Ele desligou a lanterna e ficamos parados em silêncio, escutando. Outra onda se quebrou, o vento soprou sobre as dunas, e então ouvimos algo correndo na areia às nossas costas. Oliver ligou a lanterna de novo, iluminando um espaço à esquerda, dentro das dunas. Dois olhos encararam de volta, como um cervo iluminado por faróis rentes ao solo, antes de a criatura saltitar para longe.

"Jesus", ele exclamou, iluminando nossos pés com o facho de luz.

Eu me aproximei e o segurei pelo punho. "Acho que tem alguém vigiando a casa. Acho que alguém está vigiando todos nós."

Não houve nenhum comentário da parte dele, mas pensei nas cortinas firmemente fechadas em seu quarto. Em sua insistência para que todos nós saíssemos durante a tarde. Para ficarmos juntos. Ele devia ter algum motivo para pensar daquela maneira.

"O que eles querem, Oliver?", perguntei. Ou seja, quem estava lá fora, nos espionando.

Talvez porque fosse noite, ou porque estivesse escuro, ou pelo fato de eu ainda o estar segurando, e de estarmos juntos sempre, talvez todos esses fatores nos colocassem no mesmo time, do mesmo lado, com o mesmo objetivo. Independentemente da razão, Oliver respondeu, enquanto o facho da lanterna iluminava o espaço entre nós.

"Eles queriam que eu descrevesse a faca."

ANTES

QUINTA HORA

OLIVER

A chuva engrossou e caía torrencialmente, entorpecendo tudo que alcançava: a visão, a audição e a percepção do que acontecia ao redor deles.

Oliver continuou usando a lanterna para iluminar cada uma das pessoas do grupo, contando-as compulsivamente, tentando manter todo mundo sob controle. A van tinha desaparecido, e não havia adultos, não havia ninguém no comando que pudesse orientá-los sobre o que fazer. Nenhuma regra a ser seguida. Eles eram os únicos que haviam sobrado.

Então ele continuou acendendo a luz — *clique-clique* — e iluminando cada um dos rostos. Eram treze: nove sobreviventes haviam sido retirados de sua van e quatro haviam conseguido escapar da outra antes que afundasse — até onde sabiam.

"Para com isso", Ian disse, levantando a mão para bloquear o clarão.

Oliver desligou a lanterna por dez segundos contados. Depois a ligou de novo e iluminou o grupo deixado na base do penhasco. Devido à posse da lanterna, ele estava incumbido de checar os feridos. Trinity, com a perna quebrada. Morgan, com uma lesão na cabeça, ele presumia. E o que mais o preocupava, o ferimento na barriga de Ben, e a forma como Cassidy a pressionava com ambas as mãos.

Ela o encarou de volta, com os olhos arregalados sob o facho de luz da lanterna. Havia um lampejo de terror em seu rosto.

Clique-clique, ele desligou a lanterna.

* * *

Oliver sentia medo da situação da mesma forma apática e onipresente com que temia a maioria das coisas: dizer a frase errada, causar a impressão errada, escolher o caminho errado. Uma ansiedade que o espreitava assim que ele despertava, que percebia todas as manhãs, enquanto ainda estava deitado na cama e aquela sensação familiar o inundava. Por outro lado, conseguia esquecer que a sensação existia por muitas horas seguidas. Esforçava-se para o transformar num ruído de fundo, numa condição permanente, ainda que fosse impossível encontrar uma causa óbvia para a sua existência.

Já havia sobrevivido às circunstâncias envolvendo seu nascimento, algo que seus pais tinham orgulho de narrar para terceiros, como se fosse uma tarefa que Oliver tivesse concretizado. Porém, na verdade, tudo estivera fora de seu controle: ao nascer, foi enrolado em uma manta e abandonado sob um viaduto, e, por fim, encontrado. Era tudo muito passivo; nada do qual Oliver pudesse reivindicar algum crédito.

Apesar disso, ele *era* um milagre, seus pais adoravam dizer: o milagre que tanto esperavam e aguardavam.

Por sua vez, Oliver sempre sentiu que também esperava por algo. Só não sabia exatamente o quê.

Agora, à beira do rio, na base daquele penhasco, ele podia finalmente dar fim àquele medo apático e onipresente. Parado na escuridão, sob trovões, em meio à tempestade, ele tinha medo de perder tudo. Tudo que conseguira superar. Temia não ter sido capaz de aproveitar sua segunda chance. Receava ter passado a vida sempre esperando que algo ruim acontecesse. Uma situação em que não seria encontrado.

Clique-clique: Hollis encarando Brody.

Clique-clique: Brody encarando a água.

Clique-clique: Joshua o encarando.

Oliver levou a lanterna de propósito, enganchada na fivela do cinto que segurava a bermuda, com a intenção de ler no escuro dentro da van. (Algo que, aliás, havia feito até Clara e Grace reclamarem.)

Mas só levou a faca por acaso. Em qualquer outra circunstância, teria muita dificuldade para levá-la consigo.

Eles só descobriram a faca automática de seu pai no bolso externo de sua bagagem enquanto vasculhavam tudo freneticamente em busca de qualquer coisa que pudesse ajudá-los após o acidente. A mochila pertencia a seu pai, assim como a faca, que provavelmente havia sido esquecida lá dentro depois de uma última viagem para acampar.

O cabo da faca era vermelho, e havia uma coroa gravada em um dos lados — algo que seu pai deveria ter achado apropriado, levando em consideração o nome da família —, e aquela foi a única forma que Oliver encontrou de convencer as pessoas de que o objeto lhe pertencia, depois que Amaya a tirou da mochila.

A faca era dele. Portanto, argumentou, ninguém além dele deveria carregá-la.

Jason o apoiou, ainda que provavelmente nunca tivesse visto a faca antes — embora costumasse passar muitos fins de semana na casa de Oliver. Era uma testemunha de confiança, um amigo de confiança.

Oliver não era muito de sair. Na verdade, não era muito de nada — ninguém poderia descrevê-lo nem como um atleta talentoso nem como uma pessoa dedicada à vida acadêmica — porém, tampouco era o oposto disso. Ele era o que a escola designaria como "um aluno mediano".

Só que ali, parado sobre as rochas com seus colegas de classe após terem rastejado, um por um, para fora da van, ele percebeu que não tinha medo.

O medo apático e onipresente estava lá, é claro. Mas ele não foi acometido por algo mais acentuado e profundo, como o que parecia ter dominado os outros membros do grupo.

Esteve bem, pelo menos, até o momento em que a faca desapareceu.

Não conseguia parar de procurá-la — um cabo vermelho saindo do bolso de trás de alguém; o brilho da lâmina reluzindo sob o facho da lanterna.

Eles haviam usado a faca automática para cortar os cintos da van, em uma tentativa ridícula de fazer uma tipoia para o ombro provavelmente deslocado de Ian. Depois, usaram-na mais uma vez, em uma tentativa fracassada de amarrar um torniquete ao redor da perna de Trinity (ela não parava de gritar; parecia que aquilo fazia mais mal que bem), e agora ninguém conseguia se lembrar quem estivera em posse da faca por último.

Porém ele *sabia* que alguém havia pegado a faca. Sabia que alguém mentia. Por isso, agora não vigiava apenas os feridos; vigiava *todo mundo*. Um por um.

Ele começou pela base do penhasco, iluminando o rosto de Morgan com o facho da lanterna. Ele a chamou pelo nome, e os olhos da garota piscaram e se abriram.

"Não a deixe dormir", ele disse a Trinity.

"Tô tentando", ela respondeu, com uma careta. Oliver temia que a garota entrasse em choque por causa da dor.

Lançou outro olhar rápido a Cassidy e Ben. Meu Deus, havia sangue demais jorrando através do bolo de roupas que Cassidy usava para pressionar a ferida. Oliver correu até as bagagens para procurar outra camiseta limpa para ela.

Só que alguém chegou na sua frente.

Ian remexia nas malas com o braço bom. Ele deu um pulo para trás ao vê-lo, como se Oliver tivesse chegado de surpresa.

"Jesus", Ian disse, então entregou-lhe uma camiseta branca. "Cassidy disse que precisava disso."

"Obrigado", Oliver respondeu, levando a camiseta para Cassidy e a iluminando para que trocasse seu curativo improvisado.

Então Oliver voltou para o local do restante do grupo e continuou com sua contagem.

Clique-clique: Amaya andando para lá e para cá, de ponta a ponta da clareira rochosa. Sua boca se mexia, e Oliver não sabia dizer se ela falava consigo mesma ou contando os passos.

Clique-clique: Clara e Grace tendo uma discussão acalorada. Clara estava à beira de uma crise nervosa, ele ouvia a voz alta e aguda, e parecia que Grace tentava acalmá-la...

De repente, Hollis estava bem diante de seu rosto, mais próxima dele do que jamais estivera. Ela olhou para trás uma vez. "Deve ter mais gente", disse. Ele manteve a lanterna iluminando seu rosto apavorado.

"Onde?", ele perguntou.

"Da outra van. Eles devem ter conseguido sair de lá." Ele podia ver a garganta dela se movendo conforme engolia a saliva.

Oliver já havia começado a fazer a contagem de mortos. A maioria deles havia ajudado um ao outro a sair da parte traseira da van, com exceção do sr. Kates, que haviam deixado no mesmo lugar onde se encontrava, pois não havia qualquer possibilidade de salvá-lo. Oliver viu seu corpo, o professor curvado sobre o volante, os braços flutuando, o resto do corpo dele imóvel de maneira pouco natural, um vazio assustador. O fim, totalmente exposto para quem quisesse ver. Porém muitas outras pessoas da outra van estavam desaparecidas. Oliver os viu sendo levados pelo rio, por isso só conseguia imaginar o pior. Não queria encontrá-los. Não queria vê-los, fazer a contagem de suas mortes.

"Escutei alguma coisa vindo do lado de lá", Hollis disse, olhando para o outro lado do rio, na direção da margem distante. "Um barulho. De gente ou..."

"De bicho", Brody completou, surgindo da escuridão. "Você também viu? Digo, viu o cervo na estrada?" O cervo, responsável por toda aquela carnificina.

Oliver direcionou a lanterna para Brody. "Não vi nada", afirmou. Estivera sentado com Jason perto dos fundos da segunda van, onde pareciam ter tirado a sorte grande, levando em consideração a ausência de ferimentos. Da primeira van, só quatro pessoas haviam escapado e se unido ao grupo, incluindo Hollis. Eles pareciam ter escapado relativamente ilesos do acidente, desconsiderando alguns cortes e hematomas e o ombro deslocado de Ian. Mas sete pessoas daquela van ainda estavam desaparecidas...

"Escuta, eles estavam vivos", Hollis disse, segurando o pulso de Oliver.

"Vocês ouviram isso?", disse Cassidy, parada fora do grupo, ao lado, olhando para longe. As mãos dela estavam cobertas de sangue.

Se Oliver prestasse bastante atenção também seria capaz de ouvir alguma coisa, um ruído fraco de alarme. Um carro a distância, talvez. Meu Deus, eles deviam estar *muito perto*.

"E se isso for um alerta de tempestade?", Cassidy questionou, com os olhos tão arregalados que pareciam prestes a pular das órbitas.

Oliver sentiu uma pontada de pânico. Ele imaginou uma barragem estourando, águas invadindo o desfiladeiro...

"A tempestade só vai piorar as coisas", Hollis acrescentou, no mesmo instante que um relâmpago acendeu o céu. Um trovão o seguiu imediatamente, emitindo um estrondo próximo, e, por instinto, Oliver se abaixou e sentiu suas mãos cobrirem as orelhas. "Precisamos sair *agora* para procurá-los."

O círculo ao redor dele havia crescido, a luz atraía o grupo e os aproximava, como mariposas ao redor de uma chama.

"Do que vocês estão falando?", Amaya perguntou, elevando a voz para ser ouvida.

"Das outras pessoas que estavam na primeira van", Hollis respondeu. "Elas podem estar lá fora. A gente devia procurar."

Todos encararam Hollis em silêncio.

Oliver não sabia o que havia acontecido com a primeira van, mas fazia sentido para ele que o grupo que havia conseguido escapar sentisse a responsabilidade de procurar sobreviventes. Não apenas Hollis, mas também Cassidy e Ian, talvez até mesmo Joshua Doleman, que raramente parecia tomar partido de coisa alguma. Oliver já havia entendido que estar do lado certo de uma contagem fazia toda a diferença.

"A correnteza tá muito forte agora", Brody disse. "A gente não ia conseguir voltar."

Não havia um provérbio específico para esse tipo de problema? "Mais vale um mal conhecido..."? Pelo menos eles tinham consciência do que havia diante de si, já sabiam contra o que precisariam lutar.

"Vamos esperar", Brody continuou. "Não tem outro jeito."

"Podíamos mandar alguém", Oliver disse, e então Brody se virou para encará-lo, decidido.

"Quem chegar até lá, *se* chegar até lá, não vai mais conseguir voltar", ele argumentou.

"Temos os cabos", Jason acrescentou. "Que tiramos da van. A gente podia amarrá-los em algum lugar." Até em um momento como aquele, Jason era a única pessoa com quem Oliver podia contar.

"Ele tá com uma hemorragia", Clara disse; seu corpo inteiro sacudia com tremores, sua voz saía alta, esganiçada e agoniada. "Vocês estão vendo, né?" Ela fez um gesto indicando algo atrás dela. Eles viam. Todos viam muito bem. A ferida na barriga de Ben não era o mesmo que uma perna quebrada, um nariz partido, os cortes feitos pelo vidro ou o hematoma que Oliver podia sentir se formando em seu quadril naquele exato momento. "Precisamos buscar *ajuda*", ela disse. Todos sabiam que Clara tinha uma quedinha por Ben Weaver. Ou talvez *quedinha* fosse uma palavra discreta demais. Ela sempre se sentava ao seu lado na sala de aula e no almoço; sabia sua grade de aulas; e ria alto demais das piadas questionáveis que o garoto contava.

"E de onde essa ajuda vai vir, Clara?", Grace perguntou, com os braços caídos, como se desistisse, rendendo-se. "Quem vai conseguir essa ajuda?"

"Se a gente está pensando em sair e *procurar os outros*, então, em vez disso, podia simplesmente ir atrás de uma *porra de uma ajuda*, você não acha?", Clara berrou.

"Dá na mesma, Clara!", Hollis disse, erguendo a voz para chegar ao nível de Clara. Ela gesticulou na direção do rio. "De qualquer forma, alguém vai ter que entrar no rio! Precisamos encontrar os outros ou dar um jeito de conseguir ajuda. É melhor do que ficar aqui e não fazer *nada*."

Àquela altura, metade do grupo estava à beira de uma crise nervosa; algo acontecia ali, e Oliver não conseguia encontrar a faca, e estavam todos *presos* em um desfiladeiro com uma tempestade ganhando força e o rio rugindo cada vez mais alto, mais e mais ameaçador.

Alguém precisava tomar uma decisão. Alguém tinha que assumir o controle. Não havia mais tempo para esperar.

Oliver ouviu as palavras saindo de sua boca antes de sequer pensar nelas. "Vamos votar", ele disse.

Brody riu desdenhosamente, mas os outros membros do grupo concordaram, assentindo com a cabeça. Em meio ao silêncio, aquilo era uma permissão.

"Peraí. Quem botou esse cara no comando?", Brody perguntou incrédulo.

Esse cara. De repente, ocorreu a Oliver que Brody não sabia quem ele era, que ele não fazia ideia de quem era a maioria daquelas pessoas. "Meu nome", disse incisivo, "é Oliver King."

Ele precisava fazer alguma coisa. A faca tinha desaparecido, mas alguém estava em posse dela. Ele havia recebido uma segunda chance, no entanto, agora, queria aproveitar uma terceira. Viver sempre exige correr riscos. Um momento de vindicação pessoal se cristalizando em retrospecto. Oliver sentiu então que aquele momento lhe pertencia.

Ele ergueu a voz. "Vamos procurar os outros? Sim ou não?", ele perguntou, virando a lanterna para a pessoa mais próxima dele no círculo. Sabendo, de antemão, o que ela responderia.

Clique-clique.

Hollis o encarou com seus olhos azuis-gelo, estremecendo sob a chuva.

"Sim", ela respondeu.

QUARTA-FEIRA

CAPÍTULO 10

A atmosfera no Remanso parecia prestes a explodir — tanto dentro quanto fora da casa. A manhã tinha a cor de chumbo, e um grupo de nuvens pesadas e baixas girava acima de um oceano tempestuoso. Havia umidade demais no quarto, por isso abri as portas que davam para as áreas externas, a fim de deixar entrar um pouco de ar fresco. No entanto, lá fora o ar parecia igualmente rarefeito, pesado de umidade.

Em algum momento daquele dia, em uma cidade a centenas de quilômetros de distância, o sino da capela de uma escola tocaria doze vezes, e não estaríamos lá para escutá-lo. Em vez disso, um mar de alunos que nunca nos conheceram permaneceria silencioso e parado durante as badaladas.

Talvez mais tarde entrassem na Biblioteca Memorial em Homenagem à Turma de 2013 e se lembrassem do significado da palavra *memorial*.

Da varanda, eu conseguia ouvir a ressaca, violenta e próxima. Não sabia dizer onde o mar terminava e onde a praia começava. Atrás de mim, as portas do meu quarto se abriram emitindo um estrondo, sacudindo as cortinas brancas com o movimento. Observei enquanto as nuvens escuras se aproximavam aos poucos.

Não demoraria muito.

Subi a escada até o terceiro andar, parando no meio do caminho para conter uma sensação de vertigem, cortesia dos degraus estreitos e muito íngremes, totalmente fora de sincronia com o restante da casa. Segurei os dois corrimões, esforçando-me para enxergar por cima das dunas.

"Aí vem ela." Uma voz grave veio de cima, sendo quase carregada pelo vento. Como se não estivesse falando comigo.

Olhei para cima, me segurando com força nos corrimões.

Josh estava bem acima de mim, olhando para baixo do mirante do terceiro andar. Não sei quanto tempo fazia que ele ficara ali parado em silêncio.

Virei-me de novo para a costa, mas tudo que pude ver foi um pássaro sobrevoando as dunas, o mar escuro e revolto de fundo.

"Tá vendo alguém?", perguntei, lembrando da noite anterior, da pessoa que Oliver havia seguido até lá fora. A pessoa que, eu acreditava, andava vigiando a casa.

"Só vejo aquele barco", ele disse, apontando o dedo na direção do horizonte. "Parece estar voltando pra cá." E então, depois de uma pausa, concluiu: "Consigo vê-lo balançar daqui."

Senti meus pés oscilando com o vento também, instáveis na escadaria, como se estivéssemos à deriva.

"Quem teria coragem de ir para o mar num clima desses?", perguntei, sentindo lascas de madeira machucarem as palmas das minhas mãos.

"Pescadores." Ele riu, apontando de novo. "Tá vendo aquilo?"

Seu dedo traçou o trajeto do pássaro, mas agora que eu olhava mais de perto, podia ver uma longa cauda vermelha o seguindo, a forma pouco natural com que subia e mergulhava de novo, em um arco espiralado. "Isso é uma pipa?", perguntei.

"Havia mais delas antes", ele respondeu, como se observasse lá de cima há bastante tempo. "Mas parece que estão finalmente encerrando a brincadeira."

As portas do meu quarto bateram contra as paredes de novo, me fazendo pular. "Nossa", exclamei, agarrando o corrimão com mais força.

Josh riu. "Sim, isso também me assusta."

Congelei diante de seu comentário, depois desci os degraus lentamente até chegar ao patamar do lado de fora do meu quarto. Tudo o que Josh dizia parecia imbuído de um significado a mais. Percebi que, do alto de seu poleiro, ele era capaz de ver todo o deque do segundo andar. As luzes dos nossos quartos iluminando o lado de fora, o som de nossas vozes sendo levado pelo vento, o ruído de portas sendo trancadas e sendo abertas.

Será que teria me visto na noite anterior, correndo em direção à praia? Teria observado Oliver fazendo o mesmo? Ou talvez eu me preocupasse demais com comentários despropositados, procurando camadas ocultas de significado onde não havia coisa alguma?

Fechei as portas externas do quarto, inclinando-me sobre elas para girar o trinco.

De minha posição, eu podia ouvir o restante da casa ganhando vida. Seis pessoas, cada uma delas tentando conquistar o próprio espaço. Grace tentando fazer uma chamada de vídeo logo cedo da sala de jantar — ela estava certa, nós realmente deveríamos ter usado o quarto de Ian como área privativa, dedicando-o ao trabalho, em vez de permitir que Josh o ocupasse — enquanto o restante de nós se movimentava ao redor dela, pegando nossos cafés da manhã e saindo da cozinha. Como se cada um de nós fosse capaz de sentir: o quanto a atmosfera chegava ao ponto de ruptura.

A porta do quarto de Oliver estava fechada quando entrei na cozinha, mas o imaginei parado diante das enormes janelas de seu quarto, espiando através das cortinas. Ele acreditava ter visto algo na noite anterior, e o perseguiu, quem ou o que quer que fosse, até a barreira rochosa. Eu não sabia quem ele procurava, mas sabia que alguém estivera na praia, vigiando-nos no dia da nossa chegada.

E havia mais uma pessoa, além de Amaya, que talvez os tivesse visto. Hollis estivera na praia naquele mesmo período — ela teria notado alguém, mesmo que não soubesse exatamente o que estava vendo.

Do patamar do segundo andar, ouvi a voz de Grace subir pelos degraus, proporcionando uma espécie de trégua tranquilizadora. Bati na porta do quarto amarelo, na esperança de que Hollis não houvesse saído para correr naquele tempo ruim. Por fim, ela abriu a porta, vestindo uma regata larga e calças de ginástica, como se estivesse se exercitando no quarto. Tinha a franja presa para trás, o que destacava seus olhos, dando a impressão de que eram maiores, inocentes e semelhantes aos olhos dos cervos. O único acessório que ela usava era seu *piercing* de brilhante no nariz.

"Você também tá fazendo de tudo pra ficar fora do caminho?", ela perguntou, abrindo mais a porta. Um curativo grande estava preso à lateral de seu calcanhar, e ela o esfregou com o outro pé, como se coçasse.

Assenti, entrando no quarto. "Se eu fico no andar de baixo, tenho a sensação de estar bisbilhotando a sessão de terapia de alguém."

"E tá mesmo", ela disse, dando uma gargalhada. "Não sei se é a casa que está encolhendo ou se nós estamos crescendo. Antigamente, parecia tão grande..."

"É o clima", eu disse, evitando contato visual. Para mim, tempestades causavam uma sensação parecida com claustrofobia. Como estar em um desfiladeiro cheio de paredes escorregadias, com um rio subindo e lugar nenhum para onde fugir. Essa sensação havia conseguido se infiltrar na casa. Estava lá conosco naquele momento.

"Meu celular não para de vibrar recebendo alertas de ondas altas e avisos de pequenas embarcações", Hollis disse, dando uma olhada na direção das janelas. As cortinas estavam afastadas e presas com ganchos de latão parafusados dos dois lados da parede, um recurso que faltava no meu quarto. "É como um aviso gigante: *não pise na praia*. Já entendemos!"

Dei um sorriso forçado. "Não sei se todo mundo recebeu o aviso. Tinha gente empinando pipas lá fora hoje de manhã."

Hollis fez uma careta, então virou o celular para mim, mostrando um artigo que havia encontrado: *Casas perdidas para o mar*.

"Sabia que ano passado muitas casas foram levadas pelo mar em uma cidadezinha costeira? Tiveram que interditar a praia naquela região. Muitos destroços."

"Você tá preocupada?", perguntei.

O Remanso já havia sobrevivido a décadas de furacões e tempestades. A casa ficava numa região elevada, um pouco distante da praia, separada dela por um longo caminho de madeira que nos conectava à areia.

"Não." Ela pigarreou. "Só que tem muita coisa na água que pode ser trazida nessa direção graças à correnteza." Ela sorriu timidamente, e eu sabia que nós duas estávamos nos lembrando daquele dia em que ela havia emergido aterrorizada do oceano. É provável que andasse pesquisando a respeito do que poderia haver ali, sobre o que poderia ter ferido sua perna. A coisa que imaginou que estivesse agarrando-a, puxando-a para baixo.

"Queria fazer uma pergunta a você, Holl. Naquele primeiro dia, quando chegamos, você viu mais alguém na praia com você?"

"Bem, é claro", ela respondeu, inclinando a cabeça. "Não que eu estivesse prestando muita atenção, mas a vi andando por ali, se é isso que você está perguntando..."

"Não naquela hora", respondi, sacudindo a cabeça. "Antes disso. Assim que cheguei, Amaya disse que tinha visto alguém na praia. Acho que... talvez alguém andasse vigiando a casa. É possível que Amaya tenha se assustado." Abaixei a voz. "Especialmente com todo o resto que está acontecendo."

Hollis se sentou de pernas cruzadas sobre a cama, encostada contra a cabeceira, sem ter para onde fugir. A expressão dela mudou, como se eu a tivesse aprisionado contra sua vontade.

"Só estou curiosa com relação ao que ela pode ter visto", acrescentei, tentando não a preocupar mais do que já parecia estar preocupada. Sentei-me aos pés da cama, imitando sua posição. Devíamos parecer com duas adolescentes em uma festa de pijamas, embora não tivéssemos nenhuma intimidade quando éramos jovens.

Mesmo naquele momento, Hollis não era o tipo de pessoa que se inclinava para a frente e compartilhava segredos.

Ela girou a ponta de seu rabo de cavalo entre os dedos, torcendo-a bem apertado e depois a soltando. "De verdade, Cass, eu não estava prestando atenção. Aliás, eu me esforçava bastante para não prestar atenção."

Lembrei-me da imagem que vi, de Hollis meditando sobre a areia com os olhos fechados, a postura perfeita. "Mesmo assim", dei um sorrisinho, "você também continua voltando todos os anos."

"Não sabia que era permitido que a gente faltasse."

Hollis sorriu como se fosse uma piada, mas meu estômago afundou no exato instante em que ela proferiu aquelas palavras. Aquilo que eu havia pensado por tanto tempo, até decidir que dez anos após o acidente já era mais que o suficiente.

"Mas", continuou, "o fato de Amaya ter dado pra trás e ninguém ter ido buscá-la me fez pensar que a gente realmente não precisa estar aqui." Ela se aproximou mais de mim. "Cass, tô falando sério."

A gente não precisa estar aqui. Havia poder nos números, e agora éramos duas. E a julgar pela conversa que tive com Brody na segunda-feira à noite, podia apostar que seríamos três.

"Deveríamos fazer um novo pacto", eu disse. "Acabar com isso... para sempre."

Ela riu, alto e rápido, tapando a boca com a mão, os olhos brilhando. Deixei um calor tomar conta de mim — pensei nos momentos de conforto que tive com aquelas pessoas, aqueles quase estranhos, com quem eu estava tão profundamente conectada por conta do destino. Às vezes pensava neles durante o ano, com a memória ativada pela visão de outra moça com as pontas dos cabelos pintadas de cor-de-rosa, um homem vestindo um uniforme de socorrista, o cheiro de couro e o de cigarro misturados.

Eu ainda me informava a respeito deles periodicamente — invisível, silenciosa, sem deixar rastros. Navegava na conta de Hollis no Instagram ou nas redes sociais de seus colegas de trabalho para ver se encontrava fotos de festas e eventos: fazia uma contagem mental, tentando me assegurar de que todos estavam bem. Vi Brody nos fundos de uma foto postada no Facebook, na página oficial do município, prestando homenagem à equipe de paramédicos; Josh na foto em grupo da festa de Natal do escritório de advocacia; o anúncio de que Oliver havia assumido um novo cargo no trabalho, como gerente de fundo de cobertura. Também encontrei algumas avaliações de pacientes de Grace e descobri seus horários e disponibilidade em um site de consultas. Cheguei a ligar para a linha comercial do escritório de Amaya só para escutar suas saudações — *Obrigada por ligar, você está falando com Amaya* — antes de desligar o telefone.

Seria mais fácil imaginar que todo mundo estava bem se estivéssemos vivendo nossas vidas separadas. Conseguia visualizar Brody com um bebê no colo, Hollis encorajando um grupo de corredores na linha de largada, Grace ajudando a aliviar o trauma de alguém, Josh discutindo um caso em um tribunal. Também era bem fácil imaginar Oliver comandando a diretoria de uma empresa e Amaya fazendo a diferença num trabalho de campo.

Preferia, daquela maneira, pensar em versões deles que eu imaginava estarem seguindo em frente, em vez de encontrar as pessoas que nos tornávamos sempre que nos reuníamos mais uma vez.

O que aquela reportagem faria com eles? Além de forçar todo mundo a reviver um trauma? Além de nos forçar a voltar a um passado do qual tentamos escapar com unhas e dentes?

"Bom, vamos mudar de assunto...", eu disse, me levantando da cama, ainda sorrindo.

Hollis se inclinou bem rápido para a frente, agarrando meu pulso — ela era muito mais forte do que parecia, toda feita de músculos, todos em perfeito equilíbrio, uma mistura de precisão e resistência. "Espera aí, Cass." Ela se aproximou ainda mais, de modo que seus olhos azuis-gelo penetraram nos meus. "Você disse alguma coisa?"

Sacudi a cabeça enfaticamente. "Não fui eu."

"Não, quero dizer..." Ela também sacudiu a cabeça. "Eu quis dizer, você chegou a respondê-los?"

"Não."

Não era mentira. Nunca disse nada a ninguém a respeito daquela noite. Contudo, ninguém havia me pressionado. Ninguém havia aparecido ou feito qualquer tipo de pergunta. *Eles queriam que eu descrevesse a faca*, Oliver me confidenciou. Eu me perguntava o que desejavam saber de Hollis. Pois, entre todos, ela era a pessoa que menos tinha laços com o grupo — apenas com Brody, e olha só o resultado daquilo. Ela foi transferida para nossa escola no último ano do ensino médio, e iria embora, como todo mundo, no ano seguinte. Será que devia algum tipo de lealdade ao grupo, qualquer coisa que a enraizasse à cidade?

"E você?", perguntei.

Hollis sacudiu a cabeça rapidamente mais uma vez. "Não. *Não.* Eles me acessaram pelo Instagram. Pelo meu perfil profissional. Queriam confirmar, conforme eles disseram, como foi que consegui encontrar o restante do grupo naquela noite."

Eu a encarei de volta, o passado surgia ao nosso redor. O vento assobiou contra as janelas, e, de repente, tínhamos nos transportado para dez anos atrás, para as trevas da noite. O som do rio e da tempestade se aproximando, o lampejo de um relâmpago a distância, o estrondo ressonante de um trovão...

De súbito, Hollis soltou meu pulso e então voltamos ao quarto amarelo. "Não consegui rastrear o usuário. Não consegui descobrir quem era, a pessoa usou uma conta privada." Ela pigarreou. "A pergunta em si não é complicada. Porém, significa que só pode ter sido feita por um de nós, não é?"

"Não sei", respondi. "Dez anos é tempo demais."

Havia detalhes pequenos e desimportantes que poderiam ter sido mencionados sem querer, sem pensar. Será que Brody havia sussurrado alguma coisa para alguma garota em um bar, trocando histórias de vida como se estivesse trocando figurinhas, com a intenção de se aproximar de alguém? Seria possível que Amaya houvesse indicado o local do acidente para algum morador da cidade a fim de pressionar as autoridades em prol da segurança local? Teria pedido mais iluminação, mais patrulhas, porque... *você nem imagina como esse lugar é escuro à noite...*

"Josh acha que foi Amaya", eu disse. "E Brody também."

Hollis franziu a testa, uma linha minúscula se formou entre seus olhos. "Amaya? Não. Ela não seria capaz. A família dela impediria isso... certo?"

Será? Será que alguém seria capaz de nos impedir caso um de nós ficasse determinado a falar?

Grace tinha dito que Amaya andava passando por maus bocados com a sua família. Josh devia saber disso. Seria essa, então, a causa de todo o conflito?

Era bem provável que houvesse um arquivo no escritório de advocacia da família. Só que o escritório devia seguir algum tipo de lei de privacidade ou, no mínimo, estar sob um tipo de juramento que envolvia cada um de nós. De qualquer forma, todos haviam se mantido fiéis à história, ao menos até onde eu sabia.

A decisão não fora consciente. A primeira mentira levou à segunda. Fomos caindo um por um, como dominós em uma fila, seguindo, por instinto, o mesmo método de autopreservação. Josh foi o primeiro a dizer, quando a polícia e a única ambulância chegaram por fim: *Tem mais gente lá. Mas não sabemos o que aconteceu com eles.*

Não era mentira. Era um ponto de vista. Nós não vimos nada acontecer, portanto, não tínhamos como saber. Não podíamos ter certeza.

Todos nós concordamos com essa alegação porque era mais fácil. Talvez tenhamos feito aquilo por Amaya, que tinha sido corajosa o suficiente para tomar a decisão de seguirmos adiante enquanto ainda podíamos. Ou talvez tenhamos feito aquilo pensando em nós mesmos, por termos concordado em abandonar o lugar do acidente — ainda que alguns tenham concordado mais que outros.

Quando chegou o momento de ser entrevistada pelo advogado da firma dos Andrews com o objetivo de abrir um processo contra a escola, eu já havia decorado minhas falas.

Foi uma conversa amigável, nada parecido com o que costumava ser mostrado na tevê. Meus pais e eu nos sentamos em uma sala de conferências na companhia de uma câmera e um advogado — não o pai de Amaya, mas um homem mais jovem, com olhos profundos e gentis — que solicitou que eu o conduzisse à série de eventos.

Estávamos presos no trânsito, comecei. *Saímos da rodovia para encontrar um banheiro.*

E encontraram?

Não. Por fim, a gente só estacionou no acostamento da estrada. Depois, as vans fizeram a volta.

E, então, o que aconteceu?

Pisquei lentamente. *Batemos.*

Ele aquiesceu. *Você viu o que aconteceu?*

Sacudi a cabeça. *Foi tudo tão rápido...*

Entendo, ele disse. *Só mais um pouquinho, Cassidy. Quem mais estava com você, depois de escapar da van?*

Seus nomes soavam como batidas de um tambor na minha cabeça, então os listei — os nove sobreviventes, todos juntos desde o início. Era como se apenas nós existíssemos — sempre, só os nove entre todos. Naquela época, já não falávamos dos mortos.ww

Você conseguiu ver o que aconteceu com os outros?

Sacudi a cabeça. Meus dedos haviam começado a estremecer, e minha mãe esticou a mão e agarrou a minha, trazendo-me de volta, ajudando-me a manter o equilíbrio.

Precisamos mesmo fazer isso?, ela perguntou, com a voz falhando. *Ela já não sofreu o suficiente?*

É melhor fazermos isso enquanto tudo ainda está bem fresco na memória, o advogado respondeu, antes de seguir adiante, para tópicos mais inofensivos. *É verdade que a escola tinha uma regra que impedia o uso de celulares?*

Sim, respondi, clara e segura da resposta. Ciente do que mais importava a eles. *Não tínhamos como ligar para alguém e pedir ajuda.*

No exato momento em que o advogado se inclinou para apertar o botão que pararia a gravação, ele perguntou: *Antes de terminarmos... Aconteceu mais alguma coisa naquele dia que você acha que seria importante sabermos?*

Prendi a respiração. Senti como se todos na sala estivessem fazendo o mesmo. Sacudi a cabeça. *Foi horrível*, eu disse. *Tivemos que escalar para sair dali. Tivemos que...* Se algo podia ser dito, era naquele momento.

No entanto, após um período de silêncio, o advogado me salvou, preenchendo o vazio das minhas palavras. *Muito obrigado, Cassidy. Você foi ótima. Entraremos em contato se precisarmos de mais alguma coisa.*

Eu não sabia com certeza o que os outros haviam dito em resposta àquelas mesmas perguntas. Que outras informações podiam estar arquivadas ou haviam sido sussurradas por trás de portas fechadas.

Não tinha ideia de como havia sido a experiência de Hollis, ou de qualquer um dos outros, naquela sala.

"Pensei que tudo isso tivesse ficado para trás", eu lhe disse.

Hollis assentiu lentamente. "De vez em quando...", ela começou a falar, "recebo alguma mensagem que me deixa com a pulga atrás da orelha. Um nome de usuário parecido demais com o nome de um deles. Ou uma pergunta elaborada de um jeito esquisito. Tipo '*Qual a velocidade que você consegue correr?*' ou '*Até onde você consegue nadar?*'." Ela balançou a cabeça. "Mas nada assim. Nada tão específico."

"Só pode ser um de nós", eu respondi, e ela inclinou a cabeça de leve, comprimindo os lábios.

O vento bateu contra as vidraças, e ela fixou os olhos nos meus.

"Estamos presas aqui hoje, não é?", ela disse.

As portas da varanda davam para a lateral da casa, e, com as cortinas abertas, imaginei que qualquer pessoa poderia enxergar lá dentro, sobretudo durante a noite.

"Falei sério, Hollis", eu disse, baixando a voz e me aproximando, para que minha visão se concentrasse apenas nela. Parecia estar prendendo a respiração. "Depois desta semana, acho que não deveríamos voltar para cá nunca mais."

Seus olhos continuaram fixos nos meus por um instante a mais de silêncio, como se houvesse algo mais que ela pudesse encontrar ali, escondido debaixo das minhas palavras. Então ela suspirou, recostando-se na cabeceira da cama. "Claro", respondeu, de forma dissimulada. "Tá bom."

Grace ainda estava em uma chamada de vídeo quando passei por ela e saí pela porta da frente.

Não conseguia parar de pensar no que Hollis dissera em relação aos destroços na água, sobre coisas que haviam sido carregadas pela correnteza muito além da costa — coisas de outras cidades, outras docas. E agora imaginava Will caminhando em minha direção com uma vara de pescar pendurada no ombro no dia da nossa chegada. Imaginei alguém se debruçando sobre a beirada do cais, com o celular na mão, antes de perdê-lo para as profundezas.

No alpendre, o vento jogou meu cabelo para o lado, e pude sentir uma leve névoa presente no ar, embora não houvesse certeza de que ela vinha do oceano ou se a atmosfera havia atingido o ponto de saturação.

Olhando para a rua, vi que o bangalô de Will parecia tranquilo, seguro. Sua caminhonete estava na entrada, então imaginei que o mau tempo o mantivesse dentro de casa também. Pelo menos, eu torcia para que ele não estivesse em alto-mar naquele barco que Josh avistara, tentando chegar antes da tempestade à praia.

Enquanto eu caminhava na direção da casa de Will, a areia soprava do alto das dunas e rodopiava pela estrada de terra. A natureza se aproximando impetuosamente. Já havia chegado à caixa de correio, que tinha uma âncora pendurada do lado, e seguia em direção aos degraus externos espiralados, quando uma risada soou de dentro da casa.

Não queria interromper um encontro ou qualquer outro tipo de visita. Realmente não sabia nada sobre ele — se tinha colegas de quarto ou mesmo uma namorada. Só levava em consideração o fato de ele ter me dado uma carona para casa em um momento de necessidade, e sabia que ele sempre deixava *as portas abertas por aqui*, e que havia me recebido bem.

Estava paralisada lá, indecisa, quando a porta acima de mim se abriu e passos ressoaram na escadaria de metal, e ouvi o ferro colidindo com o deque a cada passo. Duas botas apareceram primeiro, seguidas de jeans largos e uma camisa de flanela esticada sobre uma barriga. Um homem que eu não conhecia parou nos degraus, agachando-se sob o deque de madeira sobre sua cabeça, entortando o canto da boca ao notar minha presença.

"Olá", ele disse. Tinha as bochechas queimadas de vento, um sorriso aberto, e pronunciava as vogais de forma bem suave.

Dei um passo para trás, na direção da entrada de cascalho. "Desculpe, eu não queria interromper..."

"Está aqui por causa do Will?", e então, sem esperar a minha resposta, ergueu a cabeça e chamou: "Will!".

A porta se abriu de novo e Will apareceu no deque. Ele apoiou os braços na balaustrada, e não consegui conter um sorriso ao ver seu cabelo se eriçar em múltiplos ângulos estranhos contra o vento.

Recebi um sorriso de volta. "Olá, amiga nova", ele disse.

Ergui a mão em um aceno desajeitado. "Cassidy", eu disse, para o homem parado nos degraus. "Tô hospedada ali." Fiz um gesto vago na direção da casa de Oliver, torcendo para que o homem não pedisse detalhes.

"Bom, eu já estava de saída", ele disse, indicando com o polegar a direção oposta, atravessando a parte inferior da casa de Will. "Vou por ali!" Além da área do bar, havia um grande retângulo de grama e, em seguida, outra casa, com estrutura e aparência semelhantes àquela.

Ele pegou um quadrado de chapa metálica encostado no balcão e o colocou debaixo do braço. "Obrigado, Will", disse, dando um último aceno para mim por cima do ombro.

Will o observou partir, com a folha de metal se dobrando e se flexionando com o vento, então voltou a atenção para mim. "Vocês estão se preparando?", perguntou.

"Não sabia que precisávamos", respondi. Era uma tempestade, mas não um furacão. Não havíamos recebido nenhuma notificação informando que deveríamos evacuar a área, ou mesmo que precisaríamos colocar as persianas à prova de tempestade.

Will começou a descer a escada espiralada de metal. "Se houver risco de inundação na estrada, os policiais a fecharão. As balsas não vão funcionar. Por isso, levando em conta o número de pessoas hospedadas naquela casa, se fosse um de vocês, eu tentaria garantir pelo menos um estoque de suprimentos."

Olhei por cima do ombro, para a casa, e vi a série de carros alinhados em fila diante dela.

Os suprimentos acabavam em um ritmo alarmante. As toalhas tinham de ser lavadas constantemente, precisávamos de mais lenços de papel, e as garrafas de água dominavam a lixeira. O pão acabava logo no café da manhã. Um fardo de seis latas de Coca-Cola durava só até metade do almoço. Um engradado de doze garrafas de cerveja não durava muito mais que isso.

Estávamos sempre indo buscar alguma coisa. Não havia grandes supermercados na cidade, mas havia alguns centros de conveniência e quiosques onde podíamos comprar peixe fresco, frutas maduras e sorvete caseiro.

Deveríamos ter nos planejado melhor, fazendo listas ou parando em uma loja de produtos a granel no caminho. Mas sempre agíamos de improviso. Não pensávamos em longo prazo. Como se nunca tivéssemos certeza, de fato, de quanto tempo passaríamos ali.

Àquela altura, eu pensava na possibilidade de a estrada inundar. Na folha de metal que o outro homem havia levado da casa de Will, um objeto grande o suficiente para cobrir uma janela.

Ainda estava parada ali quando Will destrancou a porta de um galpão escondido na lateral da área dedicada ao bar e começou a levar para dentro alguns objetos que haviam soltos na parte de baixo da casa.

"Quer me ajudar?", ele perguntou. "Ou, por acaso, você está aqui só observando?"

Dei um sorriso debochado e me juntei a ele. Debaixo do deque, na área do bar, havia caixas de ferramentas, tiras de metal e vários baldes repletos de uma variedade de objetos metálicos, coisas que provavelmente ele havia descoberto com seu detector de metais na praia. Eu podia identificar diversos tipos de correntes, um relógio de bolso e, sendo bastante honesta, peças cintilantes que pareciam, de fato, ter saído direto de um naufrágio.

Coloquei as coisas dentro do galpão, que era muito mais organizado que o galpão da nossa casa. Prateleiras de madeira forravam as paredes, e a luz que vinha de fora entrava pelas frestas. Os itens ali dentro pareciam estar organizados por tamanho e função. Uma única lâmpada pendia do teto, ainda que estivesse apagada.

Do lado de fora, passei a mão pelo tampo do bar, verificando se não havia outros objetos soltos que deveriam ser levados para o galpão. De perto, consegui enxergar as emendas, as junções de madeira e os múltiplos tipos de metal, todos fundidos juntos, de forma eclética.

"Você que fez isso?", perguntei.

"Eu mesmo", ele respondeu, pegando uma cadeira dobrável e a empilhando sobre a cadeira seguinte.

"Ah, então na verdade, você é um artista", eu disse, sentindo uma súbita conexão entre nós.

Will riu. "É só um hobby."

Depois de levar as cadeiras para dentro, ele tirou do galpão um conjunto de blocos de concreto.

"Faz um favor pra mim? Pega aquela lona", me pediu.

A lona azul estava dobrada em um quadrado perfeito e tinha sido enfiada em uma prateleira interna atrás do balcão do bar. Depois de desdobrá-la, Will pegou a ponta oposta, e, juntos, a esticamos sobre o que havia restado — ferramentas maiores, cadeiras de madeira mais pesadas — e usamos os blocos de concreto como peso em cada ponta. Então ouvi a chuva caindo, por fim, fazendo um *tap tap tap* constante sobre a lona.

"Entre", ele disse. "Eu prepararia um drinque pra você aqui no bar, mas tudo indica que hoje vamos precisar passar o dia dentro de casa."

Eu o segui pelos degraus espiralados da escada e passei por um buraco quadrado na base do deque superior. Dali de cima, a passagem que levava aos degraus parecia a porta de um alçapão — uma característica que não se encaixava nos padrões exigidos.

"Me desculpe por invadir assim", eu disse, e ele riu.

"Você? Não está invadindo. Meu vizinho Kevin, por outro lado... Não bate na porta, não liga, leva minha política de portas abertas ao extremo. Além disso, também pega tudo que quiser desde que esteja do lado de fora." Ele sorriu. "Mas tudo bem, ele é meu primo."

Eu me sentia atraída por Will da mesma forma que me sentia atraída por Grace; da mesma maneira que me senti atraída por Russ: rapidamente, quase de surpresa. Os três funcionavam na mesma frequência, não tinham limites, eram ótimos em deixar todo mundo à vontade.

Ele segurou a porta à prova de tempestades aberta para mim, e o segui para dentro. Pensei que soubesse o que iria encontrar lá... todas as casas de praia parecem compartilhar da mesma atmosfera. A princípio, eu estava certa quanto às minhas impressões: à minha frente, a sala de estar era decorada de forma minimalista, com móveis ao mesmo tempo rústicos e modernos, como esperado. No entanto, havia uma porta aberta à minha direita, que dava para um quarto. Embora, aparentemente, o espaço tivesse sido construído para ser um escritório ou um quarto de hóspedes, as paredes e o chão estavam cobertos de objetos de decoração feitos de metal distorcido: um relógio de parede, bancos e mesas em diferentes estados de finalização, arame retorcido em formatos irreconhecíveis.

Havia uma série de ferramentas — pinças, tesouras — e objetos quebrados com bordas afiadas, mas Will fechou a porta rapidamente, antes que eu pudesse olhar melhor.

"Certo", ele disse, coçando a barba, "hobby talvez seja um termo modesto demais. A verdade é que a baixa temporada é muito longa."

Gargalhei enquanto ele me conduzia a outro cômodo.

Da sala de estar, era possível ver quase todo o restante da casa. Um balcão separava a sala e a cozinha, um corredor se esticava ao longo de várias portas abertas — um banheiro, outro quarto —, e uma porta nos fundos levava ao deque que circundava toda a casa do lado de fora.

"Há quanto tempo você mora aqui?", perguntei, me inclinando sobre o balcão enquanto ele pegava dois copos nos armários superiores.

"Nesta casa? Uns cinco anos, talvez. Mas eu cresci aqui. Saí para trabalhar na guarda costeira e depois voltei."

Tempo mais que suficiente para saber quem deveria estar aqui e quem não deveria, sem sombra de dúvida.

Ele puxou um jarro de vidro de suco de laranja sem rótulo da geladeira.

"Meu primo faz esse suco fresquinho, então não é de todo mal", ele disse. "Não gosto de admitir, mas é o melhor da cidade."

Dei um gole e me vi obrigada a concordar.

Notei um longo arranhão rosado e inchado cobrindo o dorso da mão dele. "Ossos do ofício", ele disse, ao perceber que eu observava.

"Você encontrou tudo isso na praia?", perguntei, fazendo um gesto na direção da porta fechada atrás de mim, como se me referisse a algo animado.

"Sim, a maioria", ele respondeu, dando um sorrisinho. "Algumas coisas chegam até mim depois de terem sido encontradas por outras pessoas. E isso...", ele continuou, apontando para o quarto mais uma vez, "não é segredo nenhum."

"E mesmo assim...", brinquei, "você não quis pegar o celular."

"Não combina com o resto, pra ser sincero. Encontrou o dono?"

Engoli meu desconforto. Eu estava ali por causa daquilo, no fim das contas. "Não", respondi. "Estava pensando que talvez pudesse ter caído do cais. Você viu alguém lá aquele dia?"

"Ninguém que parecesse estar procurando um celular. Ninguém que fizesse qualquer coisa além de pescar. Com exceção de um dos seus amigos, na verdade."

Sacudi a cabeça, girando meu copo entre as mãos. "Não na praia. No cais."

Ele fez uma pausa, depois inclinou a cabeça. "Não estou falando da sua amiga loira, aquela que estava canalizando seu lado zen." Will ergueu os braços, com as palmas voltadas para cima, como se imitasse uma pose de yoga. Depois, bateu as duas mãos abertas sobre o balcão, emitindo um baque. "Eu tô falando do cara."

Eu o encarei por alguns segundos, incapaz de respirar. Então puxei meu celular do bolso de trás da calça. Minha mão tremia enquanto eu procurava a mensagem que continha o obituário de Ian. Cliquei no link de novo e focalizei a foto dele — ainda que ele não tivesse mais aquela aparência nos últimos anos. Não sabia por que, mas subitamente nutri aquela terrível esperança de que Will houvesse visto Ian no cais. Que Ian, o mais puro de todos nós, houvesse encontrado um jeito de escapar, no fim das contas.

Porém Will franziu o cenho. "Não, esse não, o rapaz asiático."

Minhas costas se enrijeceram, meus ombros se contraíram.

"Oliver estava no cais?", perguntei.

Oliver foi o último de nós a chegar. Já estávamos todos reunidos, sentados nas cadeiras Adirondack no terraço, e ele brincou nos contando como havia sido difícil chegar até nós aquele ano. O carro dele era o último da fila. Estava estacionado logo atrás do meu, bloqueando a passagem.

"Aham, isso, ele foi à praia mais cedo naquele dia", Will disse, dando um último gole no copo. "Eu o vi ali no cais." Ele sorriu. "Foi assim que soube que vocês estavam chegando mais uma vez."

Coloquei meu celular com delicadeza sobre o balcão, com a tela virada para cima, o rosto de Ian ainda estava visível. "Quando?", perguntei, com a voz baixa e meio rouca. "A que horas?"

Will esfregou o maxilar. "Não sei dizer exatamente. As horas não passam aqui, entende?", ele disse e logo depois se calou.

Oliver. Então ele estava ali antes de o grupo chegar. Provavelmente havia aberto toda a casa, por isso tínhamos conseguido entrar.

Meus olhos se voltaram para a janela mais próxima, um retângulo baixo com vista para a estrada, para o Remanso a distância.

"Você tem certeza de que era ele?", perguntei.

"Sim, tenho certeza. É um tipo difícil de passar despercebido, sobretudo por causa do modo como se veste, principalmente parado ali no cais. Como eu disse, foi por isso que eu soube que vocês estavam chegando."

Nesse momento, eu comecei a relembrar dos dias anteriores e passei a ver as coisas de outra maneira.

Na noite passada, na praia... será que Oliver andava mesmo seguindo alguém? Ou será que estava ali sozinho por algum outro motivo particular?

"Esse aí...", Will disse, apontando para o celular, para o rosto sorridente de Ian. "Ele não veio, né?"

Sacudi a cabeça, negando. Eu não tinha forças para articular as palavras. Não queria mostrar o resto da matéria, admitir que Ian nunca mais estaria conosco de novo.

"É, achei que não. Não o vejo desde o inverno."

Encarei-o, sem entender. "Não vê *o quê?*"

Então Will pôs o dedo indicador sobre a tela do celular, logo abaixo do sorriso de Ian. "Ele...", Will disse. "Só que o cara está bem diferente agora, né?"

"Pensei que você tivesse dito que a casa estava sempre vazia."

Ian, vivo. Ian, aqui.

"Sim, geralmente está. Já te falei, os únicos que vêm aqui são vocês."

"Ele veio aqui", falei, para que ele confirmasse. Eu precisava ter certeza. "No inverno?"

"Ele veio aqui", repetiu.

Fiz uma pausa e tentei processar tudo. Ian esteve sozinho no Remanso. Ouvi a chuva aumentar, chocando-se contra a calha do lado de fora. "Desculpe, tenho que ir antes que a chuva piore", declarei.

"Tudo bem, mas escuta", ele disse, me alertando, "sei que vocês estão de férias, mas precisam ficar dentro de casa esta noite. A maré não é brincadeira."

Concordei, ausente, mal processando seu aviso.

Will contornou o bar, como se pretendesse se aproximar, mas ele se conteve. "Parece que você viu um fantasma", comentou.

"Bom", respondi, tentando disfarçar. "Eu tô hospedada na Casa Fantasma, não é?"

Mas pude perceber que ele não se convenceu. Sua expressão se tornou sombria, o sorriso foi murchando e dando lugar a uma linha reta. "Você disse que eram todos velhos amigos."

Como explicar? Para a maioria de nós, estarmos juntos era menos como encontrar um velho amigo e mais como dar de cara com um ex. Era confortável e desconfortável em igual medida perceber o quanto essa pessoa o conhecia bem... Alguém que sabia exatamente quais os seus altos e baixos e como poderia usá-los contra você. Mas era uma pessoa que, ainda assim, havia sido importante em sua vida, mesmo que por um instante fugaz.

Como não respondi, ele se aproximou um pouco mais, baixando o tom de voz. "Há alguns rumores, sabia? Sobre o motivo de vocês estarem aqui. Falam de uma seita. Uma conspiração sobre sonegação de impostos e empresas fantasmas. Bem, essa última hipótese foi levantada pelo meu primo, mas acho que ele não sabe o que está falando."

"E você?", perguntei, com a voz tão suave quanto a dele. "O que você acha?"

Ele desviou o olhar, comprimindo os lábios por um instante. "Sendo sincero, a hipótese da seita parecia mais provável para mim. Vocês são reservados, só andam em bando. Só que as seitas costumam aceitar mais adeptos, não?", ele se virou para olhar pra mim e ficou aguardando uma resposta.

"Não, não somos uma seita." Suspirei, fechando os olhos. "Passamos por uma coisa juntos", eu disse. "Sobrevivemos a um acidente quando éramos jovens. Por isso nos encontramos todos os anos, para recordá-lo. Prestar homenagem. Garantir que estamos todos bem. Hum... não é uma ocasião feliz, entende?" Pigarreei. "Nem todo mundo sobreviveu. Mas nós nos ajudamos. Fomos os únicos sobreviventes."

Ele absorveu o que eu disse, depois gesticulou com a cabeça. "Aahh, então vocês são os heróis."

"Não", eu disse, ao mesmo tempo em que empurrava a porta à prova de tempestade, saindo na chuva. "Não tem nenhum herói aqui."

CAPÍTULO 11

A chuva caía em um ritmo constante, por isso corri de cabeça baixa, triturando cascalho e areia a cada passo. Não vi o jipe até que estivesse em cima de mim, minhas mãos batendo com força contra o capô quente, o para-choque pressionado contra meu corpo...

"Não tá me vendo, porra?", berrei, olhando pelo para-brisa. Os limpadores se moviam para a frente e para trás, espalhando água pelo vidro.

Brody abaixou o vidro do lado do passageiro. "Lógico que a gente viu você!", ele gritou, em meio à chuva. "Por isso que a gente parou no meio da estrada."

A onda de adrenalina que tomou conta de mim fez meus braços tremerem. Podia sentir o ronco do motor vibrando sob minhas mãos. Brody tinha razão. O jipe estava totalmente parado; eu é que me movimentava.

"Não vi você...", comecei, em tom de desculpas.

"Entra logo!", Brody berrou para ser ouvido acima do ruído do motor.

Contornei o carro até chegar à janela dele, depois apoiei a mão molhada na beirada do vidro. "Tá tudo bem, posso ir andando."

Oliver estava atrás do volante, seus olhos escuros fixos nos meus. "Entra no carro, Cassidy."

"A gente tá precisando de uma força", Brody acrescentou, em outro tom, tentando equilibrar as coisas.

"Você tá molhando tudo", Oliver continuou, embora não fosse eu quem havia baixado o vidro da janela.

Mesmo assim, entrei no carro.

O carro alugado de Oliver tinha aquele cheiro de carro novo e estofado intocado, totalmente contrastante com a mistura de cascalho e areia molhada que levei comigo para dentro do veículo. Havia uma etiqueta pendurada no retrovisor com o nome da locadora de automóveis, ainda lisa e novinha em folha. Não me surpreenderia se Oliver fosse o primeiro locatário daquele jipe.

"Não consigo entender como você não viu a gente", Brody disse, enquanto Oliver continuava dirigindo na direção da estrada principal.

"Eu estava com pressa...", respondi.

Não vi por estar absorta em meus pensamentos. Por causa da chuva. E porque Will me contou que tinha visto Oliver no cais.

Vi os olhos de Oliver no espelho retrovisor, me observando.

No entanto, foi Brody que perguntou: "O que diabos você fazia aqui fora num tempo desses?"

Não saberia dizer se tinham visto de onde eu havia saído ou se tinham apenas se deparado comigo na estrada no exato momento em que trombei neles.

"Fui dar uma volta. Não estava chovendo quando saí."

Brody se virou completamente no assento para olhar pra mim, uma covinha foi se formando junto a uma expressão divertida. "Como pode não ter sentido a tempestade chegando?" Levantei um dos ombros, tentando responder no mesmo tom autodepreciativo que a expressão facial de Brody sugeria. Mas eu *podia* sentir algo se aproximando. A atmosfera estava tão tensa que parecia prestes a explodir. Era algo em construção desde o primeiro dia. Naquele momento, tive certeza de que todos nós havíamos sentido aquilo, desde o início.

"Alguém falou com Amaya?", perguntei, observando um movimento maior de carros e trailers deixando a área de camping.

"Grace tá mandando mensagens pedindo para ela voltar", Brody disse. "Mas não tá conseguindo falar com ela." O fato de Grace estar preocupada foi mais que o suficiente para me deixar à flor da pele também.

Então silenciamos. Não se ouvia nada além da chuva constante e do limpador de para-brisa, o carro se tornou um casulo quente e seguro. Meu telefone tocou, rompendo o silêncio — uma ligação de Russ, algo muito incomum de acontecer durante o dia. Apertei o botão de ignorar a chamada; eu ligaria de volta, dizendo que estivera ocupada em uma reunião ou em alguma visita ao local de um evento.

"Puta merda", Brody disse, se inclinando para a frente com as mãos apoiadas no painel do carro. "O que tá acontecendo?"

Eu me espremi entre os assentos da frente, apertando os olhos para enxergar através do vidro enquanto os limpadores do para-brisa aceleravam a velocidade. Uma linha de luzes de freio vermelhas serpenteava a distância. Havia uma placa eletrônica à vista no acostamento da estrada, um texto laranja brilhando em meio à chuva: *RODOVIA INTERDITADA ADIANTE*.

"Fecharam a rodovia", Oliver disse em voz baixa. "Deve ser por causa dos alertas de inundação", concluiu. "As ondas podem inundar as dunas na maré alta. Deve ser uma medida de precaução."

Embora Will tivesse mencionado a possibilidade de fecharem as estradas, fiquei surpresa com o fato de isso ter ocorrido tão depressa.

"Liga o rádio", disse Brody. O alarme estridente de uma transmissão de emergência invadiu o carro antes que uma voz robótica desse a notícia: *Ondas altas. Inundações repentinas. Ventos fortes. Permaneça em casa e longe das estradas.*

Fechei os olhos, mas não consegui impedir que a imagem aparecesse: água subindo e se aproximando, transbordando pelas barreiras, inundando o asfalto; pessoas saindo dos carros pelas janelas, pedindo ajuda; e me perguntei quem eu salvaria...

Um carro atrás de nós buzinou, e Oliver ergueu as mãos para o alto, berrando. "Pra onde você quer que eu vá, seu idiota?"

Oliver ligou a seta e desviou imediatamente para o acostamento à nossa direita, antes de ficarmos presos em uma fila de carros sem conseguir ir para lugar algum. Então ele pegou a saída alternativa para uma rua lateral estreita, passando por trás de uma série de lojas. Por fim, paramos na entrada dos fundos do estacionamento da Beach Provisions — uma pequena mercearia familiar que vendia todo tipo de suprimentos.

Brody gemeu, recostando a cabeça para trás. O estacionamento estava lotado, com vários carros aguardando vagas, os pisca-alertas ligados, reivindicando cada um dos lugares.

"Foda-se", Oliver disse. Ele parou na lateral da loja, freando bruscamente. Em seguida, estacionou o jipe ali mesmo e nos encarou, como se esperasse que discutíssemos com ele.

Não discutimos.

"Prontos?", ele perguntou. Imaginei uma contagem silenciosa; depois, me lembrei que já havíamos trabalhado em grupo antes, todos no mesmo time. "Vamos."

Abrimos as portas do carro e corremos.

Dentro da loja, as pessoas pareciam estar se preparando para um apocalipse iminente. Havia uma única pessoa no caixa, de olhos arregalados, observando uma fila que serpenteava ao longo do corredor do meio. As prateleiras estavam quase vazias, e não havia nenhum carrinho ou uma cesta livre à vista.

"Peguem o que conseguirem", Oliver disse.

"Vou guardar um lugar na fila", respondi.

"Boa ideia", disse Brody, antes de se afastar.

Não saberia dizer se os clientes, em sua maioria, eram moradores ou turistas, exceto pela família parada à minha frente. Reconheci a garotinha empoleirada no quadril da mãe, olhando por cima do ombro, diretamente para mim, com grandes olhos azuis. Era a família que vi construindo um castelo de areia no dia da nossa chegada ao Remanso.

"Eu disse que devíamos ter ido embora ontem", falou a mulher para o homem ao lado dela.

Os braços dele equilibravam todo tipo de mantimentos, por isso seu encolher de ombros foi ao mesmo tempo discreto e exagerado.

"Não vi você procurando um hotel fora da ilha nem tentando mudar o horário do nosso voo."

"Porque você não *concordaria...*"

Brody se aproximou com uma expressão tanto de desespero quanto de triunfo, colocando um pote de manteiga de amendoim em minhas mãos. "Não perca isso. Acho que é o último da loja."

Jurei que o guardaria como a minha vida e então esperei até que voltassem com mais produtos. Primeiro, empilhamos os pacotes maiores na minha frente, no chão, e eu os empurrava adiante com os pés, conforme me movia. A meio caminho da caixa registradora, enfim, consegui pegar o carrinho de compras de alguém que saía.

Parecia um jogo, uma missão, um desafio — todos nós, mais uma vez, do mesmo lado. Nós contra a natureza, contra a escassez, contra as outras pessoas. Quando Brody voltou com o pão, comemorei, jogando os braços para o alto. Quando Oliver depositou o engradado de água no carrinho, aplaudi com entusiasmo. Quando saímos (Oliver pagando, Brody e eu guardando as compras no jipe), estávamos rindo de verdade, aliviados. Ignoramos os olhares dos outros consumidores em virtude do fato de termos estacionado em lugar proibido — é claro que não haveria consequências. Corri com o carrinho de volta à loja tão logo Oliver fechou o porta-malas do carro.

Brody esperou por mim na chuva, segurando a maçaneta da porta. Ele estendeu a mão, me oferecendo um gesto de "toca aqui" quando passei por ele, como se tivéssemos acabado de ganhar alguma coisa.

Foi preciso enfrentar a lentidão do trânsito para voltarmos à realidade — não poderíamos ir a lugar nenhum, a não ser para o Remanso. Meu celular tocou de novo, o nome de Russ apareceu na tela, e, dessa vez, Brody se virou no assento e perguntou quem me ligava.

Por instinto, virei o telefone para que ele visse o nome — como se, por algum motivo, ele pudesse desconfiar de mim. "Ele pode esperar", respondi, deixando a ligação cair na caixa postal. No entanto eu não sabia por que ele havia ligado duas vezes seguidas durante o dia, em vez de simplesmente mandar uma mensagem.

Estava começando a me preocupar, então enviei a ele uma breve mensagem de texto: *Numa reunião. Te ligo daqui a pouco. Tá tudo bem?*

"Ele sabe que você tá aqui?", Brody perguntou, um questionamento com múltiplos significados. Não havia uma regra explícita em relação a contar para os outros o que estávamos fazendo. Mas não era algo que, em geral, eu sentisse a necessidade de dividir. Meus pais sabiam — e era por isso que minha mãe tinha entrado em contato comigo naquele primeiro dia, para saber como eu estava. Não tinha certeza do que Brody havia contado à ex-namorada no ano passado, mas com certeza devia ser importante o suficiente para justificar o fato de deixá-la sozinha tão perto da data do parto.

Meu celular vibrou: *Sim, me liga quando estiver livre?*

Coloquei o celular com a tela virada pra baixo sobre o meu colo. "Não, não sabe. Falei que estava numa viagem de negócios", respondi. "Em Nova York."

Brody se agarrou ao encosto do banco, ficando apenas com metade do rosto à mostra, como se estivesse prestes a me contar um segredo. "Estou visitando meu avô, que tá muito doente."

Um instante depois, Oliver acrescentou: "Estou ajudando meus pais a se mudarem".

Brody explodiu em uma gargalhada estrondosa e alta, que rapidamente se espalhou, ganhando força entre nós e proporcionando conforto ao grupo.

"Uau", disse Brody, seu corpo balançava para a frente e para trás enquanto Oliver dirigia sobre uma poça gigantesca. Senti os pneus do carro derraparem e água voar para todo lado quando o jipe finalmente atravessou.

"Desculpe", Oliver disse. "Alagou muito rápido."

Meus ombros enrijeceram e imaginei o rio. A agitação escura das águas, a correnteza inesperada. A rapidez com que a água subia e continuava subindo... Como o tempo que passamos juntos lá fora, em retrospecto, parecia tanto interminável quanto instantâneo... Como sete horas eram capazes de destruir alguém ou mudá-lo para sempre.

Havia algumas lanternas de viatura à frente, um homem com bastões laranja brilhantes comandando o tráfego, como se estivéssemos em uma pista de aeroporto, sendo guiados de volta em segurança.

"O que tá acontecendo ali?", perguntei.

"Parece que estão evacuando o pessoal do acampamento para um hotel", Oliver respondeu.

A placa do acampamento estava meio enterrada em uma duna à beira da estrada, e eu não sabia dizer se era para causar efeito dramático ou não. *As Dunas*, dizia. Apesar do nome, ninguém acampava ou dormia na área das dunas, apenas instalavam barracas ou tendas do lado de fora de seus veículos no estacionamento.

Agora os campistas eram levados por carros e picapes que obstruíam a estrada.

"Alguém precisa ligar para Amaya", Oliver disse. "Meu Deus do céu."

Brody já estava com o celular colado à orelha. "Tá caindo direto na caixa postal", ele disse.

"Ela provavelmente já está sendo transferida...", falei, esperançosa.

"E provavelmente deixou o celular sem bateria", Oliver acrescentou, áspero. Só que, por trás de sua crítica, eu conseguia ouvir um tom de preocupação.

Os homens portando bastões brilhantes redirecionavam os carros para fora do acampamento, para a nossa direção, e depois bloqueavam o tráfego de novo ao indicarem que deveriam virar à direita, para o Baleia Azul. O hotel era uma construção azul-acinzentada de dois andares que dava para a baía. Assim como havia ocorrido no supermercado, o estacionamento ali estava no máximo de sua capacidade, com carros estacionados até mesmo no canteiro que dividia a rodovia do terreno.

"Espera um pouco, estacione", pedi. "Ali dentro."

Oliver claramente não estava acostumado a receber ordens de ninguém, por isso continuei falando. "Aquele carro. Bem ali. Não é o carro da Amaya?"

Oliver e Brody se viraram na direção que apontei. Era difícil ter certeza em meio a tanta chuva, mas o carro dela tinha uma cor de ferrugem opaca e se destacava em meio a um mar de veículos pretos, brancos, prata e azuis.

Oliver ligou o pisca-alerta imediatamente, esperando a nossa vez de estacionar.

Fomos serpenteando pelas filas do estacionamento, acompanhando o trânsito, aguardando sempre que carros saíam ou tentavam se enfiar nas vagas, alguns campistas dando ré demais para conseguir manobrar e entrar com os carros.

"Isso foi um erro", Brody disse, mas Oliver permaneceu em silêncio. Sei que ele também queria ter certeza.

Finalmente, estacionamos atrás do carro cor de ferrugem.

A janela de trás estava coberta de adesivos — uma série de organizações não governamentais, o logotipo de sua instituição. "É o carro dela, sem dúvida", eu disse.

"Ela tem que voltar com a gente", Brody acrescentou.

"E o que a gente faz?", Oliver questionou. "Bate de porta em porta? Olha só como esse lugar está."

Ele tinha razão. Não só havia uma fileira gigantesca de carros se aglomerando pelo terreno como também várias pessoas, com capas de chuva e guarda-chuvas, buscando refúgio, paradas em uma fila que se estendia até a recepção do hotel.

Apesar disso tudo, naquele momento, eu me sentia capaz de completar minha contagem mental.

O que importava era que estávamos todos ali, juntos, na ilha. Cada um de nós presente. Talvez fosse ela a pessoa que eu tinha visto na noite anterior, observando todos nós. Talvez Oliver também a tivesse visto e a seguido de volta até o acampamento. Talvez Josh estivesse certo.

Talvez eu apenas desconfiasse demais de todos eles.

Oliver aguardou na saída do terreno, esperando sua vez. Um policial entrou na intersecção, estendendo as mãos para impedir o fluxo de carros. O trânsito se abriu, e então partimos.

Se nem mesmo a tempestade fosse capaz de trazer Amaya de volta ao grupo, eu não era capaz de imaginar o que seria.

Poucos minutos depois, estacionamos na entrada da casa em silêncio. Era a chuva, a forma como chicoteava o vento. A casa, ameaçadora, diante de nós. O modo como estávamos presos naquele lugar, juntos — havia algo perigoso, próximo demais da superfície, nos rondando.

"Não vou mentir", Brody disse, por fim, "isso tá muito sinistro."

"Esta casa já presenciou coisas muito piores", respondeu Oliver, para si e para nós ao mesmo tempo. "É só chuva."

Só chuva. Como se ele não tivesse ouvido a mesma transmissão de emergência que todos nós. Mas entendi o que ele tentava dizer: não era um temporal severo nas montanhas, ou um rio que subia, liberando seu poder atroz em um desfiladeiro.

Por outro lado, o oceano também tinha um poder terrível — era uma extensão infinita de correntezas ganhando força.

De onde Oliver estacionou, na frente da casa, pude ver os outros através das janelas da sala de estar. Todas as luzes da casa estavam acesas, embora ainda fosse dia. Entretanto, as nuvens da tempestade haviam coberto tudo de escuridão, e nós sabíamos como a casa podia ficar claustrofóbica lá dentro.

"No três?", Brody perguntou.

Peguei meu celular. "Só vou retornar aquela ligação, primeiro." Com certeza, eu não encontraria um momento sequer de silêncio lá dentro, com todos nós amontoados no mesmo lugar.

Oliver abriu a porta, e Brody e ele correram para o porta-malas do carro.

"Eu pego o que sobrar!", gritei, mas minha voz foi abafada no momento em que Oliver enfiou uma sacola extra de compras debaixo do braço e fechou o porta-malas. Então fiquei sozinha no jipe, embaçando as janelas, vendo a chuva escorrendo pelo vidro do lado de fora.

Liguei para o Russ e segurei o telefone bem apertado contra a orelha.

"Oi!", ele atendeu imediatamente. "Eu estava tentando falar com você."

"Desculpa, eu estava numa reunião, saí só por um instante..."

Ele hesitou e ficou um tempo em silêncio, e me perguntei se ele podia ouvir o som da chuva batendo no capô do jipe, o vento soprando contra as janelas. Perguntei-me se ele conseguiria ouvir a mentira na minha voz — a distância entre nós finalmente interrompendo a conexão que havíamos criado.

"Fiquei sabendo que a previsão do tempo está dando um alerta sobre uma tempestade terrível que está subindo a costa", ele disse. "Não param de falar sobre isso no noticiário. Por isso eu só queria ter certeza de que você estava sabendo. Você volta no sábado?"

"Sim", respondi.

"Há alguma chance de conseguir pegar um voo mais cedo? Parece que a tempestade vai chegar por aí bem nesse dia."

Como dizer *"Ela já chegou! Estou no meio dela. Não há como fugir agora!"*?

"Provavelmente não", eu disse.

Outra pausa.

"Só fica de olho, tá bom?"

"Vou ficar. Tá tudo bem em casa?", perguntei, com o rosto pressionado no celular.

Ele suspirou, e aquele som me transportou de volta à primeira vez que ele passou a noite em casa, à maneira como despertou na manhã seguinte, como se tentasse se acostumar com a realidade antes de abrir os olhos.

"Eu tô com saudade de você, só isso. E aí vi a tempestade no noticiário e... como não nos falamos há alguns dias..."

"Desculpa. É que tá tudo muito caótico por aqui", fechei os olhos, me contorcendo no banco. Eu odiava aquele fingimento todo, mas havia muita coisa a ser explicada, e eu já havia montado o cenário ao contar minha primeira mentira.

Notei que Brody saiu correndo da casa para pegar algo de que precisava no próprio carro — lembrei-me dos suprimentos que tinha visto escondidos no porta-malas dele uns dias atrás.

"Posso ligar para você hoje à noite?", perguntei.

"Claro. A gente se fala, então."

Desliguei o telefone e observei enquanto Brody subia correndo os degraus e fechava a porta da frente atrás de si.

Sentada ali, na segurança do carro, percebi que ninguém podia me ver. Ninguém estava me procurando.

Inclinei-me para a frente a fim de checar a etiqueta pendurada no espelho retrovisor. Tinha o nome da concessionária estampada, junto a um número de série e um local de devolução designado pela locadora de veículos.

Pulei para o banco da frente, molhando o encosto. Olhei para fora da janela na direção da casa mais uma vez, então abri o porta-luvas.

Lá dentro encontrei um papel cor-de-rosa dobrado ao meio, uma cópia em carbono do contrato de locação. Desdobrei a página com cuidado e observei a assinatura de Oliver e as informações de seu cartão de crédito escritas na parte de baixo. Passei os olhos pelos outros detalhes o mais rápido que pude, pois as letras eram fracas e difíceis de decifrar na penumbra do carro.

No entanto, fui capaz de localizar os detalhes da reserva: ele havia pegado o carro no dia 6 de maio. Um dia *antes* da nossa chegada ao Remanso.

Dobrei o papel de novo com as mãos trêmulas e o coloquei de volta exatamente onde o havia encontrado.

Então deslizei de volta ao assento de trás e limpei o console do carro, apagando meus rastros, como se nunca tivesse estado ali.

Will dizia a verdade.

Será que Oliver estivera ali embaixo, no cais, observando cada um de nós enquanto chegávamos? Compondo sua própria lista, sua própria contagem?

De repente aquele pacto parecia menos uma promessa de cuidarmos uns dos outros e mais uma promessa de *tomarmos cuidado* uns com os outros. Eu me perguntei se o propósito daquele retiro, o tempo todo, era simplesmente nos impedir de falarmos com honestidade a respeito do que havia acontecido. Impedir-nos de beber demais, relembrar o passado e soltar a língua. Aquele lugar existia para que ficássemos de olho uns nos outros. Para nos manter na linha.

Havia poder nos números, mas desde que você continuasse fazendo parte do grupo.

Desde que o grupo continuasse a nos relembrar de tudo a todo momento: *Eu sei. Também sei o que você fez.*

CAPÍTULO 12

Dentro de casa, todos circulavam pela cozinha.

O conteúdo da nossa despensa, se fosse calculado, daria cerca de 50% de álcool, 30% de papel higiênico e guardanapos, e 20% de comida.

"Em nossa defesa, posso afirmar que não havia quase nada sobrando", Brody disse no exato momento em que eu tirava os meus sapatos encharcados e me livrava das meias.

"Acha que Joanie nos deixaria pernoitar no Maré Alta?", Josh perguntou.

"Tá tudo fechado", Oliver respondeu com uma autoridade que não dava margem para dúvida ou questionamento.

Eu o estudava com atenção — tentando imaginar o que ele sabia, o que pretendia. Não entendia por que havia chegado um dia antes e depois fingiu ser o último a chegar.

Oliver era a única daquelas pessoas que eu havia conhecido de verdade antes do acidente. Aliás, ele provavelmente era a única pessoa que me conhecia fora da escola. Que conseguiria afirmar, com a mesma autoridade de agora, "*esta é a casa de Cassidy Bent*".

Ele havia se mudado para a minha rua no último verão antes do ensino médio, e meus pais convidaram sua família para jantar pouco antes do início das aulas. Embora Oliver parecesse tímido, como eu, ele não tinha absolutamente nada a ver comigo. No meu âmbito familiar, eu era quase invisível, ofuscada por meus irmãos mais velhos e suas personalidades extrovertidas. Eles eram tão animados que sugavam a energia do ambiente e de todos ao redor. Na casa dele, Oliver era o sol; era filho único, por isso a família orbitava ao seu redor. A atenção sempre era voltada em sua direção; seus pais eram totalmente atentos às suas necessidades. Já naquela época, era fácil invejá-lo. Mesmo antes de Oliver ter consciência de si — sempre havia sido o rei.

Nossas famílias não combinavam. A minha deve ter sobrecarregado a dele com nosso excesso de barulho, nosso caos, nossa necessidade de falarmos um por cima do outro para sermos ouvidos.

"Alguém conseguiu entrar em contato com Amaya?", Josh perguntou.

"Só cai na caixa postal. Minhas mensagens não estão nem chegando", Grace respondeu, olhando pela janela, diretamente para o coração da tempestade que se aproximava.

"Vimos o carro dela quando estávamos fora", Brody disse, lançando o comentário como se não fosse nada enquanto rasgava o plástico de nosso único engradado de garrafas de água.

O restante do grupo se calou — o único som presente na casa era o de Brody amassando o plástico a ser descartado.

"Onde?", Grace perguntou, puxando um banco e se sentando ao lado de Josh. Ela o aproximou do balcão, fazendo os pés dele rangerem contra o piso de madeira.

"No hotel Baleia Azul", Brody respondeu.

"Estavam evacuando o acampamento e levando todo mundo para lá", acrescentei. Observei Oliver ao dizer aquilo, mas ele estava de costas viradas, guardando bebidas na geladeira.

Josh deixou escapar um ruído, um resmungo de *eu avisei*, e então deu uma mordida em uma barrinha de granola.

Grace se apoiou no balcão, virando-se para encarar Josh. "O que aconteceu com a família dela?", ela perguntou. "Ouvi dizer que pararam de se falar depois do Natal. Faz tempo que eu queria te perguntar isso."

Josh parou de mastigar por um instante e então engoliu. "Onde foi que você ouviu isso?"

Grace puxou os cabelos sobre o ombro. "Você sabe como aquela cidade é. Dizem que ela teve uma briga muito feia com o pai dela durante a ceia."

Josh limpou a boca com a mão. "É, isso resume bastante o que aconteceu."

"Sério, Josh?", Brody disse, parado do outro lado do balcão. "É só isso que você vai falar pra gente?"

"Olha, eu não sei o que rolou de fato. Só sei que ela estava lá na festa da empresa, e depois, como você disse..." Ele esfregou as mãos. "No instante seguinte, o pai dela escoltava Amaya pra fora."

"Você nem perguntou o motivo?", Grace o questionou, arregalando os olhos.

Josh deixou escapar uma risadinha. "Não, Grace, não perguntei ao meu *chefe* por que ele estava demitindo a própria *filha*." Ele deu um sorriso forçado, sua cicatriz brilhou sob a luz do teto. "Ainda tenho alguns instintos de autopreservação intactos."

Observei-o com atenção. Josh sempre tivera uma retórica imbatível.

Tem mais gente lá. Mas não sabemos o que aconteceu com eles...

Não conseguia deixar de pensar nos nove de nós uma década atrás, trancados em salas de conferência, completamente isolados, compartilhando nossas histórias, em todas as coisas que talvez agora estivessem armazenadas em arquivos e depósitos.

A empresa deles era poderosa, trabalhava havia gerações na área do Direito. Nos disseram que não precisaríamos nos preocupar com nada; tinham recursos, investigadores e uma boa reputação. Estávamos em boas mãos. Prometeram que estaríamos a *salvo*. E cumpriram. Tivemos muita sorte em tê-los do nosso lado.

Porém, àquela altura, eu imaginei Amaya em algum depósito. Cavando arquivo atrás de arquivo, desenterrando nossos inúmeros segredos.

"Ela esteve na inauguração do novo memorial na biblioteca?", perguntei.

Josh cravou seus olhos nos meus. "Sim. Nossa empresa facilitou o esquema entre a escola e as famílias. Tinha gente ali para representar todo mundo que havia morrido. Causaria uma péssima impressão se ela faltasse."

"E como foi?", perguntei baixinho.

Minha imaginação era ótima em deixar as coisas piores do que realmente são.

Josh continuou me encarando, como se eu tivesse feito a pergunta mais ridícula que já ouvira na vida. "Péssimo", ele respondeu.

Ele parecia estar nos culpando por não termos comparecido. Imaginei as doze badaladas do sino, o modo como o dobrar deles havia ecoado no coração de Clara, nove anos atrás.

Imaginei se ele teria ouvido o sino naquele dia, na biblioteca, se Amaya também teria ouvido.

No entanto, só fui capaz de escutar a chuva batendo nas janelas dos fundos, o assobio do vento forçando sua passagem através das portas.

Grace se virou para as janelas, cerrando os olhos de leve — nada era visível lá fora, exceto a cor cinza. "Ela vai voltar", Grace declarou.

Naquele momento, eu também queria acreditar nisso. Amaya fugia de alguma coisa, mas não tinha ido longe. A casa era o lugar mais seguro no qual ela poderia estar. E, mesmo assim, com a tempestade se aproximando, ela não estava ali. Era como se visse algo que eu não compreendia.

Horas se passaram, e nada de a chuva dar trégua. Já tínhamos devorado metade dos alimentos que havíamos comprado no supermercado, e também estávamos dando uma baixa séria em nosso suprimento de álcool.

Quando o estrondo dos trovões começou a soar mais próximo, alguém teve a ideia de ligar a música. Os alto-falantes emitiam o som grave de um baixo ao longo da escadaria, bloqueando qualquer ruído exterior.

Quem visse nossa casa toda iluminada, do lado de fora, teria certeza de que estávamos dando uma festa.

Olhei ao redor. Josh estava com os pés no sofá, uma bebida na mão, encarando as janelas escuras da frente. Hollis sentava-se ao lado dele, mexendo no celular, balançando a cabeça no ritmo da música. Brody conversava com Grace na cozinha, ambos bem próximos e sussurrando. Perguntei-me se estavam falando sobre Amaya, sobre as coisas que Josh não havia contado, sobre o que se escondia entre ela e sua família.

Oliver, ao que parecia, havia desaparecido em seu quarto.

Eu me sentia mais desconectada do grupo do que de costume, sem Ian ali para preencher a lacuna.

As coisas sempre haviam sido mais manejáveis para mim quando eu conseguia vê-lo adormecido no andar de cima. Ao acordar de manhã e encontrá-lo já em pé, parado no deque acima de mim, sentindo o aroma da fumaça de seu cigarro pairando no ar. Lembrei-me das vezes em que Hollis nos convenceu a acompanhá-la até a praia, da forma como tentávamos copiar suas poses, nos contorcendo em posições impossíveis. O jeito como Ian desabava na areia, de olhos fechados, com o rosto virado para o sol. Um dos raros momentos de paz daquele lugar.

Essas lembranças eram totalmente diferentes do que ocorria à noite, quando o ouvia tendo pesadelos, o som descendo pelas escadas.

Por favor. Você é a única em quem eu confio...

E agora eu o imaginava naquela casa, em silêncio, sem o restante de nós. Não conseguia entender o que Ian poderia fazer ali em pleno inverno, completamente sozinho.

No entanto, acreditávamos que o Remanso era um lugar seguro. E ele também era um sobrevivente, cercado pelas profundezas eternas.

É claro que Ian iria para lá.

Tentei imaginar sua sombra se movendo pela cozinha, mas havia muitos de nós ali embaixo, e a música afogava tudo lá dentro.

Observei o grupo de novo — entoando seus nomes, relembrando seus lugares — e depois galguei os degraus da escada. Não queria que ninguém me notasse, que ninguém me seguisse.

A batida do baixo se suavizava no corredor do segundo andar.

Olhei na direção dos três quartos: o amarelo, o azul-marinho, o verde-água. Será que Ian havia se sentido mais seguro ali, nos lugares em que estivéramos juntos? Teria achado conforto nos degraus expostos e soltos do deque que levavam ao terceiro andar, um miradouro que dava para o oceano revolto?

Subi o lance seguinte de escadas, arrastando meus dedos pelas paredes, até que o quarto do terceiro andar se tornasse visível. Tentei imaginar Ian ali, com a cabeça entre as mãos, sentado na beirada da cama, mas Josh havia apagado qualquer vestígio dele naquele espaço. Só podia ver as roupas de Josh, espalhadas por todo lado. A *nécessaire* pela metade, os produtos de higiene jogados de qualquer jeito sobre a cômoda. Sua toalha de praia e a de banho penduradas sobre os móveis. Seu laptop plugado ao carregador, com a tela escura.

Não havia muitos lugares onde Ian poderia ter permanecido. Talvez no travesseiro, nos lençóis... Se apenas nós usávamos a casa, me perguntei se haviam sido lavados desde a última vez em que estivera ali. A cama era baixa em relação ao chão — não havia espaço para enfiar nada debaixo dela.

Verifiquei as gavetas da cômoda, uma a uma; todas vazias, exceto por uma colcha solta na última gaveta. Fiz o mesmo com as gavetas da escrivaninha, tomando cuidado para não sacudir o laptop nem derrubar os papéis empilhados de forma desordenada sobre ela.

Dentro da primeira gaveta havia uma série de pastas que, presumivelmente, pertenciam a Josh; um carregador reserva, também de Josh; e um bloco de anotações que nunca havia sido usado, com linhas amarelas e folhas dobradas, que deveria estar ali há provavelmente muitos anos.

O único outro espaço a ser explorado era um *closet*, acoplado à parede oposta do quarto. A entrada era mais baixa que a de uma porta normal, por causa do teto inclinado. Do lado de fora, parecia-se mais com um depósito do que com um espaço dedicado a guardar roupas.

Quando eu girei a maçaneta, a tinta apresentou certa resistência, como se a porta não tivesse sido aberta há muito tempo. Quase como se as peças tivessem se fundido, como algo saído do quarto de Will.

A primeira coisa que me chamou a atenção ali dentro não foi o escuro nem o frio, mas o cheiro. O ar recendia a um leve aroma de cigarro e couro, como se o fantasma de Ian realmente estivesse ali dentro.

No fundo do *closet*, pendurado na vara de cabides, havia um objeto escondido nas sombras. Ao esticar a minha mão e tocar nele, senti o toque frio e macio do couro. Fechei os olhos e soube exatamente o que era: uma jaqueta de couro marrom, rachada nos cotovelos em consequência do uso e do tempo, com a gola cheirando a fumaça de cigarro.

Minhas mãos tremiam ao tirá-la do cabide. Enfiei meus braços pelas mangas, puxei-a sobre meus ombros e a fechei na parte da frente do corpo.

Will tinha razão... claro que sim. Ele tinha razão com relação a Oliver, e também a Ian. Ele estivera ali. Bem ali, exatamente onde eu estava.

Enfiei as mãos nos bolsos, imaginando-o fazendo o mesmo. Meus dedos roçaram um objeto sólido no bolso direito — um isqueiro. E, do bolso esquerdo, puxei um pedaço de papel. Era um recibo com escrita apagada, mostrando uma série de números quase ilegíveis. No entanto, pude reconhecer o logotipo no topo: *Maré Alta*. E a data, clara e visível, debaixo dele: 4 de fevereiro.

Três meses atrás. Pouco antes de ele morrer. Será que alguém o havia chamado para que ele fosse até ali?

Havia algo escrito do outro lado — um bilhete ou uma assinatura. Virei o recibo, mas a única coisa que vi escrita, em tinta azul, foi *O Remanso*!

Como se ele estivesse contando para alguém onde estava hospedado.

Uma rajada violenta de vento sacudiu as portas externas, e o quarto de repente mergulhou em trevas, imerso no nada absoluto.

Fiquei parada no escuro, esperando meus olhos se acostumarem. A única luz presente era a do botão liga/desliga do laptop, ainda sendo carregado pela bateria, brilhando no quarto.

Olhei para baixo do alto das escadas e vi que também não havia luz no andar de baixo. Comecei a descer, com as mãos pressionadas firmemente contra as paredes, tomando todo o cuidado de não pular um degrau. A música também tinha desligado. A força havia caído.

Um burburinho de conversa subia o lance seguinte de escadas conforme eu me aproximava do patamar.

Então ouvi: "Alguém viu a Cassidy?". Era Hollis, próxima das escadas.

"Terra para Cassidy Bent!", Josh gritou, de algum lugar no escuro, causando um calafrio que percorreu meu corpo.

"Eu tô aqui!", gritei de volta, com as mãos apoiadas nas paredes enquanto descia.

"Todos estão aqui", Grace disse, como se fizesse uma chamada.

Só conseguia vê-los graças ao brilho das telas de seus celulares, até que uma lanterna se acendeu na cozinha. Era Oliver, apontando o facho de luz para nós, um por um.

O silêncio preencheu o cômodo, e me perguntei se os outros também pensavam a mesma coisa que eu. De repente, tínhamos todos nos transportado de volta ao rio naquela noite.

Esperamos no escuro, ouvindo a tempestade. A chuva e o vento fustigavam as janelas, o telhado, as persianas de metal. O estrondo de um trovão ribombou, aproximando-se.

"Será que foi só aqui?", Hollis perguntou, com a voz meio alta e esganiçada.

Fui até a janela da frente e olhei em direção à escuridão da noite. "Acho que soou em todo lugar", respondi. "Não tem luz em nenhuma casa." Nem mesmo as luzes das varandas dos vizinhos, que mantinham os projetores sempre acesos para iluminar as garagens, nem o brilho suave dos candeeiros sendo filtrados pelas cortinas das janelas.

"A luz vai voltar até o amanhecer", Oliver tentou nos tranquilizar. Mas, considerando o barulho do vento, eu não tinha tanta certeza de que voltaria.

Brody olhava para o mar, com o rosto pressionado contra a vidraça da janela. Um relâmpago iluminou a sala emitindo um lampejo rápido, e ele recuou.

Fiz a contagem na cabeça — *um, dois* — antes que o ribombar do trovão o seguisse.

"Aqui", Grace disse, direcionando a lanterna do celular para o armário da cozinha. "Acho que me lembro de ter visto velas em algum lugar." Ela puxou um conjunto de minivelas decorativas da prateleira e enfileirou-as sobre o balcão. "Alguém tem isqueiro?", ela perguntou.

Enfiei a mão dentro da jaqueta de Ian de novo e estiquei o braço na direção dela com o isqueiro na mão.

"Cassidy Bent", ela reagiu, com um riso transparecendo na voz. "Sempre uma caixinha de surpresas."

Acionei a roldana e, em seguida, observei a chama surgir antes de acender as velas. Com todos preocupados com a tempestade, e por estar escuro, aparentemente ninguém notou que eu vestia a jaqueta de Ian. Ou talvez apenas não a tivessem reconhecido.

"Pelo menos cada um pode levar uma vela para o quarto", Grace disse.

"Não incendeiem a casa, por favor", Oliver resmungou.

Peguei uma das velas e me direcionei às escadas. Senti Hollis me seguindo de perto, munida da própria vela.

De volta ao quarto verde-água, me encolhi dentro da jaqueta de Ian, apertando-a ao redor do corpo, desejosa de sentir o conforto de sua presença. Mais uma vez, tentei imaginar o que ele estaria fazendo ali. Depois do e-mail de Amaya, depois do e-mail enviado a mim...

Por favor. Você é a única em quem eu confio.

Fiquei parada no meio do meu quarto, sozinha, com o brilho da vela sobre a cômoda.

Eles também foram atrás de você?

De acordo com o recibo em seu bolso, Ian tinha ido ao Maré Alta. Pagado em dinheiro. Então um pensamento surgiu: será que ele procurava alguém ou alguma coisa específica? Ou se escondeu no lugar mais seguro de todos, cercado pelo mar eterno, que pertencia somente a nós?

Será que estivera no meu quarto, exatamente como estive no dele, desejoso da minha presença?

Liguei a lanterna do celular enquanto ouvia os outros membros do grupo subindo as escadas e atravessando o corredor. Portas se fechando, água correndo, risadas suaves vindas do quarto ao lado do meu.

Abri a porta do meu *closet* — estava vazio. Eu nunca desfazia as malas; Amaya também não. Não havia nada pendurado nos cabides, nada guardado na prateleira de cima. Depois fiz o mesmo com as gavetas da cômoda, mas lá dentro havia apenas um prego solto e empoeirado, rolando lentamente de lá pra cá.

Não havia nenhuma pista que me indicasse que Ian estivera no meu quarto. E nenhum lugar onde pudesse ter escondido alguma coisa.

Só que as camas dali não eram tão rentes ao chão quanto a cama do quarto dele, no andar de cima. Ajoelhei no piso de madeira e iluminei o chão debaixo das camas com minha lanterna.

Não havia caixas nem pacotes aguardando para ser encontrados. Minha expectativa era apenas uma doce ilusão, é claro.

Apontei o facho de luz da lanterna para a parte de baixo da outra cama, encostada à parede, uma última vez. Algo chamou minha atenção. Um pedaço de papel.

Precisei enfiar parte do meu corpo embaixo da cama de Amaya para conseguir alcançá-lo, me arrastando de barriga no chão, tossindo por causa da poeira acumulada entre as tábuas do piso. No entanto, aquele pedaço de papel não estava nem um pouco empoeirado. Como se tivesse sido colocado ali há pouco tempo.

Arrastei-me de volta, até conseguir me sentar no chão entre nossas camas, com as costas apoiadas contra a parede. O papel era do tamanho de um cartão e estava dobrado no meio, como se antes fora deixado sobre uma cama ou uma cômoda.

Segurando a lanterna do celular com uma das mãos, virei o papel com a outra. Só havia duas palavras, escritas em letra de forma:

FUJA AGORA!

Um zumbido se apoderou de meus ouvidos, mais alto que o som da chuva chacoalhando as janelas. As palavras ecoaram até se tornarem a única coisa que eu era capaz de ouvir.

A voz de Amaya, sussurrando de perto, do outro lado do quarto.

Ela não tinha como falar comigo — não sabia meu número novo —, por isso escolheu deixar aquele bilhete no quarto que sempre havíamos dividido, era um recado especialmente para mim.

O que estava acontecendo ali que a havia deixado tão amedrontada, tão assustada, que não havia contado aos outros?

Um rangido veio do corredor... Eu não fazia ideia de quem era. E também não sabia em quem podia confiar. De fato, eu não sabia do que eles eram capazes.

Andei lentamente, com muito cuidado, até a porta do meu quarto. Encostei o ouvido à porta e fiquei ouvindo atentamente enquanto prendia a respiração.

E depois, o mais silenciosamente que pude, tranquei a porta com a chave.

ANTES

QUARTA HORA

HOLLIS

Hollis estava perdida.

Completamente sozinha no escuro, mas pelo menos agora não estava mais presa.

Esteve presa pelo que pareceu uma eternidade: primeiro na van; depois nas margens enlameadas de um rio, esforçando-se para não cair entre pedras escorregadias; e, por fim, em uma zona repleta de árvores sem nenhuma saída à vista, até que conseguiu encontrar um caminho ao escalar um tronco caído e se desvencilhar de um emaranhado de raízes. Hollis se forçava a ir de um lugar a outro, sem ideia de que direção deveria tomar. Sua única certeza era de que precisava continuar em movimento.

Os pulmões de Hollis ainda ardiam, seus braços e pernas estavam dormentes, e ela pensou, mais uma vez: *Estou morta. Morri. Nada disso é real.*

Acreditou ter ouvido algo além em meio ao barulho do rio atrás dela. O ruído de folhas secas esmagadas. Passos apressados. Então virou-se e gritou, desesperada, dentro da noite: "Olá!?".

Sua garganta estava ferida, de adrenalina, lágrimas e exaustão, e mesmo assim ela gritou o mais alto que pôde: "Tem alguém aí?".

Mas o que quer que tivesse ouvido, não iria ajudá-la.

Continuava sozinha. Sozinha, embora não se sentisse assim.

Na parada antes do acidente, ela também havia se sentido daquela forma. As vans estavam no acostamento, com os motores ligados, e os faróis eram a única coisa que iluminava aquela noite. Entretanto, outras coisas se moviam na floresta em volta dela, e ela não conseguia se livrar da sensação de estar sendo observada por todos enquanto discutia com Brody.

Hollis sabia como os outros a viam, as coisas que diziam quando ela passava: *meio estranha; quieta demais; claro, é bonita, mas que desperdício...* Todos na escola sabiam o que sussurravam a seu respeito, embora ninguém admitisse aquilo. Hollis só não imaginava que Brody também pensasse aquilo dela; não até aquele dia. Ela havia ganhado uma bolsa de estudos e estava muito empolgada quando contou para ele, mas a reação de Brody foi um choque. Não, ele parecia cético, na verdade. Como se não a considerasse capaz de conseguir conquistar algo daquele nível.

Por isso, em um momento de dor e surpresa, ela disse: *Quero dar um tempo.*

No início, a ficha demorou a cair. Então Brody inclinou a cabeça, passou o carro na frente dos bois e interrompeu o que ela dizia: *Peraí. Você tá terminando comigo?* Só que o tom da frase foi mais ou menos o seguinte: *Você* tá terminando *comigo*?

Ela não pensava em terminar, não em definitivo, até aquela frase sair da boca de seu namorado. Simples assim. Então Hollis se afastou e seguiu marchando de volta à estrada.

Não seja ridícula. Entra na van, Hollis.

O que era exatamente o que ela estava prestes a fazer, até ouvir aquela frase imperativa. E, por isso, Hollis não entrou. E foi só isso. Mudou de direção e se enfiou na outra van, enquanto ele a observava, incrédulo. Ela se inclinou na direção da sra. Winslow e disse *"Vou trocar de lugar!"*, então fechou a porta atrás de si, para que Brody não a seguisse.

Tão decidida.

Havia entendido finalmente que Brody a achava muito sortuda por estar com ele. Compreendeu que havia sido desvalorizada, subestimada e depreciada, e agora queria mais é que Brody se fodesse.

Estava tão irada que não conseguia raciocinar direito, mas mesmo assim se recusava a perder o controle. Não queria dar a ninguém o prazer de ver *Hollis March se debulhando em lágrimas na viagem da escola.*

Era nisso que estava pensando, sentada no banco da frente da primeira van, quando o veículo freou bruscamente e se desviou de algo, derrapando, com os pneus guinchando sobre a pista, e Hollis levantou as mãos para receber o impacto, enquanto a van despencava de algum lugar, totalmente desprovida de peso, e então...

Impacto. E água. Água demais.

Tudo se amorteceu. E depois tudo começou a doer, em uma descarga elétrica que atravessou todo o seu corpo, do crânio às pernas.

Levou tempo demais para que conseguisse se reorientar, compreender o que estava acontecendo. Para se lembrar de como era se mover.

Ela não conseguia se soltar. Não conseguiu desafivelar o cinto de segurança pelo que pareceu uma eternidade. Até que, por fim, se desvencilhou do cinto e se viu presa em um emaranhado de gente: braços, pernas e corpos se movendo, todos desesperados por encontrar uma saída. Mãos erguidas em busca de uma rota de fuga.

Havia gente demais, e, em razão disso, por instinto, ela seguiu para o lado oposto — para baixo, mergulhando no fundo, até sentir vidro quebrado nas mãos... o para-brisa? Ela não sabia se estava do lado da frente ou do lado de trás da van, mas continuou seguindo adiante. E então, assim que passou as mãos pela abertura — a saída, a liberdade, uma *chance* — sentiu uma mão em volta de seu tornozelo, agarrando-a, puxando-a de volta para dentro.

Seus pulmões queimavam e ela não conseguiria ajudar os outros. Foram seus instintos que tomaram a decisão, e Hollis chutou várias e várias vezes, o pé topando com algo sólido, até que seu tornozelo se soltou e, enfim, ela conseguiu atravessar.

A primeira golfada de ar quando atingiu a superfície foi um assobio desesperado.

Deixou que a correnteza a levasse até sentir a presença de um galho ou uma raiz, no qual se agarrou firmemente, escalando. E, depois disso, continuou em movimento. A lama, as pedras, as árvores. Até que estivesse ali, naquele local intermediário. Ouvindo coisas. Sentindo coisas.

A cabeça dela zumbia. Talvez estivesse com uma concussão.

Com os pés afundando na lama em algum lugar próximo ao rio, ela continuava sentindo algo roçando em seu tornozelo, puxando-a de volta.

Uma sensação de que não estava *realmente* sozinha.

Precisava continuar andando. Não podia parar. Toda vez que parava, sentia um puxão. Algo a puxava de volta, ceifando sua vida.

Era necessário se afastar o máximo possível dali. Não importava que estivesse escuro e não soubesse em que direção estava indo.

Solitária, encarou o rio escuro e pensou: *As pessoas a subestimam.*

Um som veio de trás dela, dessa vez da direção oposta ao rio.

"Olá!?", ela gritou de novo.

Imaginou os outros escapando, uma confusão de corpos colidindo.

Não ouviu resposta, exceto o som do rio e o estrondo distante de um trovão.

E, então, uma mudança no ar, algo sendo levado pelo vento. O odor de algo levemente químico. Hollis virou a cabeça para todos os lados, totalmente alerta. Um brilho vermelho a distância, pairando no ar — tão fraco no escuro, que ela pensou ter imaginado. No entanto, andou um pouco para o lado e viu de novo algo reluzindo ou queimando. *Um sinalizador. Ajuda.*

Ela começou a se mover na direção da luz o mais rápido que conseguia. Manteve os olhos presos naquele ponto específico, a luz aparecia e desaparecia enquanto ela caminhava entre as árvores — um farol a ser seguido.

Hollis continuou andando, o som do rio cada vez mais alto, levando-a para outra curva, outra margem.

Então, de súbito, parada na beira do rio, ela por fim teve uma visão clara: havia um grupo de pessoas sobre um aglomerado rochoso, o sinalizador vermelho brilhava no chão entre elas.

Lá estava a sua salvação, do outro lado do rio. Além de uma imensidão de trevas. A coisa da qual havia fugido desesperadamente, com unhas e dentes, rumo à liberdade.

Ela ansiava por algo diferente: alguém que estivesse ali de prontidão para resgatá-la. Mas o grupo também parecia estar aguardando um resgate.

Ela podia ver sombras se movendo do outro lado do rio, na frente daquele estranho cintilar vermelho. Ela os conhecia, reconhecia suas silhuetas, especialmente a figura que andava com os ombros levemente curvados.

"Brody!", Hollis gritou, mas ninguém a ouvia, sua voz era abafada pelo ruído do rio.

"Socorro!", ela berrou mais uma vez, mas ninguém se virou para olhá-la. Naquele momento, experimentou de novo a sensação de que não estava realmente ali. Então entrou no rio, sentindo a correnteza se mover velozmente, e, o mais rápido que pôde, subiu tropeçando em algumas rochas.

"Ei!", gritou, balançando os braços. Eles tinham luz, e ela havia chegado até ali, havia os encontrado. No entanto, ainda estava longe demais para que conseguissem vê-la sob as sombras das árvores. Ela precisava chegar mais perto.

Por isso, continuou seguindo, subindo a margem do rio, caminhando na direção oposta à correnteza, até chegar a um lugar onde a fronteira entre as margens se estreitava e uma enorme árvore caída se projetava acima da água, suas raízes nodosas se estendiam pelos arredores, como um cemitério submarino.

Ela teve um pensamento parecido ao de outra hora: *As pessoas a subestimam e a menosprezam.* Ela iria conseguir. Talvez estivesse mesmo com uma concussão ou apenas sofrendo pelo medo de não estar ali *de verdade* — mas, de qualquer forma, conseguiria escapar.

Hollis se arrastou pelo tronco caído até onde conseguiu, com os olhos ainda focados no sinalizador avermelhado.

"Olá!", chamou de novo, vendo as sombras se moverem de lá pra cá, agora mais rápido.

Finalmente, ouviu alguém gritar também. Embora não como resposta a ela.

"Brody!", Hollis berrou mais uma vez. Mas Brody estava tão focado em outra pessoa que não conseguia vê-la. O grupo parecia estar discutindo, suas sombras eram iluminadas pelo tom assustador de vermelho.

Ela o reconheceu, mesmo no escuro. O jeito como ele se movia, como as mãos pareciam estar sempre à frente do corpo. Pronto para empurrar ou para puxar.

Por fim, alguém parado à beira do rochedo notou sua presença. Um braço, chamando outras pessoas para perto, gritando na noite. "Aquela é a Hollis?", perguntou uma garota.

Hollis riu aliviada. "Eu tô aqui!", exclamou, agarrada ao tronco. Estava viva, havia conseguido, e teria que pular, teria que nadar, mas conseguiria fazer todas aquelas coisas. Afinal, era mais forte e mais capaz do que pensavam. Ela tinha chegado longe.

Quando pulou, uma corrente de várias pessoas conectadas pelos braços se inclinava na direção da água, com as mãos esticadas, prontas para salvá-la. Por um breve instante, ela achou que não conseguiriam segurá-la, mas isso não aconteceu. Estava esperando Brody, seus braços a apanhando depressa, abraçando-a apertado.

No entanto, quem a envolveu pela cintura foi Ian Tayler. E, em seguida, foi Cassidy Bent que a segurou pelos dois braços e não a soltou, dizendo "Ai, meu Deus, você conseguiu!"

Até aquele momento, Hollis não sabia que outros passageiros de sua van haviam escapado. Ela pensava que era a única sobrevivente. Havia sido uma luta frenética e desesperada, uma confusão de braços e pernas e adrenalina. *A mão em seu tornozelo, puxando-a de volta...*

Mas ali estavam eles, puxando-a para perto: Ian, Cassidy e, em segundo plano, Joshua Doleman.

Podia haver ainda mais gente.

"Eu consegui", ela repetiu, encarando Cassidy de volta, ambas com olhos arregalados de surpresa.

Ela procurou Brody em meio ao grupo; a partir daquele momento, tudo seria esquecido e perdoado entre eles. No entanto, Brody não levantou a cabeça. Estava agachado rente ao solo, enquanto Grace berrava pedindo ajuda. Hollis abriu caminho em meio ao grupo até que conseguiu ver o que havia roubado toda a atenção de Brody.

Só então percebeu sobre quem Brody estava agachado: um garoto chamado Ben, deitado no chão.

Clara também estava inclinada sobre o menino, gritando: "O que aconteceu? Você viu o que aconteceu?"

"Eu não vi nada", Hollis disse, embora parecesse que Clara não falasse com ela.

Ben, de olhos arregalados e parecendo muito confuso sob o brilho vermelho do sinalizador, só sacudiu a cabeça, tirando rapidamente as mãos da frente da barriga.

"Ai, meu Deus", Amaya disse, caindo de joelhos e pressionando suas mãos sobre as mãos dele.

Foi só naquele momento que Brody percebeu sua presença. Em estado de choque, parecia estar em outro lugar, preso em um local intermediário. "Hollis?", disse, por fim.

"Precisamos de ajuda!", Clara berrou. De repente, todo mundo estava em movimento, empurrando Hollis para lá e para cá, como se não a vissem parada ali. Mais uma vez, sentiu-se sozinha. Aprisionada.

"Onde está, porra?", Oliver perguntou, aproximando-se mais, porém ela não fazia ideia do que ele estava falando nem sabia o que procurava.

Quando a luz do sinalizador soltou suas últimas faíscas, Hollis viu o brilho de algo metalizado no chão, próximo a seu pé. Uma faca. Vermelha sob a luz. Vermelho sobre vermelho, sobre vermelho.

Uma sombra se abaixou para pegá-la, bloqueando a luz que se desvanecia.

E então, trevas.

QUINTA-FEIRA

CAPÍTULO 13

A casa parecia viva na manhã seguinte. Sem o ruído do ar-condicionado e o zumbido suave da eletricidade, qualquer ruído, com exceção da tempestade, era intensificado. Se o vento suspirasse, era a casa que parecia respirar.

Durante toda a noite, a tempestade avançou sobre a terra.

Dormi mal, com um sono entrecortado; visões do rio me acordavam, o som de um dilúvio se formando do lado de fora.

Eu sabia que o sol já havia nascido, ainda que o céu permanecesse escuro e sombrio.

Andei de um lado para o outro do quarto, da parede mais distante até as portas que davam para a varanda e para o deque fustigado pela chuva.

O quarto estava sufocante — quente e úmido —, com um resto de fumaça queimando no fim do pavio da vela. Ouvi os outros acordando, exatamente como imaginava que fossem capazes de me ouvir — pelo ranger dos meus passos inquietos.

O papel estava na beirada da minha cama, as palavras me encarando toda vez que eu passava por ele.

FUJA AGORA!

Mas eu não tinha para onde ir — a estrada estava fechada, o acampamento tinha sido evacuado, o hotel estava lotado. E, além disso, havia uma outra lista se formando em minha cabeça.

Um registro dos nossos nomes, desaparecendo, um por um, exatamente como havia ocorrido naquela noite.

Os nossos números diminuíram muito entre o momento em que ocorreu o acidente e o momento em que fomos encontrados: Jason. Trinity. Morgan. Ben.

No entanto, àquela altura, parecia que isso nunca havia deixado de acontecer. Clara, atirando-se no rio. Ian, que havia passado alguns dias naquela casa antes de morrer, deixando somente sua jaqueta para trás. E, naquele momento, Amaya, que havia fugido apavorada — mas não sem antes deixar um bilhete para trás, me incitando a segui-la.

De certa forma, aquilo parecia seguir um padrão. Como se não tivéssemos de fato escapado daquela noite, depois de lutarmos desesperadamente para sermos salvos. Como se não devêssemos ter sobrevivido. Talvez aqueles anos intermitentes fossem apenas uma prorrogação, aguardando o momento em que a morte por fim alcançaria o restante de nós.

E a única forma de vencê-la seria permanecer em movimento.

Peguei o papel de cima da cama e o enfiei na minha bolsa, junto ao celular de Ian. Depois, girei devagar a chave do meu quarto.

Grace estava enrolada em uma toalha amarela, saindo do banheiro, com o cabelo seco, amarrado em um coque. "Não tem água quente", avisou, franzindo o cenho.

Ela deixou uma vela acesa lá dentro, a única luz que havia no banheiro.

Tomei um banho rápido no escuro. Minha pele se arrepiava por causa da água fria, então me esfreguei desajeitadamente com o sabonete e, depois, com a toalha. Tão logo saí de lá, escutei o grupo reunido no andar de baixo.

Já não sabia em qual deles podia confiar.

Talvez todos nós estivéssemos ali pela mesma razão. Não uns *pelos* outros, e sim porque tínhamos medo de descobrir o que aconteceria se não aparecêssemos.

Não havia jeito de deixar o clã, assim como não era possível abandonar o pacto. Era obrigatório. Todo tipo de punição era perfeitamente justificável. Havia segredos demais em risco.

Estávamos aprisionados. E, àquela altura, trancados juntos naquela casa. Presos na história que contávamos a respeito daquela noite.

Usei a lanterna do celular para descer a escadaria, um espaço escuro devido à falta de janelas e da ausência de eletricidade.

A primeira pessoa que vi no andar de baixo foi Brody. Estava jogado no sofá, com um braço cobrindo a cabeça e uma perna ameaçando cair da beirada do móvel — como se houvesse passado a noite ali e ainda não tivesse se levantado.

Hollis estava na cozinha, organizando itens de café da manhã sobre a bancada como se tentasse compor uma espécie de oferenda.

Oliver e Grace sentavam-se cada um em uma ponta da longa mesa da sala de jantar.

"Não abra a geladeira", Oliver disse, exatamente quando Hollis esticou o braço para fazer aquilo.

Ela parou no meio caminho, com a mão na alça da geladeira e o rosto franzido na direção dele.

"As coisas vão estragar se a energia não voltar", ele acrescentou.

"Eu garanto, Oliver, que tudo isso terá acabado antes que qualquer coisa estrague", ela respondeu, abrindo a geladeira mesmo assim.

Oliver tinha olheiras escuras sob os olhos, como se não houvesse dormido a noite toda. Grace tinha os pés em cima da cadeira ao lado dela, mexendo no celular, como se nada estivesse errado. Ela havia soltado o coque, por isso seu cabelo estava caído sobre os ombros em ondas suaves.

Só levantou a cabeça por tempo suficiente para registrar a presença de cada um de nós. "Alguém aí por acaso trouxe um carregador portátil?", ela perguntou.

Durante a noite, meu celular também havia se descarregado quase por completo — eu evitava usá-lo até que a energia voltasse.

"Eu não", Oliver respondeu.

Balancei a cabeça e, ao mesmo tempo, Brody falou do sofá, dando um surpreendente sinal de vida. "Desiste, Grace."

"Bom", ela disse, botando os pés no chão. "Acho que vou precisar cancelar as sessões de hoje."

Passei a bolsa pelo ombro, com as chaves do carro nas mãos.

"Vou tentar comprar café", eu disse. "Vou ver se alguma das lojas por aqui está funcionando com gerador."

Oliver virou a cabeça na minha direção. "Josh já saiu." Os olhos dele pousaram na janela da frente. "Acho que volta logo."

Brody suspirou, rolando no sofá. "Provavelmente tá procurando uma farmácia aberta", comentou. As molas do sofá rangeram quando ele se colocou em uma posição meio que sentada.

Grace franziu a testa para ele. "Pra quê?"

"Ah, você sabe...", Brody respondeu, mexendo as mãos, como se procurasse a palavra certa. "Os remédios... pra dormir." E, quando viu que o restante de nós continuava atento ao que dizia, ele colocou os braços no encosto do sofá, nos encarando. "Ele geralmente precisa tomar algo para dormir e, a julgar pelo fato de que vive zanzando pela casa o tempo todo, tenho certeza de que não anda conseguindo."

"Você tem certeza disso?", Oliver perguntou, erguendo uma sobrancelha.

Brody se sentou, depois passou a mão pelo cabelo bagunçado. "É, Oliver. Tenho certeza. Dividi o quarto com ele na última década. Ele precisa de alguma coisa pra conseguir dormir. E tá completamente desnorteado."

Ele precisa de alguma coisa pra conseguir dormir.

Pensei naquilo — nas coisas que Josh via quando caía no sono. Coisas que o assombravam.

"Bom", eu disse, com as chaves nas mãos, "caso consiga encontrar alguma coisa aberta, aviso."

Minha lista de tarefas era bastante simples naquela manhã: primeiro, encontrar Amaya; depois, achar um jeito de fugir dali.

* * *

Por sorte, o carro de Oliver não estava mais bloqueando meu caminho. Ele havia decidido estacionar na vaga vazia de Amaya.

Passei pelo bangalô de Will. A lona azul ainda se estendia sobre o equipamento em seu jardim, mas a água havia formado inúmeras poças na grama, fazendo parecer que seu terreno afundava lentamente abaixo do nível do mar.

Metade da estrada de terra estava alagada, por isso desviei da água o quanto pude. Meu carro era mais baixo que o jipe de Oliver e, portanto, mais sujeito à força dos elementos, com pneus que poderiam ficar presos na água ou na lama, se eu não tomasse cuidado.

Em determinado momento, assim que entrava na estrada principal, senti um impulso repentino. Algo me incitando a seguir ao longo da pista e cruzar as pontes, como uma série de passagens que, depois de atravessadas, se fechariam atrás de mim. Pensei, por um breve instante, que deveria apenas seguir adiante. Abandonar a bagagem, abandonar o grupo, abandonar Amaya. Dar atenção à voz que havia sussurrado em meu ouvido a noite toda, sem parar: *Fuja agora.*

Acariciei o colar que Russ havia me dado, que estava firmemente preso ao meu pescoço, e senti um tipo diferente de impulso — o desejo de voltar para casa, retornar à vida que havia construído.

No entanto, uma placa laranja havia sido colocada logo antes da placa de bloqueio do dia anterior, antes mesmo da placa do hotel: RODOVIA INTERDITADA ADIANTE. Eu não poderia ir embora, mesmo se quisesse.

Não havia luzes nos postes nem nas lojas — a cidade toda parecia estar sem energia. O estacionamento do Baleia Azul ainda estava lotado de carros e barracas, e aparentemente eles também não tinham um gerador. Todas as portas dos quartos eram viradas para o estacionamento, havia dois andares de portas e janelas se estendendo no formato de dois retângulos compridos que se encontravam em um ângulo no meio. A recepção se localizava nessa junção, e sua porta estava aberta, com janelas escuras. Algumas das janelas dos quartos também estavam abertas, protegidas da chuva pelo toldo, com cortinas beges balançando suavemente com o vento.

Passei pelo carro de Amaya mais uma vez, aliviada por ver que continuava ali, na mesma vaga. Não havia espaço nenhum para estacionar, então incorporei Oliver e estacionei no meio-fio, bem próximo da entrada.

Esquivei-me da chuva enquanto corria pela calçada, até alcançar a marquise da recepção. Lá dentro não estava tão escuro quanto eu imaginava, pois havia uma série de janelas na parede dos fundos que permitia a entrada de uma luz opaca e acinzentada. No entanto, era um local meio desconcertante; fora construído em um ângulo estranho, com as paredes se encontrando bruscamente atrás da escrivaninha.

Havia um homem sozinho atrás do balcão, cujo cabelo castanho era raspado bem rente, com exceção da franja, que descia formando uma onda sobre seus olhos.

"Não, não sei quando a energia vai voltar", ele disse, sem tirar os olhos do caderno diante dele. O homem tinha um lápis apoiado na orelha, e, com dedos longos e ossudos, traçava algumas linhas numa página aberta diante de si. O ambiente estava abafado mesmo com a porta aberta, e pude ver o brilho do suor na testa dele.

"Não sou sua hóspede", esclareci.

Ele fechou o caderno com muita ênfase e então sacudiu a cabeça. "Não temos vagas", respondeu. "Estamos com superlotação, na verdade, como você pode ver." Indicou com o queixo anguloso o banco ao lado da porta. Uma mulher estava sentada ali com uma mochila ao lado dela e um menininho encolhido no colo, chupando o dedo, de olhos fechados.

A mulher me dirigiu um olhar penetrante, como se temesse que eu acordasse seu filho — ou pior, que furasse a fila e pegasse sua vaga.

Virei de novo para o homem da recepção. "Estou procurando uma amiga, na verdade", eu disse, apoiando um braço no balcão e mantendo minha voz baixa.

"Mil desculpas, não vou conseguir ajudá-la. Os computadores não estão funcionando," respondeu.

Mas eu havia visto o caderno, por isso imaginei que talvez o usassem como registro.

"Não estou conseguindo falar com ela", insisti. "Acho que o celular dela está sem bateria." Deixei que pensasse que isso havia acontecido em consequência do mau tempo e da falta de energia elétrica, que nos impedia de carregar nossos celulares. "Mas o carro dela está estacionado lá fora."

"Olha...", ele começou. "Não faço ideia de quem seja metade das pessoas hospedadas aqui. Pois elas começaram a compartilhar os quartos depois que ficamos lotados. E, além disso, há um monte de gente dormindo em barracas no estacionamento. Se você quiser escrever um bilhete para ela, posso deixá-lo aqui, em cima do balcão, mas, mesmo assim, não garanto nada."

Ele puxou um pedaço de papel com o logotipo do hotel no topo — tinha uma baleia azul em cima do nome, com água jorrando de seu espiráculo e a boca contorcida em um sorriso. Então colocou um lápis em cima do papel cheio de marcas de mordidas perto da borracha, na ponta.

Tamborilei os dedos sobre a capa do caderno, em vez de pegar o lápis. "Se você pudesse só dar uma olhada aqui pra mim. O nome dela é Amaya Andrews."

Ele manteve a mão sobre o caderno, observando-me atentamente. Toda a sua atitude mudou; de repente, não havia nenhum resquício de cordialidade. Ele endireitou as costas e comprimiu os lábios. "Vou te dizer a mesma coisa que disse ao seu amigo. Por questões de privacidade e *segurança*, não fornecemos informações sobre nossos hóspedes."

Dei um passo para trás, chocada com a transformação que havia ocorrido nele. Porém estava mais chocada ainda por descobrir que mais alguém tinha vindo atrás dela.

Antes que eu pudesse fazer outra pergunta, ele apontou para a porta aberta. "Além disso", ele acrescentou, "você não pode estacionar ali."

Ao sair da recepção, senti o olhar da mulher me acompanhando.

Do lado de fora, a chuva continuava caindo sobre as calhas, os tetos dos carros e as barracas. Cobri a cabeça inutilmente com a mão enquanto corria para o carro.

Entrei no carro, dei ré e estacionei perto do sedã de Amaya. Dei uma olhada no estacionamento, pensando em qual seria a probabilidade de Amaya estar em uma daquelas barracas, depois pensei na logística que envolveria bater em cada uma das portas, procurando por ela.

Achava mais provável que estivesse em um dos quartos. Vi uma criança sozinha correr de uma porta, ao fundo do corredor, para outra.

Depois, no corredor do segundo andar, avistei um homem bater em uma porta próxima de uma escadaria distante. Observei enquanto esteve parado ali, com o ouvido apoiado contra a porta fechada, antes de seguir adiante para a próxima. Parecia estar fazendo exatamente o que pensei em fazer.

Desliguei o motor do carro e saí de novo na chuva. Então percebi que alguém havia atendido à porta dessa vez. Não conseguia ver claramente, pois o homem bloqueava a minha visão.

Subi os degraus do segundo andar de dois em dois, minha aproximação era abafada pelo som da chuva sobre a marquise.

Quando cheguei ao patamar, finalmente consegui dar uma boa olhada nele. Vestia bermuda cáqui e uma jaqueta escura, com o capuz puxado para trás revelando um cabelo tão escuro quanto a jaqueta. Um braço se apoiava no batente da porta enquanto, com o outro, ele entregava seu celular à pessoa do outro lado. A ponte do nariz, a cicatriz fina na mandíbula... Joshua Doleman estava ali.

Também não tinha saído para comprar café, como alegara.

"O nome dela é Amaya," explicava, enquanto a mulher lá dentro analisava a tela de seu celular. "Não estou conseguindo falar com ela desde o início da tempestade."

Ele sorriu, e isso deve tê-la convencido, pois ela chamou outra pessoa no quarto para dar uma olhada na foto.

"Acho que não a vi", a mulher respondeu e entregou o celular para o homem ao seu lado.

Ambos pareciam ter entre 40 e 50 anos, e ouvi o latido de um cachorro vindo de trás deles. "Quieto!", a mulher ordenou, se virando. Em seguida, baixando a voz, ela disse: "Não permitem animais aqui, mas o que poderíamos fazer?".

O homem aumentou e reduziu o zoom da foto, como se talvez a reconhecesse. Mas tudo que disse foi "Bonita!" de um jeito que me provocou um arrepio na espinha. "Eu me lembraria dela, sem dúvida alguma." E deu um sorriso largo, expondo as gengivas.

A mulher revirou os olhos e depois desapareceu dentro do quarto, ralhando com o cachorro.

Então o homem pareceu notar minha presença ali, parada do outro lado do corredor. Ele me indicou com o queixo. "E você, moça? Viu essa garota?"

Ele segurou a tela do celular e a apontou na minha direção, ao mesmo tempo que Josh se virou lentamente.

O piscar rápido de seus olhos foi o único sinal que tive de sua surpresa. Meu olhar foi do celular para Josh e de volta para ele. Podia sentir a tensão se acumulando em seus ombros, enrijecendo o maxilar.

"Não", respondi, perdendo o fôlego. "Desculpe."

"Bem", o homem respondeu, e Josh pegou o telefone de volta.

Josh o enfiou no bolso, mas era tarde demais. Eu já tinha visto o que estava nele, e Josh sabia.

A foto no celular não era apenas de Amaya. Era uma foto dos dois juntos, o braço de Josh estendido como se estivesse tirando uma selfie. Os dois tinham as bochechas coladas, com sorrisos largos e melosos no rosto. Alguns cachos do cabelo de Amaya estavam soltos e caídos do penteado, as lantejoulas vermelhas bordadas na blusa dela eram perfeitamente visíveis na foto.

"Boa sorte", o homem disse, ao fechar a porta.

Enfim, éramos só Josh e eu com a chuva sobre nossas cabeças.

"O que é que *você* tá fazendo aqui?", ele perguntou, como se já não tivesse nada a esconder.

"Estou procurando Amaya", respondi. "Exatamente como você, pelo que parece."

Esperei que ele se explicasse. Aquela foto era íntima demais, muito cheia de emoção. Amaya estava linda ali, debaixo de seu abraço, e o sorriso de Josh parecia verdadeiro e livre, um lado dele que eu nunca tinha visto.

"Já bati em todas as portas do hotel", ele me contou, de braços cruzados. "Nem todo mundo atendeu."

"De quando é essa foto?", perguntei, indicando o celular que ele havia guardado.

Ele se virou em direção aos degraus, e o puxei pela manga.

"Josh. Qual é o problema?"

"Isso não é da sua conta, Cassidy", ele respondeu, tentando botar o máximo de veneno possível em suas palavras. "Agora, por favor, solta o meu braço."

Eu o soltei, mas me aproximei ainda mais, invadindo seu espaço. "Bom, levando em consideração que nós dois somos as únicas pessoas que saíram pra procurá-la, eu acho que é da minha conta, sim. Porque... sabe o que tá me parecendo? E o que tá parecendo pro cara da recepção também? Que vocês dois tiveram um péssimo término de relacionamento e que agora ela tá se escondendo de você, Josh. E que você tá doido pra descobrir o paradeiro dela."

Ele se afastou bruscamente. "Meu Deus, é claro que não. Só quero saber se ela tá bem. Quero saber o que é que ela tá fazendo..."

"Lógico, porque vocês dois estão, claramente, em ótimos termos." Lembrei-me de como ele havia sido ríspido com ela naquele primeiro dia, exatamente como costumava me tratar. Cruel, depreciativo, determinado a ofender de propósito, empenhado em encontrar nossas falhas e explorá-las. "Você a acusou de ser a informante. A pessoa por trás da reportagem. Brody me contou."

"Eu não estava mentindo ontem, Cassidy", ele disse em voz baixa. "Ela não tá falando com a família dela." Ele deu um sorriso sem graça, demonstrando estar magoado. "E também parou de falar comigo. Sem dar explicações. E aí, o que você acha *disso*?"

Eu não achava nada. Não sabia o que achar de tudo aquilo. Mas, de todo modo, ele tentava evitar o assunto. "Eu não sabia que vocês estavam juntos."

Ele jogou as mãos pro ar de um jeito brusco que me remeteu a ódio e violência. "É, bem, foi rápido. Certo? Só durou um tempinho..."

"Quando?", perguntei. Porque aquela linha do tempo era importante. Porque alguém havia botado aquela engrenagem em movimento, e ele tinha razão, podia ter sido ela.

"Ela voltou pra passar o Dia de Ação de Graças em casa, e, você sabe, o pai dela nos deu a incumbência de representar a empresa na homenagem de janeiro. Amaya estava *ajudando*..." Ele se calou por um instante. "E aí alguma coisa aconteceu entre ela e o pai na festa de Natal. Eu não vi nada. Tentamos ser bem discretos, sabe? E então, quando chegou o dia da homenagem na biblioteca, tentei falar com ela, que me evitou, dizendo que não era uma boa ideia." Josh pausou mais uma vez. "Achei que fosse uma coisa *de momento*, mas acontece que essa foi a maneira que ela encontrou de terminar comigo. Só conversamos de novo quando ela enviou aquele e-mail para todo o grupo nos convocando para passar a semana aqui. Até mandei mensagem para ela avisando sobre o Ian. E nada." Ele suspirou. "Mas não foi nada de mais, na verdade."

Contudo, a julgar pela foto, não parecia que não era nada de mais.

E pelo fato de tê-la guardado, menos ainda. Amaya havia me contado que fora Josh quem dera a notícia da morte de Ian. Parecia haver muito sentimento entre eles, de ambos os lados.

Você não pode simplesmente pegar tudo o que quiser.

O que a gente devia fazer então, Amaya? Tirar na sorte?

"E, quando Amaya desapareceu, você não pensou que isso seria uma coisa relevante para compartilhar com a gente?"

"Relevante? Você acha?" E então ele deu uma gargalhada baixa e maldosa. "Ah, por favor, dá um tempo. Eu sei sobre você e Ian. Todo mundo sabe. Aquele quarto nem tem porta, Cassidy."

Senti um calafrio — ele se referia àquela bolha particular, àquele mundo etéreo que criamos, que sempre parecera seguro, que pertencia somente a nós. Agora eu estava imaginando a sombra de alguém na escadaria, nos escutando. Alguém na entrada do quarto. Do lado de fora do deque, nos espiando.

"Então me fala", ele disse. "Isso parece relevante *agora*?"

Era isso o que Josh fazia, distorcia as coisas, usava suas palavras contra você — algo provavelmente muito eficaz no tribunal, onde ele podia passar a perna em um estranho travando uma batalha verbal.

Mas não deveríamos ser estranhos ali.

"Meu Deus, você realmente precisa dormir um pouco, Josh. Pare de descontar seu cansaço em todo mundo."

Passei por ele, só que dessa vez foi ele que agarrou meu braço. "O que você disse?"

Olhei para o meu braço, depois para o rosto dele. "Brody disse que seus remédios pra dormir tinham acabado."

"Não", ele respondeu, se aproximando mais de mim. "Alguém *roubou* meus remédios. E nem consigo comprar mais, por causa da data da receita."

Pensei nos pesadelos de Ian. Imaginei Josh sofrendo do mesmo mal, mas em silêncio — abafando os pesadelos, escapando deles. Franzi a testa, me lembrando do jeito como ele havia descido as escadas naquele primeiro dia, acusando-me de ter estado em seu quarto. O modo como o quarto estava revirado depois, como se um furacão tivesse passado por ali, artigos de higiene e bagagem em desalinho. Ele devia estar procurando a receita médica.

"Como você sabe que não esqueceu os remédios em casa?", perguntei.

"Porque eu *jamais*..."

"Ei!" Ambos giramos, assustados, na direção da voz. Josh soltou meu braço bem rápido, como se de repente percebesse o que estava fazendo.

O homem da recepção estava parado no lance da escada, com o celular na mão, e o olhar ameaçador. "Mandei vocês dois irem embora. Saiam daqui agora, antes que eu ligue para a polícia."

Josh levantou as mãos, como se declarasse inocência.

"Desculpa", eu disse, "só estamos muito preocupados..."

Ele indicou os degraus. "Diga isso para a polícia, moça."

O homem nos observou descer as escadas e depois continuou olhando da varanda enquanto cruzávamos o estacionamento até o meu carro, parado ao lado do veículo de Amaya.

"Não podia ser um pouco menos óbvio?", Josh perguntou.

"Onde você estacionou?"

"Do outro lado." Ele indicou o prédio com a cabeça, onde, nos fundos, provavelmente, o terreno também transbordava de carros. Então Josh pareceu estar observando o estacionamento, barraca por barraca.

"Você conferiu todos os quartos?", perguntei.

"Todos os que me atenderam, pelo menos. Juro que algumas vezes ouvi gente do outro lado da porta, fingindo que não estava ali." Os olhos dele não vacilavam, como se esperasse encontrar Amaya a qualquer momento, escondida entre os carros, no meio da chuva.

"Isso tá muito estranho, Josh." Eu não achava que Amaya nos deixaria, escreveria um bilhete para mim, e depois simplesmente acamparia ali perto enquanto uma tempestade se aproximava. Se fechassem o acampamento, ela não escolheria ir para um hotel em vez de voltar para o Remanso. Ela não fingiria que não existimos. Pelo menos, não depois de uma tempestade, quando todos nós precisávamos saber se ela estava bem. "Se Amaya não planejava voltar, já deveria ter ido para casa a essa altura, não é?"

Ele não respondeu, mas vi sua garganta se mover quando engoliu a saliva. Ele se enfiou entre meu carro e o carro de Amaya, espiando pelas janelas. Depois virou para mim. "As travas da porta não funcionam", ele informou, fazendo uma careta antes de abrir a porta do lado do motorista.

Parecia doloroso para ele admitir que sabia daquilo. Eu só não sabia se aquela informação derivava do fato de estarem saindo juntos ou se era porque a estava vigiando, seguindo Amaya.

Ele se sentou no banco do motorista e eu o segui, deslizando para o banco do passageiro, escapando da chuva por um momento.

Era o exato oposto do carro alugado de Oliver. Os bancos do carro de Amaya estavam gastos, a saída de ar sem uma tampa; parecia que alguém morava ali.

"Deus, é sempre uma bagunça aqui dentro", Josh disse, mas havia uma suavidade em sua voz, uma doçura.

Ele abaixou o quebra-sol, procurando algum sinal de onde Amaya pudesse estar.

O descanso de copo estava cheio de recibos de postos de gasolina e lojas de conveniência. Eu os desdobrei, procurando pistas de onde ela poderia ter estado. "O último recibo é de um posto de gasolina onde ela parou no caminho para cá, no domingo", eu disse.

Josh franziu a testa, depois virou para olhar o banco de trás, procurando algum pertence de Amaya no chão do carro.

Abri o porta-luvas, mas não havia nada ali além do manual do carro, uma série de mapas e uma daquelas ferramentas de emergência usadas para quebrar o vidro. Eu tinha uma igual no meu carro.

Fui invadida por uma sensação estranha. Certo medo. Medo de que Amaya tivesse corrido, mas que não houvesse sido rápida o suficiente. As mensagens de celular que não chegavam, as ligações que caíam direto na caixa postal...

"Josh, acho que a gente devia abrir o porta-malas", falei.

Ele não se mexeu, a princípio. Depois, se virou lentamente para olhar pra mim. Pude ler na sua expressão facial: o medo, o horror. Josh não quebrou o contato visual comigo ao esticar a mão para a esquerda e destravar o porta-malas.

Pelo retrovisor, vimos o capô se levantar. O que quer que estivesse lá dentro, estava se molhando com a nossa demora. Mesmo assim, nenhum de nós parecia pronto para olhar ali.

Quebrei o contato visual primeiro, abrindo a porta. Josh saiu ao mesmo tempo.

Ele franziu o cenho, depois empurrou o cabelo molhado para longe do rosto, sua cicatriz brilhava na chuva. No início, ele não se moveu. Nossos olhos se encontraram de novo, e ele assentiu, de um jeito quase imperceptível, com a cabeça.

Aproximei-me da parte traseira do carro sozinha, perturbada, como se aquilo fosse uma espécie de prelúdio, um estalido no ar — exatamente como antes do acidente que dividiu as coisas entre o Antes e o Depois.

Levantei o porta-malas até o fim. O espaço ali estava vazio, maravilhosamente vazio. Fiz um gesto para que Josh se aproximasse, e ele deixou escapar um suspiro aliviado, quase uma risada, e então passou a mão pelo cabelo de novo.

"Nossa, será que a gente pode dar o fora daqui agora?", ele perguntou. Fechei o porta-malas e ergui os olhos em direção às janelas dos quartos do hotel mais uma vez.

"Cassidy? Nós não vamos?"

Havia algo de especial na palavra *nós*. Sempre que alguém do grupo a dizia, era como um convite de boas-vindas, como se uma porta se abrisse.

E todas as vezes eu entrava por ela.

CAPÍTULO 14

Quando deixamos o hotel, já fazia mais de doze horas que não havia energia na ilha. O primeiro sinal de que a luz estava voltando se mostrou no piscar da lâmpada de um poste — um pico de energia atravessando os fios elétricos — enquanto eu seguia o carro de Josh de volta à casa. Então vi o brilho das lâmpadas se acendendo nas casas alinhadas à estrada principal.

Assim que saí do carro na entrada do Remanso, o zumbido baixo do ar-condicionado me trouxe um alívio. Como se aquilo não fosse o suficiente, um som de aplausos soou vindo dos fundos.

"Espera um pouco, Josh", eu disse, seguindo-o até os degraus da entrada. "Eu sei que você também tá preocupado. Tão preocupado quanto eu." Notei a expressão no rosto dele enquanto estávamos sentados no carro de Amaya e quando sugeri que abríssemos o porta-malas. Um medo implícito que nenhum de nós queria encarar.

"Sei lá. Desaparecer, sair do radar, não é algo tão atípico dela. Ela me deixou completamente no vácuo", Josh disse, mas não se moveu, não se aproximou, nem sequer me olhou nos olhos. Ficou olhando pra longe, enquanto a chuva continuava caindo, um pouco mais branda que antes. "Talvez seja uma coisa simples, Cassidy", ele continuou, com a voz baixa, pouco mais que um sussurro. "Talvez você apenas esteja subestimando o quanto Amaya me odeia." Então ele olhou para mim, erguendo um canto da boca. "Não acho que isso a surpreenderia."

Então ele abriu a porta de entrada e me deixou para trás.

Lá dentro, havia um sentimento diferente, uma animação, como se algo tivesse finalmente explodido, fervilhante. Todas as luzes acesas, bem como os ventiladores de teto ligados. A porta de correr dos fundos estava aberta, deixando entrar uma névoa de chuva.

Só Grace pareceu ter notado a nossa chegada, virando-se, junto às janelas.

"Tiveram alguma sorte?", ela perguntou.

"Não", Josh respondeu. Ele mal olhou ao redor antes de se dirigir para os degraus. "Vou botar as coisas para carregar."

Grace ergueu as sobrancelhas para mim. "Ele parece mais rabugento do que o normal", declarou, num tom conspiratório.

"Cadê todo mundo?", perguntei.

"Encontrei alguns guarda-chuvas quando a tempestade começou a diminuir. Então eles decidiram ir para a praia a fim de comemorar o fim da tempestade", ela respondeu.

"Isso parece uma péssima ideia", comentei. Grace abriu um sorriso.

Logo em seguida, Hollis desceu os degraus vestindo shorts de ginástica e uma capa de chuva. "É melhor do que ficar presa aqui dentro, não?" Ela sorriu, e eu comecei a pensar no quanto todos ali estavam no limite.

Todos os anos, voltávamos como se estivéssemos à espera de uma descoberta, era um momento de ruptura. No entanto, ano após ano, a única coisa que se rompia éramos nós.

Segui Grace até as janelas dos fundos, observando Hollis descer a passos largos o caminho de madeira.

Grace cerrou as sobrancelhas. "Acho que tudo ainda está meio submerso lá fora." Imaginei areias movediças, correntezas, destroços arrastados e abandonados no rastro da tempestade.

Tão logo Hollis desapareceu de vista, uma salva de palmas ecoou pela casa, como se o grupo celebrasse a sua chegada na praia. Como uma provocação contra a natureza: *Ainda estamos aqui...*

Afastei-me da janela, aproveitando a deixa de Josh. "Tenho uma tonelada de trabalho para colocar em dia", afirmei.

"Eu também", Grace respondeu. Contudo, quando me virei para os degraus, ela continuou parada diante daquelas janelas, observando o local de onde Hollis havia acabado de desaparecer.

Precisava carregar meu celular, com tão pouca carga que corria o risco de desligar a qualquer momento.

Acima de minha cabeça, ouvia Josh andando de um lado para o outro — o ruído de passos e gavetas se abrindo e se fechando —, ainda em busca. Como se o frasco de comprimidos tivesse rolado para um canto qualquer ou caído atrás da cômoda.

Não sei como ele conseguia passar tanto tempo procurando um remédio e apenas algumas horas em busca de Amaya.

Queria contar pra ele: *Ela deixou um bilhete.*

Mas eu tinha certeza de que ela fugia de outra coisa — não de Josh. Ele era passivo-agressivo, mais falava do que fazia, e trabalhava para a família dela; tinha começado a estagiar durante as férias de verão da faculdade, entrando no mundo deles ao mesmo tempo em que Amaya se distanciava daquilo. Ele havia mudado a trajetória de sua vida para melhor, e ela o viu fazendo aquilo. Se Amaya acreditasse mesmo que Josh era perigoso, se ela achasse que corria perigo perto *dele*, ela no mínimo teria dito alguma coisa.

Assim que meu celular carregou um pouco, comecei a fazer chamadas.

Liguei para o acampamento — ainda fechado, fora da linha de serviço.

Liguei para o escritório de Amaya — *Ela vai ficar uma semana fora, tem mais alguma coisa em que eu possa ajudá-la?*

Depois, telefonei para o Baleia Azul, na esperança de que houvesse um sistema automatizado que me permitisse ligar para os quartos individualmente a partir da linha principal (não havia).

Por fim, tentei ligar direto para Amaya; pensei em deixar uma mensagem dizendo que eu estava preocupada, mas a chamada logo caiu na caixa; o telefone continuava totalmente fora de sinal.

Não conseguia parar de imaginar todas as coisas que poderiam ter acontecido com ela. Aquele momento antes de olharmos dentro do porta-malas, aquela terrível possibilidade...

"Ei", disse Hollis, praticamente deslizando pelo corredor com a capa de chuva sobre o ombro, com água escorrendo pelos cabelos. Ela estava sem fôlego, radiante. "Oliver descobriu que o Maré Alta está abrindo." Ela sorriu. "Tô muito disposta a sair daqui!" Então seguiu adiante, com os pés patinando sobre os tacos de madeira. "Josh, ouviu o que eu falei? Nós vamos sair para almoçar!"

Trinta minutos depois, após tomarmos uma chuveirada e trocarmos rapidamente de roupa, estávamos descendo o quarteirão em grupo, uma força singular escondida por baixo de guarda-chuvas e em meio a uma neblina.

Parecia que toda a cidade tivera a mesma ideia. Uma longa fila se estendia até a porta do restaurante, havia vários grupos à espera de mesas. Joanie cumprimentou todo mundo pelo nome, por isso presumi que a maioria era composta de moradores locais, que se sentiam exatamente como nós. Presos, sim, mas não em casa.

"Graças a Deus, viemos cedo", disse Grace, com os olhos arregalados, enquanto nos amontoávamos numa mesa de canto que parecia ser a única disponível. Tivemos de pedir uma cadeira emprestada e nos espremiamos numa mesa destinada para quatro ou cinco lugares.

Era início da tarde, mas havia grupos sentados e grupos em pé em volta do bar, onde o único atendente — Mark, como sempre — parecia ter desistido de manter o controle das coisas, simplesmente enchendo copos enquanto as pessoas deixavam dinheiro sobre o balcão, apostando em um código de honra.

Embora o restaurante estivesse barulhento e tomado de animação, nossa mesa permanecia estranhamente silenciosa. Cada um com a cabeça inclinada e de olho no celular, como que preso na própria mente, feliz em deixar que o ruído ambiente nos desse cobertura.

Por fim, nosso pedido foi feito por uma moça que não parecia ter idade suficiente para trabalhar. A turma da mesa ao lado parecia conhecê-la pelo nome. Imaginei que fosse a filha de alguém, e estivesse ali apenas para dar uma força.

Brody deixou o celular cair abruptamente sobre a mesa. Correu as duas mãos pelo cabelo, respirou fundo e deu uma olhada no restaurante lotado. "Beleza. Eu não posso, em sã consciência, pedir cerveja para uma pré-adolescente", ele disse. "Já volto." Ele se levantou da mesa, com as mãos nos bolsos do jeans, e abriu caminho em meio à multidão.

Observei-o enquanto ele se inclinava sobre alguém no bar. Reconheci Will, sentado num banco, falando com alguns homens parados atrás dele: seu primo Kevin, de bochechas coradas, e outro cara, alto, robusto e ruidoso, que se mexia animado enquanto contava uma história.

Brody bateu com a mão no balcão, gritando o seu pedido, no exato instante em que o homem alto trombou nele.

Vi Brody se transformar imediatamente. O giro em câmera lenta de sua cabeça, o maxilar duro e retesado. Seu braço subiu tão depressa que pensei que ele fosse bater no homem, em vez de apenas agarrá-lo, empurrando-o para trás. Pude ler seus lábios muito bem, cada sílaba enunciada — *Cuidado*.

"Ah, merda", Josh disse, recostando-se na cadeira, de braços cruzados. Grace inclinou-se para a frente, com a boca um pouco aberta. Ficamos observando. Estávamos todos do mesmo lado e deveríamos proteger uns aos outros. No entanto, havia limites para o que alguém podia fazer.

Afastei-me do grupo, abrindo caminho entre as mesas, até chegar aonde Brody marcava território, com um sorriso maldoso na cara, como se desafiasse alguém a fazer alguma coisa. Como se estivesse doido para brigar.

"Brody", eu o chamei, agarrando seu cotovelo.

Ele se endireitou antes de olhar para mim, franzindo a testa.

"Adoraria poder comer antes de sermos expulsos", brinquei. No trabalho, já havia tido minha cota de experiências com brigas de bar. Sabia muito bem como uma desavença podia se transformar rapidamente em violência física. Se eu tivesse sorte, conseguiria desfazer a tensão do incidente.

Brody não abriu um sorriso sequer, mas deixou que eu o levasse embora. O círculo de homens foi se fechando atrás dele, nos observando, até sairmos do restaurante.

Ele bateu a porta atrás de si, desnecessariamente. Eu me encolhi toda, certa de que o vidro se quebraria em mil pedaços, mas ele resistiu.

"Meu Deus, Brody, que porra é essa?"

Então ele começou a andar de um lado para o outro debaixo da garoa. Um casal que se dirigia para a entrada manteve o máximo possível de distância.

"Ela quer entrar com um pedido de guarda unilateral", Brody disse.

"O quê?"

Brody fez um sinal em direção à porta, como se falasse de alguém que estivesse lá dentro. "Vanessa. Ela me acusou de ser um pai ausente e negligente." Ele disse, gesticulando com os dedos, simulando o uso de aspas, como se essas fossem as acusações oficiais contra ele.

"Como assim?", perguntei, embora não fizesse ideia se ele era, de fato, um pai ausente ou negligente. "Ela mandou uma mensagem agora dizendo isso?"

Tinha visto a brutalidade com a qual ele havia jogado o celular sobre a mesa, mas pensei que ele estivesse apenas impaciente, desesperado por uma bebida — todos nós parecíamos prestes a perder a cabeça.

"O quê?" Ele parou de andar por um instante e sacudiu a cabeça. "Ah, não. Era o meu advogado. Que, aliás, tá me custando os olhos da cara. E descobrindo um monte de merda." Ele fungou, depois esticou os braços. "Eu realmente não precisava disso uma hora dessas."

Por fim, seus olhos penetraram nos meus.

"Você não devia ter vindo", declarei.

Ele devia ter ficado em casa, preparando-se para o aniversário do filho. Devia ter ficado trabalhando. Todos nós deveríamos estar em qualquer outro lugar, menos ali.

"Eu *tenho* que estar aqui", ele disse. Como se aquela fosse uma responsabilidade que tivesse de suportar sozinho. Responder a um chamado. Satisfazer a uma compulsão. Então Brody inclinou a cabeça para trás e gemeu. "Agora, quero mesmo aquela cerveja" disse, fazendo uma careta.

"Dá só um tempinho. Aposto que eles se esquecem do que aconteceu em dois minutos. Deixe que eu cuido disso."

Ele sorriu, e vi o mesmo Brody encantador que conheci no ensino médio. O mesmo Brody charmoso que havia entrado no meu quarto, no início daquela semana, em busca da minha companhia — ou de algo mais, eu tinha quase certeza. "Você é uma das boas, Cass", ele disse.

Odiei o jeito como aquele elogio fez meu rosto esquentar. "Me dá só cinco minutos", pedi. "É um grupo um pouco grande."

Quando voltei ao bar, parecia que quase todo mundo tinha realmente se esquecido da briga. Deslizei entre a multidão praticamente sem ser notada. Porém uma mão caiu sobre o meu ombro no exato momento em que Mark começou a anotar meu pedido.

"Você precisa manter seu garoto sob controle." Era o homem com quem Brody quase tinha saído no soco. Era louro, com um queixo largo, e eu não sabia dizer se tinha 25 ou 45 anos. Era uma tarde de quinta-feira, e o cara já estava embriagado, meio tonto, apoiando-se no meu ombro para manter o equilíbrio.

"É exatamente o que estou fazendo", eu disse, me virando para o bar. "E me vê uma dose do que ele estiver bebendo", acrescentei para Mark.

Aquilo pareceu ser mais que suficiente. O cara ergueu sua garrafa de cerveja em minha homenagem e se sentou em um tamborete.

Saí do caminho para esperar o meu pedido, na esperança de não precisar me envolver em confusão de novo. Então Will surgiu de repente entre nós, um mediador muito bem-vindo.

Ele fez um ruído com o canto da boca — um estalido de escárnio — e então se inclinou, se aproximando, falando diretamente no meu ouvido. "Olha, de todas as pessoas aqui dentro, eu definitivamente não escolheria provocar aquele cara."

Revirei os olhos. "É... Bem, eu também não fiz essa escolha."

De repente, eu havia me tornado responsável por tudo o que acontecia em nosso grupo. Tudo o que eu tinha feito era acabar com aquilo, levar Brody para fora, pagar uma bebida à parte prejudicada. E, no entanto, lá estava Will, me culpando pelo que havia acontecido.

Entreguei meu cartão a Mark, e Will deu uma gargalhada. "Isso vai demorar um bocado."

"Bem, não tenho nenhum outro lugar para onde ir", respondi.

Estávamos todos presos ali juntos, e comecei a ficar ansiosa ao pensar nos fatos: estávamos impedidos de sair pelas estradas bloqueadas e pelo mar violento. Estávamos à mercê da natureza e uns dos outros.

O primo de Will estava logo atrás dele e falava com um homem sentado no banco ao lado. Deviam estar todos juntos.

"Está tudo bem?", Will perguntou. "Na casa, quero dizer." Os olhos dele estavam fora de foco, como se aquela não fosse a sua primeira bebida do dia.

"Sim, correu tudo bem."

"A energia voltou?", ele perguntou.

"Parece que sim."

Ele assentiu. "Às vezes, é preciso ligar e desligar o disjuntor algumas vezes."

Ele parecia saber muito. Parecia ver demais... Oliver no cais naquele primeiro dia. Ian chegando no inverno. Will parecia muito mais atento do que eu achava que um vizinho deveria estar.

Ele se encostou no balcão do bar e respirou fundo. "Boas notícias." Apontou o polegar para o primo. "Esses caras trabalham na limpeza. É bem provável que reabram a estrada amanhã de manhã."

Senti os meus ombros relaxarem. "Isso é mesmo uma ótima notícia."

Ele pigarreou, e eu senti uma mudança. Um aviso. Um instinto. "Ei", ele continuou, com uma expressão de indiferença, o olhar meio vidrado. "Foi isto aqui?"

Ele puxou o celular e me mostrou uma manchete de jornal. Era óbvio que andara pesquisando, mesmo com a pouca informação que lhe passei. *Sobrevivemos a um acidente*, foi tudo o que lhe disse. Porém Will tinha conseguido desenterrar uma matéria mesmo assim.

Acidente ocorrido em viagem escolar deixa cidade da Carolina do Norte de luto

Desviei o olhar, esperando que Mark voltasse com o meu cartão.

"Não", respondi, por instinto, querendo esquecer tudo. Ele já sabia demais: de onde éramos; quando havia acontecido. Senti que algo dentro de mim se fechava, que levantava as defesas. *Nada de gente de fora.* Essa era a regra por uma razão. Deixar o passado no passado. Basta dar uma pista, e eles querem tudo. Will provavelmente já havia contado ao grupo à sua volta a sua descoberta, e agora queria mais informações. Talvez já soubesse do acidente desde o início e só tivesse me procurado, atraindo-me com o seu comportamento, para ganhar uma aposta feita com seus amigos.

Nunca fui boa em perceber o que as pessoas queriam de mim.

Felizmente, Mark voltou bem rápido com meu cartão de crédito, e dei um sorriso forçado para Will ao me virar para sair com nossas bebidas.

"A gente se vê por aí?", ele perguntou.

Acenei com a cabeça ao passar, mas ele não retribuiu.

Eu não cometeria o mesmo erro de novo.

Aquele almoço tardio acabou se estendendo para além da hora do jantar — ninguém queria ir embora, voltar ao Remanso, onde estaríamos sozinhos, uns com os outros.

Por fim, não tínhamos mais desculpas para ficar, e a jovem garçonete chegou até mesmo a nos dizer que outros clientes estavam aguardando a nossa mesa.

Voltamos para casa, com os pés afundando na terra macia da estrada, a água ainda empoçando os sulcos da via. A casa parecia iluminada contrastando com o céu cinzento, como uma pintura gótica se formando a distância.

De repente, Oliver parou de andar. "Você viu aquilo?", perguntou.

Segui o seu olhar na direção da casa. "O quê?"

"Pensei ter visto..." Ele observou em silêncio por um instante, analisando a estrutura. Por fim, sacudiu a cabeça. "Deve ter sido um pássaro ou algo assim."

Mas ele me pareceu distraído durante o restante do caminho de volta, mantendo os olhos fixos na casa. E agora eu também estava imaginando coisas. Uma pessoa na janela. Um fantasma.

Não sei o que Oliver esperava ver quando entramos, mas ele parecia estar se movendo cuidadosamente pelo espaço, como se não confiasse na constatação de que estávamos de fato sozinhos.

Grace marchou direto para o laptop deixado sobre a mesa da sala de jantar. "De volta à realidade", ela disse. "Alguns de nós têm de trabalhar."

"Nem todo mundo *pode* trabalhar remotamente, Grace", disse Brody, atirando-se no sofá, na mesma posição em que o tinha encontrado naquela manhã.

Hollis juntou-se a Oliver na cozinha, encheu um copo de água da torneira e o bebeu de um só gole. "Meu Deus, estou morta de sede."

Josh se sentou diante de Grace na sala de jantar, mexendo no celular com as sobrancelhas franzidas. Imaginei que tivesse um excesso de e-mails de trabalho acumulados em virtude do dia anterior.

"Oliver", disse Grace, pressionando algumas teclas do laptop. "Acho que o wi-fi ainda não está funcionando."

"Talvez devêssemos tentar reiniciar os disjuntores", sugeri, lembrando do conselho de Will.

Eu não sabia se Will tinha certeza do que deveríamos fazer ou se o seu conselho se baseava no *modus operandi* da nossa rua em geral.

Oliver franziu a testa. "Acho que é só reiniciar o modem", disse, da cozinha. Apontou para a estante de canto que ficava entre a cozinha e a sala de jantar. "Está lá em cima."

Arrastei uma das cadeiras da sala de jantar para lá, ansiosa em ser útil.

Mesmo assim, tive de me esticar para conseguir alcançar o modem em cima da estante. Inclinei-me na direção das luzes vermelhas que piscavam, depois puxei a caixa do modem para a frente, trazendo o fio junto. Puxei-o, tentando encontrar em que parte estava preso à parede. No entanto, percebi que havia algo posicionado logo atrás dele, emaranhado junto ao cabo. Um segundo fio, ligado ao mesmo bloco de distribuição de energia.

Não sabia se aquilo também fazia parte do sistema do wi-fi, por isso trouxe ambos para a frente, desconectando-os da fonte.

Só quando desci da cadeira percebi o que tinha descoberto.

Virei-me lentamente, segurando os dois objetos nas mãos. "O que é isso?", perguntei. "Oliver, o que *é* isso?"

Mas ele nem precisava responder. Eu sabia exatamente o que era. Só precisava que outra pessoa reconhecesse o objeto.

"Isso é uma câmera?", Hollis perguntou, arregalando os olhos.

Virei o objeto e vi o nome gravado no fundo: *WatchingHome*.

"Tem *câmeras nesta casa?*", disse Brody, levantando-se do sofá.

Os olhos de Oliver se desviaram da minha mão para os cantos superiores da casa, como se procurassem alguma coisa.

"Tem *mais* câmeras?", Josh disse, afastando-se abruptamente.

"Deixe-me ver...", Grace esticou o braço para pegar a câmera, mas eu a segurei com força.

Abri a boca para falar, para questionar, para acusar. Porém o comportamento de Oliver tinha mudado.

"Espera", ele pediu. Depois levou o dedo aos lábios.

Como se alguém estivesse nos ouvindo. Ou nos observando.

CAPÍTULO 15

Ficamos em silêncio por um, dois, três segundos.

Josh pegou a câmera das minhas mãos, virou-a de cabeça para baixo e leu as especificações. "Este sistema funciona com wi-fi. Se o wi-fi estiver desligado, não consegue transmitir nada. Mesmo que existam mais aparelhos por aí."

Grace foi a primeira a falar. "Que porra é essa, Oliver? Este é o procedimento padrão ao se alugar uma casa de férias?"

"Não", ele respondeu, com as mãos erguidas, proclamando inocência. "Não é, eu não..."

"Ah", interrompi, "mas esta casa não está disponível para alugar, não é?"

Ele franziu o cenho, então tomou a câmera de Josh, enrolando o fio em volta da mão e virando-a para examinar todos os detalhes. "Não fui eu que coloquei isso aqui. Eu juro. Não fazia ideia."

"Até parece", respondi. "Eu sei que essa casa fica vazia o ano todo. Que somos os únicos que se hospedam aqui." Apontei para a câmera. "Se isto está aqui, é com a intenção de nos filmar."

Ele ergueu os olhos de modo incisivo, rápido, mas não perdeu o controle. Não como Brody ou Josh fariam. Não, Oliver estava calmo e contido, o que era ainda mais perturbador. Ele nunca perdia o controle emocional.

"*O quê?*", perguntou Hollis.

Por fim, Oliver inclinou a cabeça para o lado, admitindo: "Tá, a casa fica vazia o ano todo. Eu não a alugo já faz um tempo. E daí? Eu posso fazer o que quiser com ela. A casa é minha. Eu a comprei dos meus pais, uns anos atrás".

"Você chegou um dia antes, aliás", eu disse, tentando ser cautelosa. "Esteve aqui bem antes, depois saiu e voltou como se fosse o último a chegar."

Naquele lugar, precisávamos tomar cuidado com todo tipo de acusação. Era aceitável afirmar um fato, mas não emitir um palpite. Havia muitas coisas pelas quais não queríamos ser considerados responsáveis.

Por isso eu não disse o que pensava, que era: *Você queria que a gente achasse que não estava aqui. Nos fez acreditar que tinha chegado por último.*

Não gostávamos de pressionar ninguém. Muito menos de apontar o dedo e fazer acusações, por causa de todas as coisas das quais não tínhamos certeza envolvendo um ao outro. Sabíamos o suficiente: que deixaríamos outras pessoas morrerem para salvarmos nossa própria pele. E achávamos que isso revelava algo mais profundo, mais sombrio, dentro de nós.

Era apenas o início de inúmeras possibilidades, mas isso também se aplicava a todos e a cada um de nós.

"E como é que você sabe disso, Cassidy?", Oliver perguntou.

Recuei, sentindo o peso de suas palavras; o fato de ele mesmo estar fazendo uma acusação cuidadosa e sutil. E o pior é que ele não estava errado. Eu havia mexido nas coisas dele. Estava de olho nele.

Mesmo assim, eu tinha meus fatos. "O contrato de locação do carro", falei. Não querendo acrescentar: *Você foi visto no cais. Saí perguntando por aí.*

Ele olhou ao redor da sala, para o restante do grupo ali à espera de explicações, sabendo que teria de responder pelos seus atos, assumir suas meias-verdades. "Só consegui um voo no dia anterior. E como não gosto de ficar aqui sozinho, passei a primeira noite numa pousada. Só voltei quando achei que todo mundo já havia chegado..."

"Se é assim, então por que você comprou essa casa?", Hollis perguntou.

Ele conseguia perceber que estávamos fechando o cerco em volta dele, desmascarando suas mentiras, e comecei a sentir medo. Medo do que encontraria no fundo daquilo tudo.

"Porque é a nossa casa", ele respondeu, tornando-se emotivo pela primeira vez. "Porque é importante que a gente tenha este lugar. E que ele esteja disponível sempre que precisarmos." Ele engoliu em seco, esperando que o restante do grupo o avaliasse. Aguardando para que déssemos o nosso veredito.

"Mas isso..." Ele ergueu a câmera. "Isso não fui eu. Por que eu precisaria disso? Eu tô *bem aqui*."

"Você tem que jurar", Grace disse, apontando para a câmera. "Você tem que jurar que não foi você."

A expressão de Oliver se suavizou, seus olhos sustentaram o olhar dela. "Eu juro, Grace."

Ela o encarou, então assentiu com a cabeça. Era assim que Grace funcionava. Você tinha que se comprometer. Não era suficiente concordar, era necessário jurar. Com ela, as pessoas não se tornavam amigas, mas juravam lealdade. E só então ela confiaria em você. Era assim e pronto. Como se acreditasse ser capaz de enxergar o verdadeiro caráter de uma pessoa pelo seu nível de comprometimento.

No entanto, essa lealdade cega, essas promessas intermináveis... era exatamente por isso que continuávamos presos no passado, incapazes de chegar a algum lugar. Nós nunca pressionávamos uns aos outros. Tínhamos medo do que poderíamos encontrar.

"Você sabia que Ian esteve aqui?", perguntei, interrompendo a fragilidade do momento.

A atenção da sala se voltou totalmente para mim. Voltou-se contra mim.

"Do que você tá falando, Cass?", Brody perguntou, embora eu não houvesse tirado meus olhos de Oliver. O seu comportamento mudou, a expressão suave que havia direcionado a Grace de repente foi se transformando. Ele ficou totalmente na defensiva. Ao mesmo tempo, tentava desesperadamente botar a máscara de volta no lugar.

Eu me virei para observar os outros — expressões de confusão, choque, descrença. Aproveitei a oportunidade.

"Ian esteve aqui em fevereiro", eu disse. "Encontrei o casaco dele no *closet* do quarto do piso superior, com um recibo no bolso... Então, Oliver, você sabia?" *Você sabia? Você o machucou? O que você fez?*

Oliver me encarou durante um longo e doloroso tempo. Em seguida disse: "Parece que você está bastante determinada a me colocar no papel de vilão, Cassidy. Mas o que *você* estava fazendo naquele quarto? Procurava *o quê*?".

O problema com todos nós era que nossas motivações estavam sempre emaranhadas. Os nossos medos, as nossas suspeitas. E a rapidez com que uma acusação podia ser virada contra qualquer um de nós.

Porém as minhas emoções estavam à flor da pele, e, àquela altura, eu não era capaz de me conter. Tudo vinha à tona. Era a forma como a gargalhada de Ian — tão verdadeira e vulnerável — preenchia os espaços dentro daquela casa. A maneira como eu podia sentir sua presença toda vez que ele entrava em um cômodo, e como ele sempre era capaz de me notar, do mesmo jeito. E como eu lhe contava todos os meus segredos. Era a memória de seu rosto pairando sobre o meu. De sua boca aberta, congelada em um grito.

Cerrei os olhos. "Ele tentou falar comigo e eu não soube. Alguns dias antes da overdose." Levei a mão à boca, trêmula. "Eu não estava lá disponível para ele." Era essa a verdade. Ele precisou de mim e eu não o ajudei. Eu o perdi, e agora Ian estava morto.

Algo estalou — o maxilar de Oliver. Ele fechou os olhos e apoiou as mãos na mesa, e eu pensei: *Meu Deus, o que você fez?*

"Eu também não consegui ajudá-lo." Oliver olhou para mim, e vi que seu olhar não estava mais na defensiva, mas, sim, ele estava arrasado. "Ele tentou falar comigo também. Para que eu viesse aqui. E não cheguei a tempo."

"Você veio pra cá?", perguntei.

"Ele me pediu." Tínhamos prometido sempre apoiar um ao outro. Depois de Clara, prometemos sempre vir...

"Meu Deus", Josh interrompeu. "Por que você não disse nada? A ideia sempre foi pedir ajuda se a gente precisasse..."

"Ninguém seria capaz de ajudar!", Oliver gritou, em uma explosão inesperada. Então ele respirou fundo e se sentou na cadeira mais próxima, como se estivesse prestes a desistir. "Eu também não consegui ajudar. Mas não fui eu. Por favor, acreditem nisso." Ele procurava nossos olhares, assim como havia procurado os olhos de Grace. Mas não entendi o que ele nos pedia.

Nenhum de nós falou nada, ficamos todos à espera de que ele dissesse mais alguma coisa.

Oliver encarou a janela dos fundos. "Ele enviou um e-mail para o meu endereço de trabalho. Deve ter pesquisado para descobrir o endereço, para se certificar de que eu receberia a mensagem... Disse que precisava da minha ajuda. Que vinha para cá. Que era uma emergência. Então eu passei o código da porta. Pensei que fosse só isso, mas depois ele me mandou outro e-mail, pedindo para que eu o encontrasse aqui." Ele fez uma pausa e sacudiu a cabeça. "Não, na verdade, ele me *mandou* vir. *Venha para o Remanso. É uma emergência.* Foi tudo o que ele disse."

Ele respirou fundo ao mesmo tempo que percebi que eu prendia a respiração. Aquele era o Oliver que eu havia conhecido pela primeira vez, antes do ensino médio. Inseguro e tímido. A sua voz mal passava de um sussurro. "Quando cheguei aqui, Ian já tinha partido."

Não percebi a profundidade da sua confissão, a forma como implorava para que o compreendêssemos. A maneira como, aos poucos, chegava a algum lugar.

"Cheguei tarde demais para ajudar", disse.

A sala estava estranhamente silenciosa, enquanto processávamos o que Oliver tentava nos dizer.

"Aqui?", Brody perguntou, olhando à volta da sala. "Ele teve a overdose *aqui*?"

Oliver escondeu a cabeça entre as mãos e assentiu.

"Ai, meu Deus", Grace gemeu.

Eu não conseguia respirar, não conseguia assimilar tudo. *Ian, aqui. Ian, morto.*

Imaginei-o sozinho naquela casa vazia. Decidindo, depois de todo aquele tempo, que já tinha sido mais que o suficiente. "Quando você o encontrou, ele já estava morto?" Eu perguntei, enfim, com a voz quase um sussurro.

"Sim", Oliver respondeu, de cabeça baixa, como se não quisesse dizer aquilo em voz alta.

"O que você fez?", Josh perguntou. O advogado, sempre o advogado.

"Eu não podia... ele não podia ter morrido aqui. Não depois do e-mail, e... meu Deus, tem gente que adoraria me ver morto, vocês nem imaginam."

"Oliver, não faço ideia do que você tá tentando nos dizer neste momento", Brody disse.

"Ele removeu o corpo", eu disse, com a voz rígida, e a sala congelou. "Você encontrou Ian morto e o levou daqui." Eu mal conseguia forçar as palavras a saírem. Contudo, minha acusação acertou o alvo.

Dei um passo para trás, apoiando a mão no sofá, para me equilibrar. Eu não conseguia respirar.

Claro que Oliver não suportava estar ali. Ele não queria estar na casa sozinho, com o fantasma de Ian o assombrando. Tampouco nos queria enclausurados ali. Estava sempre nos forçando a sair, a sair, a sair.

"Vocês teriam feito a mesma coisa", disse Oliver, dirigindo-se a todos nós. Uma acusação sobre outra acusação. E quem poderia negar? No fundo, era o que pensávamos uns dos outros.

"Onde...?", comecei, embora não tivesse certeza de que gostaria de ouvir a resposta. Eu não sabia os detalhes sobre a sua morte. Nada havia sido especificado no obituário. Achei que tivesse morrido em casa.

"Carreguei-o até o carro... Estávamos no meio da noite. Ele estava tão magro, tão leve, sabe?" Como se nós não tivéssemos notado que fazia anos que Ian desaparecia gradualmente. "Eu o levei para longe da praia, para uma área de descanso onde sabia que as pessoas dormiam às vezes...", Oliver disse.

"Não", eu o interrompi bruscamente. "Onde é que você o *encontrou*?"

A garganta dele se moveu como se ele se esforçasse para conseguir chegar lá. Obrigando-se a se lembrar. "Lá embaixo", disse ele. "No meu quarto."

Prendi a respiração, imaginando Ian no quarto de Oliver. Deitado na cama, sem vida. Apenas a casca dele, dessa pessoa que um dia eu amei. Com quem havia me importado, por ainda mais tempo.

Balancei a cabeça. Se Ian tinha a casa só para si, por que havia escolhido ocupar o quarto de Oliver? Não conseguia imaginar aquilo acontecendo. Ele adorava aquele espaço do andar de cima, e eu encontrei a jaqueta dele lá...

"Oliver, você tem certeza de que foi Ian que lhe enviou aquele e-mail?"

"O que você tá querendo dizer?", disse Grace.

"Quero dizer que alguém usou o celular do Ian para me trazer aqui. Alguém me mandou uma mensagem do número dele, e depois eu encontrei o celular dele na beira da praia."

Alguém arquejou. O silêncio pairou no ar enquanto todo mundo absorvia minhas palavras.

Todos e cada um de nós havíamos sido atraídos para aquele lugar.

"O quê?", Hollis finalmente reagiu, incrédula.

"Só descobri depois. Sabe o número que mostrei para vocês? Aquele que tinha me mandado uma mensagem? Era do Ian. E o celular dele estava na praia."

Escurecia, e eu podia sentir o medo crescer na sala. Como se estivéssemos presos à beira de um rio, ao redor de um sinalizador que se apagava aos poucos.

O fato de as luzes da casa estarem acesas não ajudou em nada a aliviar o meu pânico crescente. Éramos como um farol na noite — indicando não salvação, mas sim uma armadilha.

"Pensei que fosse um suicídio", Oliver disse, engolindo em seco. E o que ele havia deixado nas entrelinhas? Que Ian queria garantir que Oliver o encontrasse. Um fardo muito pesado de se carregar.

"Você consegue verificar de qual endereço de e-mail ele te escreveu, Oliver?", Grace perguntou, mas antes que terminasse, Oliver já estava balançando a cabeça.

"Eu deletei", Oliver disse. "Apaguei. Não queria que existissem provas capazes de me ligarem a..."

"A câmera. Será que tem algum jeito de saber quem é que tem acesso a ela?", Hollis perguntou.

Josh negou com a cabeça. "Não. Quer dizer, a única coisa que poderíamos verificar é se alguém tá usando o mesmo wi-fi..."

"Então quem é que tá vigiando a gente, porra?", Brody perguntou, prestes a perder o controle.

"Oliver", Grace interrompeu, aparentemente da forma mais calma possível, embora eu pudesse sentir a tensão em sua voz. "Quem mais tem acesso a esta casa?"

Ele balançou a cabeça, como se pensasse numa resposta. "A companhia de limpeza. Provavelmente a antiga imobiliária que costumávamos usar quando a casa estava aberta para locação. Faz anos que eu não mudo o código da porta, nunca achei que houvesse motivo para isso. Não tem nada de valor aqui..."

"Mesmo assim", Josh disse, "provavelmente foi alguém próximo." Na hora de resolver problemas, ele era bastante sensato. O lado que, provavelmente, utilizava sempre que trabalhava em um julgamento.

Alguém próximo.

Naquele exato momento, fui tomada por calafrios ao pensar em Will. Considerei o fato de ele ter estado por perto quando encontrei o celular de Ian; de ter aparecido justamente quando o pneu da minha bicicleta furou. A bicicleta que funcionava normalmente até eu entrar na loja. E a maneira como parecia à procura de informações na viagem de volta, arrancando-as sutilmente de mim.

Ao me mostrar aquela manchete no bar, perguntando-me sobre ela, Will demonstrou saber muito mais sobre nós do que eu julgava ser possível.

"Sinto que alguém esteve aqui dentro", Hollis disse. "Vasculhando nossas coisas..." Ela olhou rápido para Grace. "Achei que fosse você... que andava mexendo nas minhas malas."

Grace não fez objeções à acusação, apenas sacudiu a cabeça com firmeza. "Não fui eu."

O olhar de Josh se voltou para a escadaria. Lembrei-me da porta deixada aberta no andar de cima, do som de passos no deque, que supus serem dele, à noite — embora pudessem ter vindo de qualquer pessoa.

"Alguém está nos vigiando", eu disse.

"Alguém do camping", Brody disse. "Essa pessoa pode ter vindo de lá. É perto o suficiente, se alguém pegar o caminho das rochas..."

Os olhos de Oliver encontraram os meus, e percebi que estávamos nos lembrando da mesma coisa. Da noite em que aquela luz oscilando na praia tinha nos atraído para fora, e depois foi se afastando na direção do acampamento. O mesmo lugar onde Amaya tinha decidido ficar...

"Amaya viu alguém", falei. "Ela contou pra gente, naquele primeiro dia, que tinha visto alguém na praia."

Vi Josh estremecer. Perguntei-me se ele também se lembrava de como havia descartado o que ela disse, debochando dela ao responder: *É uma praia, as pessoas costumam frequentá-la...* Menosprezando-a.

"Ela estava completamente sozinha lá fora", ele disse, com a voz baixa e rouca. Imaginei Amaya no acampamento, acreditando ter escapado de alguma coisa — e, de repente, vendo-se em perigo.

Naquele instante, tudo vinha à tona. Nós tínhamos sido sempre tão cuidadosos e silenciosos... Não estávamos dispostos a acusar, para não sermos acusados em troca. Havia um equilíbrio, e maneiras demais de perdê-lo.

"Talvez seja *ela*", Brody opinou. "Ela disse que estava no camping... Talvez tenha ficado por perto, para ficar de olho na gente..."

"Acho que não", respondi. "Acredito que ela viu alguma coisa, ou alguém, e fugiu."

"Bom, se ela realmente fez isso, nem se preocupou em avisar o resto de nós. Por isso, me desculpe, mas acho que é ela que está por trás disso tudo", disse Brody.

No entanto eu achava que nem Josh acreditava mais naquilo.

Tirei o bilhete da bolsa. Com letras de forma, dobrado como um cartão. "Ela deixou isto no nosso quarto."

FUJA AGORA!

Observei cada um deles, enquanto levavam algum tempo para absorver a informação.

"E você achou que não era importante compartilhar isso com a gente?", Hollis perguntou, agarrando o papel. Seus olhos azuis se arregalaram, havia olheiras escuras visíveis embaixo.

"Acabei de encontrá-lo. O vento deve ter varrido o bilhete para debaixo da cama. E eu não sabia de quem ela estava fugindo."

"E ela só se preocupava com você?", Brody perguntou, como se a ideia fosse muito ridícula. "Ela não disse nada quando mandou uma mensagem mais tarde naquele dia?"

De súbito, Oliver deu uma risada baixa e surpresa. "Ah. Você achou que ela estava fugindo de um de nós?"

Não respondi o óbvio. Claro que sim.

Mas bastava pensar em todos os segredos que havíamos guardado. Ian, encontrado morto naquela casa. Oliver, que tinha achado o corpo, e fora a última pessoa a se comunicar com ele. A relação secreta de Josh e Amaya, e o que havia acontecido para que ela decidisse deixá-lo. E aqueles segredos eram apenas os que tínhamos forçado a sair. Eu sabia, lá no fundo, que havia muito mais.

Eles passaram o bilhete, de um para o outro, como se alguém fosse capaz de ver nele algo que os outros haviam deixado escapar.

Por fim, o bilhete chegou à mão de Josh. Ele ficou analisando, com o cenho franzido. Então bateu com o papel na mesa, fazendo-nos pular de susto. "Não tenho certeza se esta é a letra dela", ele disse. "O que vocês acham?"

Em alguns aspectos, sabíamos muito sobre o grupo, mas em outros, não conhecíamos quase nada. Será que Amaya já havia escrito um bilhete para mim antes? Ela já havia escrito um bilhete a Josh?

"Como é que podemos saber?", perguntou Brody, e Josh ficou parado, olhando para mim.

A compreensão do que estava acontecendo foi surgindo lentamente: talvez o bilhete não tivesse sido deixado por Amaya, mas, sim, *para* ela.

FUJA AGORA!

Escutei a voz dela ecoando, vindo daquela noite, há muito tempo. Um som visceral, atravessando a barreira do tempo. *Temos que sair daqui agora!*

Alguém estava próximo. Alguém nos vigiava.

Eles também foram atrás de você?

Já não era a voz suave de Amaya que sussurrava em meu ouvido.

Em vez disso, era uma ameaça. Uma ameaça que a tinha impelido a fugir.

"Tô indo embora daqui", eu disse, virando-me na direção das escadas.

Oliver agarrou meu braço quando passei. "Vamos embora amanhã de manhã", ele falou, como se estivesse no comando.

"Eu vou agora", respondi.

"Não é seguro sair neste momento. E a estrada tá fechada. A gente não tem para onde ir."

"Não me interessa", insisti.

Como é que eles podiam escolher continuar ali, quando tudo dentro de mim implorava para que eu fugisse?

"Temos que ficar juntos", disse Oliver, elevando a voz. Aquela semana toda ele havia tentado nos manter em grupo, nos transformar em uma matilha. Como se houvesse poder nos números. Sim, ele tinha percebido o perigo desde o início. "Nós sobrevivemos", acrescentou, "porque permanecemos juntos"

Balancei a cabeça. Como é que ele podia esquecer? Refazer a nossa história, eliminar as pessoas que não tinham conseguido escapar? As que *deixamos para trás*?

"Então venham comigo", falei. Eu não podia continuar ali, naquele lugar onde Ian havia morrido. Não podia ficar, pois Amaya também havia partido e eu havia encontrado um bilhete em nosso quarto, além de uma câmera instalada para nos vigiar. Como é que podiam querer continuar naquele lugar? Olhei de um para o outro, para cada um deles, esperando. Eu me lembrei mais uma vez daquela noite, de Amaya dizendo: *A gente tem que se mexer. A gente tem que sair daqui.* A atração de suas palavras. A força delas. Uma decisão na qual eu já acreditava, do fundo do meu coração, mas que precisava que outra pessoa tomasse por mim.

E, no entanto, naquela noite, um por um, eles desviaram o olhar. Quando me virei para subir as escadas, eu estava sozinha.

Arrumei minha bagagem o mais rápido possível. Coloquei o colar em volta do pescoço, meu laço com meu lar, uma promessa de futuro. E então, por instinto, liguei para Russ. Queria que alguém soubesse onde eu estava. Queria confessar. Afinal, o que eu tinha a perder?

"Oi, Cassidy", ele atendeu feliz, como se eu tivesse lhe feito uma surpresa.

"Eu menti", eu disse, com voz trêmula e desesperada. "Me perdoe, eu não estou em Nova York. Estou em Outer Banks."

Houve um instante de silêncio, enquanto Russ processava minhas palavras. "Onde?", ele perguntou, como se precisasse de mais uma confirmação.

"Em Outer Banks. Venho aqui há anos. É uma longa história. É uma promessa feita para um grupo de pessoas que conheço há mais de uma década." Fiz uma pausa. "Me desculpe por não ter contado antes. Não sabia como explicar... Mas preciso sair daqui."

Mais uma pausa longa, enquanto eu considerava todas as minhas opções. Joguei a mala sobre a cama.

"Cassidy... Não tô entendendo. O que tá acontecendo?"

"Eu não sei. Não sei, mas tem algo de errado, alguém tá nos vigiando..."

Eu começava a perder o foco, a perder o rumo da conversa. Comecei a jogar minhas coisas dentro da mala, tentando não pensar em nada do que estava acontecendo. O celular de Ian. A jaqueta de Ian. "Não importa", eu disse.

A linha emitiu um estalido, como se estivéssemos perdendo a conexão. "Não tô entendendo o que você está falando, Cassidy. Mas, não importa onde você esteja, eu posso ir até aí. Posso entrar no carro agora mesmo."

Fechei os olhos. Era o que eu sempre havia desejado, o que sempre havia esperado. Que alguém me escolhesse. Que alguém escolhesse me salvar.

"Não, tá tudo bem. As estradas estão um caos. Você não vai conseguir chegar... Eu só queria que você soubesse a verdade. Vou voltar pra casa. Vou sair daqui assim que as estradas forem desbloqueadas."

Empacotei os artigos de higiene em seguida, depois os carregadores, desconectados de seus cabos.

Outro estalido na linha, como se eu estivesse distante demais — em outro mundo, outra dimensão. "Você tá me assustando, Cassidy."

"Vou te explicar tudo assim que chegar em casa. Prometo." Em seguida, eu desliguei, a conexão foi interrompida.

Terminei de jogar todas as minhas coisas dentro da mala. Fiz o que deveria ter feito desde o início, desde o momento em que Amaya partiu. Desde quando o celular de Ian veio parar em minhas mãos.

Peguei as chaves do carro, passei a mala pelo ombro e abri a porta.

Grace estava parada diante do meu quarto, com os olhos arregalados. Segurava uma bolsa em uma das mãos e tinha uma mochila nas costas. "Por favor", ela disse, olhando em direção ao corredor. "Me tira desta porra deste lugar."

"Com prazer", respondi. Grace não tinha carro. Nos últimos anos, ela costumava voar até o aeroporto mais próximo, a mais de uma hora de distância, e depois pagava uma viagem caríssima de táxi até a casa.

Grace parou diante da entrada do quarto amarelo antes de descer as escadas. "Hollis", ela chamou, mas Hollis estava empoleirada na cama, olhando pela janela. "Hollis, vamos logo, a gente tá indo."

Grace lidava com Hollis da mesma forma que costumava lidar com Clara, guiando-a, dirigindo-a, exercendo o poder de quem tinha a personalidade mais dominante.

"Não quero dirigir nesse tempo", Hollis respondeu.

"Então vem com a gente", Grace insistiu. "Deixe o carro aqui. Depois você vê como faz pra buscar."

Mas Hollis não era fácil de manipular. "Vou amanhã, com o resto do grupo."

Nós a deixamos ali, depois passamos pelos rapazes, ainda reunidos no andar de baixo ao redor da mesa da sala de jantar com a câmera no meio deles, como se estivessem fazendo uma reunião secreta.

Ao passarmos, eles interromperam sua discussão para nos observar.

"Não façam isso", Brody disse, enquanto nos dirigíamos para a porta de saída. "Não é seguro."

Parei diante da porta. "Vocês também deveriam ir embora. Agora mesmo."

Mal chegamos ao fim da estrada de terra, e já comecei a duvidar da minha decisão. Se não conseguíssemos sair da cidade, estaríamos presas ali sem outras opções. No entanto, ter Grace ao meu lado me impelia a seguir adiante. Ela também compreendia que estávamos em perigo. Ela também havia decidido partir.

Passamos pela placa que sinalizava que, mais adiante, a estrada estava fechada. Depois de avançar um pouco, consegui ver as barreiras à frente. Estacionei quase encostada ao bloqueio, como se quisesse chegar o mais longe possível.

Havia duas cancelas cor de laranja com riscas brancas sendo mantidas no lugar por sacos de areia. Uma placa havia sido colocada em ambas — RODOVIA INTERDITADA —, para o caso de isso não estar suficientemente claro. Havia um trator estacionado ao lado da estrada, no limite das dunas.

Uma névoa fina pairava no ar, visível sob os faróis. Um túnel de escuridão serpenteava entre as dunas, seguindo, ao longe, até sair do nosso campo de visão.

"Will disse que desbloquearam a maior parte da estrada", falei.

"Bem", Grace respondeu, respirando fundo. "Só tem um jeito de descobrir."

Ela saiu do carro, e eu a segui em silêncio. Não foi difícil mover as cancelas, sobretudo em duas pessoas. Liberamos a faixa da direita. Uma escuridão imensa despencou sobre nós.

De volta ao carro, liguei os faróis altos e atravessei lentamente o bloqueio. Não paramos nem uma vez, nem mesmo para botar a barreira no lugar.

Sabíamos como escapar...

É preciso fugir quando se tem oportunidade. E nunca olhar para trás.

Nenhuma de nós falou enquanto atravessávamos a seção interditada da pista que liga Outer Banks à cidade vizinha, onde estão as pontes que nos levariam de volta ao continente, sem saber o que encontraríamos pelo caminho ou se ficaríamos presas no meio dele. Havia uma areia grossa sob os pneus, como se estivéssemos dirigindo por um pedaço de praia que houvesse invadido a estrada. No entanto, como eu conseguia distinguir as marcas de pneus do trator que provavelmente havia passado antes, tentei seguir o mesmo caminho, sentindo-me reconfortada ao notar as faixas escuras de asfalto visíveis debaixo daquelas marcas.

Por fim, chegamos a outro conjunto de cancelas, e Grace e eu repetimos o processo e desbloqueamos o outro lado da pista.

Estávamos livres. Tínhamos conseguido.

Grace começou a rir quando entramos na cidade seguinte. "Nunca pensei que fosse ficar tão feliz ao ver aquela barraca de peixe à beira da estrada. E olha só para mim agora."

"E olha só para nós", concordei, passando pelas janelas escuras do quiosque.

Pouco antes da primeira ponte, um conjunto de faróis apareceu no espelho retrovisor. Grace se virou no banco do passageiro. "Você acha que algum deles decidiu nos seguir?", perguntou.

"Acho que eles teriam avisado", respondi.

Grace verificou o celular, com o cenho franzido.

O carro continuou atrás de nós enquanto atravessávamos a ponte. Eu não conseguia parar de olhar no retrovisor, mas não havia muitas opções de estradas por ali. Se alguém estivesse saindo da cidade, teria de nos seguir durante quase todo o percurso.

Tentei relaxar contando as pontes, uma a uma, traçando o nosso caminho de volta para casa. Depois da última ponte, havia uma longa rodovia cercada de pântanos por todos os lados. Parei abruptamente no primeiro posto de gasolina que encontrei, então observei para ver se o carro que vinha atrás de nós continuava na estrada. Reparei que Grace também seguia o carro com os olhos.

Tentei me livrar da paranoia — afinal, havíamos escapado. Estávamos livres. Enchi o tanque antes de entrar no carro de novo e me sentar ao lado de Grace.

"Para onde você quer ir?", perguntei. Ela tinha voado para lá saindo de Atlanta, mas o aeroporto ficava na direção oposta à que eu pretendia seguir, e eu tinha certeza de que a tempestade havia bagunçado tudo, transformando os horários num caos. Provavelmente, Grace não conseguiria nenhum voo para aquela noite.

"Vamos para o lugar mais longe que pudermos", ela respondeu.

* * *

Grace se ofereceu para dirigir um pouco, por isso trocamos de lugar uma hora depois; a escuridão da noite e a monotonia da paisagem compunham uma calmaria perigosa.

Começou a escurecer, e a estrada estava mal iluminada e vazia, exceto pelo único carro que aparecia vez ou outra em nossos espelhos retrovisores e desaparecia em seguida.

Devo ter cochilado no banco do passageiro, porque despertei assustada, com uma luz repentina nos olhos e o som de uma porta se fechando.

Eu estava sozinha no carro, mas as chaves permaneciam na ignição, o motor ligado. Fui me orientando lentamente — um estacionamento vazio, uma loja de conveniência — e percebi que havíamos parado em outro posto de gasolina.

Estávamos sozinhas no posto, com exceção de um outro carro estacionado na lateral da loja, que provavelmente pertencia a alguém que trabalhava lá dentro.

Podia ver Grace no interior da loja, falando com o homem atrás da caixa registradora enquanto ele passava suas compras. Ela checou o celular enquanto caminhava em minha direção, depois sorriu quando abriu a porta e viu que eu acordei.

"Tem um bom lugar para a gente se hospedar. Fica a uns oito quilômetros de distância. O que acha de a gente ir para lá?"

Era quase meia-noite, e estávamos longe o suficiente da praia, a ponto de eu não conseguir mais ouvir o barulho do oceano ou sentir o cheiro da maresia no ar.

Ninguém sabia onde estávamos. Dei uma olhada no celular, mas ninguém havia entrado em contato. Era um tipo diferente de isolamento, um tipo diferente de segurança.

"Sim", respondi. "Bom plano."

ANTES

TERCEIRA HORA

GRACE

Grace portava a faca.

Algo não estava certo, e ela parecia ser a única a perceber.

Os colegas de classe que haviam escapado da primeira van tinham acabado de se unir ao grupo, mas eram apenas três: Ian, Josh e Cassidy. Muitos outros continuavam desaparecidos.

Tantos que, àquela altura, poderiam estar — e provavelmente estavam — mortos. E o mais estranho é que ninguém parecia estar se perguntando *por quê*.

Da segunda van, onde Grace havia viajado, quase todos tinham sobrevivido ao acidente — o veículo saiu da estrada, caiu na água e depois parou abruptamente, preso num canto de rocha numa curva do rio. Todos haviam sobrevivido, exceto uma pessoa: o motorista, o sr. Kates.

Ela continuava tentando encontrar sentido naquilo tudo: a van tinha batido e o sr. Kates estava morto. Ou — e era isso que a preocupava — havia sido o contrário? Teria lhe acontecido algo primeiro? O seu professor favorito, o único adulto que ela acreditava ser capaz de compreendê-la de verdade?

O sr. Kates não era muito mais velho (tinha cinco anos a mais, ela mesma havia perguntado) e parecia estar naquele mesmo espaço nebuloso e intermediário que Grace. O jeito como ria das piadas dos alunos, o modo como usava calças jeans com blazer e os mesmos tênis que metade dos meninos da sala, a maneira como passava a mão, quase de forma inconsciente, pelo cabelo cacheado quando não tinha certeza de que resposta dar, como se ainda tentasse descobrir o que dizer. Ele entendia como os jovens se comunicavam — como enxergavam o mundo.

Sempre que falava, ele a encantava.

Grace estaria mentindo se dissesse que o professor não era o motivo para que tivesse resolvido participar da viagem.

E ela havia começado a se perguntar se não fora a única.

Na semana anterior, Ben tinha levantado a mão e perguntado por que continuavam a ler *todas essas merdas sombrias* — de uma forma que parecia ter sido planejada para incitar uma reação. Ele estava sempre testando os professores, tentando contestar a autoridade deles. Era inteligente, mas um babaca — uma combinação perigosa —, e adorava uma plateia. Seus pais eram membros da diretoria, e todo mundo sabia disso. Se havia um limite, Ben ainda não o tinha encontrado.

No entanto, o sr. Kates mal olhara na direção dele. Sua voz deslizou pela sala, um bálsamo para a alma de Grace. *Porque há escuridão dentro de todos nós.* E seus olhos passearam por toda a sala de aula até pousarem em Grace. Era como se pudesse enxergá-la por dentro.

Foi o que ela escreveu em seu diário, e em vez de o sr. Kates a ignorar, ou rotular como *isso é coisa de adolescente*, ele tinha circulado o trecho e escrito: *Mais.* Ele sempre deixava pequenas notas de encorajamento nas margens do caderno dela: *sim* e *bom* e *se aprofunde*, e ela o obedecia.

Grace sempre havia sido capaz de enxergar as partes mais obscuras das pessoas. Ela se sentia como um ímã, como se a escuridão a procurasse. Como se pudesse ver dentro do coração dos outros, todas as coisas não ditas em que pensavam, ou imaginavam, e algo dentro dela os atraía para mais perto. Algo dentro dela os encorajava, prometia-lhes, *eu não vou contar para ninguém.*

Até Clara, que parecia ser feita só de luz.

Era como se Grace fosse um buraco negro, e quanto mais as pessoas se aproximassem, mais perversas se tornavam. Começara a achar que talvez fosse ela quem se sentisse atraída por isso, em vez do contrário. Talvez aquela coisa que ela conseguia sentir nos outros correspondesse somente a um anseio em si mesma.

Havia escrito sobre tudo isso em seu diário, como se fosse um confessionário, em vez de uma lição de casa valendo nota. E então lá estava ele, segurando-lhe a porta aberta.

No entanto, quando ela se demorou depois da aula naquele dia, como sempre fazia, foi Ben que o sr. Kates chamou para ficar mais um pouco. *Precisamos falar sobre isto*, ele havia dito, indicando o trabalho semestral de Ben sobre a escrivaninha.

A escola era bem rigorosa quanto ao próprio código de honra. Os alunos tinham uma única chance de ser aprovados. Aquele era o último semestre do último ano, e Grace viu o sr. Kates passando a mão pelo cabelo, como se não tivesse certeza do que fazer.

E então, além de Ben *não* ter sido expulso, ele também tinha comparecido à excursão — por que ele estava naquela viagem, se não por causa disso? Sentava-se na parte da frente da van, e o sr. Kates foi a única pessoa que não conseguiu sair com vida do acidente. Havia sangue demais. Vermelha de sangue, a água rodopiava sob o brilho dos faróis.

Algo estava errado. Como é que mais ninguém percebia? No entanto, ao que tudo indicava, somente Grace era capaz de ver as partes mais sombrias das pessoas. Só Grace parecia ter consciência do que podiam fazer.

Os outros continuavam a falar de um cervo, que ela não tinha visto, pois estava muito escuro — será que havia alguém olhando para a estrada mesmo?

O que ela viu foi Ben discutindo com o sr. Kates no bosque, quando fizeram uma parada antes do acidente. Os dois eram do mesmo tamanho; fora da escola, longe da ordem estruturada das coisas, havia um nivelamento de posições. Eles eram apenas dois homens, de 18 e 23 anos, em lados opostos de uma divisão fabricada. Entretanto, em vez de presenciar uma luta, Grace ouviu uma súplica. Parecia que Ben implorava. *Olha, eu refaço tudo. Juro, eu faço tudo o que...*

E o sr. Kates o interrompendo: *Quando voltarmos, você pode conversar com a diretora e ver se ela está interessada na sua proposta.*

Quando o sr. Kates se virou para ir embora, Ben agarrou o ombro dele e disse, muito claramente: *Acho que você não quer fazer isso. Todo mundo vê o jeito como olha para Grace Langly. Tenho certeza que a diretora também estaria muito interessada nisso.* A voz dele, ameaçadora, ecoou pela noite.

Naquele momento, Grace sentiu algo se agitando. Uma adrenalina terrível, a descida de uma montanha-russa, o momento sem peso na subida mais alta de um balanço. Depois, um barulho soou à sua esquerda, o estalar de um ramo, de um animal na floresta, e os dois homens se viraram naquela direção. Mas a única coisa que viram foi Grace, parada ali, encarando-os de volta.

Ben abriu um sorriso largo, como o Gato Risonho da Alice, e o sr. Kates disse algo baixo demais para ser ouvido. Logo em seguida, Clara chamou seu nome lá da estrada.

Quando voltaram à van, Ben se sentou logo atrás do banco do motorista, de modo que seus olhos podiam encontrar os do sr. Kates no espelho retrovisor. Grace estava nos fundos, com Clara. Ela não sabia, de fato, o que realmente havia acontecido entre eles quando Brody entrou e fechou a porta.

Onde está Hollis?, o sr. Kates perguntou.

Na outra van, Brody respondeu, e Clara arregalou os olhos para Grace, com compreensão secreta.

Grace sempre se perguntara o que teria atraído Brody à aluna nova. Ela e Clara tinham discutido aquele assunto muitas vezes.

Mas agora, tudo isso parecia ter ocorrido há séculos. O acidente aconteceu poucos instantes depois. Agora eles existiam em outro período.

Agora tudo era escuridão. E essa escuridão envolvia Grace, envolvia a todos.

Grace não conseguia abandonar aquela hipótese... Quanto mais tempo passava, mais parecia ser a única explicação lógica para o que havia acontecido. E, com sua presença, ela havia colocado tudo aquilo em movimento.

O sr. Kates havia morrido. Estava morto. Ela tinha visto o sangue na água — a coisa mais escura que já tinha visto — e sentiu algo se desligando dentro dela, os soluços se apoderando de seu corpo.

Tinha observado os outros saírem da van, um por um, e depois ajudou a carregar Trinity e Morgan, que não conseguiam andar por conta própria. Então observou o grupo retirar a bagagem da van, enquanto a água à sua volta ficava cada vez mais profunda, até que a van ganhou leveza, presa entre rochas e uma árvore caída, flutuando, e o rio continuava a se mover à sua volta.

Em meio a tudo isso, Grace observava. Ouviu a própria voz chamando o professor, inutilmente, aguardando que algo diferente acontecesse. Esperando um milagre. Como se, por uma vez, no lugar das trevas, fosse a luz a encontrá-la.

Ela observou enquanto Cassidy, Josh e Ian se juntavam ao grupo — ninguém mais parecia ter sobrevivido na outra van. Ela observou enquanto Brody implorava, com a voz aguda de pânico, trêmula de desespero: *Cadê o resto das pessoas? Onde tá a van?*

Ninguém queria reconhecer a verdade.

Ela continuou observando, anestesiada, enquanto Amaya puxava de uma das malas uma faca que Oliver alegava pertencer a ele. Grace se perguntou por que aquela faca estava ali, o que aquilo *significava*, por que Oliver a trouxera para a viagem. Pensou em todas as coisas tenebrosas que as pessoas poderiam fazer com uma arma.

Observou quando Jason pegou a faca emprestada de Oliver e a usou para cortar fora os cintos de segurança, a fim de confeccionar uma tipoia para Ian.

Ele a colocou no chão só por um instante, ao tentar amarrar um torniquete ao redor da perna de Trinity, e foi tempo mais que suficiente para que Grace conseguisse pegá-la.

"Ei", Oliver estava parado diante dela agora, com a lanterna iluminando seus olhos. "Você viu minha faca?"

Grace sacudiu a cabeça, ainda que sentisse a lâmina no bolso de trás dos jeans, pressionada contra sua pele.

Clara a observava atentamente, e Grace se perguntou se a amiga teria visto quando ela pegou a faca.

Preferiu ignorar o olhar inquisidor da amiga. "Vamos", chamou. Amaya pedia ajuda para organizar o restante dos suprimentos. Qualquer coisa que pudessem encontrar e que servisse de ajuda.

No entanto, toda vez que fechava os olhos, Grace via o sr. Kates, seus olhos cintilando no bosque. E depois, Ben, com aquele sorriso amplo e assustador, dentes brilhando à luz da lua.

E agora estava presa. Todos presos. E o sr. Kates, morto.

Estava tudo espalhado diante deles: uma série de cabos extensores para bagagem; um estoque de doces, barras de cereais e salgadinhos; um baralho. E de um espaço escondido debaixo do chão do porta-malas, uma chave inglesa e um único sinalizador.

"Vamos guardar isso", Amaya sugeriu. "Para quando alguém puder realmente nos encontrar."

Guardaram as coisas de volta nas malas para protegê-las da água que subia e da neblina que umedecia o ar. Grace não sabia dizer se a neblina vinha do rio ou do céu.

"Grace?", ela ouviu aquela voz familiar e arrogante, logo atrás dela. "Pode me ajudar a vasculhar a van uma última vez?"

"A gente cuida disso aqui", Amaya respondeu, sem levantar a cabeça. "Vai lá."

Grace o seguiu em silêncio, sentindo uma vibração no coração, dentro de sua alma. Primeiro, sentiu medo; depois, ódio, cavando seu peito de dentro para fora. Era quase como se ele quisesse que ela visse qual dos dois havia vencido: *Olha, olha para ele agora. Olha só o que acontece no fim das contas.*

Ela queria berrar, mas conteve o impulso, forçando-se a permanecer totalmente calada. Em vez disso, visualizou a faca. Imaginou-a na sua mão, a escuridão buscando mais escuridão.

A porta de trás da van estava aberta, e o para-choque dianteiro fora pressionado para baixo, encostado ao tronco da árvore caída, embora a van continuasse se movendo com o ir e vir da correnteza, para cima e para baixo. O sr. Kates ainda estava preso ao banco da frente; àquela altura, completamente submerso.

Portanto, não, Grace não tocaria naquela água.

Ben foi à frente, entrou na parte de trás da van e subiu na última fileira de bancos.

Todo mundo vê o jeito como você olha para Grace Langly.

A ameaça implícita. O aluno podia arruinar a carreira do professor. Podia arruinar a sua vida.

O que será que o sr. Kates falou que ela não conseguiu ouvir? E Ben, sentado logo atrás dele na van... o que será que ele tinha *feito*?

Então, quando Grace ouviu o ranger do tronco, com Ben ainda dentro da van, ela não disse nada.

E ao ouvir o estalo do tronco, o jeito como a madeira apodrecida se partia em câmera lenta, ela continuou em silêncio, enquanto Ben segurava um par de fones de ouvido como se fosse um artefato encontrado em uma caça ao tesouro.

Quando o tronco finalmente cedeu, e a van meio que mergulhou, ela apenas deu um passo para trás.

"Puta merda, Ben! Sai daí!", Clara gritou, passando desesperada por Grace para tentar alcançar o veículo. "Sai daí agora!" A van ia se desprender da árvore, e Ben afundaria junto com ela, pois estava longe da saída. Grace podia quase contar os segundos até que acontecesse. "Grace, me ajuda!"

Mas ela apenas ficou ali, sentindo o aço da lâmina em seu bolso, atraindo-a cada vez mais. Ben mergulhou para a última fileira de bancos enquanto Clara esticava um braço. Seguindo seu exemplo, Cassidy e Amaya também se aproximaram e o agarraram, poucos segundos antes de o tronco ceder e a van desaparecer dentro do rio.

Faróis. Toda a fonte de luz. O sr. Kates. Tudo havia partido. Ela tirou a faca lentamente do bolso, apertando-a no punho.

"Você tá bem?", Clara perguntou. Grace não estava bem, mas Clara não falava com ela.

"Eu tô", Ben respondeu, quase sem fôlego. "Sim, acho que sim... Sim."

Grace estava paralisada. Não era mais ela mesma; era só uma casca. Sem peso e sem chão. Ela quase o viu morrer.

"Puta merda", ele disse. "Essa foi por pouco."

Clara pegou a mão de Grace no escuro. Olhou-a nos olhos, escuridão procurando escuridão, enquanto pressionava o ponto de pressão mais macio do pulso de Grace, até que seus dedos se abriram e Clara tirou a faca de sua mão. Ela não disse nada. Não precisava.

Em vez disso, olhou com olhos arregalados de Grace para Ben — de quem sempre gostara, por razões que Grace nunca fora capaz de compreender — como se pesasse a sua lealdade.

"O que aconteceu com a van, porra?", Brody perguntou. A escuridão fazia com que todos assumissem formas mais grotescas, transformados apenas em vozes descarnadas na noite.

"Foi levada pelo rio", Ben respondeu, ainda sem fôlego. "Quase me levou junto."

"O que você *fez*?", Grace sibilou, com uma voz baixa e assustadora, chamando a atenção de todos.

"*Nada*", Ben respondeu, olhando para o espaço vazio atrás dele. "Ela simplesmente... caiu."

"Não", Grace disse. "Antes. O que foi que você fez com o sr. Kates?"

"O quê?"

"Você fez alguma coisa com ele, e então nós batemos."

Ben recuou, erguendo as mãos. "Do que você... Grace, tinha um cervo na estrada. Ian viu, não viu?"

"É", Ian respondeu, devagar, mas sem firmeza nua afirmação, que não foi nem um pouco convincente. Então, naquele instante, Grace obteve certeza absoluta de que nunca houvera cervo algum.

"Por que você tá aqui, Ben? O que é que você tá fazendo *aqui*?"

"Por que *você* tá aqui?", ele retrucou como resposta. "Eu diria que é por causa de uma fantasia ridícula e doentia, mas o que é que eu sei sobre o que acontece na escola depois do horário da aula?"

"Ah, por favor! Vocês querem saber por que é que o Ben tá aqui?", Grace perguntou, erguendo a voz e se virando para o restante do grupo. "Porque ele ia ser expulso da escola. Ele colou no trabalho de conclusão e o sr. Kates descobriu... Eu escutei vocês discutindo lá no bosque, pouco antes de a gente bater. Eu ouvi o que você disse."

"E daí?", ele perguntou, também erguendo a voz para ficar à altura dela, como muitas pessoas fazem quando não têm mais nada a que recorrer.

"E daí que ele está morto e nós estamos presos aqui, e nossos amigos..." Ela gesticulou na direção da escuridão, na direção do rio. "Se *foram*. Por sua causa." Ela foi a primeira a dizer isso, a primeira a admitir a situação. E isso a fortaleceu. "Eu o conheço, Ben Weaver. Eu sei o que você fez."

E, pela primeira vez desde o acidente, a única coisa que ela conseguiu ouvir foi a própria respiração e o barulho da correnteza do rio. Algo acontecia. O silêncio se prolongou, e algo acontecia.

Ben riu, emitindo um som leve, rápido e nervoso. Eram as sombras da noite. A forma como ninguém conseguia se ver direito no escuro. "Você bateu a cabeça, Grace? Ou será que, finalmente, perdeu um parafuso?"

"Não fala com ela desse jeito", Clara interveio. Entretanto, Grace realmente se sentia com um parafuso a menos. Era como se, na ausência dele, algo tivesse finalmente se aberto. Uma barragem, um cerco, uma terrível clareza. Conseguia ver, literalmente, a escuridão pulsando. Ela fechou os olhos e viu o sr. Kates de novo, como na última vez em que olhou para ela, com aquela tristeza no olhar; uma expressão triste, como se soubesse exatamente o que estava por vir.

Meu Deus, será que o sr. Kates não sabia? Pessoas como Ben não podem ser provocadas. Até Grace havia pressentido aquilo. Havia algo realmente perigoso debaixo da superfície — tudo o que ele era capaz de fazer.

"Ele se foi", Grace disse, deixando escapar um soluço. "*Todos eles se foram.*"

A essa altura, ela já não conseguia mais enxergar Ben. Não conseguia ver nenhum deles. E tinha medo do que podia estar acontecendo nos lugares que não conseguia enxergar.

Ouviu alguém se engasgar com um grito, mas não sabia quem era. Ela havia sido a única a dizê-lo, a reconhecê-lo: o restante das pessoas naquela van, além de Ian, Josh e Cassidy... não havia sobrevivido. Nem a sra. Winslow. Nem Collin, nem Jenna, nem Bryce, com quem ela estudara desde o ensino fundamental. Nem Hollis, com os seus grandes olhos azuis, o seu cabelo cor-de-rosa nas pontas, uma visão radiante debaixo do braço de Brody.

"Grace, para com isso, eu não *fiz* nada", Ben disse, mas aquela frase saiu como uma súplica, exatamente como ouvira na floresta. Como se ele estivesse desesperado, tentando se agarrar a alguma coisa.

"Sim, mas agora a van desapareceu também", Josh disse, acrescentando outra camada de acusação.

Oliver ligou a lanterna, como se também pudesse sentir aquela escuridão pulsante que tentava dissipar. Ele moveu o facho de luz de um rosto a outro, sobre cada um deles. Fazendo as contas. Só haviam sobrado eles, então. Os mortos eram contados em sua ausência. Aquele grupo era tudo o que restava: os únicos sobreviventes.

"E agora?", Clara perguntou.

Oliver apontou a lanterna para a parede íngreme e rochosa do penhasco. Debaixo da lanterna, ela parecia se estender além do alcance da visão. Eles começaram a se mover, mas havia uma energia diferente, um silêncio diferente no ar.

A escuridão parecia uma coisa tangível.

Grace foi até os suprimentos na base da parede do penhasco, até a pilha que ela mesma havia organizado.

"Oliver, posso usar a sua lanterna?", ela perguntou. Estava escuro demais, e ela não conseguia ver nada.

Mas Oliver não parecia disposto a abrir mão dela. Em vez disso, agachou-se ao lado de Grace, iluminando com o facho de luz os locais que ela indicava.

Ela segurou o sinalizador para que ele o visse. *Duração de uma hora*, dizia, em letras garrafais.

"Devíamos perguntar aos outros...", ele começou, timidamente.

"Leia as instruções para mim", Grace o interrompeu.

Oliver lançou o foco de luz sobre o verso da embalagem, lendo as instruções em voz alta.

Suas mãos estremeceram enquanto ela seguia as orientações dele — a luz cegante do sinalizador se acendeu, tão brilhante que fez arder seus olhos, preenchendo sua visão de manchas que permaneceram por um longo período.

Grace segurou o sinalizador longe de seu corpo, vendo a fumaça vermelha rodopiando, subindo para o céu.

Ao menos havia uma luz.

Ela queria ser encontrada.

Tudo estava fora do seu controle.

Tudo, percebeu, naquele momento de clareza, sempre havia estado fora do seu controle.

E Grace pensou: seria castigada ou seria recompensada.

Viveria ou morreria.

Tudo estava fora do seu controle agora, mas, mesmo assim, ela sentia a escuridão se espalhando.

SEXTA-FEIRA

CAPÍTULO 16

Meu estômago afundou e minha cabeça girava, como se eu sonhasse com aquela estrada sinuosa. O modo brusco e nauseante com que a van desviou. A batida. A queda.

Acordei assustada, lutando para me orientar no tempo e lugar presentes. A cama parecia se mover, como se eu ainda estivesse à deriva na correnteza.

Já não estava no quarto verde-água do Remanso, e sim em um retângulo desconhecido e indefinido. O quarto de hotel, pouco iluminado, tinha duas camas de casal com lençóis rasgados e um ar-condicionado barulhento que soava como se houvesse uma peça solta lá dentro. E, mesmo assim, percebi que aquela havia sido a melhor noite de sono que tivera a semana inteira. Até Grace, mais próxima do ar-condicionado estridente, continuava dormindo, embora a luz do sol já entrasse pela fresta entre as cortinas pesadas, aproximando-se de seu rosto.

Tínhamos visto a placa do hotel logo na saída da autoestrada, indicando várias opções de *fast-food* acessíveis através do estacionamento.

Procurei o celular que carregava ao meu lado — àquela hora da manhã, ele estava programado automaticamente no modo "não perturbe". A tela mostrava seis chamadas perdidas de Russ e uma série de mensagens de texto de pessoas cada vez mais preocupadas. Entrei no banheiro e tentei retornar a ligação, mas caiu direto na caixa postal. Eu sabia que às sextas-feiras ele tinha a grade de aulas completa, então enviei uma mensagem rápida: *Parei num hotel a caminho de casa. Desculpe, primeiro estava dirigindo e depois dormindo. Até mais.*

Grace e eu desmaiamos assim que entramos no quarto; de exaustão, com os resquícios de adrenalina, em virtude do medo constante. Procurei o celular do Ian, enterrado no fundo da minha bagagem, como se pudesse ter desaparecido no meio do caminho — mas ele permanecia a salvo, em minha posse.

Nenhuma de nós tinha ligado para os outros. Era como se seguíssemos o mesmo dilema tácito: não sabíamos em quem podíamos confiar plenamente.

Por isso estávamos ali, escondidas em segurança, fora do radar por um tempo. Ainda assim, minha preocupação em relação à Amaya só aumentava. O celular dela continuava sem receber nossas mensagens. O fato de alguém vigiar a casa, enquanto Amaya continuava completamente sozinha, me perturbava imensamente. Era possível que ela tivesse se refugiado no hotel durante a tempestade, mas o fato de não ter dado notícias mesmo ciente da nossa preocupação simplesmente não era normal. Ela era muito cuidadosa conosco, por isso não parecia normal ela agir assim.

Todas as pessoas com quem eu queria falar, e isso era muito frustrante, pareciam inacessíveis.

Tomei um banho rápido. Quando saí do banheiro, Grace ainda não tinha se mexido, por isso me esgueirei para fora do quarto a fim de tomar o café da manhã gratuito prometido no *check-in*. Grace havia pagado pelo quarto duplo, então eu havia prometido levá-la aonde quer que ela decidisse ir naquele dia.

O saguão estava estranhamente calmo para uma manhã de sexta--feira perto do horário de pico. Os únicos ruídos vinham de um noticiário sendo transmitido no restaurante e da recepcionista digitando no computador.

Eu servia uma segunda xícara de café para levar a Grace, quando senti alguém parado logo atrás de mim, mexendo-se, impaciente, para frente e para trás. Afastei-me para dar à pessoa acesso ao café e olhei brevemente para o lado. Era um estranho, um homem com uma camiseta polo azul-escura esticada sobre a barriga, usando botas de trabalho e um boné de beisebol. Um sotaque suave saiu de sua boca quando ele disse: "Dia, moça."

Sorri e tentei relaxar, baixar os ombros, respirar fundo. Parte de mim esperava Oliver ou Joshua ou Brody. Até pensei em Will, com a memória dos faróis no espelho retrovisor nos seguindo para fora da cidade ainda fresca. Achava difícil me livrar da paranoia, mesmo do outro lado da ponte.

Repeti para mim mesma: *Conseguimos. Estamos a salvo.*

No elevador, me foquei na minha lista de tarefas essenciais para o dia: levar Grace para onde ela quisesse ir; voltar para casa. Qualquer outra coisa poderia esperar.

Com as duas xícaras de café equilibradas em uma mão só, passei a chave na porta do quarto, e depois dei de cara com Grace, que estava meio enfiada no closet ao lado da entrada.

"Oi!", ela me cumprimentou, animada demais. "Ah, esse café é pra mim?"

Mas me distraí ao perceber que ela estava perto da minha bagagem, aberta em uma das estantes do *closet*. "Procurando alguma coisa?", perguntei.

"Sim", ela respondeu, com um dos lados da boca puxado em um sorriso acanhado. "Sabonete. Acho que esqueci o meu, na pressa da noite passada."

"Tá no banheiro", respondi, mas ela não saiu do *closet*, tampouco se moveu para pegar a xícara de café que eu segurava.

Em vez disso, pigarreou e enfiou o braço na minha mala. "É esse aqui?", perguntou, tirando o celular de Ian, como se ele estivesse à mão, quando na verdade estava soterrado sob uma enorme camada de roupas.

O fato de ela ter pegado o celular me fez pensar que talvez estivesse procurando especificamente por ele.

Engoli a saliva, assentindo, desejando pegá-lo de volta desesperadamente.

"E você simplesmente o encontrou? Jogado na praia?", ela o virou entre as mãos, olhando para a tela nova, para os arranhões no verso.

"Sim", respondi. Coloquei as xícaras na prateleira mais próxima, com as mãos coçando de vontade de tomá-lo dela.

Ela franziu o cenho. "Andei pensando nisso. Sobre o motivo de alguém ter decidido ficar com ele... ou se, de alguma forma, foi deixado para trás... Sei lá." Ela encolheu os ombros, embora mantivesse os olhos fixos nos meus.

Deixado para trás. Ou seja, quando Oliver removeu o corpo de Ian. Senti um arrepio, uma onda violenta de náusea, ao imaginar Ian, naquela casa, no quarto de Oliver. Morto.

E agora Grace parecia questionar se eu achava possível que o celular houvesse sido deixado na casa três meses atrás, para que mais alguém o encontrasse, ou que alguém o tivesse levado consigo após a morte de Ian, e depois o trazido de volta. De qualquer forma, aquela pessoa sabia exatamente o que tinha em mãos.

"Oliver?", perguntei. Ele corria riscos, tanto nos negócios quanto na vida. Vencera em todos os quesitos, pois nunca hesitara em fazer grandes jogadas. Será que aquilo tudo não era só mais um risco que Oliver achava que valia a pena correr?

Grace inclinou a cabeça. "Não sei", ela respondeu, lentamente. "Só sei que eu precisava sair daquela casa. Você conseguiu acessar alguma coisa no celular?"

"Não", respondi. "Ele não funciona tão bem." Pigarreei. "Só recebe e envia mensagens e ligações. Todo o resto pede uma senha."

Ela suspirou. "Queria saber o que Ian fazia aqui." Ela virou o celular de novo e, então apertou o botão de ligar, como se quisesse tirar a prova por si mesma.

Meus ombros se contraíram, os olhos ardiam com as lágrimas. "Como eu disse, ele não funciona tão bem." Peguei o celular da mão dela, aliviada ao perceber que Grace não oferecia nenhuma resistência.

"O que você vai fazer com ele?", perguntou.

"Ainda não sei."

Ela arregalou os olhos e se aproximou mais. "Cuidado, Cassidy. Se alguém descobrir que você está com esse celular, a primeira coisa que vão perguntar *é por quê.*"

Ela me encarou fixamente, até que eu desviasse o olhar. Grace havia acabado de me mostrar o quanto tudo aquilo soava improvável. *Encontrei o celular na praia. Três meses depois da morte de Ian.*

Não gostei do jeito que ela me questionava, como se desconfiasse de mim. Aquele era o modo sutil com que fazíamos acusações, nunca de forma direta, sempre nas entrelinhas. *Cuidado, Cassidy.*

De repente, eu já não queria mais ficar naquele hotel no meio do nada, quando ninguém sabia onde eu estava. Exatamente como a paranoia que senti ao descobrir aquela câmera e perceber que alguém andava nos vigiando.

Fechei minha mala e esperei que Grace se afastasse.

"Já resolveu onde quer que eu te deixe?", perguntei.

Finalmente, ela recuou, indo em direção à porta do banheiro.

"Na verdade, eu estava pensando... Estamos a apenas duas horas de casa."

Casa, ela disse, como se fosse tanto minha quanto dela. A pequena cidade de Long Brook, reivindicando nossa presença.

"Se estiver no seu caminho, tudo bem se eu quiser ficar na casa dos meus pais? Posso decidir o que fazer de lá", ela disse, por fim.

"Claro", respondi, apesar de ter começado imediatamente a ouvir um zumbido nos meus ouvidos.

Fazia tempo que eu não voltava para lá. Desde que os meus pais se mudaram, quando eu cursava o primeiro ano da faculdade. Mesmo assim, Long Brook não ficava muito longe do caminho; menos de duas horas da cidade onde eu morava agora, ao sul de Charlotte.

"Fico pronta em dez minutos", Grace disse, fechando a porta do banheiro.

Tão logo ouvi o som do chuveiro, pluguei o celular de Ian ao meu carregador. Perguntei-me por que é que todas as mensagens e chamadas anteriores haviam sido apagadas. Pensei que aquilo fazia parte do plano de Oliver; uma forma de apagar as provas de seu envolvimento, onde quer que estivesse — fotos, textos, registros de chamadas. Quantos segredos Oliver estaria guardando?

Logo depois que ela desligou o chuveiro, guardei o celular na mala de novo, verificando duas vezes as tomadas para ver se havia deixado algum cabo para trás.

"Você tá pronta?", Grace perguntou um minuto depois, pegando suas coisas.

"Tudo pronto", respondi.

* * *

Do estacionamento, podíamos ouvir o som dos carros na rodovia. O ar era muito mais denso no interior, com uma umidade que penetrava nas árvores, um calor absorvido pelo asfalto.

Sob o sol da manhã, a luz brilhava na superfície da estrada como água. Éramos cúmplices dessa miragem e nos dirigíamos diretamente a ela.

Naquele trecho vazio da pista, eu tinha a sensação de conseguir enxergar o mundo todo.

Grace passou metade da viagem olhando para fora, com a testa apoiada na janela do passageiro, e a outra metade, mexendo no celular.

"Alguma notícia dos outros?", perguntei, ao perceber que ela checava o celular de novo.

"Não. Mas se estiverem todos dirigindo, acho que provavelmente não vamos ter nenhuma notícia..."

Mesmo assim, ela parecia preocupada o bastante para continuar checando o celular. Lidava com a situação exatamente como eu: com calma e cuidado.

"Grace", comecei, com cautela. "Será que mais alguém sabe? Sobre os outros, digo?"

Enquanto falava, eu esperava que ela fingisse que minha pergunta era relacionada a outra coisa. Que ignorasse minha pergunta. Que voltássemos àquela década de evasivas e mentiras. Demos muita sorte — não só por termos sobrevivido, mas pelo fato de o rio ter levado as evidências de nossos crimes coletivos, destruído qualquer prova das nossas ações, qualquer linha temporal dos acontecimentos. Não havia nada a se suspeitar. Nenhuma razão para pensar que um ferimento tivesse sido causado por outra coisa que não o próprio acidente, vidro estilhaçado e metal torcido. Não havia maneira de saber onde — ou por quanto tempo — os outros poderiam ter sobrevivido. A força da água varreu tudo o que havia ocorrido antes.

Ela ergueu a cabeça, que estava encostada na janela, virando-se lentamente para mim. "O quê?", perguntou, em uma voz que mal reconheci. "Você acha que eles deixaram um recadinho nas rochas? Que escreveram um bilhete? Talvez uma coisa bem sucinta, tipo: *Ben esteve aqui*?"

Arregalei os olhos, chocada com o tom de sua fala. Chocada porque era algo grosseiro e insensível, uma coisa que Josh poderia ter dito.

"Não", respondi, "mas acho que há uma razão para todo mundo ter mentido na ocasião sobre o que ocorreu." Ou melhor, Josh mentiu, e nós concordamos, com nosso silêncio. Nós fomos cúmplices desde o primeiro momento. "O que você acha que aconteceria se a verdade viesse à tona agora? Depois de tanto tempo?"

"Não somos sociopatas, Cass. Fizemos o necessário para sobreviver, ninguém nos culparia por isso. Qual era a outra opção? Que bem faria se tivéssemos ficado?" Ela abaixou a voz. "Ou então, que bem faria dizer que precisávamos deixá-los para trás? Você acha que os familiares deles prefeririam *essa* versão? Em que eles *quase* conseguiram?" Grace parecia já ter contado essa história antes. Parecia ter ganhado prática de tanto se justificar para si mesma. Ou para outra pessoa. "No fim das contas, é a coisa mais gentil, a longo prazo, que eles pensem que foi rápido."

"Você acha mesmo", eu disse, "que fizemos tudo aquilo por *bondade*?"

Ela se remexeu no assento, respirando devagar e com calma. Tentando se centrar, se estabilizar. "Já se passaram dez anos, Cassidy. Uma década. Agora somos pessoas diferentes."

"Exatamente, já se passou uma década. Então, qual é o objetivo? Alguém sabe de algo que *acredita* ser importante, Grace. Ou não estariam tentando nos contatar dez anos depois. Não estariam...", agitei o braço a esmo, "deixando *câmeras* na casa onde estamos hospedados."

O que poderia ser digno de uma reportagem, se não havia nada de novo para contar? Quem eram os responsáveis? Qual seria o ponto de vista adotado? Por que razão estariam interessados em algo que aconteceu dez anos antes? Sofremos um acidente, e vários jovens inocentes morreram. Era uma tragédia para a qual não se queria olhar muito de perto, se não fosse necessário. Não, eles sabiam que havia algo ali. Algo mais profundo, mais sombrio, mais condenável.

"Mesmo que alguém suspeite de algo, você não percebe?", Grace disse. "Eles precisam que a gente confirme. Sem a nossa confirmação, não há nada que justifique seguir adiante com isso. Nada."

"A não ser que seja um de nós. E, se for assim, provavelmente já está confirmado."

Pensei em Amaya e Josh, na cerimônia de inauguração da biblioteca. A imprensa estava presente. As famílias dos mortos, cara a cara com alguns dos sobreviventes. Uma terrível colisão. Segredos transbordando, se derramando para todos os lados.

Grace se retorceu no banco para ficar de frente para mim. "Você tem que se perdoar. Estou falando sério. Olha, a Clara ficou presa nisso. Eu devia ter visto, devia ter reparado mais cedo... Ela ficou presa nessa culpa e depois partiu, como os outros." Ela apoiou a mão no meu braço. "Se eu consegui, você também consegue." Ouvi o eco de suas palavras durante uma de suas consultas, subindo os degraus da escada: *A pior coisa que você fez na vida não define quem você é.*

Engoli em seco, imaginando Clara diante do precipício. Parada no escuro, na beirada, os pés perdendo o equilíbrio. De olhos fechados, ouvindo aqueles gritos a chamando de volta. Chamando-nos todos de volta...

"Aconteceu alguma coisa lá", afirmei.

Grace permaneceu em silêncio, mas senti a sua atenção presa em mim, como se eu estivesse em uma posição de liderança, dando ordens a uma sala repleta de pessoas. Finalmente, consegui fisgá-la.

"Ben estava vivo, e de repente não vivia mais", continuei. "Eu o vi na escuridão. Deitado nas rochas, com as mãos pressionadas na barriga, o choque nos seus olhos."

"Ele estava vivo quando partimos. Não somos assassinos, Cassidy", ela retrucou.

Mas aquilo não era verdade. Não totalmente.

Grace havia jogado a culpa nele, colocado algo em movimento, e alguém tinha concordado com ela.

E era este nosso segredo: *havia* um assassino entre nós, tínhamos quase certeza disso. Alguém que havia matado não por negligência, ao deixar pessoas no caminho ou se recusar a olhar para trás. Não ao tirar cartas de forma imprudente e mandar alguém para encontrar a morte no rio. Mas de modo intencional, com uma faca na mão. Um de nós. Não havia outra possibilidade: só podia ser um de nós.

Investigar para descobrir o assassino era uma coisa perigosa. Perguntar, desdobrar o caso, tentar desvendar um segredo. Não devíamos reabrir a porta do passado.

Havíamos sido cúmplices ao deixarmos os outros para trás. Havíamos sido cúmplices ao mandarmos Jason para o rio, ao encontro de sua morte. Havíamos sido cúmplices ao encobrir um crime, no exato instante em que decidimos não falar sobre ele. E agora estávamos todos presos a isso.

Este era o nosso pacto, na verdade. Quando chegávamos às vias de fato, era este o motivo pelo qual tínhamos prometido nos encontrar todos os anos: *prometo não revirar o passado. Prometo não voltar atrás.*

Uma acusação poderia se virar rapidamente contra nós se vacilássemos. Sabíamos como funcionava — queríamos estar sempre do lado da maioria.

No entanto, na realidade, eu não sabia qual era a razão de termos guardado segredo: teria sido pela culpa de tê-los abandonado, por termos feito uma votação para mandar alguém entrar no rio, ou por causa de Ben?

Esperei. Mas Grace continuava olhando para a frente, a imagem da tranquilidade.

"Ninguém conseguiu encontrar a faca depois", continuei.

E nas horas, nos dias e nas semanas que se seguiram, funeral após funeral, continuei dando voltas, aproximando-me das minhas memórias de toda forma possível, tentando compreender. Eu acordava no meio da noite ainda sentindo o sabor da água do rio na boca, ainda vendo aqueles olhos brilhando sob o feixe de luz da lanterna de Oliver. Era um pesadelo que me seguia nos momentos de vigília do qual eu jamais seria capaz de escapar.

"E daí, Cassidy? Eu também perdi tudo o que tinha levado para aquela viagem. A faca provavelmente está no fundo do rio, junto a todas as outras coisas."

"O que você acha que eles estão procurando, Grace? Você sabia que pediram para Oliver descrever a faca?"

"Sei, sim, mas ela *sumiu*, Cassidy, e ninguém sabe o que aconteceu. De qualquer forma, as coisas teriam acontecido exatamente do mesmo modo, independentemente do que tivéssemos feito", reiterou, como se eu estivesse perto demais de contar para alguém e tudo dependesse daquela frase. Um aviso. Um lembrete sutil.

"Isso vai vir à tona", eu disse.

Será que ela não sentia aquilo fervilhando por dentro? Dez anos, e a noite ainda vinha buscar cada um de nós. *Clara, Ian.* Nunca tínhamos escapado completamente, e não podíamos mais conter nada daquilo.

"Não", ela respondeu, muito calmamente, muito Grace. "Não acho que vai vir nada à tona." Como se estivesse desacreditando de modo deliberado. Ela se inclinou para a frente. "Você vai perder a entrada, Cass."

"Nossa." Fiz a curva de vez, atravessando uma via, cortando um jipe prata, enquanto o motorista enfiava a mão na buzina.

Quantas vezes eu havia passado direto de propósito, desviando os olhos da placa que indica a saída de Long Brook, seguindo meu instinto de sempre manter a distância?

Quantas vezes havia imaginado os sinos da capela tocando — uma badalada para cada uma das vidas que tinham se perdido naquela noite? Conseguia ouvir o fantasma daquele eco ao atravessar o limite da cidade. Imaginei Clara parada no pátio da escola no dia do aniversário de um ano do acidente, a vibração dos sinos ressoando em seus ossos; algo de que não conseguiria se livrar. Para o restante de nós, aquele era um perigo que tivemos o cuidado de evitar; por isso partimos para longe, o mais distante possível, para a costa, atravessando uma série de pontes, onde o som das ondas podia afogar o som dos sinos.

Àquela altura, a cidade tinha as características de um sonho, nebulosa e reconhecível, embora não parecesse exatamente a mesma. Tudo estava ligeiramente fora de lugar na minha memória. A localização familiar de uma loja de departamento, mas com um nome diferente. Uma explosão de flores silvestres em canteiros onde antes só havia terra e grama indomada.

"Vire à esquerda no próximo semáforo", Grace disse, espreitando pela janela. "Os meus pais se mudaram." Como se eu já tivesse sido convidada para a casa dela alguma vez. Como se tivéssemos sido amigas.

"Eles vivem numa comunidade de aposentados", ela continuou. "Tudo muito simples e calmo. Tudo exatamente do mesmo jeito. E não há nenhum vestígio da minha existência." Ela riu, mas percebi o desânimo em sua voz.

"Os meus pais foram embora há anos", comentei. "Meu irmão mais velho se casou, teve um filho. Estão morando em Connecticut, todos juntos."

"Isso é bom", disse ela. "A família de Hollis também foi embora. Mas de resto, quase todo mundo ficou, não é?"

"Não sei dizer", respondi. Entretanto, não era totalmente verdade. Nós todos tínhamos certo controle sobre o paradeiro uns dos outros. Mantendo contato, observando. Um registro de nomes, de vidas — nossa responsabilidade.

Grace me guiou por um bairro de casas idênticas com quintais impecáveis. Cada casa tinha uma garagem para um carro e uma caixa de correio à frente, e uma série de lombadas colocadas aleatoriamente no caminho que atrasavam o nosso avanço. Parecia impossível diferenciar uma casa da outra, por isso Grace se inclinou para a frente, observando cada uma das ruas, e ia me dizendo quando era o momento de virar. Então, por fim, ela apontou o dedo para fora da janela. "Esta casa, bem aqui. É só estacionar no acostamento."

As únicas características específicas daquela casa eram a coroa de flores na porta de entrada, envolvendo um *L* em letra cursiva, e os grandes vasos de plantas combinando que emolduravam a entrada do alpendre.

"Minha mãe é apaixonada por margaridas", Grace disse, com um sorrisinho afetado. Ela abriu a porta do passageiro e olhou para a casa, enquanto eu abria o porta-malas.

"Posso ir ao banheiro antes de voltar para a estrada?", perguntei.

"Lógico", ela respondeu.

Antes de pegar as malas, Grace olhou para os dois lados da rua. Tudo estava estranhamente calmo, embora houvesse carros estacionados na frente da maioria das casas.

"Eles estão em casa?", perguntei, seguindo-a pela calçada pavimentada, contornando os vasos de margaridas.

"Não. A maior ironia de viverem nesta comunidade de aposentados é que nem se aposentaram ainda."

Grace procurou a chave debaixo do tapete marrom de boas-vindas — margaridas circundavam a palavra *casa* — e atrás da coroa de flores pendurada na porta. Depois, passou as mãos pelas cadeiras do alpendre, levantando as almofadas uma a uma, até por fim encontrar, triunfante, uma única chave.

"Ai, esta cidade...", eu disse, balançando a cabeça.

Esta cidade, havíamos escutado durante toda a nossa vida, era *tão segura*. E tínhamos tanta *sorte* de crescer ali. Ouvíamos nossos pais exaltarem esses fatos, o prefeito reiterá-los, nossos professores confirmá-los. Mesmo depois de doze mortes trágicas e inoportunas, havia a sensação de que, enquanto ficássemos ali, dentro daquelas fronteiras, estaríamos protegidos. Apenas quando saíamos é que as coisas davam terrivelmente errado.

Como se lá fora o mundo fosse imprevisível e, por isso, nós também nos tornássemos imprevisíveis.

Grace enfiou a chave na fechadura. Assim que a abriu, o som de um alarme apitou o seu aviso. Ela caminhou sem hesitar pelo chão de azulejos brancos até chegar ao teclado que o controlava e digitou um código. O apito continuou, e Grace franziu a testa.

"A gente não devia ligar pra eles?", perguntei, sentindo um arrepio. Naquele lugar desconhecido, eu não sabia quem era Grace.

Mas ela tentou um segundo código rapidamente, e o sistema declarou: *Desarmado*.

"Pronto", disse.

Ela acendeu a luz do corredor, iluminando uma entrada espelhada, o que dava a impressão de estarmos em uma atração de parque de diversões. Sorri para a versão espelhada de Grace.

A casa não tinha decoração nas paredes, fotografias na lareira, tampouco enfeites ou toques pessoais nas estantes e prateleiras. O sofá e a mobília poderiam ter vindo com a casa, tudo parte do pacote que parecia indicar o padrão "fabricado em massa". "Parece que ainda estão de mudança", observei.

"Estão morando aqui há mais de um ano, acredite se quiser", Grace informou. Ela foi até o fim do corredor e abriu uma porta no fundo, revelando um banheiro. "Aqui", disse.

Ela tinha razão — naquela casa não havia provas de sua existência, o que devia ter lhe causado um choque. Fiquei imaginando o que ela, como terapeuta, pensava sobre aquilo.

Quando voltei do banheiro, Grace olhava pela janela da frente, escondida atrás das persianas. Estava tão imóvel que imaginei algo acontecendo lá fora: um carro estacionado atrás do meu; uma pessoa se aproximando devagar.

"Você acha que alguém seguiu a gente?", perguntei, parada logo atrás dela e nervosa demais para checar.

"Não, mas com certeza estamos sendo observadas." Ela pediu que me aproximasse, então deu uma risadinha. Do outro lado da rua, um casal de idosos, passeando com um *poodle* minúsculo, parou para examinar minuciosamente o meu carro.

"É melhor eu ir andando", falei, relaxando os ombros. "Se cuida, Grace."

Ela me puxou, dando-me um abraço apertado, como sempre fazíamos no fim, tomadas de alívio. Seu cabelo cheirava ao xampu de menta do hotel. Antes de nos separarmos, eu sempre me recordava do mesmo momento: todos nós, aglomerados juntos na estrada, sob os faróis do caminhão — o instante em que fomos finalmente encontrados.

Lá fora, quando me aproximei, o casal não fez nenhum movimento para esconder o fato de que me analisavam com atenção.

"Olá!", cumprimentei, talvez animada demais. "Só estou visitando os Langly."

"Eles não estão em casa", a mulher respondeu, franzindo o cenho.

"Sim, eu sei. Sou amiga da filha deles."

"Bem, ela não mora aqui. Qual é o seu nome?"

"Cassidy", respondi.

"Cassidy do quê?"

"Cassidy Bent", informei.

Vi os lábios dela se moverem, repetindo-o para si mesma, como se não tivesse significado algum. Os nomes que eram lembrados na região eram justamente aqueles que nunca mencionávamos, das pessoas que não sobreviveram. Os nomes que deveriam estar exibidos em diversas placas espalhadas pela biblioteca. Doze badaladas em homenagem aos mortos.

Então fui embora, passando pelas lombadas rápido demais. Imaginei-me fugindo da memória da velha senhora exatamente na mesma velocidade.

CAPÍTULO 17

Eu sabia o exato motivo pelo qual evitara Long Brook por tanto tempo. O perigo ali era o mesmo de qualquer lugar que eu tivesse sido obrigada a deixar para trás. Era fácil demais me lembrar da pessoa que fui antes do acidente. Perceber que desejava voltar. Mover-me como um fantasma pelos espaços que frequentara. Todas as representações do passado se erguendo para me receber. Bastava mergulhar um dedo do pé naquela água para que eu fosse rapidamente devorada.

Ali estava a rua onde eu havia crescido, com antigas casas de tijolos cercadas por árvores ancestrais, de galhos arqueados para baixo, meio assustadores e parecidos aos dos salgueiros. Passei primeiro pela casa dos King, onde os pais de Oliver, acreditava eu, ainda viviam ancorados ali de forma permanente enquanto, para o filho, o céu era o limite. Logo em seguida, na metade da rua, ficava o lugar que um dia eu chamei de lar. Os tijolos haviam sido pintados de um branco brilhante, a escura porta da frente, de um azul pálido, e as persianas que costumavam ser de um tom marrom, agora tinham uma tonalidade cinza-claro, emoldurando janelas modernas.

Tudo havia mudado. E, no entanto, ao aparecer ali depois de todo aquele tempo, senti que eu mesma não havia mudado nada.

* * *

Tive de passar pelo centro da cidade ao sair, e senti outro tipo de gravidade me puxando, atraindo-me para o único lugar onde havia encontrado consolo naquele verão depois do nosso acidente.

A casa de Ian ficava num bairro tão antigo quanto o meu, mas ali as casas eram menores, mais aconchegantes, com árvores que pareciam cobri-las completamente. Naquele verão, eu costumava atravessar pelo caminho mais rápido — de bicicleta, seguindo uma trilha em meio à natureza que ligava nossos dois bairros. Porém, de carro, era preciso dar uma volta pelo centro da cidade primeiro — passar por restaurantes e consultórios de dentistas e, com uma enorme placa indicando sua proximidade, pelo escritório de advocacia Andrews & Andrews. Era um estabelecimento quase tão velho quanto a própria cidade, instalado em um dos únicos edifícios de tijolo, com hera subindo pelas paredes e cobrindo o telhado.

Da rua de Ian era possível ir a pé até o centro da cidade, o que a tornava um local de primeira para se viver. No passado, Clara e Grace tinham morado lá também. Ao chegar ao quarteirão delas, compreendi o motivo de a família de Grace ter se mudado — várias casas estavam passando por enormes reformas; suas estruturas ultrapassavam os limites dos lotes, e diversas árvores haviam sido cortadas durante esse processo. Deve ter sido o momento ideal para decidirem se mudar para um lugar menor.

Estacionei em frente à casa dos Tayler. As cortinas estavam abertas, então pude enxergar a sala de estar escura. Diferente da comunidade de aposentados, ninguém parecia estar controlando quem deveria ou não estar ali. Havia uma equipe de jardinagem algumas casas abaixo, e o zumbido constante de um cortador de grama abafou o som dos meus passos enquanto eu subia até a entrada da casa.

Toquei a campainha só para confirmar, mas aparentemente não havia ninguém em casa. Depois contornei a casa até os fundos, chegando ao grande quintal dos Tayler. No limite da propriedade eles haviam construído uma casa de árvore sobre um grande carvalho. Ainda conseguia me lembrar de Ian deitado de costas, com o cigarro entre os dedos, o cheiro descendo enquanto eu subia os degraus para a plataforma.

No entanto, naquele momento, ao subir os mesmos degraus de madeira, vi que até aquilo havia mudado. No interior, tinha uma coleção de pinhas e galhos alinhada nos cantos, giz colorido dentro de um balde, nomes escritos em letra de forma. Pensei, por um instante, que a família dele havia se mudado da casa, e que alguém novo ocupara aquele espaço. Mas depois me lembrei que Ian tinha irmãs mais velhas, assim como eu tinha meus irmãos, e que seu obituário mencionava que ele era tio.

Deitei-me no lugar favorito dele, encarando o telhado inclinado, imaginando meu corpo delineado com giz. Uma marca. Uma memória. Lá em cima, na fenda onde o teto se encontrava com a parede, eu sabia que havia um buraco causado por um segmento apodrecido, onde ele costumava guardar uma caixinha onde só cabiam um isqueiro e um maço de cigarros. Coisas para manter escondidas dos pais, mesmo que não fosse exatamente um segredo, pois, naquela época, andavam felizes demais por tê-lo de volta em casa depois daquela viagem. Se também haviam notado minha presença ali, nunca disseram.

Levantei-me e coloquei a mão naquele espaço, roçando um plástico úmido, algo guardado fazia muito tempo. O saco estava coberto de algo escuro e escorregadio, e não quis adivinhar se era lama, decomposição ou mofo. Dentro do saquinho, vi a mesma caixa de madeira fechada com um trinco; senti um isqueiro se mexendo lá dentro quando a inclinei para um lado e para o outro. Tirei-a do saco no exato momento em que um movimento, vindo de baixo, chamou minha atenção.

"Estou vendo você aí em cima."

Dei um pulo, assustada, então enfiei a caixa na minha bolsa. A voz da mulher tinha vindo do lado de fora da casa da árvore; eu não tinha para onde ir e nem onde me esconder. Fui até a janela.

Abaixo de mim, a mãe de Ian estava parada com a mão envolvendo um dos degraus da escada. Sua expressão mudou, e ela se aproximou mais. "Cassidy?"

"Oi", respondi, me sentando na beira da escada, preparando-me para descer. "Desculpe. Bati na porta e..."

Desci os degraus falando sem parar, de forma desconexa, mas, quando me virei, a mãe de Ian sorria, com os pés plantados na grama. Em algum momento da última década, ela havia se tornado avó — estava menor, mais miudinha, com linhas de sorriso mais vincadas e o cabelo grisalho amarrado em um coque. "Cassidy Bent, meu Deus do céu, olha só pra você."

"Oi", repeti.

Não sabia como ela havia me reconhecido tão depressa, com tanta facilidade. Sempre me achei invisível, mas talvez isso fosse só impressão minha. Talvez fosse apenas o que eu sentia quando estava na escola.

"Oh, meu Deus", ela continuou.

Deixei-me levar para os seus braços, para o calor que irradiava dela. E de repente, inesperadamente, comecei a chorar.

"Sinto muito", eu disse em meio ao pranto. "Acabei de saber." Ela conseguia sentir os meus soluços pulsando através do meu corpo, meus joelhos correndo o risco de cederem. Enfim, tudo parecia incontrolável e tragicamente real.

"Oh", ela disse, apertando-me nos braços. "Vem, vamos. Quer entrar? Afinal, você veio de muito longe."

Apoiei-me nela enquanto atravessávamos o quintal juntas, a grama fazia cócegas em meus tornozelos, a caixa de Ian balançava minha bolsa.

Ao pensar na casa de Ian durante o verão que passamos juntos, o que mais me lembrava era do aconchego, uma simplicidade que a transformava no lugar onde eu queria estar. Um lugar onde sua presença era sempre notada e reconhecida.

Teria sido tão fácil imaginar que Ian permanecia ali, se não fosse pela sala de estar. A sala estava repleta de fotos de Ian, embora ele não fosse filho único. Um memorial, um santuário.

"Quase não acreditei", eu disse, olhando para as fotos. "Liguei para o telefone dele e ainda estava funcionando."

"Oh", a mãe dele respondeu, levando a mão ao rosto. "Bem, ele tinha um plano familiar com os colegas de quarto. Acho que nunca chegaram a tirá-lo da conta. Sabe como são os meninos."

Quando ela segurou minha mão, a dela parecia tão fria e áspera que desejei, mais uma vez, que estivesse lá. Pensei que deveria ter aparecido antes, quando ele me chamou. Se tivesse visto o seu e-mail e vindo para cá... Ian não teria procurado Oliver. Não teria ido parar no Remanso totalmente sozinho.

Então notei as fotos das crianças, nas paredes... dos netos.

A mãe de Ian percebeu o que eu estava olhando.

"Ele era um tio tão bom", comentou. "As crianças o amavam."

"Não acredito que você se lembrou de mim. Já se passaram dez anos."

Dez anos desde o acidente, dez anos desde que havia me entregado tão abertamente a outra pessoa, nós dois unidos pela tragédia e pela dor.

"Você era muito importante para ele. Sei que se afastaram, mas ajudaram um ao outro naquele primeiro momento, tão difícil." O queixo dela estremeceu. "Ele me contou, sabia? Que só estava vivo por sua causa. Então é claro que me lembro de você. Você o trouxe de volta para casa."

Como se aquele tempo extra tivesse sido um presente, apesar da partida de Ian.

"Além do mais, olha só para você", ela acrescentou. "Como alguém pode se esquecer de um rostinho desses?" Ela sorriu, o que fez suas rugas ressaltarem ao redor dos olhos.

Eu ri. "Sempre adorei vir aqui."

"Você gostaria de ficar com alguma coisa dele? Todo mundo que faz uma visita leva uma lembrança de Ian. Você saberia, bem mais do que eu, quais as coisas que têm significado. Vamos subir."

"Oh, eu não quero levar nada..." Eu já tinha a jaqueta de couro, com o seu cheiro impregnado no colarinho. A memória mais forte que eu podia imaginar. E agora também tinha a caixa da casa da árvore dentro da minha bolsa — pelo bem dela e das crianças que agora brincavam lá em cima.

"Por favor", a mãe de Ian insistiu. "Fico feliz em pensar que alguns pedaços dele possam viver uma segunda vida."

Eu a segui, subindo os degraus acarpetados, até entrar no primeiro quarto à direita.

O quarto de Ian, ao contrário do de Grace, era quase exatamente o mesmo de quando ele ainda morava com os pais. A cama de solteiro, sem cabeceira, encostada à parede. A escrivaninha de madeira do outro lado do quarto.

"Se sobrou alguma fotografia, com certeza está aí dentro", a mãe de Ian disse.

Abri a gaveta de cima, que estava coberta por uma coleção variada de pedaços de papel. Peguei um deles e vi uma série de letras e números.

A mãe dele deu uma risada atrás de mim. "Ele nunca se lembrava das senhas. Mesmo quando as anotava, vivia perdendo todas. Tinha que mudar o tempo todo. Não faço ideia do que fazer com elas, mas não consigo jogar fora nada que tenha pertencido a ele."

Perguntei-me se alguma daquelas senhas seria capaz de abrir o e-mail no celular dele; no entanto, pensei que provavelmente tinham sido criadas muito tempo atrás. Abri a gaveta seguinte, tentando imaginar o que me esperava. Mas eu nunca tinha me sentado à escrivaninha dele, nunca havia mexido em suas coisas. Nunca fomos esse tipo de amigos.

"Eu teria guardado alguma coisa se soubesse que você queria. Todos os outros já passaram por aqui."

"Como assim, todos os outros?"

"Bem, Josh Doleman. Ele estava aqui para o funeral, é claro. Você sabia que eles eram amigos?"

Balancei a cabeça.

"Muito, muito tempo atrás, quando eram meninos, eles brincavam juntos na casa da árvore. Achei que foi um golpe do destino o fato de terem sobrevivido juntos." Ela fungou. "E Grace Langly também esteve aqui."

"Não sabia disso", comentei, sentindo-me desconfortável, mais uma vez, diante de tudo o que eu não sabia. Não sabia que Ian e Grace haviam sido próximos, apesar de ela ter crescido na mesma rua que ele. Seus pais ainda moravam perto; ela devia ter sido informada da morte dele ao visitá-los.

"Sim, foi a segunda vez que a vi, depois de muitos anos. Ela também participou da homenagem na biblioteca, sabia?"

Meus ombros enrijeceram. "Não, eu não soube." Provavelmente todos haviam recebido o convite. Mas não imaginei que algum de nós teria participado do memorial por vontade própria.

"É difícil saber se devemos ir ou não a esses eventos. Mas eu vivo aqui, achei que seria pior se não fosse. Disse ao Ian para não ir, por outro lado. Falei que iria representá-lo. Só que fiquei um pouco surpresa em ver Grace lá, levando em consideração o que aconteceu."

"Levando em consideração o quê?"

"Bem, que ela já não volta para cá... Que não fala com os pais. Ou talvez seja o contrário."

Franzi o cenho. "Acabei de deixar Grace na casa deles."

A mãe de Ian me encarou. "Bom, talvez eu esteja enganada. Talvez tenham se reconciliado."

Percebi que ela ficou abalada, que eu havia mexido em alguma coisa.

Ela acenou com a cabeça para a fotografia emoldurada que eu acabava de encontrar na gaveta de baixo. "Você devia ficar com isso", disse.

Peguei a foto e a olhei de perto. Era uma fotografia emoldurada de todos nós, no primeiro ano que passamos no Remanso. Estávamos sentados nos degraus, espremidos uns contra os outros. Olhando para essa foto nesse momento, eu me lembrei da sensação da mão de Ian em minhas costas, Amaya pressionada contra mim do outro lado, o corpo tenso. Meus joelhos encravados nas costas de Josh, que se inclinava um pouco para a frente, irritado, como sempre, com a minha presença.

Ela colocou a mão no meu ombro. "Eu sei, Cassidy." Olhei para ela por cima do ombro, encarando seus olhos, idênticos aos de Ian. "Deve ter sido horrível. Ele nunca mais foi o mesmo." Ela engoliu a saliva. "Acho que nenhum de vocês." Senti o coração bater na garganta. Minha própria família pisava em ovos ao falar do assunto, sempre recuando, se desviando, como se eu continuasse a ser exatamente como antes, desde que a situação nunca fosse discutida.

Sentei-me na beira da cama, olhando para a nossa versão mais jovem, dois anos depois da tragédia. Eu tinha 20 anos; as minhas provas finais haviam acabado de terminar. Enquanto os meus colegas de turma festejavam, fui direto para o Remanso. Não tinha visto nenhum deles desde a noite após o funeral de Clara, mas nos abraçamos apertado; os números têm poder, um por todos e todos por um.

Os Oito, era assim que ele nos chamava em seu celular.

"Vou esperar lá embaixo", disse a sra. Tayler. O chão acarpetado rangia enquanto ela descia os degraus.

Não sabia se ela queria que eu levasse a moldura, ou apenas a foto, por isso eu a virei e soltei o suporte, para tirar a fotografia.

No verso da foto do grupo, uma segunda fotografia havia sido colada com fita adesiva. Um retrato de Clara, uma visão radiante. De perto e sorrindo, com a cabeça inclinada para trás, dando uma gargalhada, com a luz do sol se refletindo em seu colar, os ombros bronzeados. A casa da árvore aparecia ao fundo; a foto fora tirada no quintal de Ian. Não precisei verificar a data para saber que tinha sido antes do acidente — em outro verão, em uma época mais feliz. De um tempo em que Ian, Clara e Grace eram amigos de infância e moravam todos na mesma rua.

Deixei a imagem colada onde estava, depois enfiei as fotos na minha bolsa. Ele havia encontrado um jeito de nos manter juntos — quando ainda havia nove de nós. Parecia o correto a se fazer.

No andar de baixo, a mãe dele estava à espera na sala de estar.

"Obrigada por isso", eu disse. "Queria ter estado aqui. Me desculpe."

Ela balançou a cabeça. "Sempre entendi por que você nunca voltou. Porque muitos de vocês ainda não conseguem. Talvez seja melhor assim. Ele realmente entrou numa espiral de destruição depois da morte de Clara."

Endireitei as costas; tinha acabado de ver aquele rosto sorridente e assustador. "Não sabia disso."

Ela olhou para a janela dos fundos, um olhar distante. "Paranoia. Foi a primeira vez que percebemos que Ian precisaria de ajuda."

Pensei que tinha sido por causa do acidente, daquelas sete horas, de todas as escolhas que tínhamos feito. Não que a morte de Clara, no ano seguinte, fosse a causa de sua angústia. "Não percebi." Eu havia perdido tanta coisa ao tentar seguir em frente, ao me distanciar deles.

No ano seguinte, em nossa primeira viagem a Outer Banks, Ian e eu às vezes ficávamos juntos, mas nunca era a mesma coisa. Eu subia os degraus até o quarto dele, depois de ouvi-lo gritando durante um pesadelo — ou logo que acordava do meu próprio. Éramos a base um do outro, conseguíamos nos fazer recordar que ainda estávamos ali.

Os olhos dela voltaram a se fixar nos meus, e agora procuravam alguma coisa, curiosos.

"Depois de Clara, ele se convenceu de que seria o próximo. Como se algo perseguisse todos vocês."

A sala começou a zunir. A fotografia de Clara no verso da foto. A paranoia de Ian. A única coisa que eu podia fazer para continuar respirando era sustentar o olhar dela.

A mãe de Ian cerrou os punhos, com o pensamento fixo. "Mas é claro que não havia nada. Ele lutou contra isso durante quase uma década, mas, às vezes, eu também o via muito feliz."

Assenti, engolindo em seco.

Então ela se aproximou mais, apoiando a mão em meu braço. "Lamento que tenha acabado tão repentinamente entre vocês dois. Sempre achei que eram ótimos um para o outro. Vocês se equilibravam."

"É verdade." Recuei, sentindo que precisava de espaço, de um pouco de ar. Lembrei-me de Ian na outra ponta do banco da capela, deslizando para se aproximar de mim; Ian no banco do motorista, cantando errado a letra de uma música; Ian numa espreguiçadeira do meu quintal, com os olhos fechados e o rosto virado para o sol. "Não parece que faz tanto tempo...", eu disse, com a voz rouca. "É melhor eu ir embora."

Em algum lugar do passado, houve um momento em que éramos muito próximos. O meu mundo inteiro estava entrelaçado no dele, e o dele no meu. Não funcionava de forma equilibrada; era devastador. E eu me senti vazia e sem rumo quando ele recuou, por fim. Quando me enxergou por completo.

Tudo mudou depois daquele primeiro verão. Tivemos uma briga — um desentendimento — e decidi ir para a faculdade pouco depois. Ele se afastou, ou talvez tenha sido eu. De qualquer forma, as ligações, as mensagens, tudo diminuiu — e depois parou de vez.

Não o vi até o ano seguinte, logo depois do funeral de Clara. Ele não me falou sobre seus medos. Não percebi a paranoia de que sua mãe havia falado. Ian se recolheu, mergulhando profundamente dentro de si mesmo.

Nos anos que se seguiram, ele nunca se aproximou de mim com a intenção de dizer algo importante. Não até aquele e-mail, pouco antes de sua morte.

Por favor. Você é a única em quem eu confio.

Havia um assassino em nosso grupo, e o que *eles* fariam se a verdade viesse à tona? O que fariam se achassem que Ian cogitava falar?

O que fariam, àquela altura, se a morte de Ian não tivesse bloqueado nada e a informação continuasse ser passada adiante, praticamente com vida própria, querendo se libertar? Uma correnteza, uma força, empurrada em direção à costa?

Então pensei... será que, nove anos atrás, Clara estava prestes a contar tudo? Será que ela se preparava para dizer a verdade? Ian sabia disso?

Do lado de fora da casa dele, eu não conseguia parar de tremer; o aviso de Ian ribombava em meus ouvidos: *Eu sou a próxima vítima.*

Era praticamente impossível não ver o novo prédio da biblioteca da escola. Uma estrutura moderna toda feita de vidro, construída no meio de um local que, até então, parecia inclinado a seguir um estilo gótico — tudo coberto de tijolo e hera.

Ao toque de um sino de capela ecumênico, um mar de alunos saiu, dirigindo-se para seus carros e ônibus. Entrei na biblioteca pela porta que foi aberta por uma garota que nem sequer olhou para mim.

Lá dentro, havia muita luz. O edifício era um grande semicírculo, com janelas de vidro que iam até o teto arqueado com vista para as árvores de fora. Havia vários caminhos irregulares, em meio àquelas árvores, que os alunos costumavam usar para fugir das aulas. Não consegui deixar de pensar que agora eles estavam todos expostos. Não havia mais jeito de se esconder ali.

Vi uma série de pilares que se esticavam até a cúpula, cada um deles ornamentado com uma placa de bronze que refletia a luz vinda das vidraças.

Aproximei-me do primeiro e li o nome escrito: Ben Weaver.

Calafrios percorreram meus braços, minha nuca. Caminhei até o pilar seguinte: Collin Underwood.

Meus olhos varreram o salão. Doze pilares, doze placas de bronze, para cada uma daquelas doze almas perdidas, como números em um relógio. Um círculo de janelas, mil rotas de fuga.

No topo delas, em bronze fosco, a inscrição dizia: *Biblioteca Memorial em Homenagem à Turma de 2013.*

Aqueles que ainda viviam ali precisavam enfrentar aquilo todos os dias. Não conseguia imaginar Josh, que trabalhava a menos de dois quilômetros dali, tendo que ouvir o soar dos sinos da capela todos os dias.

Não conseguia visualizar Amaya parada ali, olhando para cada um daqueles nomes — daqueles que não pudemos salvar, dos que deixamos para trás. Vendo as famílias enlutadas os observando.

Tentei ver Grace parada ali, exatamente como eu estava naquele momento, rodeada por fantasmas.

Meu Deus, como é que eles conseguiam aguentar? Imaginei Grace, enquanto liam a listagem dos nomes, dizendo a si mesma: "A pior coisa que você fez na vida não define quem você é". Josh, olhando pela janela, desejando estar em outro lugar. Amaya, ao lado do pai, presa naquele momento, incapaz de se libertar.

Os olhos que devem ter estado sobre eles. Uma penitência. Um preço.

"Você não pode ficar aqui."

Eu me virei e dei de cara com uma mulher que provavelmente trabalhava ali. Não sei se ela já trabalhava ali na época em que eu frequentava a escola. Ou, pelo menos, não a reconheci.

"Fomos muito claros", ela continuou. "Nada de imprensa."

Nada de imprensa. Como se alguém estivesse bisbilhotando.

"Não sou da imprensa", respondi, olhando para ela.

Ela abriu a boca como que prestes a dizer que, mesmo assim, eu teria que sair, mas eu ergui a mão. Não suportaria ficar ali nem mais um minuto.

"Já estou de saída", falei.

Desculpe, pensei, ao virar as costas. A única palavra de reparação que eu podia oferecer. *Sinto muito.*

Enchi o tanque no caminho. Tirei a fotografia da bolsa, virando-a de um lado e do outro. Nós oito de um lado. Clara do outro.

Então peguei a caixa de Ian de dentro da bolsa. Era antiga, de madeira, e nela cabia apenas um maço de cigarros e um isqueiro, se muito. Perguntei-me se era exatamente o que encontraria ali dentro, depois de todo aquele tempo, ou se ele teria ocultado coisas mais sigilosas, que precisavam ser mantidas em segredo.

Abri a caixa, mas não encontrei nenhum isqueiro. Nem cachimbo, comprimido, algum tipo de pó, nem nada semelhante. Pisquei duas vezes, tentando assimilar o que encontrei. Havia apenas um objeto lá dentro: tinha cabo vermelho e coroa gravada em relevo. Ferrugem cobria a lâmina que, no passado, era totalmente prateada.

A faca de Oliver — a faca que ninguém conseguira encontrar desde aquela noite — estava no fundo da caixa.

A caixa que Ian guardou, e manteve escondida, por todo aquele tempo.

CAPÍTULO 18

Eu não sabia o que fazer, exceto continuar em movimento. A faca agora estava comigo. A faca que havia passado de mão em mão naquela noite, antes de desaparecer. A faca que ninguém admitia ter segurado.

Não podia me livrar dela, tampouco mantê-la comigo. Não sabia o que ela significava, nem por que Ian a havia guardado.

No verão que passamos juntos, a faca nunca foi mencionada. Certamente, não estava naquela caixa — eu teria sabido. Olhei dentro dela inúmeras vezes, e jamais tinha visto aquela faca. Então aquele segredo também fora escondido de mim. Meu coração disparou enquanto eu tentava descobrir a razão.

Naquela noite, no rio, eu estive com Ian o tempo todo, ajudando Hollis a chegar até o grupo, no exato momento em que Ben foi ferido. Ian não tinha esfaqueado Ben. Disso eu tinha certeza: *Não foi ele.*

Ficamos colados um no outro durante todo aquele verão; e eu acreditava que a gente tinha contado tudo um ao outro. Sei que contamos. No entanto, Ian sabia de algo mais. Estava protegendo alguém. Por quase uma década, manteve o segredo de alguém a salvo. E talvez o tivesse levado para a cova.

* * *

Não queria mais ir para casa, voltar ao meu apartamento vazio, onde nada além de minhas memórias me esperavam. Não com aquela faca — e tudo o que podia *significar* — de repente em meu poder.

A lista dos meus débitos era longa e estava atrelada a uma longa relação de pessoas. Mas, naquele momento, não conseguia parar de pensar em Russ.

Russ vivia em um condomínio nos arredores de um campus em expansão, em um pequeno apartamento alugado, a uma curta distância dos meus lugares favoritos. Quando cheguei, já passava da hora do jantar, e pensei que o encontraria em casa, mas minhas batidas foram recebidas com silêncio do outro lado.

Tentei ligar para ele, mas a chamada caiu direto na caixa postal. Deduzi que talvez estivesse em alguma atividade do corpo docente na escola, como costumava acontecer. Entretanto, todas aquelas chamadas não atendidas começaram a me preocupar. Fizeram-me pensar que ele estava preocupado o suficiente para sair à minha procura. Fizeram-me imaginar que ele havia dirigido a noite toda e sofrido um acidente, por isso, logo outra pessoa usaria seu celular para me ligar...

Era assim que a minha imaginação catastrófica funcionava. Sempre vendo o perigo em todos os lados, pensando em quem eu escolheria salvar, em qualquer momento, em todos os momentos.

A vizinha do lado, uma mulher da idade da minha mãe, saiu do apartamento dela e me lançou um olhar de julgamento. Como se o meu comportamento me fizesse parecer desesperada. Como se eu devesse saber disso.

"Você viu o Russ?", perguntei. Presumi que me reconheceria. Já havíamos nos cruzado no corredor, indo e vindo, dezenas de vezes.

No entanto, o olhar dela me atravessou, e senti um arrepio, lembrando-me de quantas vezes eu havia passado despercebida, invisível, tempos atrás. Convenci-me de que era apenas por causa de uma fase da minha vida, do lugar em que eu estava. Afinal, eu tinha uma reputação ali. Tinha uma história.

"Acho que ele saiu", ela respondeu, sem fazer uma pausa. Não saberia dizer se ela tentava se livrar de mim ou apenas dizia o óbvio.

Antes de sair, enviei uma última mensagem — *Quase em casa. Me liga.*

Já escurecia quando entrei no estacionamento do meu condomínio. As lâmpadas de teto e o som dos grilos davam a sensação de estarmos muito mais longe da cidade do que na realidade. Arrastei minha bagagem atrás de mim, tão perturbada quanto ao partir, cinco dias atrás.

Meu apartamento de dois quartos ficava no último andar porque eu não conseguia dormir se houvesse alguém andando no andar de cima. Eu amava a varanda nos fundos, pois não precisava me preocupar se havia alguém acima de mim, olhando para baixo.

As três plantas que ficavam ao lado da porta de entrada tinham o aspecto ressecado e quebradiço, com as folhas enroladas. Apertei o dedo contra a terra e percebi que estava completamente seca.

Pelo menos a correspondência não fora deixada na caixa de correio.

Enfiei a chave na fechadura e a girei, mas a porta do apartamento já estava destrancada. Pensei, por um instante, que talvez Russ tivesse corrido para lá, tentando chegar na minha frente, pegando minha correspondência e tentando salvar minhas plantas. Era óbvio que ele não tinha conseguido cuidar delas.

A luz do corredor estava acesa, iluminando as portas de correr da varanda. Elas foram deixadas abertas, e as cortinas sopravam para dentro. Alguém — ou alguma coisa — se movia nos fundos do meu apartamento, atrás da porta do meu quarto, ligeiramente entreaberta.

"Russ?", chamei, ainda parada na porta de entrada.

O movimento parou. Dei um passo cauteloso para trás, com a mão na maçaneta, procurando o celular.

"Vou chamar a polícia!", gritei, enquanto remexia na minha bolsa, pensando primeiro na faca, subitamente ao meu alcance.

"Não faça isso, Cassidy, por favor."

Parei, mas continuei em meu lugar. Esperei que o intruso aparecesse.

Três passos, o ranger familiar da porta do meu quarto, e lá estava ele.

Joshua Doleman, uma presença indesejada e sem convite, ali, na entrada do meu quarto.

"Como foi que você entrou aqui, porra?", gritei, com o coração acelerado enquanto apertava o punho da maçaneta.

Ele levantou as duas mãos, numa tentativa de me acalmar, ou de me convencer de que estava desarmado. Nenhuma delas funcionou.

"A porta estava aberta", respondeu.

"Até parece", eu disse.

Eu já devia saber, Josh era o único capaz de me rastrear, de ter os recursos necessários para saber onde eu estava, de entrar escondido quando eu não estivesse olhando.

Ele deu um passo hesitante e passou a mão pelo cabelo escuro. "Eu só ia te esperar, juro. Tentei te ligar, mas parece que você mudou de número." Havia uma acusação na sua voz, embora fosse ele que tivesse invadido *meu apartamento*.

"Mil desculpas por estar preocupado, dadas as circunstâncias", continuou. "Eu tentei girar a maçaneta e a porta estava aberta, então entrei para dar uma olhada..."

"Estava *dando uma olhada* no meu quarto?"

Ele fechou os olhos, sacudiu a cabeça. "Por favor, podemos conversar por um segundo?"

Eu não tinha afrouxado a mão que segurava a maçaneta da porta. "Lá fora", respondi. "Na varanda. Aliás, percebi que você já *deu uma olhada* nela."

Eu me recusava a ficar presa com ele dentro do apartamento, com o seu corpo parado entre mim e a saída. A varanda dava para um pátio. Era sexta-feira à noite. As pessoas ouviriam tudo.

Ele inclinou a cabeça, então começou a andar pelo corredor — pelo meu corredor —, passando pela cozinha, até chegar à sala de estar.

Eu o segui, perturbada pela sua familiaridade com o meu apartamento, perguntando-me há quanto tempo ele havia chegado. A casa ficou uma bagunça; ele havia mexido primeiro nos cômodos da frente. As almofadas estavam fora do lugar e as gavetas não tinham sido totalmente fechadas, como se ele houvesse procurado alguma coisa. Minha correspondência foi jogada sobre a mesa de centro, toda espalhada, como se tivesse sido vasculhada.

"Nossa", eu disse.

"Eu ia arrumar tudo..."

"Ai, meu Deus, é sério isso, Josh? Quando foi que você chegou? *Como* foi que chegou até aqui?", perguntei, enquanto ele abria completamente a porta da varanda.

Ele fez uma pausa, olhando para trás por cima do ombro e cerrando os olhos, e começou a falar. "Nós fomos todos embora ontem à noite, Cassidy. Depois que concluímos que você e Grace não voltariam. Pareceu a coisa certa a se fazer."

Naquele meio-tempo, me hospedei num hotel, depois deixei Grace na casa dos seus pais, visitei a mãe do Ian e parei na escola antes de voltar para lá. Josh teve praticamente um dia de vantagem sobre mim.

"Você veio direto pra cá?", perguntei, saindo para a varanda atrás dele.

"Não, não. Fui pra casa e…" Ele franziu a testa, sentando-se em uma das cadeiras de ferro forjado. Havia apenas um corrimão de madeira nos separando de uma queda de três andares. O meu estômago afundou enquanto ocupei o outro lugar. Sempre achei que Josh fosse uma pessoa mais de falar do que de fazer, mas *ali* estava ele, em minha casa. Eu queria mais distância — dele e da beirada. Empurrei a cadeira para trás, para mais perto da porta. O caminho mais rápido para a saída.

"Chegou uma coisa para mim, pelo correio." Ele tirou um envelope do casaco, virando-o nas mãos. A parte de cima tinha sido rasgada, mas o conteúdo parecia continuar lá dentro. "Me esperava em casa. E pensei… Não posso ser o único."

"Então você dirigiu até a minha casa?", perguntei, incrédula. "Para *dar uma olhada?*"

"Você é a que mora mais perto."

Fiquei olhando para ele, até que seus olhos finalmente encontraram os meus.

"Você andou me vigiando, Josh?"

"Não é difícil encontrar a casa de alguém, Cassidy. Não é como se você estivesse se escondendo." E completou, após uma pausa: "Ou é?".

Ignorei a pergunta e apontei para o envelope no colo dele.

"E… o que é isso?"

"É relativo àquela noite. É sobre…" Ele sacudiu a cabeça, como que evitando o pensamento.

Tudo o que consegui imaginar foi a faca na minha bolsa, pressionada contra minha perna. Em vez disso, enxerguei-a na mão de Josh naquela noite. Visualizei-o na casa de Ian, procurando por ela depois que ele morreu, assim como estivera revirando minha casa até aquele momento. Apertei a bolsa com mais força.

"E então? Conseguiu encontrar o que veio buscar, Josh?"

Ele riu, um latido que ecoou noite afora. "Não há nada aqui", ele disse, como se essa ausência implicasse outra coisa.

"Josh, não sei o que você tá fazendo aqui, o que espera encontrar."

"A carta. Foi enviada de Outer Banks, no começo da semana."

Ele esperou que eu entendesse a insinuação.

"Você acha que foi enviada por um de nós?", ele perguntou.

Ele me encarou, como se minhas perguntas lhe dissessem tudo o que ele precisava saber. Ele devia ser ótimo em ler as pessoas, em fazer com que admitissem coisas, em distorcer todo tipo de argumento.

"Não tô entendendo. O que é isso?", perguntei, apontando para a carta.

O nome dele havia sido escrito em letras de forma do lado de fora, com tinta preta. Como o bilhete que eu havia encontrado no meu quarto.

FUJA AGORA.

Mesmo estando a centenas de quilômetros de distância, aquilo ainda me arrepiava.

Ele passou a mão pelo cabelo de novo. "São detalhes daquela noite. Do acidente. É a meu respeito. Acho que... acho que é isso que vão espalhar. Ou publicar. Quem quer que seja. Falarão de mim, pelo menos".

Senti uma lufada de vento fresco, e calafrios invadiram meus braços. "Na reportagem?"

Ele assentiu, com o maxilar cerrado, a boca comprimida em uma linha plana.

As pernas da cadeira rangeram quando ele se inclinou em minha direção, apoiando-se no braço da cadeira, com o rosto subitamente próximo demais. "Há um número limitado de pessoas que poderiam saber disso tudo, Cassidy." Sua voz saía baixa e rápida, e o olhar estava firme e fixo no meu, como se ele tentasse ler algo em mim. "E você não recebeu nada pelo correio."

"O quê? Você acha que *eu* sou a informante?"

Ele encolheu os ombros, causando uma fissura em seu exterior rígido, me fazendo relembrar de sua juventude, da pessoa que ele costumava ser. "Você não responde aos nossos e-mails. Mudou de número. Consegue perceber a impressão que isso passa?" Ele ergueu as mãos, como se exibisse as provas de um julgamento, apresentando um argumento final convincente.

O pânico e a indignação cresceram dentro de mim, substituindo momentaneamente o medo.

"Não fui eu", declarei. "E, até onde eu sei, é *você* que trabalha para as pessoas que nos entrevistaram. Talvez o responsável seja alguém de lá."

"Impossível", ele respondeu, recostando-se de novo na cadeira e encerrando aquela linha de questionamento.

"Como você sabe disso?"

"O melhor para eles é que nada disso vaze, Cassidy. Você consegue imaginar como isso impactaria a imagem da firma? Eles não representaram só a gente. Também representaram os mortos. Como você acha que a empresa ficaria se a filha de um dos sócios estivesse potencialmente envolvida? Isso implicaria um encobrimento do caso. Acredite em mim, eles não querem que nada disso se espalhe, não mais do que o resto de nós."

O som de uma gargalhada ecoou do pátio, sombras se moviam sob os postes alinhados ao longo da calçada.

"O escritório de advocacia", eu disse. "A família de Amaya. Eles sabem. Sabem tudo o que aconteceu na noite do acidente, não sabem?" Foi a primeira vez que tive certeza absoluta daquilo.

Josh não confirmou, mas tampouco negou minha afirmação.

"Quem contou para eles?", perguntei.

Lembrei-me de todos nós na adolescência, presos na sala de conferência com o advogado, um de cada vez.

Ele não respondeu, e, por um instante, pensei que fosse porque não sabia. Então percebi que Josh só ficava em silêncio quando não queria admitir alguma coisa.

"Foi você?", indaguei.

"Não", ele respondeu rapidamente. "Não fui eu." Ele apoiou o pé contra a grade, inclinando a cadeira para trás, e depois a soltou para que voltasse ao chão. "Mas não foi por falta de tentativa. Você alguma vez se perguntou como consegui meu emprego, Cassidy?"

Nunca havia pensado naquilo, na verdade. Ainda que ficasse surpresa. Ele mal havia se formado na faculdade de Direito quando conseguiu um cargo em período integral na empresa da família de Amaya. No entanto, todos nós tínhamos nos tornado pessoas diferentes.

"Vi uma oportunidade e a agarrei. Ao menos uma vez, consegui enxergá-la."

O significado do que Josh havia feito, de repente, tornou-se evidente. Como havia mudado a própria vida. A oportunidade se revelando.

Chantagem. Uma palavra tão dura e tão clichê.

"Você os ameaçou?"

"Não, não precisei falar nada. Era óbvio que já sabiam. Eu apareci, e eles imediatamente me ofereceram um estágio, uma bolsa de estudos, um cargo. Como se soubessem exatamente a razão pela qual eu havia aparecido lá. Pensei que tivesse sido Amaya, mas... agora já não tenho tanta certeza."

"Então quem foi?"

Ele bateu o pé contra o piso. "Clara. Ela voltou lá pouco antes de morrer."

Clara, que havia morrido no aniversário de um ano da tragédia.

"Nesse inverno", eu disse, "Amaya deve ter descoberto que eles sabiam." Afirmei, como se fosse um fato, embora, na verdade, fosse uma espécie de pergunta. Porém Josh provavelmente havia chegado à mesma conclusão. Fazia sentido. A época, a ruptura.

Se Amaya tivesse descoberto que, durante todo aquele tempo, seu pai sabia a verdade relacionada àquela noite e, mesmo assim, a mantivera em segredo, *por ela*, essa seria uma dívida que jamais conseguiria pagar. O modo como a família devia vê-la... As coisas que devem ter pensado...

"Ela deve ter pensado que foi você quem contou a eles, pois você trabalha lá", eu disse.

Provavelmente, ela havia somado as duas coisas, tentando imaginar como Josh havia conseguido o cargo.

Josh esfregou a lateral do rosto, então parou os dedos inconscientemente em cima da cicatriz.

"Josh, a família de Amaya... Você acha que eles fariam alguma coisa, se achassem que os detalhes daquela noite seriam expostos?"

Quem mais faria Amaya desaparecer? Quem mais poderia assustá-la a ponto de fazê-la fugir daquela maneira?

"Não", ele respondeu, de imediato. "Posso lhe garantir que não."

"Como você pode ter tanta certeza?"

"Porque quando os procurei, eles me deram um emprego sem hesitação nenhuma. Porque, quando Brody foi preso no ano passado por causa de uma briga de bar, eles limparam a ficha dele. Porque, todos os anos, eles pedem que Amaya volte para a empresa e, apesar de sua recusa, eles continuam doando dinheiro para as organizações dela."

Para mim, mais do que tudo, aquilo soava como uma forma de nos manter sob controle. A generosidade os mantinha comprometidos. A proximidade os deixava suscetíveis a ameaças. Josh estava perto demais para enxergar.

Clara havia contado a verdade, e ela estava morta.

Ian guardara a faca, e ele estava morto.

E agora Amaya estava desaparecida...

Josh se levantou abruptamente, as pernas da cadeira gemeram contra o piso. Ele se inclinou sobre o parapeito, olhando para além da varanda, e tive uma sensação de vertigem, a impressão de que ele observava outra coisa; algo presente em outro tempo e espaço.

"Vamos", eu disse, querendo que ele se afastasse da beirada. Ele continuou lá mais um pouco e então se virou e me seguiu para dentro.

Ao entrar no apartamento, Josh parou, digerindo tudo.

"Só pode ter sido Ian, Cassidy. Só pode ter sido ele."

"Josh, ele não seria capaz disso."

Talvez fosse. Havíamos mudado; não éramos mais as pessoas que tínhamos sido antes. Além disso, o acidente nos tornou diferentes. Talvez ele precisasse do dinheiro. A fonte já havia secado para a maioria do grupo.

"Por que você acha que ninguém entrou em contato com você?", ele continuou.

Sacudi a cabeça, determinada a não acreditar naquilo.

"Eu sei o quanto vocês eram próximos", ele insistiu.

Josh estava certo: fazia sentido que fosse Ian. Talvez ele estivesse tentando me proteger.

"No entanto, ele está morto, e isso ainda está acontecendo." Como se, independentemente do que houvesse se iniciado, a coisa tivesse criado vida própria.

"Acho que a gente não pode interromper isso agora", Josh disse, como se já se conformasse com a situação.

Ficamos ali parados em silêncio por um longo tempo, até que, por fim, eu resolvi falar.

"Encontrei algo na casa de Ian", informei, como uma confissão.

Ele se virou rapidamente. "O que você encontrou?"

Eu o encarei. Não precisei dizer nada. Ele sabia. Era o que estava procurando.

Josh moveu a mandíbula para cima e para baixo, emitindo um estalido baixo. "Eu o vi pegar a faca naquela noite", ele disse. "Não sabia que continuava com ele, mas, sim, eu a procurei. E sei que não fui o único a procurar."

Ian havia guardado todos aqueles segredos. Mas agora eu também tinha alguns por minha conta.

"Você vai contar?", perguntei.

O maxilar dele se contorceu em um sinal de emoção, um tique.

"Estou em dívida com você há muito tempo, Cassidy", ele disse, e, de repente, estávamos de volta. Bastou o fragmento de uma frase para trazer consigo um pulso de memória. A noite, a escuridão, a água. As mãos se conectando em meio ao terror.

Não respondi. Era a primeira vez que ele reconhecia aquilo. E talvez fosse por isso que ele me detestara por tanto tempo. Era uma dívida irredimível.

"Agora nos considero quites", ele continuou.

Assenti uma vez para firmar o novo pacto. A nova promessa.

Ele bateu a borda do envelope contra a bancada da cozinha.

"Você vai ler a carta pra mim?", perguntei.

Ele balançou a cabeça, desviando os olhos. "Não consigo." Então respirou fundo e jogou os ombros para trás. "Estou indo ao encontro de Amaya", ele disse.

"Onde?"

"No Stone River Gorge." *Eu vou voltar.* "Vou até a casa dela, esperar por ela lá. Quero ter certeza de que ela está bem."

Senti algo dentro de mim se enternecer.

"No fim das contas, você não é tão babaca assim, Joshua Doleman."

A boca dele se contorceu de novo, abrindo mais uma rachadura na máscara.

"Faça um favor a nós dois e não finja. Nós dois sabemos que isso não é verdade", ele disse.

Peguei um pedaço de papel da gaveta mais próxima e anotei meu número de telefone. "Me avise quando chegar lá. Quando encontrá-la. Só me mantenha informada, tá bom?"

Josh pareceu cogitar o meu pedido, então jogou o envelope sobre a mesa. "Pode ficar com isso", ele disse.

"Por quê?"

"Não tem nada aí que você não saiba", ele respondeu.

Engoli em seco, imaginando os horrores que poderiam estar contidos naquela carta. Então percebi que não precisava imaginar.

"Então é verdade?", perguntei.

"É verdade o bastante. O tipo de verdade que só pode ser dita por alguém presente no acidente. Quanto ao resto, precisaram pesquisar um pouco." Ele parou diante da porta da entrada. "Não está apenas relacionado ao que aconteceu. Mas a mim, em especial. Se aquela reportagem sair, todo mundo vai saber o que eu fiz."

"Você não fez nada, Josh", afirmei.

"Eu sei disso, Cassidy Bent. Pode acreditar em mim, eu sei."

ANTES

SEGUNDA HORA

JOSHUA

Joshua Doleman cochilava no momento do acidente, o que combinava perfeitamente com seu estilo de vida na época. Cochilava, inclusive, no momento em que o ônibus parou em frente à sua casa, no primeiro dia de aula do ensino médio. A mãe dele teve que arrancá-lo à força da cama e empurrá-lo porta afora, então ele chegou à escola sem nada nas mãos, vestido com as roupas de dormir, e isso definiu o tom dos anos seguintes.

Ele cochilava quando chamaram seu nome do auditório durante o primeiro ano a fim de parabenizá-lo por uma nota alta tirada em um exame nacional que ele mal se lembrava de ter feito. E também cochilava, no fundo da sala de aula, quando os orientadores passaram os requisitos necessários para a graduação da turma, motivo pelo qual havia recebido um e-mail na semana anterior, avisando-o de que não tinha completado as horas de voluntariado necessárias para receber o diploma.

E agora estava ali — voando, *caindo*. Sem saber se era ou não um sonho.

Seu corpo atingiu o banco diante dele e depois bateu no teto. Duas pancadas consecutivas, por isso não conseguiu recuperar o fôlego — o ar havia sido roubado de seus pulmões. Então, de repente, conseguiu respirar, mas através de um lampejo de dor que percorreu sua espinha. Ele ouviu um alarme soar em seus ouvidos — ou será que era um grito?

Nem ele mesmo sabia dizer como havia sobrevivido. Teria sido algum instinto substituindo o medo? Compensando a falta de consciência, o fato de não estar usando o cinto de segurança... uma espécie de sonho em que seu corpo sabia exatamente o que fazer. Um gato girandov o corpo ao aterrissar, por puro instinto, sobre suas quatro patas.

Não importava que a van estivesse de ponta-cabeça, que ele se revirasse em cima do teto, que água viesse de baixo, infiltrando-se por todos os buracos possíveis. Ele não saberia dizer há quanto tempo apalpava as beiradas ao redor de si quando a água começou a subir, forçando-se através dos vãos, invadindo tudo.

Mas sabia que, se a água estava entrando, isso significava que tinha de haver uma abertura por onde pudesse escapar, ainda que a força da correnteza o empurrasse para trás. O pânico se apoderou dele, quando sentiu as fendas da janela de vidro e começou a dar pontapés, mas sem conseguir chutar com força o suficiente por causa do nível elevado da água. Como num sonho, tudo estava em câmera lenta.

Então, milagrosamente, o vidro se partiu. Mas a força da água empurrou os cacos de vidro para dentro e eles o envolveram, em meio à água. Ele sentiu um corte na palma da mão ao tentar sair. Em seguida, um corte profundo na bochecha. Josh ofegou por instinto e acabou engolindo muita água. Estava escuro demais e ele não conseguia encontrar o caminho.

Em pânico, completamente desorientado, ele começou a se perguntar se seria mesmo tão horrível simplesmente dormir para sempre.

Uma mão o agarrou por debaixo do braço. Havia outra pessoa no escuro, puxando-o. E ele se deixou ir, deixou-se levar pela correnteza, até seus pulmões começarem a arder.

De repente, sua cabeça estava acima da água, e ele se agarrava a uma menina, a mesma que tinha se sentado ao lado dele na van, do outro lado do banco — Cassidy Bent —, que agora lhe gritava alguma coisa. "Josh! Segura o... Não solta!" Contudo, metade de suas palavras foram engolidas pela água do rio. Ele se engasgava, girando em círculo. Num redemoinho, onde não conseguia se orientar.

Não sabia onde deveria segurar e, em meio a tantas possibilidades, ele fez o que fazia sempre — nada. Mas Cassidy ainda o segurava debaixo do braço, e ela se enrolou em volta de um galho, ou de um tronco, e Josh sentiu a água passar por ele. Cassidy o puxou para mais perto e, de repente, eles estavam na lama, em terra firme. Joshua ficou de quatro, arfando.

Atrás deles, a van tinha parado de se mover, apoiada em algo debaixo da água, com os faróis ainda acesos, brilhando logo acima da superfície, e as rodas se projetando para fora do rio.

Josh caiu de lado, mas a menina ainda gritava com ele.

"Temos que voltar!", ela berrou, antes de tossir com violência.

Josh olhou na direção da luz — a van estava presa num redemoinho, um tronco de árvore bloqueava o seu avanço.

"Josh, acorda!"

Ele ouviu o metal rangendo, duas forças opostas. Sabia o que estava prestes a acontecer. Física básica, uma equação matemática escrita no quadro, uma resposta na cabeça que ele nunca se preocupou em partilhar.

A van não aguentaria por muito tempo, e depois todos iriam morrer.

"Vamos!", ela gritou, mas ele não se mexeu. Não fez absolutamente nada. Às vezes, Josh sentia uma desconexão entre a mente e o corpo. Demorava tempo demais para conseguir se mexer. Sentia-se melhor quando não estava pensando, quando não estava sobrecarregado de opções e possibilidades. Quando cochilava, e a van em movimento, e, de alguma forma, intuitivamente, ele sabia o que fazer.

Cassidy o deixou ali e voltou a subir pela margem do rio, em direção à van. Ela também sabia o que estava prestes a acontecer. Entraria, seria levada para o fundo, como os outros, e ele se tornaria o único sobrevivente. Logo ele, o menos provável de estar ali, o menos provável de se formar, o menos provável de ser relevante em qualquer coisa. Mas seria ele. O sobrevivente.

Josh se aproximou o máximo que pôde, indo até a beirada, agarrando-se a uma raiz de árvore que se estendia vinda do rio. Observou enquanto Cassidy caminhava ao longo da margem, olhando para o rio.

Então a menina sumiu sob a superfície. Josh continuou olhando para o lugar de onde ela havia desaparecido. Olhando para o rio e contando as batidas de seu coração, que ressoavam em sua cabeça. Mesmo assim, não se moveu.

De súbito, Cassidy reapareceu, do outro lado do tronco, descendo o rio mais uma vez. Havia outra cabeça ao lado dela, lutando para respirar. Ian Tayler, com quem, em outra vida, ele costumava jogar videogames no porão.

Cassidy gritava com ele de novo. "Ajuda a gente!" Estavam próximos, e Josh continuava agarrado àquela maldita raiz de árvore. Foi a própria Cassidy que precisou se esticar e se segurar nele dessa vez. Ela o agarrou pela cintura, e então ele precisou agarrá-la de volta; caso contrário, seria puxado para baixo junto com os dois.

A menina cravou as unhas nele, e Josh sentiu a pressão do rio arrastando a todos. Teve certeza de que Cassidy causaria a morte dos três, por nada. Para salvar justo Ian Tayler, dentre todas aquelas pessoas.

Mas então Ian conseguiu segurar as raízes atrás dele, e os três se viram livres da correnteza.

Não houve momento de alívio, nenhum tempo para processar o ocorrido. Ian se virou para o rio escuro e gritou: "E os outros?".

Cassidy e Ian se encaravam, quando a van subitamente se soltou do redemoinho. Era impossível ir atrás da van. O carro desapareceu de vista pouco antes de dobrar a curva; primeiro, os faróis, depois, os pneus, afundando debaixo da água. A última coisa que Josh conseguiu ver sob a luz dos faróis foi o rosto de Ian, sua boca aberta em um grito congelado. E Cassidy, com uma expressão de horror e repulsa, virando-se para encarar Josh.

Ele conseguiu interpretar perfeitamente o que ela estava pensando: *Mas que merdinha inútil...*

Mas aquela expressão não era por causa dele.

Então Josh se preparou para enfrentar o impacto de sua raiva, de sua fúria, mas ela simplesmente o ignorou. Em vez disso, puxou Ian, que estava tremendo e possivelmente em estado de choque, para mais longe da água.

E eles ficaram sentados ali, em silêncio. Como se pudessem ouvir alguém voltando. Como se os outros passageiros da van fossem encontrá-los de alguma forma. Ele não fazia ideia de quanto tempo ficaram ali, imóveis na margem do rio, à espera.

Finalmente, ouviram algo. Mas não vinha daquela direção. Vinha de trás deles.

Cassidy se pôs em pé. "É a outra van", ela disse.

Ian também se levantou, embora ainda cambaleasse um pouco e parecesse desorientado, como Josh.

Andaram em fila única, mas Josh ainda não conseguia se situar. Ele pisou exatamente onde Ian havia pisado antes. Ainda assim, não conseguia entender como tinham ido parar naquele rio no meio da noite. O motivo de estarem escalando e atravessando um aglomerado de árvores, rochas e lama. Não sabia por que havia o que parecia ser uma caverna tenebrosa envolvendo-os e somente o brilho tênue da lua escondido debaixo de uma nuvem escura.

"Onde estamos?", ele perguntou, afinal. "O que tá acontecendo?"

De início, ninguém respondeu, o único som presente era o de passos esmagando raízes e chapinhando na lama. "Sofremos um acidente", Cassidy respondeu, por fim.

"Eu sei disso", Josh falou, acelerando o passo. "Mas onde é que a gente tá?"

"A gente saiu da estrada pra evitar o trânsito, procuramos uma área de descanso", ela continuou. Então parou abruptamente e se virou para encará-lo. "Você não se lembra? Bateu a cabeça no acidente?"

Ele havia dormido durante todo o trajeto. Mal registrou as luzes se acendendo dentro da van, as portas abrindo e fechando. Tudo parecia ter sido parte de um sonho, exatamente como voar pelo ar, como atravessar a margem lamacenta do rio. Ele ficou encolhido contra a janela, com os pés esticados o mais longe possível, apoiados na bolsa que Cassidy havia colocado entre os dois como divisória, a fim de impedir o avanço de suas longas pernas.

"Havia uma coisa na estrada", Ian disse, embora o seu olhar continuasse distante, perdido. "Eu vi."

Cassidy se virou para a frente e continuou a andar. "Ali, olha", apontou. Então ela conteve um suspiro ou uma gargalhada. "Acho que estão bem." E começou a andar mais depressa. A outra van tinha caído, de alguma forma, com o lado direito para cima, como se tivesse descido em linha reta por um declive, em vez de ter sido catapultada pela noite escura.

Porém alguém chorava, emitindo soluços altos e ofegantes. E, à medida que se aproximavam, Josh começou a achar que não estava tudo bem.

Propositalmente, ele diminuiu a velocidade de seus passos. Sentiu que Ian fazia o mesmo.

"O que você viu?", Josh perguntou a Ian baixinho.

"Surgiu do nada." O olhar de Ian ainda estava distante, mirando o topo da ravina, o lugar onde as rochas pareciam desaparecer no céu. "Um cervo."

Nesse momento, Josh escutou um grito. Grace Langly gritava o nome do professor. Foi a primeira coisa que ele conseguiu enxergar, do outro lado do rio. O sr. Kates caído sobre o volante. Teve o azar de estar sentado justamente ali. A violência da cena toda...

A adrenalina que o impulsionou até aquele momento finalmente começou a passar, e Josh sentiu o inchaço em volta do corte em seu rosto, os hematomas nos punhos, de tanto bater, desesperadamente, no vidro e no metal. Percebeu que Ian segurava o braço de um jeito estranho, como se estivesse deslocado.

Lembrou-se daqueles terríveis momentos de pânico antes de ser puxado para fora da van.

Antes de ser salvo.

Estava mais próximo da janela dos fundos, da rota de saída. Era só isso. No fim, era só isso que importava, só o que havia entre a vida e a morte.

Pela primeira vez em muito tempo, Josh estava completamente acordado.

SÁBADO

CAPÍTULO 19

Eu estava de volta ao local do acidente. Engasgando-me com a água da correnteza, com a água do rio, enquanto puxava Josh para a margem. Voltando desesperadamente para o rio atrás de Ian. Esticando os braços em sua direção, várias e várias vezes, sentindo o frio da sua mão escorregando por entre meus dedos agora.

O celular na minha mesa de cabeceira vibrava, e me sentei aturdida na cama. Era mais tarde do que eu pensava; assustei-me com a luz que indicava que já estávamos no meio da manhã, e eu tentando me esquecer da noite do acidente.

O meu primeiro pensamento, ao puxar o celular para perto, foi: *Amaya*.

Mas os meus olhos focaram uma mensagem de Russ: *Desculpe, tive uma emergência familiar e precisei ir à casa dos meus pais*.

E outra mensagem: "*Tá em casa?*".

Respondi "*Estou em casa!*", então fiquei observando, esperando que a mensagem aparecesse como entregue. Tudo parecia atrasado, como se eu estivesse presa na correnteza, em areia movediça, a geografia mudando debaixo dos meus pés. Como se a distância desta semana finalmente se tornasse grande demais. Como se eu não pudesse mais voltar a ser a pessoa de antes.

A única outra pessoa que havia me mandado mensagem no dia anterior era Jillian, que me perguntou se eu estava bem. Um lembrete sutil, ou talvez uma preocupação genuína, de que eu não havia feito as tarefas prometidas para aquela semana. Aquele comportamento não tinha nada a ver comigo. Pelo menos não com a pessoa que ela conhecia.

Mais ninguém havia entrado em contato. Nem Josh, para me dizer se havia chegado à casa de Amaya, nem Grace, para saber se eu havia chegado bem em casa.

Perguntei-me se todos haviam recebido uma carta.

Perguntei-me se todos haviam compreendido tudo, como Josh.

Forcei-me a sair da cama, com o estômago se contorcendo — eu tinha tomado uma garrafa de vinho sozinha na noite anterior. Precisei da primeira taça para conseguir ler a carta de Josh pela primeira vez. Precisei do resto da garrafa para conseguir relê-la de novo e outras vezes.

Quase podia recitá-la de cor àquela altura, as palavras ressoavam na minha cabeça. Mesmo na primeira vez em que a li, eu já imaginava o que estava por vir, como um eco sussurrado.

Josh estava certo; aquela informação só podia vir de mim ou de Ian. Éramos os únicos ali. Hollis tinha escapado da própria van sozinha e, mais tarde, se reuniu ao restante de nós quando Grace acendeu o sinalizador. As únicas pessoas que sabiam o que havia acontecido com Josh e Ian éramos nós três.

E só eu e Josh sabíamos que o resgatei na van.

Alguém, além de Josh, havia vasculhado meu apartamento.

Até onde me lembro, sempre guardei os diários no fundo do cofre. Debaixo do meu passaporte, da minha certidão de nascimento, do número do meu seguro social. Escondidos em segurança debaixo do acordo judicial e da minha papelada bancária, como se eu oferecesse tudo aquilo primeiro, caso alguém viesse à procura.

Mas nada havia sido tocado, e, ainda assim, o fundo do cofre estava vazio. O meu passaporte, a minha certidão de nascimento, o meu acordo judicial — tudo no lugar. Só que onde antes havia uma pilha de diários, agora tinha apenas uma base metálica exposta, com poeira acumulada nos cantos.

As únicas coisas que faltavam eram os cadernos.

A prova.

Por que ninguém entrou em contato comigo? Por que ninguém apareceu, como haviam feito com Oliver, Josh ou Hollis? Era uma pergunta que incomodava Josh e também me incomodava.

E agora eu entendia por quê.

Eles não precisaram falar comigo, pois já tinham todas as informações de que necessitavam.

Um tipo de medo que eu já conhecia se apoderou de mim — o medo de que tudo fosse minha responsabilidade, de que eu fosse morosa demais, ou de que fosse tarde demais para impedir que aquilo acontecesse. Para salvá-los.

Quando eu tinha visto os diários pela última vez? Antes de uma viagem à Europa no verão passado, quando precisei do meu passaporte?

A chave ainda estava ali, guardada em segurança na gaveta da minha mesa de cabeceira, debaixo do livro que eu estava lendo. Não acho que Josh a teria substituído com tanto cuidado, considerando o modo como ele deixou o resto do apartamento, todo bagunçado. Eu o teria visto com os diários, se ele os tivesse pegado.

Não, não tinha sido Josh.

Joguei água no rosto para me orientar e voltei a percorrer desesperadamente o restante do meu apartamento, verificando lugares que eu já tinha olhado, contra toda a lógica e razão, como se, na minha memória, eu tivesse colocado os diários em outro local.

Verifiquei as caixas no armário, o espaço debaixo da minha cama, os armários da cozinha, como se, no meu inconsciente, eu os tivesse mudado de lugar e simplesmente esquecido.

Mas os diários haviam desaparecido.

Era tudo minha culpa. Minha responsabilidade. Senti o coração martelando em meu peito, meu estômago afundando, era o mesmo sentimento de quando havia partilhado meus diários com Ian, pela primeira vez, durante aquele verão que passamos juntos. Dando voz a algo que só vivia dentro de mim, experimentando a expectativa e a emoção de poder exteriorizá-lo para o mundo.

Seu olhar foi uma fração do modo como ele estivera no rio naquela noite. Confusão. Surpresa. Horror.

Todos nós tivemos de encontrar nossas próprias formas de lidar com a situação. Ele sabia disso — e eu tinha *certeza* de que entendia. Mas, ao fim, sei que ele nunca aprovou o meu modo de lidar com tudo aquilo.

Nos meses seguintes ao acidente, escrevi tudo o que havia acontecido, numa tentativa desesperada de compreendê-lo.

Participei da matéria optativa de Escrita Criativa com Brody Ensworth no ano anterior. Eu me sentara atrás de Joshua Doleman no ônibus durante três anos seguidos. Morava no fim da rua em que Oliver King também morava. Fui guia de Hollis March quando ela entrou na escola; almoçamos juntas até ela ser engolida pelo mundo de Brody. E participara do Clube de Voluntários, com Amaya, durante todo o ensino médio, onde a ouvia falar de sua família como se aquilo também a definisse. Eu achava que conhecia todos eles.

Foi o meu terapeuta que me pediu para fazer aquilo, para tentar imaginar outra pessoa naquela noite, em vez de mim. Para que eu pudesse dar a essa pessoa a benevolência e a empatia que negava a mim mesma.

Contudo, algo havia acontecido, uma escuridão que não consegui afastar. As palavras saíram de mim como num sonho febril. Sempre gostei de escrever, mas aquilo não era a mesma coisa. Já não era um escape, mas uma compulsão — uma obsessão. Não conseguia escrever rápido o suficiente, e sentia que as palavras poderiam fugir de mim se eu não as escrevesse imediatamente. Precisava transformar as minhas memórias fragmentadas em algo concreto e real.

Ian era a única pessoa em quem eu confiava, então lhe mostrei os diários quase no fim do verão, quando já havia acabado de escrever, na esperança de que ele pudesse me ajudar a preencher as lacunas. Achava que, com a sua ajuda, eu poderia completar o resto da história sobre aquela noite. Para que ambos pudéssemos compreender tudo.

Entretanto, eu havia julgado de forma errônea a profundidade de sua compreensão e sua aceitação.

Você não pode. Você não pode escrever essas coisas, Cassidy. Meu Deus, no que você estava pensando? E por que é que você sabe tudo isso sobre todo mundo?

Ele olhou para mim como se me visse pela primeira vez. E talvez fosse isso. Afinal, ele não tinha reparado em mim durante nossos quatro anos de escola. A maioria deles não havia reparado.

Prometi que me livraria dos diários, mas percebi nesse exato instante que algo havia se rompido entre nós. Eu havia esquecido que ele tinha um passado com muitos do grupo. Que Ian tinha crescido com aquelas pessoas, que tinham sido próximos, ao contrário de mim. Ian tinha outros vínculos, outras razões para mantê-los a salvo.

Destrua os diários, pediu. *Promete pra mim.*

E prometi. Naquela época, eu queria fazer tudo o que ele me pedia. Só que, em vez disso, eu os guardei, talvez pela mesma razão, agora eu compreendia, que ele havia guardado a faca. Era uma prova do que havia acontecido. Uma prova, caso precisássemos. Um tipo de proteção; uma acusação pronta. Uma saída.

Os diários nunca estiveram longe da minha vista. Na verdade, foi o contrário, pois me acompanharam na faculdade, amontoados no alto do meu guarda-roupa, me seguiram no primeiro apartamento que dividi com um colega da faculdade e foram comigo para o apartamento em que eu morava agora. Com os diários por perto, eu sempre sentia algum conforto. Fazia quase uma década que não os lia, então as palavras da carta de Josh ficaram pairando no ar, ao mesmo tempo familiares e desconhecidas.

Mas, àquela altura, eu percebia que Ian estava certo. Devia tê-los destruído. Longe do meu alcance, eles adquiriam vida própria — transformando-se em uma força que eu não poderia conter.

E se alguém achasse que eu os havia entregado por vontade própria, como Josh havia insinuado? Quantos me enxergariam no fundo de cada uma das cenas? Quantos compreenderiam que a linha de informações seguia apenas o meu caminho naquela noite?

As minhas mãos tremeram quando encontrei o número do Josh e tentei ligar — mas ninguém atendeu.

As únicas outras pessoas para quem pensei em ligar foram os pais de Amaya, mas o número do telefone da casa deles não estava na lista telefônica. O único número público era o do escritório de advocacia, Andrews & Andrews. Era um sábado; imaginei que estaria fechado. Ainda assim, presumi que tivessem uma secretária eletrônica.

Deixei uma mensagem curta e direta. "Olá, esta mensagem é para o sr. Andrews. Aqui é Cassidy Bent. Estou preocupada com Amaya. Ela esteve conosco esta semana, mas foi embora e ninguém sabe seu paradeiro desde então. Não consigo falar com ela. Por favor, me avise se souber de alguma coisa."

Sentia que todas aquelas pessoas eram minha responsabilidade. Uma lista de nomes que eu precisava sempre checar. Para ter certeza de que estavam todos bem. Já havia tantos que eu não podia mais ajudar...

Jason, Trinity, Morgan, Ben.

Clara.

Ian.

Queria saber o que Ian estava fazendo no Remanso antes de morrer. Queria descobrir quem ele havia procurado ou quem havia procurado ele. Se o contato havia ocorrido por mensagem, e-mail ou carta. Se havia sido pelo Instagram, como foi com Hollis, ou por e-mail, como aconteceu com Oliver. Parecia que o método usado condizia com a personalidade de cada pessoa.

Eu deveria ter pegado todos os pedaços de papel que encontrei no quarto de Ian para tentar acessar seu e-mail. Coloquei seu celular para carregar, para que pudesse verificar de novo, de uma forma metódica, cada uma das pastas. Mas tudo exigia identificação facial ou senha.

Abri uma lista de aplicativos, esperando que houvesse algo ali intitulado *Senhas* — torcendo para que ele tivesse adotado esse novo método em vez de continuar acumulando tiras de papel em sua escrivaninha.

No entanto, só encontrei uma série de jogos e aplicativos de redes sociais. Até o aplicativo de notas estava vazio.

A pasta intitulada *Casa* continha seu aplicativo do banco e uma série de aplicativos de entrega de comida, mas o último aplicativo daquela pasta me chamou a atenção, me puxando pela memória. Olhei para ele mais uma vez.

WatchingHome.

Era o mesmo nome que eu tinha visto estampado na câmera que encontrei no Remanso.

Sentei-me na beirada da cama, encarando o celular.

A câmera.

Talvez ninguém estivesse usando aquela câmera para nos vigiar durante a semana.

Talvez aquela câmera pertencesse a Ian.

Abri o aplicativo, prendendo a respiração, embora soubesse que ele provavelmente também o havia bloqueado. Eu não sabia a senha. Tentei seu aniversário, porque sua mãe sempre me dizia que ele vivia esquecendo todas as senhas, que precisava anotá-las.

Então corri para pegar minha mala, que ainda estava lá fora, no corredor, próxima da entrada do apartamento. Joguei-a no chão, abri o zíper e procurei a sua velha jaqueta, que eu havia guardado sob uma pilha de roupas.

Enfiei a mão no bolso dela e peguei o recibo do restaurante Maré Alta. Não fazia sentido; ele não tinha razão nenhuma para tê-lo guardado. Era apenas um recibo onde havia escrito do outro lado...

O Remanso!

Talvez não fosse uma anotação qualquer. Com as mãos trêmulas, tentei inserir a senha mais uma vez, digitando a frase toda, sem espaço: *ORemanso!*

De repente, como por milagre, consegui acessar o aplicativo.

As batidas do meu coração martelavam dentro da minha cabeça, e o celular tremia nas minhas mãos.

Havia várias notificações pedindo atualização de dados para a renovação da conta e solicitando pagamento com cartão de crédito. Uma nota surgiu na tela para avisar que a assinatura havia expirado.

Ignorei os avisos e abri a pasta nomeada como *Gravações*, na esperança de que ainda houvesse alguma coisa ali, apesar de a assinatura ter vencido.

Várias pastas apareceram. As gravações estavam nomeadas por data e tinham sido organizadas da mais recente à mais antiga. A mais recente delas era do final de fevereiro. Ian provavelmente havia pagado somente aquele mês.

Prendi a respiração e apertei o play.

A imagem parecia sair de um aquário distorcido, a partir do ângulo da câmera escondida sobre a estante de canto. A visão panorâmica deixava à vista a sala de estar, a sala de jantar e a escadaria escura a distância.

O primeiro som da gravação — o ranger da porta da frente se abrindo — deixou meus nervos em frangalhos.

Às 9h10, um homem e uma mulher entraram carregando vários produtos de limpeza e depois começaram a circular pela sala. Suspirei. A companhia de limpeza que Oliver havia mencionado. A câmera os gravou enquanto passavam, pra lá e pra cá, pela sala. Partiram duas horas depois.

Não havia gravação nenhuma até várias semanas antes, no dia 5 de fevereiro.

Dessa vez, estava escuro quando a porta da frente rangeu de novo. Parecia ser o meio da noite, sem nenhuma das luzes acesa, nem dentro e nem fora da casa.

"Olá?", uma voz chamou.

Uma lâmpada se acendeu de súbito e vi Oliver parado na entrada, piscando enquanto os olhos se ajustavam à luz. "Ian?", ele chamou.

Levei a mão à boca. Primeiro, Oliver subiu as escadas, indo ao lugar que eu também teria procurado — o quarto de Ian no terceiro andar.

Senti-me como se subisse os degraus em companhia de Oliver — com a exceção de já saber o que ele encontraria. Mesmo assim, eu não conseguia desviar os olhos. Ele caminhava por uma trilha sombria da qual não conseguiria escapar. Por fim, Oliver voltou ao térreo, e ouvi alguns armários abrindo e fechando na cozinha, o som da torneira sendo aberta enquanto ele enchia um copo de água.

Deve ter achado que Ian não estava em casa.

Então Oliver voltava ao alcance da câmera. Ele puxou uma cadeira da mesa da sala de jantar, franzindo o cenho. Tinha visto a mochila de Ian, e agora a virava nas mãos, chamando o nome dele mais uma vez.

Oliver pegou a mochila, colocou-a em algum lugar fora da vista da câmera e voltou para os fundos da casa.

Parecia seguir em direção do próprio quarto. Eu mal podia imaginar o que viu por lá.

Não estava no quadro — não vi o que aconteceu, não enxerguei sua reação, mas pude ouvi-lo. Oliver berrou o nome de Ian, do mesmo jeito que eu faria em seu lugar. O horror da situação.

Um som que eu só tinha ouvido uma vez antes — quando Oliver gritou o nome de Jason para o vazio, logo depois de o amigo ter sido engolido pelo rio. Uma tragédia que Oliver havia colocado em marcha ao propor a votação para mandar alguém até o outro lado do rio e, depois, ao sugerir que tirassem o escolhido na sorte. Ele havia arriscado e tinha perdido. O pior havia acontecido — e ele tinha sobrevivido.

Fechei os olhos. O jeito como Oliver gritava o nome de Ian fazia meu coração disparar. Será que ele tentou reanimá-lo? Ou deduzira que já estava morto há muito tempo?

Eu não queria saber. Esses eram segredos que Oliver podia guardar para si mesmo.

Por fim, ele saiu do quarto e se sentou no sofá com a cabeça apoiada nas mãos. Ficou naquela posição por tanto tempo que achei que a imagem havia congelado.

Então levantou-se abruptamente, passou a alça da mochila de Ian pelo ombro e desapareceu de vista. A lâmpada se desligou, e a câmera parou de gravar.

Não sei o que havia acontecido com o celular de Ian naquele momento. Talvez Oliver o tivesse pegado ou ele tenha sido esquecido dentro da casa. Perguntei-me se alguém poderia ter entrado ali antes. E tive medo, pela primeira vez, de saber a verdade.

No fim das contas, não era o problema de todos nós ali? Não queríamos *realmente* saber a verdade. Não mais. Não queríamos saber quem havia esfaqueado Ben. Não queríamos pensar na forma como havíamos encurralado Brody, tentando forçá-lo a entrar na água. Como havíamos escutado Trinity berrar nossos nomes enquanto virávamos as costas e partíamos. Não queríamos saber o que havia acontecido com cada um deles depois que escalamos o penhasco — e, de repente, eu não queria saber o que havia acontecido com Ian.

Sofria de paranoia, foi o que disse a mãe dele, desde a morte de Clara. E se aquilo não fosse um efeito de seu vício em drogas, e sim a causa?

Eu lhe devia aquilo. Precisava ser sua testemunha, é claro. Devia muito a todos eles. Por isso, tinha que assistir àquele vídeo. Quem mais faria aquilo?

No aplicativo WatchingHome, procurei o vídeo do dia anterior — a primeira gravação. A primeira coisa que vi foi o rosto de Ian, muito próximo, como se estivesse refletido no espelho distorcido de uma casa de espelhos. Os grandes olhos castanhos, o cabelo cortado curto, os dentes mordendo o lábio inferior. Ajustava a câmera com os olhos escuros encarando diretamente as lentes enquanto ele se empoleirava em uma cadeira.

Pude perceber, pela sua expressão, que havia algo de errado. Ele exalava uma energia nervosa e tinha o olhar meio selvagem — intenso demais. Pareceu hesitar no exato momento em que seus olhos se fixaram nos meus, com as pupilas totalmente dilatadas. Prendi a respiração, imaginando que Ian olhava para mim, atravessando a barreira do tempo — *Estou aqui...* —, antes de perceber que provavelmente ele havia se assustado ao enxergar o próprio reflexo na lente da câmera.

Ele estava tão perto... tão perto que tive a impressão de que poderia esticar o braço e tocá-lo pela última vez.

Então Ian desceu da cadeira e passou a mão pelo cabelo curto. Seus tremores eram bastante visíveis naquele gesto. Aproximei o celular do meu rosto, como se temesse perdê-lo, como se a correnteza o levasse para longe, como se fosse a última vez que lhe esticasse a mão, sem conseguir evitar que ele escapasse entre meus dedos.

Ele checou o celular e olhou de volta para a câmera, como se quisesse ter certeza de que tudo estava funcionando perfeitamente. Então foi até a janela da frente e olhou para fora.

Ouvi sua voz, embora parecesse estar falando em um telefone que eu não conseguia ver. Aumentei o volume do celular e me aproximei ainda mais — Ian conversava consigo mesmo. Suas palavras eram indecifráveis, mas a cadência era perturbadora. Assustadora.

Ele surtou e não havia ninguém para ajudá-lo. Não consegui ajudá-lo. Oliver não conseguiu ajudá-lo. Não havia ninguém ali para impedir sua queda. Nem para testemunhá-la.

Ian saiu do enquadramento e voltou algumas vezes, mas nada acontecia. Nada exceto sua própria derrocada, enquanto aumentava a velocidade das passadas, parando só para espiar pelas janelas de uma forma que beirava a obsessão ou a paranoia.

Adiantei o vídeo, observando como ele andava da janela da frente até a cozinha, como se esperasse alguém.

Por fim, enquanto ele estava parado diante da janela da frente, alguma coisa pareceu chamar sua atenção. Ele se virou bruscamente e ficou olhando para os fundos da casa.

Voltei a gravação, assisti-a de novo, prestei atenção.

Uma batida na porta dos fundos.

Como se a pessoa que estivesse esperando optasse por vir pelos fundos em vez de entrar pela frente da casa.

Ian deu uma olhada rápida na direção da câmera antes de sair do quadro, caminhando em direção aos fundos da casa.

Havia duas vozes na gravação, mas eu só consegui distinguir a de Ian. Aumentei o volume no máximo, e percebi que Ian fazia o possível para projetar a voz, enquanto a outra pessoa não se esforçava tanto para isso.

"Sim, tenho, sim. Sim, é aqui que a gente se encontra."

Meu Deus, Ian, o que você tinha...? O que você estava entregando?

Ian voltou a aparecer na câmera, como se estivesse tentando atrair a outra pessoa para lá. Como se aquele fosse seu plano o tempo todo — pegá-los no flagra.

Uma saída. Uma forma de proteger a todos nós. Para nos salvar.

"Por que você veio pelos fundos? Cadê seu carro?", perguntou.

"Estou ficando no camping." A voz de um homem, suave, mas determinada. Senti algo familiar em sua cadência. Tentei encaixar um rosto: Oliver, Brody, Josh. Will? Nenhum deles parecia se encaixar.

O camping... A direção para onde, segundo Oliver, alguém havia se dirigido naquela noite na praia. Alguém que Amaya tinha visto, dias antes. E alguém que provavelmente também tinha visto Amaya, depois de deixar a casa...

"Posso ver seu celular? Sei lá, tenho a sensação de que você tá me gravando ou algo do tipo." A voz do cara mudou, parecendo meio nervosa, confrontadora.

Pelo jeito, eu não era a única que havia notado o comportamento instável de Ian.

"Não estou", ele respondeu, e observei o momento em que colocou o celular sobre a bancada da cozinha, o braço esticado fora do quadro da câmera. Desse modo, a posse do celular foi passada adiante, assim como a faca de Oliver na noite do acidente.

Houve um longo silêncio enquanto o outro homem analisava o conteúdo do celular de Ian. Por fim, ele disse: "Pode me servir uma bebida?".

Ian desapareceu por um momento, e as vozes se enfraqueceram, cada vez mais difíceis de serem ouvidas.

Então ele voltou para a visão da câmera, como se tentasse, desesperadamente, mudar a conversa para aquela parte da casa. Gravá-la com a câmera. Aquele havia sido seu plano o tempo todo.

"Você disse que ajudaria", o outro homem falou. "Que a tinha em mãos."

As coisas estavam mudando rápido demais. Ian não ia ajudar com nada. Pude ver aquilo desde o início. Ele tentava, apesar de tudo, nos salvar. E não tinha nenhuma condição de fazer aquilo sozinho.

"Escuta, eles não são pessoas ruins", afirmou. "Você não entende." Eu teria dito aquilo da mesma forma, era algo em que possivelmente, até mesmo, acreditasse. Porque fizemos um pacto, e admitir o contrário nos forçaria a voltar ao passado, a revisitar tudo aquilo, desenterrar a verdade.

"Eles são pessoas *muito* ruins", a outra voz disse, agora mais baixo. "E sabe como sei disso? Minha irmã me contou. Ela me contou tudo antes de morrer."

Aquela palavra zumbiu nos meus ouvidos. *Irmã*. Quantas pessoas poderiam ter contado aquilo àquele homem? Grace, Hollis, *Clara*.

Havia apenas uma pessoa, além de nós, que Ian se sentiria impelido a ajudar. Uma outra sobrevivente, que já não estava mais ali. Clara. A foto dela colada no verso da nossa foto... Ele teria feito tudo por Clara.

"Você não entende", Ian insistiu, elevando a voz. "Não estava lá."

"Mas Clara estava. E me contou. Contou que todos vocês fizeram coisas horríveis... inclusive ela. Ela nem queria falar sobre isso. Depois de sua morte, fiquei de olho em todos vocês..."

"Você estava *vigiando* a gente?"

Uma pausa. "Só verificando", ele disse. "Vendo o que andavam aprontando. Se você soubesse quanta informação está disponível on-line..."

Senti um calafrio, pensando nele de olho em cada um dos nossos passos, exatamente como eu havia feito ao longo dos anos. Navegando nos *feeds* das redes sociais, lendo atualizações de novos cargos no emprego, sempre pesquisando nossos nomes e localizações.

"De certa forma, senti que conhecia todos vocês. E Clara os protegia, então eu também faria isso. Mas aí recebi o convite para aquele memorial ridículo da biblioteca, em homenagem às vítimas do acidente. Apareci, e sabe o que percebi? Que não há menção nenhuma à Clara. *Nada*. Ela não é uma de vocês e também não é uma deles." Pela primeira vez, a voz dele aumentou de tom. "Por que ela não conta como vítima? Por que não fazemos parte do acordo judicial? Fui até os advogados enquanto estive na cidade, para tentar incluir Clara no acordo, e eles negaram imediatamente. Uma palhaçada completa. Não vou mentir, Ian, aquele dinheiro faria muita diferença neste momento..."

"Eu sei", Ian respondeu. "Acredite em mim, tem sido difícil pra todo mundo. Um pouco de ajuda viria a calhar para todos nós."

O outro homem riu, uma gargalhada maldosa, repleta de raiva. "Na homenagem, penduraram algumas fotos daquele primeiro ano de aniversário do acidente. Daquela porra de memorial, do lugar onde tocavam os sinos. Ela insistiu tanto para eu ir... Foi o dia em que ela morreu, você lembra?"

Silêncio.

"Sabe o que eu vi naquelas fotos?"

Mesmo que soubesse a resposta, Ian não respondeu.

"Que muitos de vocês ainda estavam lá. Você, Grace e Josh Doleman. Brody e Hollis. Amaya Andrews. Oliver King."

Os cabelos da minha nuca se eriçaram. Meus pais já haviam se mudado naquela época, por isso fiquei o mais distante possível. Mas todos os outros continuaram lá ou voltaram pouco depois. Como se já houvesse um pacto entre eles, mesmo antes de eu me tornar membro do grupo.

"Sabe o que *eu* acho?", o cara continuou.

Novamente, Ian ficou em silêncio.

"Acho que Clara estava tentando contar a verdade. E agora ela está morta."

"Faz nove anos", Ian disse, em uma postura de defesa desesperada. "Por favor, pare com isso... É *tortura*."

Eu podia sentir o sofrimento na voz dele, percebia o suplício que enfrentava ao falar com aquele homem. E, ainda assim, era sua única saída. Ele estava preso naquela situação e não havia ninguém ali, ninguém que pudesse ajudá-lo a recuperar o controle.

"Pois é, imagina só...", o homem continuou. "Nove anos, e ela já foi completamente esquecida. Outra coisa do passado que vocês varreram para debaixo do tapete."

"Não, nada disso."

Recordei o que a mãe de Ian havia dito sobre sua paranoia: *Eu sou a próxima vítima.*

"Clara disse que você era o único que sabia tudo o que havia acontecido naquela noite."

"Não, eu não sei."

"Ela me disse que você tinha provas. Que tinha evidências. Que tudo estava escrito em algum lugar, e que você contou isso pra ela. Ela precisava de sua ajuda, Ian. Precisava que você ficasse do lado dela. E agora sou eu que preciso."

Senti algo se aproximando. Algo se fechando ao meu redor. O ribombar de um trovão. Um aviso, um presságio.

"Não tenho mais nada comigo", Ian disse, embora eu soubesse que era mentira. Ele havia escondido a faca para mantê-la a salvo. No local mais seguro que conhecia. "E não fui eu que escrevi tudo aquilo. Só vi uma vez, mas faz muito tempo..."

"Quem foi? Quem escreveu?"

"Cassidy. Mas os cadernos *não existem* mais... Eu juro."

Oh, não, Ian, não.

Ele dissera meu nome, uma pista a ser seguida. Colocou aquele homem em meu encalço e, no fim das contas, havia conseguido exatamente o que queria.

"Então o que é que a gente tá fazendo aqui?"

Silêncio, à medida que a compreensão se instalava entre eles. Ian nunca cumpriria o prometido. Não estava lá por ele. Estava lá, mais uma vez, por nós.

"Vamos dar uma volta, Ian." Ouvi a porta dos fundos se abrindo e se fechando, e o vídeo ficou preto. A câmera não foi acionada por mais nenhum movimento. Não sei o que aconteceu entre eles depois que saíram da casa, mas Ian nunca mais voltou para aquela sala de estar.

Não havia provas.

A imagem do homem não foi gravada pela câmera. Nenhuma vez. Mas aquela voz...

Agarrei o colar pendurado em meu pescoço sentindo o metal frio no meio da palma da minha mão. Os círculos entrelaçados, a letra C.

Às vezes, a mente se rebela contra o que sabe ser verdade. Uma van se lançando no espaço no meio da noite, a água subindo cada vez mais, a correnteza nos perseguindo, consumindo tudo ao redor. Às vezes, a mente inventa mil e uma outras possibilidades.

Peguei a fotografia de Ian, que mostrava nosso grupo no primeiro ano no Remanso, e a virei ao contrário. Clara, sorrindo para o sol, com a luz se refletindo em seu colar.

E, mesmo assim, eu não queria acreditar. A letra C.

O homem que havia dito "*Vi este colar e pensei em você...*" nunca esteve pensando em mim.

O tempo todo, ele esteve pensando na sua irmã. Clara.

CAPÍTULO 20

Senti-me enjoada — o mesmo tipo de náusea que surge com movimentos bruscos, com a desorientação. Levantei-me, e o quarto resvalou sob meus pés. Dei um passo, e o chão revirou. Meu estômago se rebelou contra mim, e, de repente, eu estava caída no piso do banheiro, com os joelhos pressionados contra o azulejo frio, desesperada por uma espécie de alívio.

Não podia ser Russ... a pessoa que eu havia deixado entrar na minha casa, na minha vida, na minha cama.

Não podia ser Russ a pessoa que surgiu no Remanso para se encontrar com Ian, que tentou tirar algo dele — a quem havia sido prometido alguma coisa que Ian não podia entregar.

Não podia ser Russ quem havia tentado incriminar Oliver pela morte de Ian — escrevendo para ele do celular de Ian e pedindo que o encontrasse ali.

Não podia ser Russ a pessoa que queria nos destruir.

No entanto, não havia outra possibilidade. Ele estava tentando nos aniquilar, um por um.

Russ não tentara falar por chamada de vídeo nenhuma vez durante aquela semana. Fiquei aliviada, pensando que, assim, ele não descobriria onde eu estava. Mas em todo esse tempo, ele sempre soube. Sabia *exatamente* o que eu andava fazendo.

E ele tinha o celular de Ian. Pegou o aparelho no dia de sua morte.

Eu me lembrei daquele domingo de manhã, quando me sentei em sua cozinha, sem planos de partir. Então recebi a mensagem de texto, e a li quando pensei que ele não estivesse olhando. O que não foi um problema, pois ele estava ocupado demais a enviando para mim.

Ele precisava que eu partisse. Precisava que eu fosse para o Remanso, pois também ia para lá.

Mesmo assim, eu queria ter certeza absoluta.

Pesquisei seu nome — Russ Johnson — e o nome da universidade em que trabalhava; nada surgiu. Mas, até então, ele alegava trabalhar como professor substituto. Por isso, era plausível que seu nome não constasse no site da faculdade. Respirei fundo e decidi fazer uma busca no nome de Clara. Cliquei no seu obituário e me inclinei para ler os detalhes.

Clara Poranto, 19. Deixa os pais, Louis e Jane Poranto; e o irmão, Russell J. Poranto

Senti-me incapaz de respirar, incapaz de desacelerar meus batimentos cardíacos. Eu não conheci o irmão de Clara — não tinha ido em seu funeral, não tinha crescido na mesma rua que ela, tampouco havia convivido com qualquer um deles na escola. Mas parecia que ele me conhecia — me conhecia bem o suficiente, fosse por intermédio de Ian ou porque me vigiava as minhas redes sociais; me conhecia o suficiente para saber que eu manteria meu relacionamento com ele em segredo, que não contaria para os outros.

Naquele mesmo instante, fui à galeria de fotos do meu celular, rolei as imagens e abri uma fotografia de nós dois em uma noite em nosso bar favorito, o mesmo lugar onde havíamos nos conhecido.

Enviei-a para a única pessoa que eu tinha certeza de que o reconheceria. Russ era quatro anos mais velho que nós, mas Grace devia saber quem era. Ela provavelmente havia comparecido ao funeral de Clara; eram muito próximas. Mandei uma mensagem: *Você sabe quem é este cara?*

E então fiquei encarando meu celular, observando o jeito como ela digitava, parava, voltava a digitar. *Sim. É o irmão da Clara. Por que vocês estão juntos na foto???*

Não consegui responder. Por que eu estava com ele? Porque ele tinha aparecido no meu bar preferido, e os seus olhos atraíram os meus do outro lado do salão; porque ele me perguntou se eu acreditava no destino, e respondi que sim. Claro que acreditava.

Lembrei-me de Grace se aproximando para ver o meu colar, segurando-o mais de perto, deixando os círculos entrelaçados deslizarem entre seus dedos — como se procurasse a letra C. Será que ela achava que era uma coincidência? Será que suspeitava de algo de errado, mesmo àquela altura?

Não respondi sua mensagem, não sabia mais em quem podia confiar. Senti o meu mundo inteiro se transformando, como no momento em que Ian me deixou porque eu achava que ele estava envolvido naquilo tudo.

Na época em que eu ainda acreditava que ele era capaz de aceitar todas as minhas facetas — que, no fim, ele escolheria a mim, que me salvaria.

E então me apaixonei tão depressa, tão prontamente, por Russ.

Quem era aquela pessoa que eu pensava conhecer? Acreditei em tudo que ele me disse. Até em seu sobrenome. Pensei que ele fosse crédulo demais quando, na verdade, a crédula era eu. Ainda estávamos no início do relacionamento, antes de termos a oportunidade de conhecer nossas famílias, discutir onde passaríamos as férias — antes de termos a oportunidade de nos aprofundar.

Sempre preferi assim — me relacionar com alguém que se concentrasse no futuro, em vez de olhar para o passado. Também queria manter o meu verdadeiro passado em segredo. E ele se aproveitou daquilo de forma muito cruel.

A vizinha disse que *achava* que ele tinha saído.

Como se também mal o conhecesse.

Como se ele só tivesse incorporado aquela vida por um breve momento. Seu trabalho podia ser executado em qualquer lugar, mas ele escolheu um apartamento de locação mensal que ficava na mesma rua do meu bar favorito. Uma onda de vergonha me invadiu. Fiquei imaginando-o me observando ali, antes de nos conhecermos. Seguindo-me, decidindo o que fazer. Determinado a me *notar*, num mundo que tantas vezes falhou em fazer isso.

E tudo porque Ian o tinha colocado em meu encalço em busca dos diários.

Assisti outra vez ao vídeo do último dia de vida de Ian, imaginando Russ do outro lado da ilha da cozinha, fora de vista. Ele falava com Ian como se o conhecesse — e é óbvio que conhecia; haviam crescido juntos, na mesma rua.

A pessoa que Amaya tinha visto na praia, a figura que seguimos, indo em direção ao camping, a sombra que Oliver viu na janela... sempre havia sido Russ. Ele sabia tudo sobre aquele lugar. Sabia tudo sobre nós. Não tinha torturado apenas Ian, mas o grupo todo. Vasculhando nossas coisas, roubando os remédios para dormir de Josh... deixando um bilhete para Amaya insinuando que ela deveria fugir. Ele estava nos atacando. Semeando a discórdia e a paranoia entre nós.

Àquela altura, não tive dificuldade em imaginá-lo em meu apartamento, mexendo no meu laptop enquanto eu dormia, revirando minha mesa de cabeceira enquanto eu tomava banho.

Quanto a mim, lhe dei uma cópia da minha chave. E disse *exatamente* onde poderia me encontrar.

Ele estaria a caminho? E se já houvesse *chegado*?

Eu precisava ir embora. Mas onde estaria segura? Não tinha ninguém a quem recorrer. Havia um pacto entre nós, e eu o quebrara. E fiz isso de um jeito muito, muito grave, ao não destruir os diários.

Ian havia entendido isso.

Talvez, no fim das contas, sua intenção sempre fosse me proteger. Implorando para que destruísse os diários, pelo meu próprio bem.

Clara havia quebrado o pacto, e ela estava morta.

Ian havia dito à própria mãe: *Eu sou a próxima vítima*. Mas havia demorado nove anos. Nove anos para que Russ viesse atrás dele. Para sentir a ferroada do apagamento de sua irmã na homenagem; para que a indenização fosse negada; para que visse uma foto que o fizesse pensar que talvez algo tivesse acontecido com ela. Ian era seu principal ponto de contato — o nome que Clara forneceu ao irmão. E, talvez, fosse o mais fácil de convencer a abrir o bico.

No entanto, de todos nós, fui eu quem quebrou nossa promessa da pior maneira possível. Não havia como consertar. E eu conhecia a rapidez com que o grupo podia se virar contra alguém. Empurrando Brody na direção da água. Culpando Ben pelo acidente.

Se eles tinham descoberto a verdade, então eu corria perigo.

Espreitei pela janela do quarto, que dava para um canto do estacionamento. Não consegui ver se o carro de Russ estava lá. Não havia janelas viradas para a calçada nem para o térreo — todas as elas eram voltadas para o terraço dos fundos.

Àquela altura, eu estava parada do lado da porta, imaginando que Russ já estivesse ali. Ou que estaria subindo os degraus. Que, no exato momento em que abrisse a porta, eu não teria mais como fugir.

É claro que eu já estava encurralada. Ele tinha a chave. Eu estava no terceiro andar, o último do prédio.

Apaguei todas as luzes do meu apartamento, imaginando-o lá fora. Imaginando ouvir uma batida na porta.

Tentei ligar para Josh de novo, mas ele não atendia. E então, enquanto olhava para o meu celular, chegou uma mensagem de texto. Ao ver o nome do contato, meu coração quase saiu pela boca.

Amaya Andrews.

Finalmente, *finalmente*, ela havia entrado em contato. Talvez seus pais tivessem recebido minha mensagem e pedido a ela que me ligasse. Só para que soubéssemos que estava bem.

Abri a mensagem e li as palavras na tela. Só três palavras, de uma singularidade arrepiante, causando um eco assustador: *Eu vou voltar.*

Eram três horas até a fronteira, especialmente se, para chegar ao Tennessee, a travessia fosse feita pelo túnel que cortava as montanhas, como se a humanidade tivesse simplesmente desistido de tentar dar a volta. Stone River Gorge não ficava muito mais longe.

Tinha evitado aquele lugar durante uma década.

A minha memória do acidente era vertiginosa, obscura. Um antes que me levava a um depois. Um *flashback* sob uma camada de névoa, reduzido, meramente, aos seus elementos essenciais.

Josh adormecido ao meu lado. A cabeça de Ian apoiada no assento à minha frente.

Agarrei minha mala e o celular de Ian como se tivesse medo de deixá-lo para trás de novo. Quanto mais gente, melhor.

Ian tentara nos salvar. Continuar de onde ele tinha parado era o mínimo que eu podia fazer agora. Eu precisava ir. Não havia outro jeito. Aquilo era minha responsabilidade.

Com o coração aos pulos, esgueirei-me para fora do meu apartamento, fechando a porta atrás de mim com a certeza de que Russ estaria lá fora, vindo na minha direção. Mas a passagem coberta estava vazia. A única pessoa que vi no caminho até o carro foi um homem passeando com seu cachorro. Quando passei por ele, sua expressão oscilou, como se notasse algo de estranho em meu comportamento.

Tranquei as portas do carro e arranquei depressa. No alto da rua, parei para encher o tanque, e então comecei minha viagem.

Quanto mais eu me aproximava, mais um novo pensamento surgia: *Confesse*. Perguntei-me se aquela palavra não estaria ecoando dentro de cada um de nós. Uma ânsia de contar a verdade para mais alguém.

Seria essa a saída? De uma forma ou de outra, seria a única saída possível?

Depois de todo aquele tempo, o impulso me chocou. Talvez fosse por causa da viagem. Havia algo de visceral naquilo tudo, na forma como a noite caía, exatamente como a do acidente. Acontecera na mesma época do ano, quase na mesma data, uma década atrás.

Nos meus diários, nunca escrevi sobre a viagem — apenas sobre as consequências dela. Depois do acidente, após a queda. Tentei seguir o rastro de cada pessoa, entender suas motivações, tentei dar sentido a tudo o que havia acontecido. Escrevi freneticamente, com medo de que as memórias me abandonassem, de perder o controle sobre elas, embora com o tempo elas parecessem mais definidas, mais claras.

Podia sentir uma força me atraindo de volta.

Avistei algumas luzes de freio a distância, um rastro, um fantasma. De repente, eu era a sra. Winslow, ou o sr. Kates, pisando no freio, ouvindo os grunhidos dos alunos logo atrás de mim.

Dez anos antes, ficamos presos no trânsito dentro de um túnel, e havia uma sensação de claustrofobia, de profecia, de presságio. As luzes piscando, as buzinas tocando, uma tensão constante aumentando progressivamente.

Ao chegarmos ao Leste do Tennessee, estávamos desesperados por uma pausa, para ir ao banheiro.

Tínhamos pegado uma saída, à procura de uma área de descanso. Subimos as montanhas cada vez mais — para cima, para cima. Viramos curva atrás de curva, mas não encontramos lugar algum onde parar, nem onde fazer o retorno.

Tudo isso havia acontecido dez anos atrás, e eu sabia exatamente para onde ir; sentia a gravidade do ocorrido, além do tempo e do espaço, se agarrando a mim, puxando-me com força.

Diferente da experiência de visitar a minha antiga cidade, ali, tudo era exatamente como eu me lembrava. Se muito, só aumentou a clareza das coisas, aguçando a memória. A névoa foi se dissipando diante de meus olhos, de modo que pude ouvir os fantasmas dos meus colegas cantando, juntos, os versos da última canção da moda; um deles tentando chamar minha atenção, como se me convidasse a cantar com o grupo. Mas eu não conseguia; as curvas da estrada me deixaram enjoada.

Àquela altura, eu já conhecia o truque — manter os olhos num ponto fixo a distância. Seguir a linha amarela dos faróis. Focar-se no momento.

Há dez anos, eu estava sentada na parte de trás de uma van, totalmente à mercê do motorista, do terreno, da noite desorientadora.

Entretanto, naquele dia, parei no acostamento pouco antes da placa de entrada da cidade de Stone River Gorge. Não sabia para onde iria a seguir. Coloquei o endereço de Amaya no meu GPS — uma informação que havia conseguido depois de anos de pesquisas — e fui direcionada para uma casa a menos de um quilômetro de distância.

A casa de Amaya ficava numa bifurcação que virava para a direção oposta, seguindo a curva do rio.

Estacionei na entrada da casa, tendo o cuidado de ligar os faróis altos para poder enxergar as muradas, o cascalho, para iluminar o espaço.

O carro de Josh já estava ali. No entanto, a garagem estava fechada; a casa, toda às escuras.

Dali, pude ouvir o som do rio — não era tão angustiante quanto me recordava. Embora, é claro, na noite do acidente, tivesse caído uma tempestade, provocando uma correnteza tão violenta e imprevisível quanto nós.

Não conseguia entender como Amaya podia morar ali. Era um castigo diário, um lembrete perpétuo. Ela vivia um interlúdio de horror cada vez que espreitava pelas janelas dos fundos.

Parei diante da garagem, olhando para a estrada, para a curva por onde tinha acabado de entrar, para o emaranhado de árvores.

Não era o lugar onde tínhamos saído da estrada — ele ficava no alto, depois de uma série de curvas. Em vez disso, percebi que estávamos mais perto do local onde fomos encontrados.

O caminhão freando abruptamente. Josh, abraçando Clara apertado, pedindo para que ficasse quieta. Um homem descendo do lado do motorista, usando o celular para pedir ajuda. Contando-nos, um por um, sob o brilho dos seus faróis.

Aquele tempo todo eu estivera enganada. Aquela casa não era um lugar de castigo, mas de vitória. Em algum lugar, atrás da casa dela, contra todas as probabilidades, havíamos escalado o rochedo. Tínhamos escapado, lutado com unhas e dentes. Salvamos a nós mesmos e uns aos outros.

É claro que eu faria de tudo para vir encontrá-la.

De súbito, um clarão se acendeu numa janela no limiar da casa. A única luz que eu conseguia ver. Como um sinal, um aviso. Como Oliver naquela noite, iluminando cada um de nós, um por um. Certificando-se de que ainda estávamos lá.

Reparei que a porta da frente estava aberta, a escuridão lá dentro me chamava. Quando entrei, consegui ver através da casa, tal como acontecia no Remanso. A porta dos fundos estava escancarada, o vento soprando do lado de fora, atravessando a casa, e saindo pela porta da frente. Virei-me ao ouvir um ruído, mas eram apenas papéis num aparador que tinham sido sacudidos por uma rajada de vento.

Passei a mão pela parede, tateando em busca do interruptor, enquanto meu terror aumentava. Mais uma vez, havia sido apanhada — e estava presa — na escuridão.

CAPÍTULO 21

"Amaya!?", chamei em meio à casa escura. Minha voz soava estranha, assustadora. "Josh!?"

Usei a lanterna do celular para iluminar o cômodo. Não havia sinal da presença de ninguém. Atravessei a sala de estar em direção ao corredor e me dirigi ao local onde acreditava ter visto uma luz piscando na janela.

"Olá!?", chamei de novo. Encontrei um abajur na sala de estar, liguei-o, e uma tênue luz amarelada iluminou a sala.

A porta que levava ao quarto também estava aberta. Apontei minha lanterna para dentro, iluminando uma cama desfeita, e vi a bagagem de Amaya jogada no chão.

Uma luz piscou de novo bem ao lado da janela, um brilho azulado se refletiu no vidro. Atravessei o quarto para olhar mais de perto — era o celular de Amaya, acendendo-se ao receber diversas notificações.

A tela do celular se iluminou de novo, e vi que havia uma chamada não atendida de Oliver e mensagens de texto de Brody e de Hollis.

Aguenta aí.

Estou a caminho.

Estou indo.

A mensagem que ela enviara, exatamente como a de Clara, tinha sido encaminhada para todos nós.

E, dessa vez, todos nós viríamos ao encontro dela.

"Amaya!?", chamei mais alto desta vez. Comecei a andar mais rápido, sem me importar mais com a ideia de estar transgredindo a lei e invadindo sua propriedade.

Saí pela porta dos fundos. O som de sinos de vento, como chuva tamborilando em um telhado de zinco, foi aumentando em intensidade.

"Josh!", gritei, mas minha voz foi engolida pelo ruído do vento e do rio.

Entrei no quintal com a lanterna, iluminando as árvores à minha frente. Por fim, cheguei a um caminho, uma série de degraus de pedra construídos na encosta da ravina, que levavam para baixo, para baixo, cada vez mais baixo. Chamei-os mais uma vez e ouvi o eco da minha voz responder.

Nos fundos da propriedade havia um galpão com janelas de vidro. A princípio, achei ter visto um sinal de movimento por trás das janelas. Então percebi que era o brilho de faróis incidindo sobre o vidro. Outro carro, dirigindo-se para a entrada.

Voltei a atravessar a casa.

De lá de dentro, a primeira pessoa que vi foi Grace, saindo do lado do passageiro, me encarando.

"Grace!", chamei.

Dei um passo para fora.

"Cassidy!?", ela respondeu, como se estivesse confusa por me ver ali.

Logo em seguida, Brody saiu do lado do motorista. "Cadê Amaya?", perguntou, atravessando o caminho a passos largos.

"Não sei. Não está em casa."

Brody abriu o porta-malas do carro, tirou de lá de dentro a lanterna de alta potência que guardava para emergências e iluminou o pátio da frente completamente, algo que eu não tinha condições de fazer.

Outro carro parou logo atrás deles, como se tivessem todos vindo em uma caravana. Oliver e Hollis, e isso era tudo.

É claro que todos nós viríamos.

"Josh está aqui?", Oliver perguntou.

"Ele veio para cá na noite passada", respondi. "Tentando encontrá-la. Antes. Mas também não consegui achá-lo."

Brody franziu o cenho e entrou na casa. Sob o halo de sua lanterna, pude ver a origem do ruído de antes — os papéis que imaginei terem se espalhado pela sala.

Era um maço de cartas de baralho. Senti o momento que Brody registrou aquilo. A pausa em seus movimentos, o facho de luz atravessando o espaço.

Ouvi o eco da súplica de Ian: *Por favor, pare com isso... é tortura.*

Russ colocava todos nós na parede. Amaya, com o bilhete no quarto; Brody, com o baralho; Josh, sem a medicação, vendo-se obrigado a enlouquecer de insônia. E eu, com o colar de Clara. Cada memória, tudo em que eu acreditava, agora havia adquirido um novo significado — distorcido, perturbador.

Perguntei-me se Russ teria enviado uma carta a cada um deles, com detalhes de cada um de seus momentos de horror — informações que havia retirado de meus diários. Pensei no que teria escrito na carta para Brody. Fechei os olhos e podia imaginar bem o suficiente: o baralho, a forma como quase o arrastamos para o rio. A impressão, eu acho, de que ele jamais seria capaz de nos perdoar.

Um vento frio percorreu a sala, e o imaginei penetrando em cada um de nós.

Os sinos de vento ressoaram com a brisa, chamando a nossa atenção para os fundos da casa. Ali, havia uma silhueta parada no batente da porta. Magra e pequena, de cabelos cacheados. Brody apontou a lanterna para ela, e a figura estendeu o braço para bloquear a luz.

Ela estava viva, com seus grandes olhos castanhos, cheios de olheiras, parecendo instáveis e desfocados.

"Amaya!?", gritei.

O olhar dela procurou o meu.

"Desculpe", ela disse. "Sinto muito." Suas palavras ganharam velocidade. "Tentei voltar, mas já era tarde demais... Ele estava *lá*."

Caminhei na direção dela, atraída como um ímã, sentindo um alívio correndo em minhas veias. "Não tem problema, estou tão contente por saber que você está bem..."

Mas a sua expressão enrijeceu e ela virou a cabeça muito devagar em direção a algo que ainda não havíamos notado.

Depois deu um solavanco para a frente, como se tivesse tropeçado ou sido empurrada.

Russ veio logo atrás dela. A luz da lanterna de Brody brilhou sobre o objeto em sua mão. "Ei, que porra é essa?", Brody gritou, recuando.

Ouvi Oliver xingar atrás de mim. O tempo havia parado.

É claro que ele tinha uma arma.

E você pode fazer o que quiser se tiver uma arma.

Enfiei a mão instintivamente em minha bolsa, em busca da faca. Segurei-a, tocando-a com cuidado, e então a puxei aos poucos para fora.

Russ estava muito diferente da última vez em que o vi, uma semana antes. Naquele momento, eu só consegui notar o quanto ele era parecido com Clara. Os cabelos loiros cor de areia, o sorriso radiante e contagiante.

Quando seus olhos encontraram os meus, ele pareceu congelar.

Meu estômago se afundou. Aquele homem, que eu acreditava ter me escolhido, me salvado, em vez disso, preferia me ver sofrer.

Ele abriu a boca, e, por um instante, pensei que fosse se desculpar, tentar explicar as coisas, me dizer algo que eu me esforçaria para acreditar. No entanto, ele disse: "É por isso que eu sei que um de vocês machucou a minha irmã. Todos vieram."

Fomos atraídos para lá — era um teste, uma armadilha.

"Vocês agiram em grupo? Foi isso? Era parte do pacto?", ele perguntou, elevando a voz, como se acreditasse que tivéssemos nos dirigido a Clara em grupo e a empurrado do penhasco, na direção do rio.

No entanto, ainda estávamos em maior número.

"Onde está o Josh?", perguntei.

Amaya arregalou os olhos ao mesmo tempo que Russ franziu a testa.

"Ele não quis cooperar", ele disse.

Um tremor percorreu meu corpo e pensei que fosse vomitar mais uma vez.

Russ fez uma careta, como se não entendesse minha reação.

"Ele está bem", disse. "Não sou um monstro."

Não sou um monstro. Como se não estivesse atormentando cada um de nós, um por um. Como se não houvesse me traído da pior forma possível.

Tudo o que consegui dizer, porém, com a voz arranhando a garganta, foi: "Você tá segurando uma arma".

Como ele podia afirmar que *não* era um monstro depois disso?

"Amaya", disse, me ignorando, "você pode buscá-lo agora."

Amaya desapareceu pela porta dos fundos, como se ela se sentisse obrigada a obedecê-lo. E talvez, de fato, fosse o caso. Ele tinha uma arma apontada para nós e a direcionava, lentamente, de uma pessoa para outra. Não era preciso muito mais do que aquela ameaça implícita à nossa segurança.

"Voltem direto pra cá", Russ disse, apontando a arma em nossa direção de forma um pouco mais assertiva.

Esperamos em silêncio, ouvindo os sinos de vento, o ruído do rio, o som dos passos na grama.

Por fim, Josh entrou na sala pestanejando lentamente, igual a quando o tirei do rio. Chocado, mas tentando reagir. Meio curvado, como se não soubesse direito em que parte do corpo estava ferido. "O que vocês estão fazendo aqui?", perguntou.

"Eles estão aqui para resolver algumas coisas", Russ respondeu.

Senti outro arrepio.

"Eu sei o que você fez", eu disse. Minha voz oscilou enquanto eu apertava a faca com mais força. "Você matou o Ian."

Senti a atenção de todos se voltar para mim.

"Eu... o quê?" Ele sacudiu a cabeça. "Eu nem *toquei* em Ian." E então fez um gesto indicando as pessoas ao seu lado. "Não machuquei Amaya. Não feri Josh."

"Você me trancou na porra de um galpão", disse Josh. E ele parecia de fato machucado, pela forma como se agarrava ao braço, e pela série de arranhões expostos ao longo dos pulsos, das mãos. Como se tivesse lutado para tentar sair de lá de dentro. Fechei os olhos e o vi dentro da van, lutando e lutando.

"É... bem, pelo menos não deixei ninguém para morrer, não é?", Russ retrucou.

Hollis estremeceu e Oliver baixou os olhos. Ninguém nunca havia falado aquilo em voz alta daquele jeito. Aquela informação nunca tinha sido dirigida a nós como forma de acusação.

"Você e Ian, está tudo gravado", insisti. Às vezes, é preciso mentir. É preciso blefar. "Ele instalou uma câmera na casa para expor você."

Seria essa a única saída?

No entanto, Russ apenas sorriu; um sorriso cruel e esperto. "Eu não o machuquei. E, se eu tivesse sido filmado, como disse, você teria visto isso. Você acha que eu queria que ele morresse?", ele sacudiu a cabeça. "O cara era zoado pra caralho, eu sei disso. E andava numa fase ruim, que só piorou. Falei pra ele dar um tempo, tentar se controlar... mas, quando voltei, o encontrei lá fora, exatamente onde o tinha deixado. Ele teve uma porra de uma overdose."

"Você tentou incriminar Oliver." No *mínimo*.

Seu riso então saiu como um ganido. "Não, com certeza. Também não fiz isso. Levei Ian para dentro e entrei em contato com Oliver... A casa era dele. Pensei que Oliver avisaria vocês quando o encontrasse. Meu Deus, Oliver, é sério isso? Qual é o seu problema? Ele sabia que Ian estaria lá, pois estava no e-mail. Pensei que fosse pedir ajuda."

Ouvi o eco do que Russ disse a Ian: *Eles são pessoas muito ruins.*

Mesmo assim, talvez tivesse subestimado o quanto éramos insensíveis e terríveis; nunca teria imaginado que Oliver resolveria remover o corpo de Ian. Que não contaria a ninguém. Que cada um de nós, à nossa própria maneira, enterraria o passado voluntariamente, da maneira mais eficaz possível.

Tínhamos uma década de prática. Éramos capazes de enterrar a verdade lá no fundo, e nunca, nunca mais olhar para trás. Era uma forma de escapar.

"Você mentiu pra mim", exclamei, com mais força do que antes. Afinal, aquilo não era o pior de tudo? Eu havia confiado nele, e Russ tinha me usado, usado todos nós.

"Eu fiz o que tinha de fazer," ele respondeu, como se estivesse apelando para um sentimento mais profundo dentro de nós.

"Não, você não *tinha* que fazer isso."

O olhar dele endureceu, tornou-se desconhecido para mim. "Ian disse que você escreveu os diários. Que confiava nele... E que ele era a *única* pessoa em quem você confiava. Disse que vocês tinham namorado." Os lábios dele tremeram, e pude ver as peças se alinhando. O padrão que ele seguiria. "Pensei que, se você tivesse se livrado deles, talvez pudesse simplesmente me contar o que estava escrito. Eu precisava que você confiasse em mim, Cassidy."

A dor da traição, a onda de vergonha. O que é que Russ havia aprendido sobre mim? O que deve ter visto? Fui tão transparente. Um alvo fácil demais.

Então me lembrei do que havia visto na gravação da câmera, da forma como ele fazia Ian sofrer, e pensei que talvez a motivação dele fosse outra.

"Não, você só queria nos machucar da pior forma possível."

Ele piscou lentamente, sem negar minha afirmação. Talvez não tivesse tanta certeza. "Só quero a verdade", disse. "É tudo o que sempre quis. E finalmente a descobri." Então ele sorriu; era um sorriso agressivo e permeado de entrelinhas. "Você quer contar aos seus amigos como sei tanto sobre eles, Cassidy?"

Sacudi a cabeça. Não conseguia encará-los. "Eu inventei tudo", respondi. Encarei cada um deles, apavorada. Lembrei-me da rapidez com que haviam se voltado contra Ben. A velocidade com que haviam se voltado contra Brody. Você sempre quer estar com a maioria. Continuar dentro do pacto.

"Foi só um exercício que minha terapeuta sugeriu que eu fizesse", argumentei, desesperadamente. "Uma forma de lidar com o acidente."

"Que porra de ideia é essa, Cassidy? Escrever diários?", Brody disse, enquanto Josh resmungava. "Eu sabia. Eu sabia que era você."

"Não", continuei. "Não, eu não tive intenção nenhuma. Escrevi para mim mesma." Apontei para Russ, ignorando a arma apontada para mim. "Eu não tinha *ideia* de quem ele era. Ele fingiu ser outra pessoa, para se infiltrar na minha vida. Para *vasculhar* a minha vida... Ele os roubou."

"Você escreveu *tudo*?", Grace perguntou. "O que exatamente você *escreveu*, Cassidy?"

Olhei para cada um deles, desejando, desesperadamente, que me entendessem. Hollis desviou os olhos; tudo estava mudando. "Por favor, eu só queria entender. Só tentava compreender tudo o que aconteceu naquela noite."

Amaya me encarava rígida. Eu me perguntei se ela sabia mais do que fingia saber também.

"Ela sabe tudo sobre vocês", Russ disse aos outros. "Sobre cada um de vocês. Mas sabe uma coisa que notei? Nos seus diários você não escreve absolutamente nada sobre si mesma, Cassidy."

Parei, sentindo o silêncio crescer dentro da casa.

"Eu estou lá", respondi.

Eu estava nas sombras, no plano de fundo.

"Cassidy", Oliver disse baixinho, hesitante. "O que você *fez*?"

"Sim, Cassidy, o que é que *você* fez?", Russ repetiu. Em seguida perguntou, lentamente: "O que é isso na sua mão?". A evidência que ele procurava desde o início.

"Estava com Ian", respondi, sentindo o peso da faca na palma da minha mão. O poder dela.

Pressenti Grace tentando apanhá-la, escuridão procurando escuridão, mas segurei-a apertado. Aquela era a única prova que restava, e Ian a havia mantido segura.

"Então agora vou dar uma escolha a vocês", disse Russ. "Digam quem matou Ben, e prometo destruir a obra-prima de Cassidy. Nunca mais falaremos dos diários." Ele gesticulou na direção do piso. "Por mim, vocês podem tirar na sorte. Não me importa. Mas um de vocês vai pagar. Por Clara."

Entretanto, mesmo naquele momento, mantivemos nosso pacto de silêncio. Éramos um cofre com sete trancas.

"Russ, me escuta, ninguém fez nada a Clara", Grace disse, falando com ele pela primeira vez. Esperei que usasse seu tom de terapeuta, em voz calma e racional, mas, em vez disso, ela parecia em pânico, desesperada.

"Não, Grace, fizeram, sim. Clara ia contar tudo, mas ela morreu. A maioria de vocês estava com ela naquele dia. Eu vi a fotografia do aniversário de um ano da tragédia no memorial. Por isso, só estou tentando descobrir quem de vocês tinha mais a perder. Quem estava mais disposto a machucar minha irmã para que o segredo não fosse revelado?" Ele nos encarou, um por um, e continuou: "Ou será que todos vocês fizeram isso juntos?".

Esperei, de novo, enquanto o silêncio se prolongava. Lembrei-me do momento em que Ian e eu tiramos Hollis da água. Quando nos viramos e vimos Ben no chão, parecendo surpreso, com as mãos encostadas à barriga.

"Brody", Grace disse. A princípio pensei que ela fosse pedir para que ele respondesse. Mas o nome dele era a frase completa. A resposta em si. Um nome dado rápida e prontamente, como se estivesse esperando todo aquele tempo.

A minha cabeça se virou para ela no mesmo instante em que Brody respondeu: "Não!".

"Ele estava tão chateado... Tão zangado com Ben..."

"Grace", Amaya interrompeu, "o que você tá fazendo?"

"Para com isso", Brody disse, com uma voz trêmula. Imaginei-o naquela noite, tirando a carta de menor número, o círculo de corpos se fechando em sua volta, enquanto ele buscava uma saída desesperadamente.

Russ deu um sorriso largo, não se parecia nada com o homem que eu pensava conhecer. "Mas foi *você* que disse para o grupo que Ben tinha sido o responsável pelo acidente, Grace", ele afirmou. "Então posso dizer que isso, pelo menos em parte, foi sua culpa."

Ela piscou, claramente surpresa. Provavelmente ainda não havia recebido a carta que estava à sua espera. Não tinha ideia do quanto Russ sabia sobre aquela noite.

"Sim", ela admitiu, me lançando um olhar incisivo. Como se tivesse compreendido que agora eu era a pessoa a ser culpada. "No entanto, como falei, Brody estava muito chateado."

"Grace, eu pedi pra parar!", Brody gritou, como havia feito naquela noite, no momento em que fechamos o cerco contra ele.

"Ian disse que você estava errada, Grace", Russ interveio. "Ele disse que Ben não havia causado o acidente. Que não havia razão nenhuma para matá-lo."

Era difícil imaginar quais coisas Ian e Russ teriam discutido antes de se encontrarem no Remanso. O que haviam dito lá fora, no terraço, ao saírem do alcance da câmera. Não conseguia imaginar o que Ian poderia ter contado para Russ. Que confissões teria feito.

"Ian não sabia de tudo", Grace disse, de forma pouco convincente. Ela foi pega de surpresa, e agora lutava para acompanhar o ritmo da conversa.

"Talvez não. Mas ele me pareceu convicto quanto a esse ponto. Bastante convencido dessa questão. Todas essas mortes... e a troco de quê? Por causa de uma quedinha ridícula que você tinha pelo professor?"

Grace achava que havia guardado sozinha todos aqueles segredos. Porém, logo em seguida, ela elevou a própria voz, na defensiva. "Você não entende. Brody achou que Hollis tinha morrido na outra van. Então ele e Ben começaram a brigar por causa disso."

"Grace!", Brody berrou, com um fio de esperança na voz, tentando convencê-la a parar.

Hollis se virou para encará-lo, como se finalmente compreendesse o que havia ocorrido naquela noite. Enquanto lutava para chegar ao grupo em segurança, Brody pensou que Hollis estivesse morta. Brody achou que Hollis estava morta até o momento em que ela foi até ele e parou diante do corpo de Ben — até que, por fim, ele notou sua presença. Foi quando ele se virou, surpreso, como se visse um fantasma.

"Nós brigamos, é verdade", Brody disse, "mas não o machuquei. Não fiz nada. Nunca peguei aquela faca."

Lembrei-me da forma como ele havia se inclinado sobre o corpo de Ben, com uma expressão vazia no rosto.

"Eu juro", continuou. "Só o empurrei, e no momento seguinte ele estava caído no chão, sangrando. Estava tão escuro... Não sei como aquilo aconteceu, só sei que não fui eu o responsável."

A última pessoa que vi com a faca naquela noite foi Clara, logo depois de Ben ter sido retirado da van, enquanto ela se afastava. Mas ela era apaixonada por Ben Weaver.

O que Clara sabia? Será que ela era a única que sabia a verdade?

De repente, olhei na direção de Grace, nossos olhos se encontraram, escuridão buscando escuridão.

Brody e eu chegamos à conclusão quase ao mesmo tempo. Grace foi a única pessoa disposta a dizer o nome de alguém.

Ela havia matado Ben. Não só por negligência, mas com a faca que segurava.

Ela havia quebrado nosso pacto para se proteger.

"O que você fez?", perguntei. Um eco da mesma pergunta que ela havia feito a Ben na noite do acidente.

O que você fez naquela noite. O que você fez quando descobriu que Clara ia contar tudo. O que você fez para que seus pais a cortassem da vida deles. O que você fez o que você fez o que você fez...

Russ também pareceu compreender tudo ao mesmo tempo que nós. Ele se virou para Grace.

"O que você fez com a minha irmã, Grace?", ele perguntou.

Mas ela só inclinou a cabeça, como se encarasse o fundo de seu coração, direto em sua alma.

"Eu não fiz *nada*. Ela se matou", Grace respondeu.

"Ela ia procurar a polícia. Ela ia procurar os advogados", Russ continuou.

"Sim, sim, mas ela não conseguiu lidar com isso. Eu sei, eu estava lá. Nós a salvamos, e pra quê? Pra quê?", Grace perguntou, de braços estendidos, suplicante.

"Você esteve com ela naquela noite", Russ disse. "Eu sei que minha irmã não teria coragem de se matar."

As coisas estavam saindo do controle, acontecendo rápido demais, exatamente como haviam ocorrido naquela noite, deixando-nos sem nenhum tempo para pensar.

"Olha, é aí que você se engana", Grace disse. "Eu estava com ela, sim. E é por isso que sei o que aconteceu. Eu vi tudo."

Um arrepio abriu caminho a partir da base do meu crânio e desceu pela minha espinha.

"Eu fui até lá", contou, "cheguei bem na hora. Do mesmo modo como todos vocês correram para cá. Só que daquela vez eu estava sozinha." Uma acusação, para desviar nossa atenção da realidade.

"O que você fez?", Russ perguntou de novo; uma nuance de horror transparecia em sua voz.

"Eu não sabia o que dizer. Eu não sabia como falar as coisas certas, como agir do jeito correto para convencê-la a desistir... para ajudá-la. Ela disse que tinha ido até o escritório de advocacia e, em vez de auxiliá-la, os advogados apenas perguntaram o que ela queria para ficar quieta."

Amaya perdeu o ar, mas manteve os olhos fixos em Grace.

"Ela ficou muito chateada", Grace continuou. "Quando soube que nada aconteceria, que nada mudaria. Que eles simplesmente enterrariam toda a verdade. Ela não conseguia *entender*."

Russ deu um passo para a frente, a arma apontada claramente na direção de Grace. "Vou perguntar só mais uma vez. O que você fez com a minha irmã, Grace?"

Vi a garganta dela se mover enquanto ela engolia a saliva, mas, mesmo assim, Grace sustentou o olhar dele. Manteve-se firme. Talvez, dessa vez, ela soubesse as coisas certas a dizer. As coisas certas a fazer. "Nada, Russ. Eu não fiz absolutamente nada."

Ficamos ali parados, em silêncio, chocados. Horrorizados.

Ela olhou para cada um de nós; todos a encaravam, claramente abalados.

"Ah, por favor, vocês são *tão* culpados quanto eu. Ninguém fez nada para ajudá-la também."

"A gente não estava aqui!", Oliver disse.

"Eu sei", Grace respondeu, venenosa. "Eu percebi." Então, concluiu, estreitando os olhos: "E Clara também percebeu".

Clara, Ian. Não havíamos chegado a tempo para ajudar nenhum deles. Havíamos deixado os pedidos de ajuda passarem batido. Só conseguíamos pensar em nós mesmos.

"Sabe o que é mais engraçado?", Grace perguntou, virando as coisas contra nós, dobrando a aposta. "Foi Clara que me *pediu* para fazer alguma coisa naquela noite. A faca estava com ela, sabiam? E quando Ben e Brody começaram a brigar, ela me implorou para fazer alguma coisa. Foi nesse momento que Clara me devolveu a faca. Ela disse '*Faça alguma coisa, Grace!*'. Foi um acidente. Minha intenção era fazer eles pararem!"

Grace havia matado Ben e, tempos depois, havia seguido Clara até o rio Gorge. Nem tentou impedi-la. Em vez disso, assistiu ao suicídio da amiga.

"E você nunca disse nada?", Hollis perguntou.

"Dizer o que, exatamente?", Grace balançou a cabeça. "Meus pais sabiam que eu tinha saído naquela noite. Eles nem *perguntaram* nada, só me disseram para voltar imediatamente à escola. Se não acreditassem em mim a respeito do que tinha acontecido, que chance eu teria com o resto?"

"Peraí, você disse que o escritório de advocacia *sabia*?", Russ perguntou, de repente, incrédulo. "Por que é que iriam querer proteger *você*?"

Olhei para Josh, que agora tinha os olhos fixos em Amaya.

Amaya, que, parada ali, sem mover um músculo, parecia ter se tornado uma pessoa totalmente diferente. Ela havia compreendido a verdade.

Queriam protegê-la.

"Clara sempre foi muito gentil", Grace disse. "Até quando confessou, ela agiu assim. Disse que havia um grupo entre nós, que estávamos todos brigando, antes de Ben cair no chão sangrando, depois de ser ferido com uma faca. Eu, claro, mas também Brody, Amaya... e ela não sabia direito o que havia acontecido."

Amaya prendeu a respiração. Todos os olhos se viraram para ela.

"Foi um acidente, Russ", ela disse, as palavras saindo velozes de sua boca. "Eu juro. Tentei afastar Ben de Brody. Puxei-o para trás, e ele caiu em cima da Grace. Sei o que isso parece. Parece que fui cúmplice de um crime."

Por isso sua família queria tanto protegê-la.

De alguma maneira, sempre tive medo de ficar de fora. De descobrir que havia outro pacto dentro do nosso grupo. Mas tudo era muito mais profundo do que eu imaginava: um encobrimento secreto; um possível assassinato a sangue-frio.

Ainda não sabia se acreditava que a morte de Ben havia sido um acidente. E também não tinha certeza se Clara achava o mesmo.

Conseguia imaginar Grace seguindo Clara até o rio. Discutindo, como havia visto fazerem antes, naquela noite. Empurrando-a. O tom de sua voz, a força contida nela...

Imaginei que Russ fosse capaz de visualizar a situação toda com a mesma facilidade.

Ele deu um passo à frente e fez um gesto com a arma. "Para fora", disse a Grace.

Grace olhou para nós, como se pudéssemos impedir o que estava acontecendo. Como se fosse *possível*.

Ficaríamos assistindo àquilo? Veríamos Russ concretizar sua vingança e depois seguiríamos com as nossas vidas? Seis de nós, finalmente livres?

"Agora", ele ordenou.

Ela levantou as mãos, confusa, com os olhos arregalados de choque.

"Você queria a verdade, e eu contei", ela disse, como se falasse com alguém que pensasse e agisse como ela.

Os olhos dela se voltaram para cada um de nós ao passar, implorando para que agíssemos em sua defesa. Como se não houvesse acusado Brody. Como se não estivesse totalmente disposta a deixá-lo levar a culpa em seu lugar. Ela teria feito o mesmo com qualquer um de nós.

Segui-os até a parte de fora da casa, os outros vieram atrás de mim.

"Chega, Russ", pedi. Aquilo tinha de parar.

Ele se virou e encolheu os ombros.

"Está bem, justo", disse. "Então chama a polícia. Conta pra eles." *Confessa.*

Grace encarou-o de volta, com um tremor no canto da boca.

"Todas essas mortes, e tudo por *sua* causa. Então liga pra polícia." Russ esperou, os sinos de vento tilintavam. "Conta pra eles tudo o que aconteceu por sua causa!"

Russ balançou a arma para o lado, num gesto selvagem. E, naquele instante, vi Grace correr para longe. Fuga — o instinto mais básico de todos.

Ela fugiu na direção do caminho de pedra, e nosso grupo foi atrás dela em meio à escuridão.

Tentei manter meus olhos nela e em Russ. Segui-os dentro da noite, por entre as árvores. Vi quando ele a alcançou mais adiante, onde os degraus se esticavam rumo ao desfiladeiro.

Corri, sentindo meus braços roçando nos galhos, o som do rio ficando mais alto. Era a mesma trilha sonora da nossa fuga naquela noite, com a diferença de que, dessa vez, estávamos correndo na direção do rio, em vez de nos afastarmos dele.

Desacelerei meus passos ao entrar em uma clareira. Eles estavam parados na borda do penhasco — juntos. Duas sombras entrelaçadas. Era impossível saber quem era quem. A única certeza que tínhamos era a de que lutavam.

Imaginei Brody, Amaya, Grace e Ben no escuro, o caos, as decisões que todos tomaram em milésimos de segundo. Em retrospectiva, nada estava claro.

"Estão mortos por sua causa, Grace", Russ gritou. "E você ainda acha que não merece isso?"

Mas será que éramos diferentes dela? Não acreditávamos, no fundo, que éramos todos assassinos? Era aquilo que tínhamos em comum, era o que nos unia, de formas distintas e em níveis diferentes. Brody havia lutado com Ben, até que Amaya, e depois Grace, pusessem um fim àquilo. Hollis, tão desesperada para procurar os outros, havia botado em risco a vida daqueles que tinham sobrevivido. Oliver, cuja série de decisões levou Jason a sofrer uma morte sem sentido. Joshua, paralisado e inútil na margem do rio, enquanto assistia a van sendo arrastada pela correnteza. Amaya pode ter sido a única a dizer que deveríamos partir, mas cada um de nós havia concordado com aquilo. Éramos todos cúmplices, e nosso pacto existia justamente por causa disso.

"A culpa não é dela", gritei, por cima do som do vento e da água.

A minha presença desequilibrou as coisas — ou alguém. Grace empurrou Russ, ou ele pisou em falso — imaginei Clara caindo para trás, os braços se sacudindo em desespero —, e depois esticou um braço para Grace no exato momento em que a arma disparou, levando-a com ele.

A faca caiu das minhas mãos quando me joguei na direção deles — esticando o braço para o rio, a água parecia se mover em câmera lenta, enquanto eu implorava para conseguir segurar uma outra mão. *Por favor...*

Agarrei a mão de alguém, no escuro. Senti o corpo de Grace cair sobre o meu, nós duas rolando sobre a terra. Um grito ecoou vindo de baixo.

Grace apertou a mão na lateral do corpo, olhando para o céu noturno. "Oh", ela gemeu, enquanto eu a rolava em direção à terra rochosa.

Coloquei minha mão sobre a dela. "Aguenta firme", eu disse.

Seus olhos desesperados procuraram os meus na escuridão da noite, e pensei, por um instante, que ela podia ver claramente dentro do meu coração. Todas as coisas que eu havia feito; todas as coisas que eu não havia feito.

No fim das contas, era tudo culpa minha. Tudo aquilo só tinha acontecido por minha causa.

ANTES

PRIMEIRA HORA

CASSIDY

Aquela viagem foi uma sequência de pequenos desastres desde o início. Desde o momento em que meu pai me levou até a escola e eu não sabia onde deveria guardar a mala. O sr. Kates andava de um lado para o outro com uma prancheta, checando nossos nomes, um por um.

Fez uma contagem final, olhou em volta, e começou a chamada: "Terra para Cassidy Bent!".

Dei a ele três segundos; eu estava bem ali, no meio do grupo. Os olhos dele me atravessaram sem me enxergar. Eu havia assistido às suas aulas durante todo aquele ano, sentada ao lado de Grace Langly, observando-a escrever furiosamente no diário durante cada exercício de escrita livre.

"Estou bem aqui", respondi, por fim, fazendo o sr. Kates olhar duas vezes em minha direção. Era a mesma sensação que eu tinha em casa, às vezes, como se passasse pelos lugares sem ser notada, sempre invisível.

"Olá, olá", ele disse, tentando disfarçar a própria surpresa. "Você vai ficar na primeira van."

Joshua Doleman riu, colocou a mochila nas costas, entrou na van e reivindicou o último lugar.

Na hora em que eu entrei, uma garota da minha turma de História me empurrou para trás a fim de poder ocupar o assento ao lado da amiga; assim, o único lugar livre disponível era ao lado de Josh, se é que isso contava. Tive que pedir para ele afastar as pernas, depois arranjei um espaço minúsculo para me sentar, ajeitando a mochila entre nós dois para impedir que as solas de seus tênis pressionassem a lateral das minhas coxas.

Passei a maior parte da viagem daquele jeito, tentando encolher de tamanho a fim de encontrar uma posição mais confortável.

A claustrofobia se instalou em mim ao entrarmos no túnel, os faróis brilhantes como uma miragem, reluzindo nas paredes. O barulho dos motores dos carros dava a sensação de que, de alguma forma, estávamos em movimento.

Pensei que fosse me sentir melhor quando finalmente conseguíssemos atravessá-lo, mas, logo em seguida, pegamos a saída para a montanha, enfrentando curvas sinuosas, uma escuridão profunda, os veículos fazendo movimentos bruscos e serpenteantes.

Uma onda quente de enjoo se aproximou sorrateira; algo que eu não sentia desde a infância. Talvez por eu estar sentada exatamente sobre a roda de trás da van, sacolejando de um lado para o outro, no minúsculo espaço não ocupado pelo corpo adormecido de Joshua Doleman.

A sra. Winslow deve ter percebido que havia errado o caminho, mas àquela altura não tínhamos alternativa, não havia como fazer o retorno, por isso continuamos subindo, fazendo curvas cada vez mais fechadas, e os colegas sentados nos bancos da frente continuavam dizendo "*Eu realmente acho que a gente devia voltar!*". Atrás de nós, a luz dos faróis da outra van atravessava o vidro da janela, nos desorientando.

"Vou vomitar", falei, mas Josh não se moveu, não se mexeu nem um pouco. Inclinei-me para a frente, com a cabeça apoiada no banco diante de mim. "Vou vomitar", repeti. Dessa vez, Ian Tayler, com quem eu nunca havia falado antes na vida, levantou a cabeça e passou a mensagem adiante.

Ouvi o pisca-alerta ligando, piscando ritmadamente, dando o aviso de que iria parar, e então coloquei a cabeça entre os joelhos, esforçando-me ao máximo para não vomitar dentro da van. Por fim, estacionamos em um amplo acostamento, à beira da floresta.

"Intervalo de cinco minutos", a sra. Winslow avisou. "Fiquem por perto."

A porta da van se abriu, e metade de nós saiu do veículo, dispersando-se em meio às árvores.

Corri, adentrando a floresta o máximo que pude, para longe de qualquer um que pudesse me notar, então caí de joelhos e devolvi todo o fast-food que havia devorado na nossa última parada antes do engarrafamento.

Não era assim que eu queria ser lembrada. *Cassidy Bent? Quem? Ah, você sabe, aquela menina que vomitou as tripas no acostamento daquela viagem, e o pior é que eu tive que me sentar do lado dela depois...*

Limpei a boca com as costas da mão, mas, de alguma forma, continuava me sentindo quente demais, meio claustrofóbica. O ar estava úmido, uma névoa pairava entre as árvores. O céu parecia prestes a se abrir. Ouvi um ruído ao longe. Encostei minha bochecha sobre a terra fria, sentindo uma folha, úmida e fresca, afagar meu pescoço. Respirei lentamente várias vezes e depois me virei, olhando para cima.

Então escutei o estalo de um galho. Senti-me paralisada, alerta ao máximo. Acompanhei a direção do ruído até encontrar Grace Langly, completamente imóvel, observando algo ao longe. Segui seu olhar até Ben e o sr. Kates. Eu já havia notado que Grace costumava ficar na sala depois da aula dele, já tinha percebido que estava apaixonada. Mas havia algo de errado na forma como Ben parecia desafiar o professor, uma inversão de poder.

Tentei recuar, mas os três pareceram ter me ouvido, pois se viraram para olhar. Havia um cervo à minha direita — há quanto tempo? Estava muito próximo de mim, tão próximo que já deveria ter se assustado. Era quase como se houvesse algo errado com ele...

Logo depois, Clara apareceu, chamando Grace, e o cervo fugiu em meio às árvores. Esperei que todos fossem embora. Contei até dez antes de resolver segui-los de volta para as vans.

Só que, ao me levantar, senti tontura. Meus joelhos ainda tremiam, minha cabeça ainda rodava. Eu precisava de água.

Então ouvi: sussurros, vozes cada vez mais altas. Segui o som, tentando me guiar para pegar o caminho de volta, mas eram apenas Brody e Hollis. Discutiam. As vans estavam estacionadas ao fundo com os faróis acesos, iluminando a estrada.

Observei-os caminhando em direção às vans — uma distância tangível separava o casal. Fiquei fascinada com a forma como Hollis parecia ter percebido algo diferente em Brody Ensworth naquele lugar. Essa era uma entre várias pequenas coisas que só são possíveis de acontecer ao deixarmos o ambiente escolar, abandonando nossos papéis há muito ensaiados, longe de todos os lugares esperados.

Eu os segui, mantendo a distância, e então o cervo cruzou meu caminho de novo, como se eu fosse invisível até mesmo para ele.

Parei, encarando-o, esperando que me visse, que me notasse.

Foi então que ouvi o barulho das portas das vans se fechando. O ruído do motor voltando à vida, dos veículos se dirigindo para baixo, descendo a estrada.

Corra.

Corri o mais rápido que pude. Eles estavam indo embora, *me deixando para trás.*

Cortei caminho em meio ao bosque, galhos se partiam à minha volta, eu fui tropeçando, com as mãos estendidas e preparadas para o impacto. Derrapando sobre o terreno, implorando... *Me vejam, me encontrem, me salvem.*

Ultrapassei-os na curva seguinte, a adrenalina corria pelas minhas veias. Deslizei para o meio da pista, de mãos erguidas... *Estou aqui, estou aqui, por favor, me vejam...*

Até que me viram. Pude ver o rosto do sr. Kates através do para-brisa, o exato momento em que seus olhos se fixaram nos meus, selvagens e desesperados. Vi quando sua expressão mudou, transformando-se em horror, ouvi o guincho dos freios, o barulho da roda derrapando ao mesmo tempo.

O som de metal contra metal, a primeira van se chocando contra a outra, voando para o alto, para a escuridão da noite. A segunda van atravessando a grade de proteção da estrada, desaparecendo de vista.

O horror. O vazio no ar. Antes de ouvir um estrondo — o som de algo imenso mergulhando — lá embaixo.

Corri para a beira da estrada, para o lugar onde antes havia a proteção de metal que, agora estava toda amassada e retorcida.

Corra. A voz da minha cabeça, o instinto mais básico.

Caí, deslizei, rasgando as palmas das mãos e os braços entre pedras e raízes. Atrás deles eu descia e descia e descia. A água estava muito mais fria do que eu havia imaginado. Roubou o meu fôlego. Senti a correnteza me puxando para longe.

Então vi os faróis oscilando sob a água, no lugar onde eu deveria estar.

E mergulhei de cabeça.

DOMINGO À MEIA-NOITE

CAPÍTULO 22

"Cassidy", ouvi alguém chamando.

Eles podiam se virar contra você de uma hora para outra. Já havia imaginado que ficariam contra mim bem rápido se soubessem a verdade. Eu tinha visto o que acontecera com Ben.

Mas, apesar disso, eles também eram rápidos para nos salvar, se precisássemos deles.

Sempre tive medo de ser invisível. Entretanto, o verdadeiro perigo só surgia quando nos tornávamos totalmente visíveis. Quando éramos finalmente vistos.

Imaginei que Ian soubesse a verdade — foi a única pessoa a ver algo na estrada antes do acidente. Ele declarou, de modo gentil, que tinha visto um cervo. E talvez realmente tivesse achado aquilo, no começo, até que precisou revisitar o momento, como todos nós, e então sua memória voltou, ficou clara. Ele me viu na estrada, mas, como o salvei, não queria contar que tinha me visto.

Mas, sim, fui eu. E eu sabia... Ian tinha me visto.

"Terra para Cassidy Bent!"

Reconheci a voz. Joshua Doleman, logo ele, dentre todas aquelas pessoas.

"Aqui! Estamos aqui!", gritei.

Abracei Grace enquanto aguardávamos a chegada de socorro, sentindo sua respiração cada vez mais lenta e difícil.

A lanterna de Brody finalmente brilhou sobre nós, iluminando a cena.

"Ai, meu Deus", Josh disse.

Não precisei dizer nada — tenho certeza de que podiam ver o terror nos meus olhos. Havia tanto sangue...

Brody caiu de joelhos do outro lado de Grace, emitindo comandos — para ela, para mim. "Aguenta firme", ele disse. Mesmo naquela hora. "Aguenta firme, Grace."

Então ouvi a voz de Hollis ao fundo, implorando ajuda ao telefone. "Estamos no Stone River Gorge... Estamos no... Amaya, onde estamos?"

Amaya pegou o celular das mãos dela enquanto Hollis veio em nossa direção.

"Grace", ela a chamou, repetindo o nome dela. Uma pergunta e uma resposta.

"Onde ele está?", Oliver perguntou, girando em círculo, como se fosse capaz de nos defender se ao menos estivesse preparado para o que viesse.

"Russ fugiu", respondi. Eu havia escutado seu grito. Algumas coisas que ouvimos são lembradas por toda a eternidade.

"Não contem...", Grace sussurrou. "Por favor, não contem."

No fim, fizemos um novo pacto.

Porque era impossível puxar a ponta de um fio sem desenrolar todo o novelo. Porque todos nós, uma década depois, tínhamos muito a perder.

Mas, se você acreditasse em destino, e eu acreditava — mesmo depois de tudo aquilo —, em dado momento, teríamos de acreditar também que havíamos nos encontrado por algum motivo. Que cada pessoa havia contribuído para o resgate de outra. Um braço para agarrá-lo ao escorregar da encosta de uma montanha; uma mão mergulhando dentro de um rio; o brilho de um sinalizador para guiar seu caminho de volta.

Nós éramos, uns para os outros, tanto uma recordação da pior noite das nossas vidas quanto uma evidência do feito mais grandioso que já havíamos concretizado.

E não encarávamos nenhuma dessas coisas de modo leviano.

* * *

Quando a polícia chegou à cena do crime — encontrando uma mulher baleada, um homem caído de um penhasco e uma equipe de resgate tentando fazer o possível, embora soubesse que era tarde demais —, mantivemos a mesma narrativa. Éramos bons nisso.

A maior parte da história era verdade. Amaya disse que Russ havia perseguido o grupo durante nossa semana de férias. Ela contou que ele se hospedara no hotel — mas usara o camping como atalho para nos vigiar. Disse também que, quando o viu, foi incapaz de compreender tamanha coincidência: *Russ? É você?*

E foi por isso que ele a aprisionou.

Disse também que Russ havia feito ameaças violentas contra todos nós para obrigá-la a se calar, atraindo-nos para aquele local ao mandar uma mensagem solicitando ajuda pelo celular de Amaya.

A coisa mais fácil de provar era que ele estava obcecado por nós, e zangado, muito zangado, atormentado pelo luto que acabou se transformando em outra coisa. A irmã dele não era sobrevivente, nem vítima. Seu nome não estava em nenhuma placa memorial, ele não recebeu nenhuma indenização por sua perda, e ela tinha morrido.

Mantive-me distante enquanto levavam Grace para a ambulância, assegurando-nos de que ela ficaria bem. Então refiz meus próprios passos, para cima e para baixo, mas não consegui encontrar a faca em lugar nenhum.

Quando voltei para a casa, Oliver estava parado lá, observando-me com as mãos nos bolsos.

"A faca sumiu", ele disse, um eco do que eu havia dito sobre Russ. Imaginei que a tinha atirado no rio. Visualizei-a girando em meio ao lodo, presa num redemoinho entre as rochas — algo que poderia ser encontrado dali a dias, semanas, anos. Apenas uma faca velha, com um gume enferrujado, uma coroa desbotada no cabo.

Todas as provas foram lavadas pelo rio.

Só havia mais uma coisa na minha lista: os diários. Torcia para que Russ não os tivesse deixado longe do seu alcance — que houvesse seguido o mesmo instinto que me levava a mantê-los por perto durante uma década.

Encontrei o carro dele na garagem de Amaya, enquanto a polícia ainda interrogava os últimos de nós do lado de fora. Lá estavam os diários; pequenos e gastos, em um saco plástico selado dentro do porta-malas. Senti uma atração, um desejo insuportável de abri-los e lê-los, depois de todo aquele tempo. Só para ver se a nossa história ainda era como eu me lembrava — se eles ainda eram como eu me lembrava.

Mas eu lhes devia isso; destruir as provas, fazer o que havia prometido — deixar o passado no passado, e nunca olhar para trás.

Juntei-me aos outros na entrada da casa, enquanto observávamos as luzes dos veículos de emergência desaparecerem na pista montanhosa.

Brody se sentou ao meu lado no asfalto. Os outros se aproximaram: Josh e Oliver, sentados na calçada, Amaya e Hollis, paradas ali perto, ainda observando as luzes da ambulância, que brilhavam como um sinalizador acima das árvores, em algum lugar a distância.

Josh esfregou a lateral do queixo. Uma mancha de lama cobria sua pele. "Não sei o que pensar sobre Grace. Nem sobre o modo como Clara morreu."

Senti que ele estava fazendo uma pergunta, mas não respondi.

Grace havia sido responsável pela morte de Clara? Nunca teríamos certeza.

Eu acreditava nela? Bem, essa é uma outra questão.

Àquela altura, sabíamos as coisas mais profundas, mais sombrias, e também as melhores, um do outro. Havíamos mudado; tínhamos nos transformado.

Amaya, ao passar a vida toda tentando reparar a sua responsabilidade na morte de Ben e se culpando por nos ter arrastado para aquela viagem. Por não ter conseguido salvar o restante de nós.

Brody, ao seguir uma carreira que lhe proporcionava salvar a vida de estranhos.

Grace, que, como eles, tinha dedicado a vida a ajudar os outros. Uma expiação, escolhi acreditar, por não ter conseguido salvar Clara.

Há coisas que precisamos fazer para sobreviver, e há coisas em que precisamos acreditar — e essa era uma delas.

"Ela empurrou Russ?", Hollis perguntou.

"Não sei", respondi. "Estava tão escuro... Só consegui alcançar um deles."

Ali, no escuro, estendi a mão para Brody — a pessoa mais próxima de mim — e entrelacei meus dedos nos dele, sentindo o pulsar do nosso sangue.

Você escolhia um lado. Você decidia. Deixava alguém morrer para salvar a vida de outra pessoa.

Eu estava em dívida com eles. Porque todos eles, depois do que aconteceu, eram minha responsabilidade. No fim das contas, foi por minha causa que se tornaram quem eram.

Quem salvar no calor do momento quando se tem a oportunidade? A resposta era simples e óbvia, e sempre, sempre a mesma: *quem você puder*.

AGRADECIMENTOS

Agradeço ao maravilhoso grupo de pessoas que me ajudaram a encontrar esta história, a partir da fagulha inicial de uma ideia, até transformá-la em um livro completo:

Sou muito grata pela brilhante orientação e visão da minha editora, Marysue Rucci, e da minha agente, Jennifer Joel, sobre cada uma das versões deste livro. Muito obrigada também a toda a equipe do Marysue Rucci Books and Scribner, incluindo Nan Graham, Stu Smith, Brian Belfiglio, Katie Monaghan, Clare Maurer, Brianna Yamashita, Andy Tang, Jaya Miceli, Laura Wise, e muitos outros que contribuíram de alguma forma para trazer este livro ao mundo. É um prazer poder trabalhar com todos vocês.

Meu muito obrigada aos fantásticos amigos e parceiros de crítica, Elle Cosimano, Ashley Elston e Megan Shepherd, por todo o *feedback*, pelas sessões de *brainstorming* e pelo encorajamento que me deram ao longo do caminho.

Como sempre, agradeço à minha família, que encontrou aquele telefone na praia e, em seguida, trouxe-o de volta à vida — colocando em movimento a ideia para este livro de mistério. Esta história não teria existido sem vocês.

Por último, a todos os meus leitores — muito obrigada.

Case No. #04 Inventory
Type 2ª temporada
Description of evidence coles

Quem é ELA?

MEGAN MIRANDA é autora best-seller do *New York Times* e escreveu as seguintes obras de sucesso: *All The Missing Girls*; *The Perfect Stranger*; *The Last House Guest*, livro que Reese Witherspoon adotou em seu clube do livro; *The Girl from Widow Hills*; *Such a Quiet Place*; e *The Last to Vanish*. Também é autora de diversos livros para jovens adultos. Nascida e criada em Nova Jersey, formou-se pelo MIT e vive na Carolina do Norte com o marido e dois filhos. Saiba mais em MeganMiranda.com.

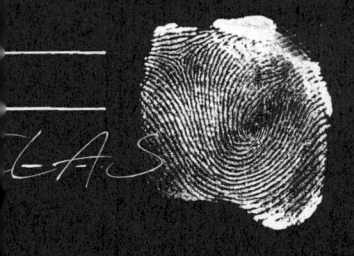

CONHEÇA, LEIA E COMPARTILHE NOSSA COLEÇÃO DE EVIDÊNCIAS

1ª Temporada

"Katie Sise é uma nova voz obrigatória no universo do suspense familiar."
MARY KUBICA, autora best-seller do New York Times de *A Outra*

"Sise mostra seu domínio do suspense com uma obra de tirar o fôlego."
PUBLISHERS WEEKLY

KATIE SISE ELA NÃO PODE CONFIAR

Uma mãe, um bebê e um suspense arrebatador que vai assombrar a sua mente neste instigante thriller que aborda a saúde mental materna de maneira dolorosa e profunda.

"Inteligente e deliciosamente sombrio. Fui fisgada até o fim."
ALICE FEENEY, autora do best-seller *Pedra Papel Tesoura*

"Fascinante, sombrio e tão afiado quanto uma coroa de espinhos."
RILEY SAGER, autor de *The House Across the Lake*

KATE ALICE MARSHALL O QUE ESTÁ LÁ FORA

Um thriller poderoso e inventivo. Uma história cruel e real sobre amizade, segredos e mentiras, inspirada em um crime real, e que evoca as grandes fábulas literárias.

"Uma leitura diabolicamente planejada e deliciosamente sombria."
LUCY FOLEY, autora de *A Última Festa*

"Alice Feeney é única e excelente em reviravoltas."
HARLAN COBEN, autor de *Não Conte a Ninguém*

ALICE FEENEY PEDRA PAPEL TESOURA

Dez anos de casamento. Dez anos de segredos. E um aniversário que eles nunca esquecerão. Um relacionamento construído entre mentiras e pedradas.

"Instigante, inteligente, emocionante, comovente."
PAULA HAWKINS, autora de *A Garota no Trem* e de *Em Águas Sombrias*

"*Anatomia de uma Execução* é um thriller irresistível e tenso."
MEGAN ABBOTT, autora de *A Febre*

DANYA KUKAFKA ANATOMIA DE UMA EXECUÇÃO

Um suspense que disseca a mente de um serial killer. Uma reflexão sobre a estranha obsessão cultural por histórias de crimes reais e uma sociedade que cultua e reproduz essa violência.

"Uma prosa hipnotizante sobre um mundo que todos conhecemos e tememos."
ALEX SEGURA, autor de *Araña and Spider-Man 2099*

"O melhor thriller de Jess Lourey até agora."
CHRIS HOLM, autor do premiado *The Killing Kind*

JESS LOUREY GAROTAS NA ESCURIDÃO

Um thriller atmosférico que evoca o verão de 1977 e a vida de toda uma cidade que será transformada para sempre — para o bem e para o mal.

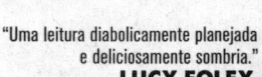

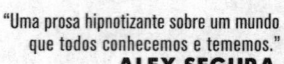

Suspect _____
Victim _____

ESPECIALISTAS
LITERÁRIAS NA
ANATOMIA DO
SUSPENSE

CRIME SCENE®
F I C T I O N